SELECTED WORKS OF LI PEIFU

李佩甫文集

长篇小说卷

底色

河南文艺出版社
郑州

图书在版编目（CIP）数据

底色/李佩甫著. —郑州：河南文艺出版社,2020.8
（李佩甫文集.长篇小说卷）
ISBN 978-7-5559-0906-4

I.①底…　II.①李…　III.①长篇小说–中国–当代
IV.①I247.5

中国版本图书馆 CIP 数据核字（2020）第 100414 号

总 策 划　陈 杰 李 勇
选题策划　陈 静
责任编辑　张恩丽
责任校对　赵红宙
装帧设计　M 书籍/设计/工坊
　　　　　刘运来工作室
内文设计　吴 月
责任印制　陈少强

出版发行　河南文艺出版社
本社地址　郑州市郑东新区祥盛街 27 号 C 座 5 楼
邮政编码　450018
承印单位　河南瑞之光印刷股份有限公司
经销单位　新华书店
纸张规格　700 毫米×1000 毫米　1/16
本册字数　334 000
总 字 数　4914 000
总 印 张　369.5
版　　次　2020 年 8 月第 1 版
印　　次　2020 年 8 月第 1 次印刷
定　　价　1580.00 元（全 15 册）

李佩甫,生于 1953 年 10 月,河南许昌人。现为中国作家协会全委会委员,河南省作家协会名誉主席。

主要作品有长篇小说《河洛图》《平原客》《生命册》《等等灵魂》《羊的门》《城的灯》《李氏家族》等,中短篇小说《学习微笑》《无边无际的早晨》等,散文集《写给北中原的情书》,电视剧《颍河故事》等,以及《李佩甫文集》15 卷。

作品曾获茅盾文学奖、庄重文文学奖、人民文学优秀长篇小说奖、全国"五个一工程"奖、"中国好书"等多种文学奖项。部分作品被翻译到美国、英国、法国、俄罗斯、日本、韩国等国家。

此作献给那些在平凡的岗位上默默地生活着、创造着的工人。

——题记

一

　　这是一条自行车的河流。

　　午夜时分，在这条灯光闪烁的厂区大道上，下夜班的工人们像乏了的墨色鱼群一拨一拨地从工厂大门里游出来。自行车的铃声摇碎了夜空的星星，一圈一圈的车轮在柏油马路上画出重重叠叠的椭圆弧线；脚，一双一双的脚，在自行车的脚踏上起伏，这是一种生命的起伏，年年月月，他们的日子就是这样走过来的。在涌动着的车流人流中，自然也有一两声野唱，那是用来消除疲劳的。也只有年轻人才会吼出这些有点流气的句子：妹妹你大胆地往前走啊，往前走，莫回头，傍上大款你别松手……

　　在厂区的大道前边，有一处灯火阑珊的夜市，一街两旁排满了各样的酒馆、饺子馆、烩面馆、馄饨馆……这些饭馆都是低档的，是专门卖给下夜班工人的。于是，自行车流到这里，就有三五成群的工人滑下车来，走向邻近的、看上去中意的小餐馆。有人说："喝二两？"有人就应："喝二两！"

　　在一个小小的烩面馆里，一张圆桌旁已坐下了五个工人。他们也都刚刚下了夜班，脸上还带着没有擦净的油污，一个个看上去汗津津的。坐在上首的是一位面善的名叫白占元的老师傅。他说："弄碗烩面算了，也别复杂。"

坐在下首的，是青年工人田治，人们都叫他小田。小田说："师傅，'一头沉'轻易不出血，怎么也该弄瓶白的吧？"

坐在左边的中年工人是当过兵的，他叫梁全山，外号"老转"。老转说："不要白的。啤的，啤的。不弄俩小菜？"

挨着他的中年工人叫班永顺，人称"老班"，外号"一头沉"。他是东道，便说："是是。点，赊点了。我早说要请一顿，总捞不着机会。老吃大家的，这心里也过意不去。大兰说了……"

小田笑着说："我说，今儿是怎么了，日头从西边出来了？原来是老婆发话了。班师傅，不是我说你，一家伙双喜临门，也该请啊。"

老转说："老班，你还不该出点血呀？别的不说，两件大喜。再说了，咱这班的，谁没请过，就你吧？"

老班说："该该，该。大兰说了……"

一直没有说话的中年工人叫周世中，他是车工班的班长。这时，他说："算了，算了，别挤对老实人了。"

小田说："那好，叫班长说吧。"

周世中看了看白占元，说："师傅，你看吃点啥？"

白占元说："随便，随便吧。"

老班忙说："也别太那个了。太那个我过意不去。大兰交代了……"

老转说："想摘帽儿，是不是？怕人说你小抠儿。"

小田也说："我知道，班师傅一直想摘帽儿，多请两回吧，多请两回就摘了。"

周世中说："我看这样吧，一人一碗烩面。老板娘，记上，一人一碗烩面……"

被称作老板娘的赶过来问："优质的？"

周世中说："也别优质了，就烩面。再弄俩小菜，花生、黄瓜什么的，一人一瓶啤酒，就中了。'一头沉'家里的情况大家都知道，以后有机会再吃他……"

老班看看大家的脸，说："这，这，不够吧？再弄俩菜，再弄俩吧？"

老转说："行了，行了，看把你吓的。"

说话间，菜和啤酒端上来了。众人倒上酒。周世中看看老班："老班，说两句？"

老班忙说："世中，你说，你说。"

周世中端起酒，说："那我就替老班说两句。今儿个这酒，主要是为老班贺喜。老班多年来不容易。他是'一头沉'，原来老婆孩子在乡下，两下挂扯。这会儿，老婆弄来了，户口也入上了；房子也有了眉目，定金交上了，这是两件大喜事。好了，为老班的两件大事干杯！干了！"

众人都端起酒，"咕咕咚咚"喝了下去。

老转吃了酒，羡慕地说："老班，看你蔫不唧的，怎么有这么大的本事？办户口可不是小事，你走了谁的门子了？说说。"

老班红着脸说："没啥，没啥。都是众人抬举。世中，白师傅，都没少替我说话……"

老转说："你别瞎咧咧，这事儿班长能帮你？"

小田也打趣说："说说，说说。将来我要是找个乡下的，不也得走这条路吗？"

老班咂咂嘴："说起来你们不信，真没啥。你们还不知道我？一点本事没有。主要是咱大兰……大兰来了，带俩孩子，就我那点死工资，你说这日子咋过？没办法，大兰在街口摆个胡辣汤摊。你们光知道大兰来，大兰为啥来，你们不知道吧？这喝了点酒，也不怕笑话了，我说说。大兰在家带俩孩子，村上有人老去找她的事，夜里去砸她的门，是没办法才来的。说到底，咱是遇上好人了。你说，咱一个工人，别说没钱给人家送礼，就是有，也没地方送啊！咱指望啥？咱是遇上好人了。管咱们这一片的派出所所长，你们知道吧？老胡，胡所长，那是个大好人。大兰不叫我往外说，咱都是自己人，我就说说。老胡那人真不赖。咱一分钱的礼都没给人家送过，人家硬是把事给办了。为啥哩？说句不该说的，咱大兰在街口卖胡辣汤，咱那胡辣汤味正，作料全，也干净，所长好喝这汤，一来二去就认识了。说到根儿了，所长喝胡辣汤咱不收钱。人家胡所长可是好人，咱一不收钱，人家就不来喝了。那人正直。说实话，人家也不在乎这碗胡辣汤钱是不是？人家一不来，咱大兰就让闺女用饭盒给人家往家送，刮风下雨都送。有一回下雨，孩子路上滑倒了，烫了两手泡。（说到这儿，老班眼湿了。）嗨，送了一年多，把所长老婆给感动了，所长老婆跟咱大兰成了朋友了。所长老婆说：你要不给人家把户口办了，我不依你……就这，给解决了……"

众人听着，默默地望着班永顺，好一会儿，才又举起杯说："喝，喝！不容易，不容易……"

老转忍不住又问："那房子呢？那房子是咋鼓捣上的？"

老班张了张嘴，似不想说，可还是说了："这事吧，班长、白师傅都没少说话，真没少说话。主要，大兰不让说……"

老转说："你看你这人，谁还能坏你的事儿？"

老班说："说说？说说就说说吧。反正就那点事儿，还是胡辣汤。咱厂，管后勤的，那姓徐的副厂长，也是天天去喝。这人不如人家所长，喝了不给钱不说，还端。一家人都去喝，喝了年把儿……才说让交定金。"

周世中说："不管怎么说，两件大事都有着落了。"

老转说："你是有个好女人哪。你说我那口子，嗨，不说了……"

小田说："班师傅，这会儿你们家谁当家？"

老班说："过去是我。这会儿，商、商量着来……"

大家都笑了。小田说："看起来，是经济基础决定上层建筑啊！"

老转说："又转文哩。上了两天夜大可'胖'开了……"

这时，老板娘把烩面端上来了，几个人都呼噜呼噜吃起来。

深夜，厂区大街上静静的。路灯闪烁，繁星闪烁，一切仿佛都在闪烁。周世中一行在马路上骑车走着。

老班一边蹬车一边说："这回不够一回，下回，下回……"

正说着，身后有一辆小面包车像没头苍蝇一样高速驶来……几个人赶忙往路边上让，一边让一边说："这车是咋开的，疯了？"

面包车一阵风似的刮过去了。

老班说："这人八成是喝醉了。"

老转骂道："烧哩！地方上这事儿……"他的话还没说完，就听见前边路口处传来一声惨叫！几个人立马骑车往前赶去。小田边蹬边吆喝："站住，站住！轧住人了……"

然而，那辆车上的司机仅仅勾头朝外看了看，一踩油门，竟然飞快地开车逃走了。

几个人骑车来到跟前，只见一个姑娘倒在地上，一辆崭新的小坤车被撞出十几米远。

一时间，他们全都愣住了。老转从路东跑到路西，舞动着两手高喊："闪开，闪开！保护现场，保护现场！"其实马路上就他们几个人。

老班也跺着脚喊："叫人吧，快叫人吧！"

周世中说："咋呼啥？你不是人？"接着又问小田："记住车牌号了吗？"

小田一蹦老高："兔崽子早跑没影儿了！"

这时，白占元气喘吁吁地赶了上来。他低头一看，姑娘在流血，忙说："还愣啥，快送医院吧。"

小田说："那，叫辆车吧？"

周世中说："来不及了。抬！二院离这儿近……"

几个人手忙脚乱地把撞伤的姑娘扶到一辆自行车上，慌乱地往医院跑，一边跑一边互相关照。这个说："小心，小心！"那个说："轻点，轻点……"

在市第二人民医院的走廊里，等医生把病人推进急救室后，他们五个人才有了喘口气的机会。没承想刚蹲下不久，一个护士又匆匆走过来问："你们几个，谁是 AB 型血？"

他们呼啦啦全站起来了。周世中说："我是 A 型，A 型行不行？"老转说："我我我！我当过兵，我是 O 型，万能血型……"小田往前一站，说："我吧，我验过，我是 AB 型。怕只有我是 AB 型了……"

护士点了一下小田，说："你，就你。过来吧，快点！"

小田匆匆跟着那护士走了。几个人又蹲下来，老班说："这事儿，你看这事儿……"

老转说："那姑娘也算倒霉，要是……"

白占元叹口气说："人哪！"

他们都目不转睛地望着急救室的红灯，红灯一闪一闪的，一直亮着。

片刻，又有一个戴大口罩的护士走过来，对他们招招手说："来一下。"

他们互相看看，不知怎么回事。周世中站起来说："我去吧。"说着跟着那护士朝着一间医务室走去。

几个人面面相觑。老班轻声问："人死了？不会吧？"

白占元说："瞎说啥！"

老转说："抬的时候，还有呼吸呢。我摸……"说着，看看他们，又不吭了。

老班突然说："要是、要是……不会讹咱吧？"

老转一怔说："我去看看……"说着疾步来到急救室门前，可那门关得太严了，看不见也听不见，急得他在门口处来回转。

这时，周世中从医务室里走出来了，他沉着脸，看上去一脸愤怒。众人急忙围上去问："咋样？不要紧吧？"

周世中黑着脸，一声不吭。白占元看看周世中，说："别吵，让世中说。"

周世中望着他们干干地说："要押金。"

老转突然起了高腔："啥？凭什么？"

老班说："看看，看看，讹上咱了吧！这事儿，你说这事儿……"

白占元也急了，说："世中，你没给人家说清楚吧？咱是……"

周世中慢慢蹲下来，说："我说了，都说了。人家不信。"

老转擂着拳头骂道："操，操，我操！"

老班可怜巴巴地说："咱是办好事呀，咱真是办好事呀！这算咋说哪？"说着，忙把衣兜翻出来说："给，你们看看，我就拿了五十块钱，是大兰让请客用的。兜里还剩七块五毛钱，我不骗恁……"

这时，去输血的小田揉着胳膊走过来，他们又忙围上去问："怎么样？输了多少？头晕不晕？"

小田笑笑说："输的时候很舒服，这会儿有一点晕。不要紧。"

老班拉住小田轻声说："你还不知道呢，讹上咱了，要押金哩！"

小田恨恨地朝玻璃门里瞪了一眼，气呼呼地说："掏就掏！我这儿有三十。"说着，从兜里摸出一卷钱扔出来。

白占元又看看周世中，问："要多少？"

老班忙说："咱不能再给人家说说？咱再说说吧，咱是办好事……"

周世中说："要两千。"

老班马上说："老天，要两千！这不是讹人是啥？"

这时，老转也打起退堂鼓了。他慌忙说："先说好，我没钱。我是没钱……"

小田灵机一动，说："哎哎，咱跑吧？"

老班四下看看，吓得腿哆嗦说："跑吧？咱跑了吧？"

老转说："跑！娘的，事大事小，一跑就了。地方上这事儿，也没啥讲究。"

小田小声说："要跑咱分开跑，一个一个的，溜之乎也。"

这时，周世中说："我给人家做过保证。我把厂址、姓名，都告诉她了。她也打电话跟厂里联系过了。不然，她要五千块押金……要跑你们跑吧。"

一下子，众人像泄了气的皮球一样，谁也不吭声了。

只听"吱扭"一声，玻璃门开了，那个戴大口罩的女护士走了出来，冷冷地对他们说："怎么还不去取押金？我可告诉你们，不交押金，一个也走不了！"

老转气愤地说："啥态度？"

老班迎上去求告，说："同志，咱是下夜班碰上的。咱是办好事呀，咱真是办好事呀……"

"大口罩"仍然冷冷地望着他们："谁证明？这种事我可见得多了。出了事，把人往医院一扔，不管了！我们这儿光死账趴了十几万，我找谁去？"

老转火了，高声说："照你这么说，没钱就可以见死不救了？我们是在路上碰上的，是革命人道主义！凭啥让我们拿钱？"

正吵着，有一位大夫走出来解释说："别吵别吵，同志，不是不相信你们，这样的事情我们这里的确遇到的太多了，我们也搞经济核算，的确是负担不起……"

周世中沉着脸，一咬牙说："算啦。家里有钱的，跟我回去拿钱。没钱的，留在这儿当人质。"说着，扭身大步朝门外走去。

白占元咳嗽了两声，说："我也回去，我那儿还有点。"说着，也朝外走去。

老班看了看小田，只好也跟着往外走，一边走一边拍着手说："这上哪儿说理呢？跟谁去说理呢？"

老转在地上蹲了一会儿，也只好站起身来，对小田说："小田，你才输了血，身子弱，你在这儿当人质吧。我也回去凑凑。"他也是一边走，一边埋怨说："嘻，地方上这事儿，真他妈的……"

小田见他们都走了，身子一软，躺在了地上。

凌晨三点，柴油机厂的10号职工家属楼上黑黢黢的。一扇扇玻璃窗像一只只夜的眼睛……在黑暗中，隐隐约约可以看见墙上写有"此处加工毛衣"的字样。

周世中走上楼来，悄悄地用钥匙开了家门，轻手轻脚地进了屋。这是一套旧式的三室没厅的房子，外边的厅仅是一个过道。左边的大间里住的是他的父母。他父母都是退休工人，父亲已病瘫多年，他的母亲退休前是纺织女工，不光胳膊疼、腿疼，还有间歇性精神病。右边的小间里住着他的妹妹周世慧，中间的房间住他和儿子。这是一个负担很重的工人家庭。

周世中先是回屋看了看熟睡中的儿子，而后又蹑手蹑脚地退出来，站在了父母亲住的那间门前。

立时，屋子里有了声音："谁呀？"

周世中说："妈，是我。"说着，他推开门，走进了母亲的房间。黑暗中，他的母亲余秀英告诉他说："秋霞来了，见你是夜班，又走了。"那语气里带着明显的不满。

周世中站在黑暗中，对他妈说："妈，那钱，还有吗？"

母亲说："啥钱？那八百块钱，不是你说给世慧交学费的吗？还有啥钱？"

周世中站了一会儿，才说："妈，我有急事，先用用。"

母亲说："怎么了？出啥事了？"

周世中沉默了片刻，说："我撞住人了。"

母亲急了，忙说："撞了谁了？重不重？"

周世中说："不重。就是……"

这时，门响了一下，妹妹周世慧披着衣服跑过来，关切地问："哥，撞了谁了？老的少的？要是老的可就麻烦了。"

周世中说："是个姑娘。睡你的去吧，小心着了凉。"

母亲说："你妹妹她明天要去报名，加上她打毛衣挣的钱。"

周世慧说："妈，先让我哥用吧。报名还早呢……"

周世中说："厂里还停着工呢？"

周世慧"嗯"了一声，说："快了，厂长正跑款呢，说是新设备一上马就……"

周世中又问："夜校啥时开学？"

周世慧含含糊糊地说："是礼仪学校，还早呢。"

床上，一阵窸窸窣窣的响声。母亲说："就这些钱，给你……"

同住在一栋楼上，也有几家合住一套房子的，这样的住户被工人们称为"多家灶"。班永顺、梁全山、小田三家就合住在这样的"多家灶"里，三家各住一间，共用着一个厨房、一个厕所。

　　老班的女人王大兰，因为要赶早去街头卖胡辣汤，早早就起来了。她一边忙着切菜，一边对蹲在门口的老班说："看你这人，一回来就黑着个脸，问了半天连个囫囵话都没有……"

　　老班蹲在门口，吞吞吐吐地说："下班路上，碰个事……"

　　王大兰说："我都懒得理你。啥事儿，赌说了呗。还半吐半咽的。"

　　老班说："办了个好事。"

　　王大兰说："办好事怎么了？等我表扬你哩？你办的啥好事？你还会办啥好事？"

　　老班说："救了个人。那姑娘被车撞了，俺几个给送医院去了……"

　　王大兰说："送就送呗。这有啥？还吞吞吐吐的。"

　　老班苦着脸说："人家医院让拿钱呢，要两千。"

　　王大兰停住手，不相信地望着老班，说："不对吧？是不是有人撺掇你去打麻将了？你给我说实话。"

　　老班说："嗨，你想到哪儿去了。我是那种人吗？我会干那事？"

　　王大兰看着他，说："那，是不是叫人讹了？"

　　老班说："不是人，是医院。医院扣住人不让走……也不是我一个，车间里四五个呢，世中让都回来凑钱。"

　　王大兰想了想说："闹了半天，是这事。事摊上了，咱也不能赖了。要多少？"

　　老班说："医院，要两千。几个人一块儿凑。"

　　王大兰说："我这有二百，少不少？"

　　老班说："二百？二百就二百，再看看他们……"

　　王大兰很要强，想了想又说："你是要脸面的人，在厂里工作，也不能让人小看了。这吧，我还有二百五十块的税钱没交，你先拿去。我这边再拖它几天。别让人家笑话咱……"

　　梁全山家，迎面是一张大床，床四周是柜子、箱子和一张三斗桌……东西把一间房子塞得满满的。梁全山的妻子崔玉娟上夜班去了，只有女儿小芬在床上躺着。这会儿，他正在家里翻抽屉。一个一个翻过了，又去柜子里摸，一边摸一边自言自语地说："奇怪，出邪了，三千块钱哪儿去了？明明是放抽屉里了……"

　　老转在柜子里翻了半天，翻出一团捆着的袜子。他又把手伸进袜子里摸，摸了一会儿，什么也没摸到……片刻，他挠挠头，走到床前，一把把睡着的女儿拉起来问："小芬，小芬，快醒醒。"

　　上小学的女儿迷迷糊糊地睁开眼，说："爸爸，干啥呢？"

　　老转拍拍她，紧张地问："醒醒，抽屉里放的钱你见了吗？"

　　小芬揉揉眼，说："没有，我没见。你还欠我一张电影票钱呢……"

　　老转不耐烦地说："今儿谁来咱家了？"

　　小芬说："没谁来呀，傍晚我妈回来了，又走了。还有，就小水、振明来这儿写作业……"

　　老转没头没脑地发脾气说："以后……不三不四的，别往家里领！"

　　小芬委屈地说："他家没地方，就来写写作业……"

　　老转一甩手说："写作业也不行！"说着，他气呼呼地走出去了。

　　老转在过厅里走了一圈，又几步走到老班房门前，伸出手想敲门，可手举了半截，挠挠头，又放下来了。再转一圈，终于忍不住，又去敲门。他用手指在门上弹了两下，叫道："老班，老班，你出来一下。"

　　门开了，最先走出来的是王大兰，她身后是老班。王大兰问："梁师傅，有啥事？"

　　老转说："也、没啥、事。就是惹了个事嘛……"

王大兰说："我听老班说了，正给他凑钱呢。"

老转挠了挠头，说："嗨，我那抽屉里放了三千块钱，是准备分房时交定金……可谁想，丢、丢了……"

王大兰一惊，说："丢了？在屋里放着会丢？没人来呀！"

老转不好意思地说："所以，所以嘛，我来问问，是不是孩子们狂手、拿、拿去了……"

王大兰一听，脸色忽地变了。她硬硬地说："梁师傅，你等等。"说着，撞开身后的老班，折身回屋去了。

屋子里最醒目的还是一张大床，儿子和女儿都在床上睡着。王大兰进屋二话没说，一把把熟睡中的儿子和女儿从床上拽了起来！一双十二三岁的小姐弟，迷迷糊糊地被她连搡带拽拎出了家门。

一出屋门，王大兰便厉声喝道："给我跪下！"

两个只穿着裤头、背心的孩子被吓醒了，一边跪，一边揉着眼哭起来。

老转脸上很不好看，他忙说："嫂子，你、你这是……"

王大兰沉着脸，说："梁师傅，你别管。"而后又厉声对两个孩子说："咱穷要穷得有志气。小水，振明，你们听好了，你爸是工人，你爸当了二十多年的工人，一直是清清白白的。你爸那工厂那么大，东西那么多，你们见你爸拿回来一个螺丝没有？"

两个孩子都怯怯地望着王大兰，不敢吭声。

王大兰质问道："说！有没有？"

两个孩子带着哭音说："没有。"

王大兰说："那好，当着你梁叔叔的面，你俩老老实实地告诉我，在梁叔叔家写作业是不是偷翻他家的抽屉了？三千块钱是不是你们拿了？敢说一句瞎话，仔细身上的肉！"

两个孩子哭着说："没有，真的没有。"

小水又说:"不信你问问他家小芬。"

小振明说:"我就看过他家一本画书,还是小芬让看的。"

王大兰又问:"我再问一遍,到底拿了没有?不说实话,我把你们的腿打断!"

两个孩子都哭起来了,呜咽着说:"真没有……"

老转脸上挂不住了,忙上去拉孩子,一边拉,一边说:"嫂子,我只是随便问问。你、你这是打我的脸呢!"

王大兰眼里噙着泪说:"梁师傅,俺娘儿仨是从乡下来的,别的不怕,就怕人家看不起。说实话,这些年了,你们那厂,我连门都没进过。我卖胡辣汤,用根铁钉都是在街上买的。你要不信,就这间房子,你进去搜吧,你赌搜了!"

老转解释说:"嫂子,我也没有别的意思呀。三千块钱,不是小数。我问问也不错呀。"

王大兰生气地说:"你问问是不错,我也没说你错。你咋一问就问到老班头上了?你怎么不问别人呢?"

老班在一旁劝道:"算啦,算啦,钱丢了,心里急。"

王大兰狠狠地瞪了老班一眼,刚要说什么,崔玉娟推门走了进来,一见这阵势忙问:"这是怎么了?"

老转一见妻子回来了,忙问:"抽屉里那三千块钱你拿了吗?"

崔玉娟愣了愣,说:"没有啊……不是还在那儿放着的吗?"

老转便借题发挥说:"你是怎么搞的?一天到晚不着家!那钱,丢了!"说着,一摔门,回屋去了。

王大兰也借题发挥,对两个孩子吼道:"回去!以后放学回来,出出门我打折你们的腿!"

同一个楼道里，白占元师傅住的是两室搭一小厅的房子。他开门的时候，屋里的灯是亮着的，只见屋里四面墙上贴满了奖状。一张张奖状上都写着"白占元"的名字，上边全印着"劳动模范""生产标兵""节约标兵"的字样。房子里的摆设很简陋。醒目的只有这些奖状。这是他用三十多年的心血换来的。

白占元进门后先坐下来喘了口气，看见儿子的房间里亮着灯，门虚掩着，里边传出哗哗啦啦的麻将声，不由得叹了口气。

儿子白小国的房间却是另一种景象。房间里的布置、摆设十分现代。墙上贴着歌星、影星的大照片；床是席梦思的，墙上挂着电吉他，还有带卡拉 OK 的音响；灯是专用的可高可低的吊灯，吊灯下摆着一张麻将桌，桌子周围坐着四个正在打麻将的年轻人。听见外边有声音，白小国忙说："快，快，把钱收起来吧，老爷子回来了。"说着，几个人手忙脚乱地往兜里塞钱。

白占元走到儿子的门口，推开门，探探头说："啥时候了，还不睡呢?"

几个年轻人看见白占元，忙笑着说："大伯回来了?"

白占元"嗯"了一声，说："可不能赌钱。"

白小国不耐烦地说："倒班哩，玩玩。你去歇吧!"

白占元"哼"了一声，刚转过身来，门砰一下关上了!

只听屋里几个年轻人说："啥年月了，老爷子也真是……"

白小国说："没事儿。这老头，我有法儿治他。来来，接着来，我差点就自摸了。"

白占元怔怔地站了一会儿，无奈地摇了摇头。

接近黎明，天还没有大亮。周世中在楼梯拐弯处的台阶上坐着，头上有一盏半明半暗的小灯泡。他是在等人送钱来。

片刻，有沉重的脚步声响起，白占元从楼上下来了。他没有说话，也默默地在台阶上坐下来。周世中默默地递过一支烟，他默默地接过来，默默点上，默默地吸着。

过了一会儿，周世中说："师傅，我一直没顾上给你说，厂里想让你退呢……我顶住了，技术上你还能把把关。"

白占元说："退就退吧，上头有政策……"沉默了一会儿又说："人老了，手脚不利索，拖累你们了。"

周世中说："师傅，说哪儿去了。咱厂干机加工的，有几个不是你的徒弟？再说，不是还差半年吗？"

白占元说："别的没啥，就是小国，不成器，花钱如流水一样。要是退了……"说着，他停顿了一下，又说："我这儿有五百块钱，我藏棉鞋里了，幸好还没被那狼羔子翻走。"

周世中说："小国？"

白占元叹口气说："有多少钱也不够他折腾……也怨我，他娘死得早，把他惯坏了。"

周世中安慰说："也没干啥坏事。"

白占元摇摇头："没法说……"

周世中说："给他说个对象，有人管着会好些。"

白占元说："别提了。吃喝嫖赌占全……正经人家的姑娘，谁要他呢。"

周世中说："也别这么说。现在人老实了，姑娘们还看不上呢。"

白占元说："你操个心吧。"

正说着，班永顺和梁全山一前一后从楼上走下来，两人分别往台阶上一坐，谁也不理谁，谁也不看谁。

老班坐下后说："我这儿，大兰给凑了四百五。"说着，又看看他们："这钱掏得老冤枉啊！"

周世中说："我这儿有八百，白师傅拿了五百，老班有四百五，一共是一千七百五，也差不多少了。"

老转急忙说："我那儿本来有三千，回来一找，没有了！我可不是装熊，好歹在部队上干过。你看，刚才把老班媳妇也给得罪了。钱丢了，不能问问？"

老班嘟哝说："问呗，谁不让你问了？叫你搜，你不搜……"

老转说："问？我还怎么问？我还敢问吗？又是打又是骂的，叫谁看呢？"

周世中说："算啦，算啦。折腾半夜了，都回去睡吧。剩下的数，我想办法。"

老转说："那，那钱我先欠着，算我借的，行不行？三千块钱，才取出来不久，说丢就丢了。"说着，眼里湿湿的。

周世中说："别急，再找找……唉，这事，说起来叫人寒心，可碰上了，也不能见死不救啊。算啦，算啦。歇吧，都歇吧。这钱我去送。"

老班试探着问："要是医院再要呢？老天爷，那可是个无底洞啊！"

周世中站起身，说："走一步，说一步吧。"

天已蒙蒙亮了。

被扣作"人质"的小田，这会儿正躺在医院大厅水磨石地上呼呼睡呢。地上太凉，他两手抱着膀，蜷成了一个团团蛋儿，嘴里流着长长的口涎。

那个戴大口罩的女护士从急救室里走出来，看了看他，摇了摇头，又反身走回医务室。片刻，她拿出一条印有红"十"字的被子，轻轻地盖在了小田身上。

周世中走上三楼，站在了一个门前。怔了片刻，他轻轻地敲了两下门。

　　立时，屋子里响起了窸窸窣窣的穿衣服的声音。一个女人的声音从屋子里传出来："谁呀？"

　　周世中说："素云，是我，世中。"

　　李素云在屋里说："哦，是周师傅。你等等……"

　　片刻，门开了，三十二岁的女工李素云披衣站在了门口："有事儿吗？"

　　周世中问："你这儿有钱没有？我，有急用……"

　　李素云看看他，说："上屋里说吧。"说着，扭身回屋去了。

　　周世中迟疑了一下，也跟着走进门去。

　　李素云住的是一室一厅的房子，厅略大些。家里收拾得很干净。周世中在沙发上坐下来，随口问："小军呢，睡了？"

　　李素云说："上他姥姥家去了，那儿上学近。"

　　周世中看了看李素云，说："要是没有，我再……"

　　李素云说："你要多少？"

　　周世中说："三百，三百就够了。"

　　李素云马上说："有。"说着，就进里屋去了。一会儿，她走出来，把三百块放在周世中面前，问："够不够？存折上还有……"

　　周世中说："够了。"

　　李素云问："出啥事了？听见你们那边闹嚷嚷的。"

　　周世中站起身，说："没啥，下班回来……嗨。"

　　李素云关切地说："你一夜没睡吧？"

　　周世中说："没事儿。老魏，快回来了吧？"

　　李素云说："一年多了。"

　　周世中刚想走，李素云说："你等等。秋霞，她来了。昨儿个没见你，在这儿坐了一会儿。"

　　周世中不吭。

李素云说："秋霞说……她，想……离。"

周世中皱了皱眉头，还是不说话。

李素云说："秋霞说，你这边这样，她那边，那样。你爹瘫着，你娘这样……她那边，她娘又是那样……这样拖下去也不是办法。她说她不想再拖了。我劝了劝她。可她说，她已经向法院起诉了。"

周世中沉默了一会儿，说："她想离，就离吧！"

清晨，厂区大道上，上班的工人们纷纷从职工宿舍楼里涌出来。有的提着饭盒，有的女工推着孩子……这里又成了一条涌动着的自行车的河流。

晨光在亮亮的自行车瓦圈上映出一个个扁扁的人脸，脸在瓦圈上转动。一天的生活、劳作又开始了。

半上午的时候，小田穿着一身在地上滚得脏兮兮的衣服跑了回来。他三步两步摇摇晃晃地冲进楼道，高声喊道："白师傅，周师傅，梁师傅……特大喜讯！特大喜讯！活了，活了！林晓玉活了！"

众人乱纷纷地从各自屋里跑出来，这个说，活了？那个说，活了？还有的说，你说清楚，谁是林晓玉？

小田一急说："就是那个，那个那个那个……嗨！就是咱救的那个姑娘，她叫林晓玉，她醒过来了！"

众人都说："不赖，不赖。谢天谢地，谢天谢地！"

小田说："这姑娘可好了，一醒过来，我给她一讲情况，她可就掉泪了，一个劲感谢咱。"

老班担心地问："没再说别的吧？"

小田连声说："没有，没有……一醒过来，马上就证明咱是救命恩人，咱是受了冤枉。"

白占元说："不赖，不赖，这姑娘心好！"

老班激动地说："咱算是遇上好人了！她硬是讹咱，咱也没法呀，是不是？"

周世慧笑着说："看班师傅说的，救了人家，还说是遇上好人了。你猜我哥回来怎么说的？他说是他撞了人了！"

白占元说："这年月，也算是遇上好人了。"

屋子里，白小国嚷道："还让不让人睡了？"

众人的声音忙低下来。白占元"呸"了一口，说："你打一夜麻将，还有功了？别理他！"

老转因为丢了钱，脸一直阴着，这会儿才说："叫我说，咱得去看看人家，以示咱救人的诚意。"

周世中说："我看行，咱去看看人家。师傅，你说呢？"

白占元说："去。不管怎么说，救了一条命呀！"

小田说："要去咱现在就去，晚一会儿，人家家里就来人了。她已经让护士往家里打电话了，还专门说让家里人带着钱来……"

老班拍着手说："好好，这姑娘心好，心真好。"

周世中说："哎小田，那姑娘长得漂亮吧？"

小田说："师傅，你笑话我呢？"

老转接着说："这有啥？心眼好，要是再长得漂亮，冲上去。"

众人笑起来。周世慧望着小田，酸酸地说："就是呀，一夜没少看人家吧？看到眼里可是拔不出来了。"

小田不好意思地说："哪呀，人家刚醒过来。"说着，就往楼下跑，边跑边说："我先下去买水果。"谁知，到了楼梯口，他又折了回来，指了指身上说："太脏了，我得换换衣服。"

众人又笑了。

在市第二人民医院的急救室里，已经苏醒过来的林晓玉在病床上躺着。她头上缠着一圈带血的绷带，腿上打着石膏，身前放着吊瓶，正在输液。

这时，小田提着一兜水果，领着师傅们走进来。林晓玉看见他们来了，挣扎着身子想坐起来……

众人忙围上去说："别动，姑娘，你别动。"

小田忙介绍说："这是周师傅，这是白师傅，这是梁师傅，这是班师傅……昨天晚上，我们一块儿把你送来的。"

林晓玉哭了，她流着泪说："谢谢，谢谢师傅们！"

周世中说："别，你也别，我们是碰上了。"

白占元说："姑娘，别难过了，是你命大。"

老转夸耀说："我当过兵，不能见死不救啊！"

班永顺说："是呀，是呀，都是好人，都是好人。"

正说着，突然有几个人冲了进来。只见头前的一个穿西装，手里拿着"大哥大"气势汹汹地走过来，骂道："是哪个狗日的把我妹妹撞了？说！"跟他进来的两个身材高大的年轻人，两手抱膀，不怀好意地站在了门口。

屋子里的空气顿时紧张了。

老班一看这阵势，小声对周世中说："你看你看，救人救出事来了。"

躺在病床上的林晓玉流着泪说："哥，你错怪人家了。是这些师傅救了我，是他们把我救了。要不是他们……"

这人一愣，忙赔笑说："对不起，对不起，实在是对不起！鄙人林凡是荷花大酒店的……"

周世中没有扭头，他看了看林晓玉，说："姑娘，好好养伤吧，我们走了。"说着，看也不看那人，只对众人说："走！"

几个人都跟着周世中往门外走。

林晓玉叫了一声："师傅。"又赶忙对林凡说："哥，还不赶快给师傅们道歉！"

林凡一怔，连声说："我道歉，我道歉……"说着，追出门来，拦住众人说："师傅，师傅，你们是我妹妹的救命恩人，也就是我的恩人。刚才是我太鲁莽了……这样吧，我请诸位中午到荷花大酒店去，我请客！请务必赏光，给个面子。"说着，又对一个年轻人喝令："小吴，马上安排雅间！"

周世中淡淡地说："你是不是很有钱？"

林凡迟疑了一下，马上说："钱？有，有。说个数吧。"

周世中说："那就请你把我们垫的两千块押金退给我们。我们都是工人，是靠劳动吃饭的。别的，就不必了。小田，你留下吧。"说完，大步朝门外走去。

一时，林凡张口结舌，不知说什么才好。

二

上午，车间里，机床轰隆隆响着。这时候，人已经融进转动着的机器中了，机器成了有生命的东西，人在机器旁显得很小。每台机床前都亮着一盏小灯，灯光把工人的脸映出一种生动，这生动是由于机器转动才产生的生动，是一种劳动的生动。

在一台 C630 车床前，周世中正在量一个卡在车床上的工件。他手里拿着一个游标千分尺，脖子伸在工作灯下，聚精会神地看着千分尺上的刻度。

这时，车间调度走了过来。他站在周世中身后，拍了拍他的肩膀，说："哎，伙计，下个班倒后夜。"

周世中放下手里的千分尺，摇了摇手动摇把，把车刀退回来，这才转过脸，问道："怎么又变了？"

车间调度说："电紧。我也没办法。"说完他扭头走了几步，像是突然想起了什么，又折回来，说："老周，家里……？"

周世中淡淡说："没啥。"

车间调度说："老周师傅的身体……"

周世中说："还那样……"

车间调度看了看他，说："我忘了件事。"说着，在身上擦了一下油手，从上衣兜里掏出一张盖有红色大印的纸："这是法院送来的传票。"

周世中默默地把那张纸接过来，看也没看，顺手塞进了兜里。

两人互相看了一眼。车间调度想开句玩笑，说："怎么，老婆跟人跑了？"

可周世中什么也没说，他转过身去，一按电钮，机床"轰"地响起来。

车间调度的嘴闭上了，他默默地拍了周世中两下，扭身走了。

周家的负担的确是太重了。父亲不用说了，病瘫多年，母亲还有间歇性的精神病，好一会儿歹一会儿，好的时候跟正常人一样，发作起来就人不人鬼不鬼了。这担子主要由当哥哥的周世中挑着。妹妹周世慧很想帮帮哥哥。先前，她曾想靠业余时间给人打毛衣挣点钱，可现在的人都愿意穿机织的，上门找她织毛衣的人越来越少了。她是长白班，她所在的厂效益又不好，所以，她想趁晚上的时间偷偷地到一家酒店去应聘。这事她不敢让哥哥知道，也不敢让家里人知道。只谎说报考夜校。

现在，周世慧正躲在房间里梳妆打扮，准备到一家酒店去应聘，她的床上扔着两三件衣服，她在屋子里试试这件，又试试那件……而后又对着镜子，重复地练习说：我叫周世慧，我、叫、周、世、慧……我想到你们这儿打工……

这时，母亲余秀英推门走了进来。她说："还不去给你爸穿呢？你哥连班，你不知道？"

周世慧一惊，赶忙转过身来用背挡住镜子，说："去，去，我马上就去。"

母亲看看她说："这是干啥呢？打扮得妖不妖、六不六的！毛主席说：'不爱红装爱武装。'你可好！"

周世慧嗔说："妈，就当了两年工宣队员，这都多少年了，怎么还是……"

母亲说："两年？整三年零四个月！那时候，你妈往学生讲台上一站，讲话也是一套一套的……"接着她又唠叨说："世慧，你爸这样，你哥那一家那样，当媳妇的两年不进家门……你说说，你就不会帮帮你哥，你不可怜你哥？"

周世慧说："谁说我不可怜我哥？妈，你知道咱家最缺啥？缺钱。我要是能……"她话说了半截，又突然不说了。

母亲说："钱？那毛主席说，钱也不是万能。你……"

周世慧说："你没听人家说，钱不是万能，没有钱万万不能！"

中午，下班的时候，工人们熙熙攘攘地从工厂大门口流出来。

周世中、梁全山、班永顺、小田夹在人流中，推着自行车往外走。因为丢了钱，梁全山一直是愁眉苦脸的。他紧走两步，赶上周世中，说："头儿，下个班我请俩钟头假。"

周世中看看他，问："钱还没找着呢？"

老转摇摇头说："三千哪，日他的！"

周世中安慰他说："再找找，在家里，兴许不会丢……"

老转说:“都翻遍了。为这事,把老班两口子也给得罪了,操!”

周世中说:“假不用请了,请假扣奖金。下个班倒后夜,想调休也行。”

老转叹口气说:“家贼难防啊!”

回到宿舍楼时,梁全山跟班永顺一前一后上楼,可两个人谁也不理谁,你走你的,我走我的。进了“多家灶”,还是谁也不理谁。

老转进了家门,见妻子崔玉娟仍在床上睡着。他轻轻地走到床前,眯着眼,用审视的目光盯着妻子看。

崔玉娟翻了个身。这时,墙上的挂钟“当当……”响了,被惊醒的崔玉娟蒙蒙眬眬看见床前站着个人,睁眼一看,是丈夫。她嘟哝说:“干啥呢?吓我一跳!”

老转说:“你没做饭?”

崔玉娟说:“面条换回来了,在案板上,你自己下吧。我瞌睡,头有点晕。”

老转看着她,问:“这一月你都是夜班?”

崔玉娟说:“可不。”

老转又问:“都是通夜?”

崔玉娟翻了个身,把脸扭到了里边,说:“怎么了?车间里安排的,我有啥办法!上个班,成天提心吊胆的,今儿说优化组合哩,明儿又定岗定编哩……”

老转不问了,转过身去,四下看着。

崔玉娟扭过头,看了看他,又赶忙把脸扭过去了。

这时,女儿小芬推门走进来。她一边放书包,一边说:“爸,啥饭?”

老转没好气地说:“面条。”

小芬噘着嘴说:“又是面条。我不吃面条,我想喝班伯伯家的胡辣汤。”

老转气呼呼地说:"喝屁!"

女儿小芬吓得不敢吭声了。

"多家灶"的厨房是三家合用的,地方很小,很窄,并排放着三个炉子。靠里是老转在下面条,挨着是王大兰,她也在下面条。两人都半侧着身子,自然不说话。因为地方太小,一动就蹭住身子了,所以两人拿东西都小心翼翼的,生怕碰了对方。

王大兰明明看见梁家的锅淤了,也不吭声。

这时,小田也端着面条走过来,一看,连声说:"梁师傅,淤了,淤了……"

正在愣神儿的老转低头一看,赶忙往锅里添水。

小田笑着说:"呵,都是面条?"

两人看着各自的锅,都不应声。

小田心里高兴,也不管人家高兴不高兴,又哼起小曲来。哼了两声,又觉不对劲,看看这个,又看看那个,说:"梁师傅。"

老转"嗯"了一声。

小田又叫:"老班嫂子。"

王大兰说:"有话就说,有屁就放。"

小田说:"都是面条,我看干脆让嫂子一锅烩算了,嫂子做得有味。"

王大兰不吭。

老转也不应声。

只有勺子碰锅沿的嚓嚓声。

小田看看两人,说:"这天晴得好好的,怎么说阴就阴。"

老转饭做好了,端上锅,一声不吭地走出去了。

王大兰看他走了,气嘟嘟地对小田说:"小田,你不知道,他丢了三千块钱，正怀疑咱呢！"

小田诧异地问："梁师傅丢了三千块钱，我怎么不知道？"

王大兰一边端着锅往外走，一边说："哼，肚里没皮，不怕刀割！赌叫他怀疑了。"

灶间只剩下小田一个人了。他拍了拍脑袋，自言自语说："我说不对劲呢……"

下午，在车间工具室里，白占元正在整理量具和一些合金刀具。

儿子白小国一晃一晃地走了进来。他进来往白占元身后一站，说："老爷子，给俩叶麻儿（钱）。"

白占元头都没抬，没好气地说："你是赶着点儿来的，知道我今天发工资，是不是？"

白小国晃荡着身子说："看你说的，我是路过，来看看你。"

白占元转过身来，看着他，说："说话就好好说，身子晃什么？啥样子！"

白小国双手一抱，说："老爷子，你是看我哪儿都不顺，浑身上下没一个好零件。这零件是不是你给的？你没把零件车好，能怨我吗？好，好。我走我走，给俩叶麻儿我走。"

白占元训道："你不好好上班，整天游手好闲的，又要钱干什么？"

白小国用戏谑的口气说："老爷子，这就是你的不对了。我没埋怨你，你倒说起我来了。你要是有本事，给我安排个正正当当的好工作，我会不好好干吗？我们这一茬的同学，有银行的，有税务所的，有公安局的……我干的啥？日他妈，是个翻砂工！人家都有个好爹，是不是？都是当爹的，人家是一辈子，你也是一辈子，人家给儿子怎么安排的，你是怎么安排的？再说了，你要是个大款，也行啊，给我个三万五万的，我去做个生意，也不会比别人差吧？你说，老爷子，你也是当爹的，你愧不愧？"

白占元说："翻砂工怎么了？你爸是个工人，是老百姓，你也别想那么高。咱是凭劳动吃饭的，不管干啥，只要踏踏实实的，都能干好。"

白小国说："跟你简直没法说话。这年头，你不知道吗？那铸造上没关系也不行。我没干吗？先是让上炉上（炉前工），炉上又叫上型上（造型工），后来又叫我去筛沙子。你说，这不是掭兑人吗？造型干了半月，那活儿能是好活儿？出来跟煤黑子似的。就这，非让我去筛沙子。你说说，我好歹也是中学毕业，操，叫我去筛沙子！那筛沙子的净是乡下来的合同工……跟我一块儿进厂的，有个哥们儿没几天就调办公室去了。你猜为啥？他爹是工商所长！"

白占元说："那是你不好好干。无论到哪儿，不好好干都不行。"

白小国摆着手说："好，好，我不跟你较这个真儿。我跟你没啥说头。说了你也不懂。你还在五十年代蹲着呢，这已经是九十年代了，我跟你净生闲气！九十年代跟五十年代生什么气？犯不着，对不对？拿钱吧，拿钱吧，拿钱走人！"

白占元气得好半天说不出话来："你，你怎么……上上礼拜才给了你二百。"

白小国说："那是那，这是这，两码事。我买双鞋。"

白占元说："又买鞋？你买多少双鞋了。"

白小国双手一抱，说："说句痛快话，你给不给？"

白占元沉着脸一声不吭。

白小国说："老爷子，我知道你脸面金贵。先说，我没让你丢过人吧？我可是没让你丢过人。你想不想丢人？你想丢人言一声。跟我一块儿进厂的，黄二柱，知道吧？他爹你也认识。头前，进去了，一家伙判了七年。你要是想丢人，我就叫你丢丢人。"

白占元不吭，背过脸去，从兜里甩出一百元钱。

白小国说："再给一张，再给一张，你没进过大商店，你不知道九十年代的价格。"

白占元无奈，又甩出一张五十的，扔在地上。

白小国弯腰把钱捡起来，拍了拍，皮着脸说："这是钱，钱是好东西，你怎么能随便乱扔呢？这不好啊。再说了，钱已经给了，你还生什么气？你这不是白生气吗？生气净伤自己的身体，你看，我一点也不生气……"正说着，看白占元瞪着他，便说："好好，我走了。"

白小国一走，白占元气得一屁股蹾坐在椅子上。

周世慧骑车在大街上走着，一边走一边注意路边贴的"招聘广告"。

忽然，一辆车子照着她直冲过来！吓得她"哎呀"一声，赶忙往路边上让。

可是，那辆自行车却紧挨着她的车子停住了。她抬头一看，见白小国双手捏闸，笑嘻嘻地站在她面前。

周世慧说："死小国，你吓我一跳。"

白小国说："世慧，你打扮得这么漂亮，干啥去？"

周世慧说："你管呢。"

白小国说："世慧，你说话别那么难听。我也没啥事，陪你走走？"

周世慧说："一边去吧。看了几部港台片，嘴也学涮了，还陪我走走？我没你那么闲。"说着，骑上车就走。

白小国骑车跟上去，说："世慧，世慧，哎，晚上跳舞吧？'蓝天'，我请客。"

周世慧说："我没空。"

白小国仍皮着脸说："不给面子，是不是？从小一块儿长大的。"

周世慧说："我确实有事。我先走了。"说着，越骑越快了。

白小国仍不生气，骑着车子滑了一圈，说："那好，拜拜了。"

周世慧来到荷花大酒店门前，犹豫了一会儿，最后才下决心走进去。她边走边在心里嘱咐自己："别怕，别怕……"

在二楼一间挂有"总经理室"牌子的门前，周世慧鼓足勇气，轻轻地敲了两下门。

里边有人应道："进来。"

周世慧推门走了进去，只见迎面是一个巨大的写字台，经理室看上去布置得富丽堂皇的。写字台后边的皮椅上坐着一个西装革履的男人，那就是这里的总经理林凡。

林凡抬起头来，问："你是……?"

周世慧说："听说，你们这儿招收钟点工，是吗?"

林凡看了看周世慧，忙说："是啊，是啊。请问，小姐贵姓?"

周世慧老老实实地说："我叫周世慧，是电子元件厂的工人，上长白班。听说你们这里晚上……"

林凡又用挑剔的目光打量着周世慧，而后说："明白了。我们这里是招收钟点工。不过，我们用人是很严格的，当然，报酬也很高。每天只工作四个小时，从晚上八点到十二点。工资一个月五百元，不低吧? 还有呢，小费归自己，一个月至少不低于工资，这样的话，加起来至少一千元……怎么样?"

周世慧吃惊地说："这么多呀。那，都做哪些工作?"

林凡沉吟了一下，说："这个嘛，工作是不累。也就是陪人跳个舞，送个咖啡、可乐什么的，很轻松……主要得让客人满意。"

周世慧一听，吞吞吐吐地说："跳舞? 我，我不想让，让厂里知道……我家里有病人，经济上有些困难，我能不能干点别的? 我，我也不会跳……"

林凡说："不会可以学嘛。其实也很简单，跟着节拍走就是了。你走几步，走几步我看看。"

周世慧不好意思地说："走？怎么走？"

林凡说："随便，你走到桌前，再走回去，就行了。"

周世慧羞涩地走了几步。

林凡摆摆手说："好了。如果愿意的话，明天就可以来上班了。上班前，还要签订一份合同，交一千元押金。"

周世慧说："那，我再考虑考虑。"

傍晚，梁全山下班回来。一推门，见妻子崔玉娟已打扮得利利索索的，正准备出门呢。

崔玉娟一见他回来了，忙说："饭在锅里呢。"

老转"嗯"了一声，沉着脸，也不说话，那目光就像审贼一样。

崔玉娟挎上一个小包，躲着他的目光说："我上班去了。"说着，匆匆出门去了。

老转在屋里坐着，耳朵却谛听着楼道里的脚步声。片刻，他突然站起身来，轻轻地开了门，猫着腰走出去，悄悄地趴在楼道里，顺着过道楼窗的缝隙往楼下看。他的目光一直盯着楼下那辆粉红色的坤车，那是妻子崔玉娟的车。

这时，小田从屋里走了出来。小田穿戴一新，看上去喜洋洋的，哼着小曲走下楼来。正好碰上老转猫着腰偷偷往下看呢。小田一怔，说："梁师傅，你这是……"

老转有点尴尬，他慢慢直起身，伸直两只胳膊，做出下蹲的样子，说："没事，没事。"

小田心里有事，也没在意，又哼着小曲儿往前走。刚走到周家门前，却被周世慧拦住了。周世慧说："小田，你上哪儿去？"

小田支支吾吾地说："不，不上哪儿。"

周世慧说："有个事，你给参谋参谋吧？"

小田急着走，心不在焉地说："啥事，改天吧。"

周世慧看他根本没心听她说，气了，说："没事。叫你去看电影哩！"

小田看她生气了，有点莫明其妙，说："电影？啥电影？我……"

周世慧用嘲讽的口气说："英雄救美人呗。哼！"

小田的脸腾地红了，说："胡，胡说啥……"

周世慧猛地推了他一把，说："去吧，去吧，赶紧上医院去吧……"

小田不敢恋战，一边下楼，一边说："我，我，我回家有事……"

这当儿，小芬背着书包走上楼来，碰上小田，忙说："田叔叔好。"

小田一边应着"好好"，一边急匆匆地跑下去了。

紧跟着，老转也冲下楼来，见了女儿，也顾不上多说什么，只说："饭在锅里，你自己吃吧。"便急匆匆地跑下去了。

华灯初上，在灯光闪烁的马路上，老转飞快地蹬着车子，他的目光一直盯着前面那辆粉红色的坤车。他看见妻子了，骑坤车肩上挎一小包的就是他的妻子崔玉娟。他不敢骑得太快，他怕妻子认出他来，只悄悄地在后边跟着。过了一片热闹的夜市，又连续过了两个路口，突然前边的红灯亮了，他急忙刹住车子，目光仍紧盯着那辆坤车，可是，前边的车子却越聚越多……

过了一会儿，绿灯亮了，他赶忙加快速度往前追。可追着追着，他发现那粉红车不见了。他停住车子，四下张望，猛然间，他看见那粉红坤车绕到了另一条路上！他心里说："不对，路线不对！这不是妻子上班的路。"

于是，他加快速度冲上前去，飞快地骑到跟前，照"妻子"肩上用力拍了一掌："下来吧，我跟你半天了！"

可是，当那女人惊诧地转过身时，他一下子呆住了，那不是崔玉娟。

那姑娘停住车，气愤地说："你想干什么？"

老转忙说："对不起，对不起，我认错人了。"

那姑娘骂道："神经病！"然后，悻悻地骑车走了。

梁全山走后，梁家就剩小芬一个了。吃过饭，她走出门来，对着班家的门喊："小水，小水，来我家写作业吧。"

班小水、班振明都在门口站着，想去，却都一声不吭。

小芬又说："来吧，我爸不在家，我妈也不在家……"

王大兰听见了，马上从屋里走出来说："敢？出出门，我打折你们的腿！都给我回来……"说着，硬把两个孩子的头从门口处按了回去。

小芬对王大兰央求说："婶婶，让小水姐姐来吧，我家没人。"

王大兰没好气地说："没人更不能去了，省得丢了东西讹人！"

小芬小声说："我一个人害怕……"

王大兰说："明光光的，怕啥怕？"说着，口气又软下来了："你家不是有彩电吗，回去看电视吧。"说着，扭过身，把屋门关上了。

老转仍在马路上转悠。

他跟着跟着，把妻子跟丢了，可心里还是不甘心。就骑着车一条街一条街地胡乱找。在这条繁华的大街上，到处都是闪闪烁烁的霓虹灯，到处都是高档饭店、舞厅、卡拉 OK 厅……那些光线是很压迫人的。

他的目光在人群里巡来巡去，既希望找到妻子又害怕找到妻子。

终于，他来到了一个舞厅的门前。他把自行车扎在门旁，趴在一扇响着音乐的大玻璃窗往里望。他看见了一对对在音乐声里翩翩起舞的男男女女……

在这一刹那间，他脑海里出现了一个可怕的幻象：他的妻子崔玉娟正跟人抱着，含情脉脉地跳舞。于是，他脸上突然冒出了愤怒的神色！他几步来到门前，抬腿刚要进，却被一个穿旗袍的姑娘拦住了。姑娘说："先生，对不起，请买票。"

他抬头看了看，问："一、一张票多少钱？"

姑娘很有礼貌地说："十元。"

老转摸了摸兜，却又把手缩回来了。他摇了摇头，扭身走了。

再走，老转就很犹豫。走走停停，当他又来到一个卡拉OK厅门前时，他迟疑着站住了。他看见玻璃窗里晃着男男女女的身影，觉得有一个很像崔玉娟，再看又觉得不大像。最后，他下决心，从兜里摸出十块钱，捏在手里，大步向门口走去。

刚要进，又被一个穿白色礼服的小伙子拦住了："请买票。"

老转昂昂地亮出了手里的十块钱，那小伙子只瞥了一眼，说："门票三十。"

老转很吃惊地问："多少？"

那小伙子淡淡地说："三十。"

老转说："疯了？"

那小伙子斜他一眼，冷冷地说："怎么说话的？你才疯了……"接着，用近乎调侃的语气说："知道这是什么地方吗？这是喝得起'人头马'的人才进的地方。"

老转不明白，说："马？什么马？"

那小伙子不耐烦地说："去吧，去吧，一边去吧……"

老转憋了一肚子火，扭头就走，一边走，一边气呼呼地说："……操，疯了，这人疯了？！疯了疯了疯了，敢要三十！"走出四五米远，他又扭回头来，喊道："神气什么？老子当过侦察兵！"

夜渐深了。

梁家还是只有女儿小芬一个在家。她已经蜷在破沙发上睡着了。

电视机还开着，荧幕上，是一片白茫茫的雪花。

隔壁的班家，一张大床上挤挤地躺着四口人。两个孩子已经睡着了。老班和王大兰在说话。

王大兰说："房子的事，有消息吗？"

老班说："定金都交过了，兴许快了。"

王大兰说："也不能太实受了，叫我说，该送还得送送。"

老班说："要送礼你去送，我可不去。徐厂长都说了，头一个就是咱，早早晚晚的事……还送啥？"

王大兰说："就你脸皮金贵。你看看这三家住一块儿，丢个东西都让人怀疑咱，孩子连门都不敢出……"

老班说："他也是问问，又没说是咱……"

王大兰说："还没说呢？都快指到鼻子上了……"

老班说："钱丢了，不是小数，人家问问也不错。"

王大兰点着老班的头说："你呀你呀，生就的死鳖！"

当梁全山来到第二棉纺厂门前时，已是夜半了。

他在马路上转了很久，最后才想起来，应该去玉娟的厂里看一看。如果她在厂里上班，那么一切怀疑都烟消云散了。如果，那么……

他疑虑重重地跨进厂门。这时，看大门的老头从传达室里走出来，问："你找谁？"

老转说："师傅，我找崔玉娟，她是我爱人。"

老头"噢"了一声，挠挠头说："噢，玉娟，怕是……你去车间里看看吧。"

　　走进厂院，听见了织机的轰鸣声，老转心里反倒松了一口气，心说："玉娟肯定在班上，谢天谢地……"

　　走进车间，一看，巨大的车间里，一半灯亮着，另一半却暗着。只有一半织机开着，看机的女工正忙碌着。

　　老转走上前去，向一个带班的女工问道："崔玉娟在不在?"

　　那女工看了看他，说："你是……玉娟的爱人吧?"

　　老转说："是。玉娟……"

　　那女工说："你不知道?"

　　老转说："知道什么?"

　　那女工吞吞吐吐地说："前一段，厂里效益不大好，只开半班。车间里搞优化组合，就……"

　　老转像被雷击了似的，好一会儿才问："多久了?"

　　那女工说："一、一个多月了吧? 玉娟一个多月都没来上班了。"

　　老转再没说什么，只觉头蒙蒙的，扭头就走。

　　那女工忙追上去，拽住他说："错了，你走错了……"

　　星期天的早晨，周世中又扶着父亲出来学走路了。

　　退休的老周师傅已病瘫多年了。为他的病厂里花了很多钱，家里也花了很多钱，但仍然没有治好。周世中没有办法，就自学了针灸（也跟一位老中医学过一段），每隔几天就给父亲针灸一次。现在他也敢扎头针了。让父亲带针学走路就是他跟那位老中医学的。

　　这会儿，周世中一手端着电疗盒，一手扶着父亲，正一步一步很缓慢地在楼下空地上走着。

　　老周已失语几年了，这会儿仍然口齿不清。他头上扎满了针，像个孩子似的，在儿子的搀扶下，一点一点地学走步。

走了一会儿，周世中已累得满头大汗，可他笑着说："不错，不错，今天能走五十步了。"

这时，崔玉娟骑车回来了。她把车子一扎，走过来说："老周师傅好点了吧？"

周世中忙对父亲说："爸，问候你呢。"

老周师傅呜呜呀呀地说："噢，噢噢达（好点的意思）。"

崔玉娟安慰说："会好的。你看世中多有耐心，要搁别人，怕早烦了……"

周世中说："也是没法儿，不能老花公家的钱。"

崔玉娟走上楼来，一推家门，不由得愣住了！只见梁全山正冲着门在屋里坐着，两眼熬得血红，脸绷得像是要杀人。

崔玉娟进门来小心翼翼地问："你，怎么了？"

老转沉着脸，问："你上哪儿去了？"

崔玉娟有点慌，慢慢取下肩上的小包，说："我，上班去了呀。"

老转目光逼视着她："说吧，到底上哪儿去了？"

崔玉娟说："你，你，你是怎么了？不是告诉你了？不信，你去问，问……"

老转猛地一拍桌子，厉声说："说实话！到底上哪儿去了？我给你说，我可是当过侦察兵，早侦察得一清二楚了！"

崔玉娟望着他，身子一下子软了，她小声说："你别嚷，你别嚷好不好？你听我说……"

老转马上放低声音，说："好，给你个机会。你说吧……"说着，转过脸去，招呼女儿说："小芬，过来过来，你做记录。"

女儿小芬手里掂着一张纸、一支笔，怯生生地从床后磨了出来。

老转指着一张吃饭的小圆桌对小芬说："她坐哪儿，你就坐哪儿记。她说一句，你记一句。"

崔玉娟一看这阵势，忙央求说："你，你这是干啥？当着孩子的面……"

老转说："怎么了？孩子也是家庭一员嘛。让她知道知道也好……"

崔玉娟眼里的泪下来了。她流着泪，说："老梁，我都告诉你，我都告诉你还不行吗？别当着孩子，你别当着孩子……"

老转说："孩子怎么了？孩子也不小了，家里发生的事，也该让她知道知道。是好事，让她向你学习；是坏事，让她引以为戒！"

这时，小芬哭叫道："妈妈……"

老转黑着脸说："哭什么，你哭什么？开个家庭会，哭什么？好好记！"

小芬不敢哭了，手里捏着笔，小大人似的，目不转睛地望着妈妈。

崔玉娟哭着说："老梁，我求你了，别这样，别让孩子，我……"

老转不耐烦地说："我不是说过了吗，你还啰唆什么？让孩子受受教育有什么不好？说吧说吧，你说吧……"

崔玉娟泪流满面："我，我不知道怎么说，我不知道该说什么。有一个多月了……一个多月前，厂里效益不好，产品卖不出去，工资发不下来。厂里就说要搞优化组合。消息一传出来，我每天都战战兢兢的，我是怕被组合掉了。那一段，我真是不知道该怎么做才好。别人去给车间主任送礼，我也去送了。主任说得好好的，说没事，可我还是怕，也不知道是怕什么。果然，车间主任说没事，可她自己却被厂里组合掉了……我，每天上班都是提心吊胆的，生怕出错。可不知怎么搞的，越怕越出错，机上老是出现断头……"

老转说："别强调那么多理由，拣主要的说。"

崔玉娟说："开始是三班开两班，后来又开一班。我机上断头太多，我……就被组掉了。厂长在大会上说，让八仙过海，各显其能……"

老转讽刺说："这么说你是显'能'去了，是不是？说说吧，你都开创了什么新局面？"

崔玉娟勾下头说："组掉了，我也觉得没脸见人。厂里说，组掉的人，可以出去推销产品，推销出去发工资，推销不出去不发工资……"

老转立马说："打住，打住。噢，你说你是推销产品去了？你给我说说，啥产品夜里推销？"

这时，小芬问："爸，推销的'销'字怎么写？"

老转说："别打岔，不会写先空着！"

崔玉娟说："头几天，我也是想出去推销的。可猛一下不让上班，心里没抓没挠的，不知怎么办才好。我就去了过去一个居民院的同学家……"

老转说："都一个多月不上班了，你为啥不告诉我？说吧，往下说吧。"

崔玉娟说："头两天，是张不开嘴。有一天夜里，我想说，推了推你，你睡着了。"

老转说："你别绕那么多圈子，到底干啥去了？"

崔玉娟吞吞吐吐地说："心里烦躁，开初也是小玩，后来……"

老转说："什么大玩小玩，你说清楚？"

崔玉娟说："我第一次去她家，正赶上她家打麻将，非让玩玩……"

老转看着妻子，连着"噢"了两声，继而慢慢地站起身来，目光逼视着她问："那三千块钱是不是你拿了？我早就怀疑了，果不其然！钱好好地在抽屉里放着会丢？出鬼了！"

崔玉娟哭着说："开始也没想……心里闷，小玩玩。头几天赢了几十块钱，这玩着玩着，我也不当自己的家了……我没想动那钱，那钱是咱一点一点积攒的，真的，我没想动。头回输，我是回娘家借的钱，我借了一千，只是想把本钱扳回来，扳回本来我就不干了。谁知越翻……"

老转恶狠狠地说："我问那三千块钱是不是你拿了？"

崔玉娟呜呜地大哭起来……

老转气疯了，扬起手狠狠地扇了崔玉娟一耳光，骂道："你，你他妈的！"

小芬马上哭着跑过来，扑到了妈妈怀里。

老转一时暴跳如雷！他抓起桌上的一只碗摔在了地上，语无伦次地说："你，你你，我我，还去找人家老班家……你叫我这脸往哪儿放！"

听到摔东西的声音，小田忙从屋里走出来，敲了敲梁家的门问："梁师傅，怎么了？"

老转把门拉开一道缝儿，走出来又反手把门关上说："没事，没事……碗掉地上了。"

小田"噢"了一声，迟疑了一下，扭头又回屋去了。

对面的班家，门也开了一条小缝儿，王大兰趴在门缝儿上，一边往外看，一边小声说："打起来了，那家打起来了！"

老班马上说："我去劝劝。"

王大兰门一关，身子往门上一靠，说："别去，谁也不能去！"

三

早上，在"多家灶"三家共用的一个水池旁，班永顺、梁全山都站在水池边刷牙、洗脸。那地方很窄，两个人都侧着身子，各自嘴里糊着一层黏黏的白沫。

老班先洗完，可他在里边站着。老转在外边站着，老班想出来，却又不想跟老转说话，就一个劲地干咳："咳咳，咳咳。"

老转洗完了，站在那儿却不走，就没话找话说："班师傅，明儿是后夜（班）吧？"

老班听他这么说，倒愣了。他们已好多天不说话了，猛一下不知该说什么好，支支吾吾地说："兴，兴是吧。"

老转说："我那台 20 车有点小毛病，尾座偏了，到时你帮着给校一下……"

就这么几句话，老班头上出汗了，他很勉强地说："行，行啊。还是让白师傅帮着校吧，他校得准些。"

这时，老转才说："班师傅，我给你道个歉。那天，嗨……你们一家都是实诚人，我不该瞎怀疑……"

老班的脸色立马阴转晴了，忙说："没啥，没啥。那么多钱，也不是小数，问问也是该的。钱找着了？"

老转叹了口气："找着了。"

老班说："是放错地方了吧？"

老转说："是，是放错地方了。"

老班说："找着就好。谢天谢地，咱是工人，也没别的进项，挣个钱不容易……"

老转说："班师傅，你给嫂子说说，就说我对不住了，让她生那么大的气……"

老班笑着说："女人家，麦秸火脾气……"接着又故意说："问问有啥？钱丢了，不能问问？你别理她。"

清晨，周世中推着自行车在棉纺二厂的门旁站着。

他是在等他的妻子黄秋霞。黄秋霞想跟他离婚，已经找他三趟了。

二厂也是女工多。门口处，下夜班的工人们一拨一拨地推车从厂里走出来。女工们自然是闹嚷嚷的。有的推着孩子，有的提着换衣服的小包，一拥而出……

黄秋霞跟着一群女工推着车子走出来。她虽然已经三十多岁了，但看上去仍然很漂亮，个子高高的，肤色是那种天然的细白，显得不像三十多的女人。黄秋霞并没有看见周世中，是跟她一块儿的女工先看到的。她拍了拍秋霞，伸手一指，嘻嘻笑着说："哎哎，你老头儿来了。"众女工也都跟着嘻嘻哈哈笑："快，快，你老头儿接你来了。"说着，一班女工骑上车子，招招手说："秋霞，先走了。"

周世中也看见黄秋霞了，可他没有走上去，仍在路边上站着。

黄秋霞也没有迎上去，而是推着车子照直往前走。

周世中也推上车子往前走，两人都不说话，默默地。

路上，不时有双双对对的男女骑车从他们身后越过，也有夫妻两口带孩子的，一路上有说有笑。

黄秋霞羡慕地瞥了一眼，心说："看看人家过的日子，看看咱过的日子……"

周世中的眼里幻化出了十五年前的情景：那时他们还年轻，周世中和黄秋霞骑在一辆自行车上，也是这条马路。那时，两人也是有说有笑的……

两人就这么默默地走着。当他们推车来到一个较僻静的路口时，在一个公共汽车的站牌下，黄秋霞站住了。她扎下车子，从兜里掏出一只手绢，垫在一块水泥栏板上，默默地坐了下来。周世中看了她一眼，也停住车子，走过来，在离黄秋霞两米远的地方站住，身子靠在了站牌的廊柱上，从兜里摸出一支烟，默默地点上。

片刻，黄秋霞说："……他爷爷，好点了吗？"

周世中说："还那样。"

过了会儿，周世中问："他姥姥……"

黄秋霞望着远处，说："还那样。"

周世中又说："小虎上学……？"

黄秋霞说："你心里还有孩子？"

王大兰提着一篮子变蛋从外边走回来。

刚一进门，班永顺急忙上前接过来，说："又不过节，你买这么多变蛋干啥？"

王大兰看了看隔壁的梁全山家，没好气地说："叫你吃哩！"说着，跟老班一起进了屋。关上门后，她拽了一下老班，才说："这是准备给徐厂长送的。房子的事，你一点心也不操！你看，一百个变蛋，两瓶酒，不知少不少？"

老班忙说："先说好，要送你去，我可不去送。"

王大兰说："看把你吓的，谁让你去了？你去我还不放心呢，连句话也不会说。"

这时，老班说："哎，我给你说，你可别再生人家老梁的气了。人家老梁今儿个主动给咱道歉了……还专门叫我给你捎话，说对不起嫂子，一个劲儿赔不是……"

王大兰高兴地说："真的？"

老班说："可不真的。人家老转这人不赖……"

王大兰又问："那钱他找着了？"

老班说："找着了。说是放错地方了。人家一找着，就马上道歉，一再地说好话……"

王大兰说："看看，这净瞎怀疑不是？"

老班说："嗨，钱丢了，人家问问也不错嘛。再说，人家也道了歉了。

一块儿住着，不能太生分了。特别是两家的孩子，这玩得好好的，你硬不让……你看你那个脾气。"

王大兰想了想，说："要说也是。他两口子还打了一架……"

老班说："赶明儿见他，他跟你说话，你可别不理人家。你也说几句好话，安慰安慰人家。"

王大兰说："这还用你教？回头给小芬端碗胡辣汤。那天她想喝，我没吭声。"

老班又说："咱这房子快了，人家的房子还没影儿呢。人家心里啥味？"

王大兰说："行了，行了，光替人家想，也不替你自己想想。"

公共汽车站牌下，周世中和黄秋霞仍是一站一坐。只是，黄秋霞说着说着哭了起来。

黄秋霞说："世中，你是孝子。我知道你是个孝子。你爸有病，你妈有病，你家离不开你。可你替我想过吗？你还有个妹妹，我呢？我妈病在床上四年了，我哥不在家，吃喝拉撒全是我一个人，我还要上班，还要带孩子……"接着她喃喃地说："这日子我过够了，我一天也不想过了……"

周世中一声不吭，只是默默地抽烟。

黄秋霞悲伤地摇了摇头，说："想想，可怜不可怜？在家连个说话的地方都没有。结婚这么多年了，连句私房话都没地方说！上我家，老人在床上躺着，老人心情不好，不能说；去你家，更不能说，老人在床上躺着。特别是你妈，有病，看见咱俩到一块儿，眼都是黑的！在屋里坐不了三分钟就叫你……有话也只能站在大街上说。你说，这叫日子吗？你有难处，我知道你有难处。可我呢？在厂里，是三班倒，有好几回，我妈把屎拉在床上，洗一回洗一回，没头没尾的……你说，你替我想过吗？你啥时候也能替我想想？不错，刚结婚时，你接过我，也送过我……"说到这里，黄秋霞顿了一下，脑海里出现了小夫妻曾经恩爱的情景：秋天里，两人在河堤上相拥而行……但那回忆很快就像秋叶一样，淡了，发黄了，萎缩了，而后像一阵风似的飘去了。黄秋霞接着说："你妈疑心那么重，越老疑心越重，她不能看见我，一看见我就发脾气，你还说我不去了……唉，我过的是什么日子？过去，谁见我谁夸，现在，谁不说我瘦了，老多了……"

周世中背靠着站牌，默默听着，仍是一言不发。

黄秋霞说："多少次了，我想让你帮我调调班，调成长白班，好照顾老人。可你不愿求人。你一个大男人不愿求人，让我一个女人去求人家。你知道人家怎么说？你知道人家说什么吗？只要我，只要我答应人家……你知道我是怎么回答的吗？我给了他一巴掌，哭着走了……"

黄秋霞说到这里，周世中的拳头越攥越紧，他狠狠地朝廊柱上捶了一下。

黄秋霞望着周世中，说："你怎么不说话？你为什么不说话？你心里有委屈你说呀！你苦，你有你的难处，这我都知道。可你是个男人，有你这样的男人吗？跟你这么多年了，你让我过过一天舒心的日子吗？我不是那种不讲理的女人，也不是光知道图享受的女人，我只想有个清静的家，有个可以靠一靠的肩膀，这些，你给过我吗？一说就是你爸你妈的病……算啦，算啦。我说这些干啥？真没意思！"

这时，周世中抬起头来，终于开口说："想离，就离吧。"

黄秋霞刚要说什么，一辆公共汽车开过来了。车停在了站牌下，有一群人从车上走下来。

黄秋霞怨怨地看了周世中一眼，站起身，推上车子就走。

"多家灶"里，王大兰和颜悦色地对两个孩子说："去吧，去你梁叔叔家写作业吧。妈没说不让你们在一块儿玩。好好玩吧，就是别碰人家的东西……"

小水和振明拿着书包，高高兴兴地来到梁家门前，一边敲门，一边喊："小芬，小芬……"

片刻门开了，却只开了一条小缝儿，小芬用身子紧堵着门，小心地露出一张小脸，脸上竟带着恐慌的神情："干啥？"

小水说："小芬，咱一块儿写作业吧？"

梁小芬却仍堵在门口，用大人的口气说："不行。爸说了，谁也不让进来……"

小水和振明尴尬地站在那儿，回头望着王大兰。

王大兰站在自家门口，悻悻地说："回来吧，回来吧！不让算了……"等两个孩子走回来，她骂道："哼，啥东西。神一会儿，鬼一会儿，鸡肠小肚的，亏着还当过兵呢！"

梁小芬站在自家门口，闪着两只小眼睛，眼里含着泪水，却一声不吭。

在马路边的电线杆下，黄秋霞对周世中说："孩子归你，我妈不答应；孩子归我，你妈不答应。你说叫我怎么办？小虎在我这边上学近，在你那边上学远，我主要是为孩子着想……你放心，孩子，孩子还让姓你周家的姓。你这边老人多，经济紧张，我不要你的钱。我只要你说句话，你得有句话……"

周世中仍是紧绷着嘴，一句话也不说。

黄秋霞说："我也不是没替你想过。我知道老人喜欢孙子。可孩子上学怎么办？下学期就该考中学了……现在，两家的老人跟死敌一样，你这边，你妈骂我妈，我那边，我妈骂你妈……再说，他姥姥一天不见小虎，就要死要活的……"接下去，黄秋霞自言自语说："我太累了，我实在不想这么活了……"

周世中紧咬着牙关，还是什么也不说。可他的心在说："变了，是心变了……"

黄秋霞蹬了一下车子，含着泪说："说了这么半天，你连句话都没有？那好，法庭上见吧！"说着，骑上车子走了。

周世中仍在电线杆下站着，他的目光注视着远去的妻子，手慢慢地从衣兜里伸出来，他手里攥着的是一盒上海产的"永芳"。

在职工宿舍楼下，周世慧刚开了车锁，就见小田一蹦一跳地从楼里走出来。他看见周世慧，有点不好意思地说："世慧，上哪儿去？"

周世慧说："老头儿想孙子了，让我去接他。你呢？"

小田一边推车一边说："我，看个人。"

周世慧说："又是去医院吧？"

小田脸一红，说："哪儿呀，回家，我回家。"

周世慧说："又见面哪？这是第几个了？"

小田说："去去去，哪壶不开提哪壶。"说着，就要走。

周世慧说："哎哎，别慌着走，我还有事问你呢。"

小田停住车子，说："啥事，你说吧。"

周世慧说："你给我参谋参谋。有个地方，一月一千元，你说我去不去？"

小田吃惊地说："那么多呀！你辞职了？"

周世慧说："没有。是钟点工。不影响上班……"

小田摇摇头说："有这好事儿？我看……这里边有问题。"

周世慧问："有啥问题？"

小田想了想，没想出眉目来，就随口说："你想去就去呗。"

周世慧看他心不在焉，气了，说："走吧，走吧，魂儿都让人勾跑了！"

小田骑上车子，说："那回头说吧，回头再说。"

小田确实去了医院。这一段，他不由得要往医院跑。

这会儿，小田正坐在医院病房里，为受伤的林晓玉削苹果呢。

这是一间收费较高的单间病房，房间里只住了两个病人。林晓玉头上的伤已经好了，只是腿上还打着石膏，不能动。她靠着被子半躺半坐，支使小田说："把镜子给我，在抽屉里。"

小田放下苹果，拉开抽屉，从里边拿出一个小圆镜子递给林晓玉。林晓玉接过镜子，在脸上照了一会儿，又说："把梳子给我……"

小田再次放下削了一半的苹果，把梳子递给林晓玉。林晓玉接过梳子，又对着镜子在头发上梳了几下，左看看，右看看，问："我是不是很难看？"

小田说："不难看，一点也不难看。"

躺在另一张病床上的胖女人羡慕地说："看人家这小两口……"

小田脸一红，忙解释说："不、不、不是……"

林晓玉看了看脸红的小田，笑着说："我还没脸红呢，你红什么？"她又笑着对另一张病床上的女人说："人家是我的大恩人！"

小田低下头，把削好的苹果递给林晓玉，说："吃吧！"

林晓玉说："你吃，要不你咬一口，你咬一口我再吃……"说着又把苹果送到小田的嘴前。

小田没敢咬，他的头一直向后仰着。林晓玉笑了。

这时，躺在另一张病床上的胖女人伸手晃了晃桌上的水瓶，坐起身子说："该打水了。"

小田忙站起来，说："我去，我去。"说着，慌忙提起两个水瓶，一溜烟地跑出去了。

那坐起来的胖女人对林晓玉说："你真是个有福人哪！上了大学，又摊上这么好的小伙子……"

林晓玉勾勾头，笑了笑，不在意地说："是吗?"

周世慧在离学校不远的马路边上接到了小侄儿周小虎。

小虎十二岁了，正上小学六年级。他背着书包，一边走，一边对姑姑说："姑，我告诉你一个秘密，你可不能对人说……"

周世慧说："什么秘密? 你说吧。"

小虎凑近周世慧，小声说："我妈我爸要离婚了。"

周世慧一惊，问："谁说的? 你怎么知道?"

小虎说："姥姥说的。姥姥还说我爸不是东西，不让我理他。姥姥还说离了婚就让我改姓，我说我不改姓……"

周世慧说："你姥姥才不是东西呢!"接着，她又问："小虎，那你同意不同意你爸你妈离婚?"

小虎说："管他们呢，离就离呗，反正他们也不在一块儿过。"过了一会儿，小虎又说："姑，报上说，现在离婚率特高。"

周世慧说："真是个傻孩子! 跟姑姑说，万一要是你妈跟你爸离婚，你跟谁?"

小虎晃着头，想了想说："我谁也不想跟。我喜欢姑姑，也喜欢林叔叔，跟谁都行。"

周世慧警觉地问："林叔叔，哪儿来的林叔叔?"

小虎说："林叔叔可神气了。有汽车，还有'大哥大'，可有钱了! 他还给我买了一台电子游戏机，四百多块呢!"

周世慧问："那林叔叔是干什么的?"

小虎不耐烦了，用大人的口气说："查户口啊? 算了，算了，不给你说了。"

周世慧说:"这孩子!"

周小虎手一甩一甩的,头前走了。

周世慧赶上去,说:"站住,小虎,你说,你到底站在哪一边?"

小虎扭过头,伸出手说:"姑姑,给我十块钱。"

周世慧一边掏兜一边问:"吃羊肉串哪?"

小虎说:"给我十块钱,我保准站在你这边。"

周世慧说:"这孩子,光有钱心!"

周世中从外边回来了。妻子要离婚,他心里很不好受,默默地顺着楼梯往上走。在楼梯的拐弯处,正好碰上李素云出来倒垃圾。看见他,李素云关切地问:"见秋霞了吗?"

周世中说:"见了。"

李素云问:"那,你俩……?"

周世中木然地走着,又上两个台阶,说:"明天开庭。"

周世中上楼去了。李素云手里拿着个小铁簸箕,站在那儿愣了一会儿,反身上楼,把簸箕放在门口,想了想,又朝白占元家走去。

她进了白占元家,焦急地说:"白师傅,你劝劝世中,他两口闹离婚呢!"

白占元问:"真的?"

李素云说:"可不,都闹到法院去了。明天开庭呢!"

白占元叹口气说:"唉,世中也难哪!顾了这头,顾不了那头……"

李素云说:"你劝劝他吧,他心里肯定不好受……"

白占元说:"待会儿,我把他叫过来,一块儿说说。"

周世中推开家门,他怔住了。

只见母亲余秀英正正板板地在屋里坐着，瘫痪了的父亲也被扶了出来，也正正板板地在一把旧藤椅上坐着，屋里的气氛十分严肃。

一看见他，母亲说："世中，你坐下。今天，咱们开个家庭会。"说着，又对在厨房里忙活的女儿说："世慧，你也过来。"

周世中没再说什么，他一声不吭地坐了下来。

周世慧也从厨房里走出来，坐下了。母亲精神上有些毛病，在家里一般没人拗她的话，她说什么就是什么。除了女儿世慧，有时会顶她两句。

余秀英很严肃地咳嗽了一声，说："咱们先忆苦思甜。从你爷爷那辈说起，你爷爷十三岁进城当学徒，干的是牛马活儿，吃的是糠菜饼……咱们家是三代工人，三代血统工人。今天呢，咱们开个家庭会……"接着，她清了清喉咙，高声说："毛主席教导我们说，工人阶级是领导阶级。毛主席又教导我们说，凡属思想性质的问题，凡属人民内部的问题，只能用民主的方法去解决，只能用讨论的方法、批评的方法、说服教育的方法去解决。"

这时，周世慧叫了一声："妈，少背点吧。你也不能老这样。"

余秀英瞪了女儿一眼，说："你别插嘴。是你主持会，还是我主持会？你连主席的话都不想听了？我们那时候……"接着她又背诵道："我再加一段，毛主席说，扫帚不到，灰尘照例不会自己跑掉。就先背这几段吧。下边本该你爸了，你爸嘴说不成句，就免了。往下咱说主要问题：世中，你说说，你那花心媳妇到底是怎么回事？哪有这样的媳妇，两年了，不踩咱家的门！这像话吗？我就知道这里边有问题！一说都是她娘，她娘是个掩护。事情坏就坏在她娘身上……"

此刻，瘫痪了的老周师傅像是被触动了什么，他眼里流出了两行热泪，焦急地用不成句的话说："哒哒，啊哒哒，啊哒哒哒哒哒，哒哒，哒哒哒哒。"（大意是，是我把孩子们拖累了，我不如死了，我要死了，也不会拖累你们了。）说着，嘴角处流出了长长的口涎……

周世中忙说："爸，你看你，这跟你有啥关系……"接着又对周世慧说："去给爸拿条毛巾……"

周世慧站起来，从里边拿出一条拧干了的毛巾，走上来给老周师傅擦了擦脸。她一边擦一边说："爸，你又哭了，真是的……"

余秀英看看老伴，说："你这是干啥？你去死吧！毛主席说，人固有一死，或重于泰山，或轻于鸿毛。我看，你死了比那鸿毛还轻！动不动就说死，叫孩子们怎么办？"

周世慧也说："爸，你好好的，心宽一些，也叫我哥少操点心。"

老周师傅又"哒哒……"了一遍，意思仍然是这病太拖累人了。

周世中说："这事跟你没一点关系，你别跟着操心了……"又对母亲说："妈，秋霞的事，你也别管了……"

余秀英说："这话是咋说的？我不管谁管？一说都是不让我管，你到底咋想的？你说说……"

周世中又不吭了。

余秀英说："我看她是心花了。早先看着还怪稳重，慢慢这人就变了。你没看外头，那舞厅里，净是搂着抱着的，成天嘭嚓嚓，嘭嚓嚓，能不影响她？那饭馆里一桌几百，一桌几百，还有这厅那厅的，能不影响她？咱是工人家庭，也没钱让她去嘭嚓嚓，她能不变心？再说她娘，那是个啥人？净出坏主意！见钱眼开。我看，保不定是外头有了……"

周世中还是不说话。

余秀英又说："这种女人，这种家庭，哼！世中，你说说……"

周世中终于说："她也有她的难处……"

周世慧说："哥，你早该注意点了。听小虎说，有个姓林的，经常去找我嫂子，还给小虎买游戏机……"

余秀英说："看看，看看，这人有问题了吧？关键是她娘！那是个啥人！她闺女有男人有啥的，她也让野男人往家里去？见了面，我非骂她不可！……世中，你表个态，你到底是个啥意思？"

周世中说："拦住人也拦不住心，离就离吧。"

余秀英说："唉，毛主席说'天要下雨，娘要嫁人'，由她去吧。我看，离就离，咱也不能怕她。心既然走了，这会儿你就是给她下跪，怕是也拉不回来了。离就跟她离！可有一条，虎子是咱家的人，孩子不能给她！"

一说到孙子，老周师傅又掉泪了。

周世慧说："小虎说了，他哪边也不站……"

余秀英说："听听，听听，她安的啥心？他那鳖孙姥姥没少在孩子跟前挑唆！要不，孩子会这么说？开初说，一星期叫来一回，慢慢，慢慢就不让孩子过来了。这家人，坏透了！……说一千道一万，孩子是咱的，不能断给她！"

周世慧说："哥，要不，我去给嫂子说说，你搬她家住？这边有我照管……"

余秀英瞪了女儿一眼说："不能妥协。弄到这一步了，咱决不低头！再说，你哥走了，你爸一会儿翻身儿哩，一会儿穿衣服哩，你能弄得动他？"接着，她又叹口气说："唉，要不是家里这一摊子，凭你哥的能力，车间主任早当上了。"

周世中站起身来，说："爸，妈，这事我自己处理。你们就别操心了。"说着，又看看周世慧说："你好好上你的班，我的事，你别乱插手。"说了，他走过去，搀起父亲，慢慢朝里屋走去。

余秀英说："哎哎，这会还没开完呢……"

下午，在老工人白占元家里，白占元和周世中在一对简易沙发上坐着。

沙发中间有一个木制小茶几，茶几上放着一碟花生，一瓶白酒，两只酒杯，两双筷子。周世中默默地用牙咬开酒瓶，先给师傅倒了一杯，而后又给自己倒了一杯。

白占元默默地喝了一盅，周世中又给他倒上，两人都不说话，只默默喝酒。喝一杯，倒一杯，喝了，再倒，屋子里只有"吱儿吱儿"的喝酒声。

片刻，白占元捏起一粒花生米，说："没菜。"

周世中看了看屋里，说："小国呢?"

白占元又抿了一盅酒，酒辣，他咂了咂嘴，闷闷地说："狼羔子，一夜没回来。"

周世中说："兴许是加班。"

白占元说："他加个屁!"说着，用脚踢了踢茶几下边，说："你瞅瞅，昨儿个，扔给我双鞋……"

周世中低头看了看，见茶几下边放着一双七八成新的皮鞋。

白占元说："这鞋他嫌赖。没穿几天，不要了，扔给我了。我一辈子没穿过皮鞋。一辈子了，我从来没有穿过皮鞋……"

周世中又把酒给师傅倒上。

白占元又把酒倒进肚里。咂咂嘴，吐口辣气……停了一会儿，说："你知道小国有多少双皮鞋吗? 你来看看……"说着，站起身，推开儿子的房门。屋子里立时显出了另一种气息，影星的大剧照看上去很刺眼……白占元用手指了指床边说："世中，你看，你看看。"

周世中也站起身，跟师傅来到门前，看见床边的鞋架上一拉溜摆着二十几双各种样式的皮鞋。

周世中皱了皱眉头，说："师傅，有鞋穿就是了，买这么多干什么?"

白占元叹了口气，说："是呀，我也是这么说。咱是工人，用着这么讲究吗? 咱又不是……嗨，你说你的，可人家不听，非要买。我又不能不让他买……"

周世中不解地望着师傅，不明白他话里的意思。

白占元说："喝了两口酒，我也不瞒你。我要是不让他买，你猜他怎么说？"

周世中仍望着师傅："他怎么说？"

白占元说："人家说了，你还没丢过人，你想不想丢人？我随时都可以叫你丢丢人！还说，谁谁家的儿子判了几年，谁谁家的儿子被抓了……我要不给钱，他真敢去偷人家……"

周世中一听，气得两眼冒火，两只手握得"叭叭"响，说："这孩子，真不像话！"

白占元看了看墙上贴的那些奖状，伤心地说："我这是花钱买脸呢！一辈子了，人不就是活个脸吗？兴许哪一天，这脸就不是脸了。"

周世中说："师傅，你别生气，我说说他。"白占元又回身坐在沙发上，叹了口气，说："不该给你说这些。其实，家家都有本难念的经。不说了，喝酒。就是没菜……"

这时，李素云端着一盘黄瓜、一盘鸡蛋走进来。白占元忙说："说没菜，菜就来了。素云，净叫你……"

李素云把菜放在茶几上，说："也没弄啥。拍了个黄瓜，现成的。"

白占元说："你也坐吧，我去给你拿双筷子……"

李素云忙拦住说："你们喝，别管我。我又不会喝酒……"说着，随手拿起一个小方凳，在两人的对面坐下来。

白占元喝了口酒，说："世中啊，听说，有那事儿？"

周世中也喝了一杯酒，默默地点了点头。

白占元说："非离不可吗？孩子都那么大了。"

周世中望着门外，远处是高高矗立的烟囱……很久，他回过头来，说：

"人家不愿跟咱过了，她要走，就让她走吧。咱不能老拖着人家不是？"

白占元说："说起来，你这边负担就是重。可这人活着，不就是要担点什么的吗？要不，我跟素云再去找秋霞说说？我看她也不是不通情理的人……"

周世中说："别，师傅，怹别去。"

李素云说："我也是女人。我替女人说句话，也不能全怪秋霞。那天，她给我说了好多好多，说着说着哭起来了……"

周世中木然地说："我不怪她。"

白占元劝道："世中啊，叫我说，能不离，还是不离吧。那车床车出来的标准件，还会差个一丝两丝呢，何况是人？该低头的，就低低头，夫妻之间，也没啥不能说的。还是再说说吧……"

李素云忙说："白师傅说得对。世中，你再去找找秋霞，跟她好好谈谈，兴许她就回心转意了……"

周世中沉默了一会儿，突然转了话题，说："师傅，厂长没找你吧？"

白占元说："没有。有啥事儿？"

周世中说："没有就算了。他说他想找你谈谈。"接着，他又对李素云说："这一段质量上没啥问题吧？"

李素云说："还有废品。"

周世中说："质量上你再卡严点。废品少了，摊到大伙头上，也多拿几个奖金。"

李素云看了看周世中，又把话题拉了回来，说："你就不能再找找秋霞？"

白占元自言自语地说："钱这东西，跟酒一样，烧人哪！"

"多家灶"里，王大兰趴在梁全山家的门上悄悄地听了一会儿，自言自语地说："这家没人哪。家里咋会有动静呢？"说着，又回到自家门前，朝屋里喊道:"老班,刚才老转不是带着小芬出去了吗?"

班永顺在屋里应道:"是呀。"

王大兰站在门前,愣愣地说:"这,玉娟上班了,屋里咋听着有动静呢?奇怪……"

老班探探头说:"人家的事,你别管。"

王大兰说:"不管就不管。反正,这家人的事也不能沾。神一会儿,鬼一会儿的。你还说他道歉了,道个屁歉哩!孩子去了,硬是不让进门!"

老班问:"真的?"

王大兰说:"可不真的。"

老班迷糊了,说:"那是怎么了?说得好好的。"

王大兰说:"管他呢。他不让进门,他孩子来了,咱也不让她进门。你给我个初一,我给你个十五……"

夜里,玩了一天的小虎躺在床上睡着了。

周世中默默地坐在床前,望着熟睡中的儿子。

片刻,他又站起身来,走到床头,身子俯下去,趴在儿子的脸前,仍是目不转睛地望着儿子。夜静了,他的呼吸粗,他尽量屏住气息,也不敢动,怕惊醒了儿子。

小虎在睡梦中翻了个身,还说梦话:"干啥呢?你干啥呢?不理你!"说着把头转过去了。他也跟着把身子转过去,默默地望着儿子。

这时,周世慧轻轻推开门,轻声问:"哥,小虎睡着了?"

周世中说:"睡着了。你去睡吧。"

周世慧说:"你不是后夜(班)吗?"

周世中说:"没事。你睡吧。"

周世慧回自己的房间去了。周世中又给儿子掖了掖被子,而后轻轻地开了门，身子退出来后，又轻轻地关上门，悄悄地走了出去。

周世中来到楼梯拐弯处，独自一人坐了下来。他摸了摸身上，没有带烟。就两手捧头，默然地坐着。屁股下的水泥台阶很凉，可他心里很热。

片刻，他身后传来了轻微的脚步声。他以为是妹妹周世慧，他没有动，也不想动。

然而，出现在楼梯口的却是李素云。李素云披着外衣，在楼梯口站着。

过了会儿，李素云说："我知道你心里不好受，上我那儿坐会儿吧？"

周世中抬起头，侧过脸来，望着李素云。他眼里分明有话。他的眼睛在说："我真想找个地方哭一场！可我没地方哭。回家，有老人，不能哭；上班，更不能哭；路上，也不能哭。我连个哭的地方都没有……"

李素云慢慢走下来，走到他的身边，轻轻说："地上太凉。上我那儿坐会儿吧……"可她心里也有话，她的心说："你哭吧，上我那儿哭吧……"

可是，周世中站起身来，摇摇头说："后夜班，睡吧。"说着，又一步一步走上楼去了。

李素云站了一会儿，也回房去了。

第二天上午，在挂有中华人民共和国国徽的民事法庭上，前面分别坐着审判员、助理审判员和书记员。下边坐的是黄秋霞和周世中。周世中是下夜班后匆匆赶来的，眼里布满了血丝，看上去十分疲倦。

黄秋霞正在陈述离婚的理由："……我们结婚十五年了。十五年来，可以说，大部分时间过的是分居生活。这主要有两方面的原因：一个是经济原因，一个是家庭原因。先是我母亲有病，需要人照顾；后来是他父亲，还有他的母亲（他的母亲精神上有毛病）。两家都有瘫痪在床的病人。两家都需要人照顾。我们都是工人，经济上不宽余，也请不起帮着护理老人的保姆。所以，只能分开生活，各自照料各自的老人。说到感情，过去，也不能说没有。可分开的时间太长了，特别是最近几年，可以说，我们很少见面。这主要是因为他的母亲。我说过了，他母亲有间歇性的精神病，脾气很古怪。这两年，她对我有成见，我一去，她就含沙射影地骂我，所以……孩子基本上是跟我生活。一直是我带孩子，刮风下雨，都是我一个人。那时候，他父亲正躺在医院里……我太累了，也麻木了。我有男人，可跟没男人一样，没什么区别。这些年，我没有过过一天舒心的日子，我不想这么过下去了……"说着，她掉泪了。

审判员仰起脸，望着周世中说："周世中，你谈谈吧。"

周世中抬起头来，沉吟了一会儿，说："……我同意，同意离婚。"

审判员说："结婚十五年了，应该说，还是有一定感情基础的。生活上有困难可以克服嘛。我劝你们还是再好好考虑考虑……"

黄秋霞说："结婚十五年不错，可分居的时间太长了，是铁也生锈……"

审判员问："孩子呢？孩子多大了？"

黄秋霞说："孩子十二岁了。"

审判员问："叫什么名字？上学了没有？"

黄秋霞说："叫周小虎，上小学六年级。"

审判员说："孩子这么大了，你们考虑过没有，孩子将来跟谁？孩子心理上会不会受到伤害？"

黄秋霞说："孩子跟我，孩子一直是跟我。你叫他自己说说！"

审判员说："孩子十二岁了，有一定的理解能力了，如果你们一定要离，恐怕还要听听孩子的意见……"

黄秋霞立即从兜里掏出一盘录音带，说："孩子上学去了。不能耽误孩子的功课。我这儿有一盘录音带，上边有孩子的录音……"

这时，周世中一下子怔住了，他吃惊地望着黄秋霞，他没有想到女人还会有这一手！他心里说："女人变了，确实变了，变得真快！"

审判员看了看黄秋霞，迟疑了一下，说："那好，听听吧！"说着，看了一眼做记录的书记员。书记员从台上走下来，接过了那盘录音带。而后，她走回来，打开桌上放的录音机，把录音带放进去，按下按键，立时，录音机里传出了小虎和黄秋霞的声音：

黄秋霞说："小虎，我问你，妈妈和爸爸离婚了，你跟谁？"

小虎说："妈妈，报纸上说，现在离婚率特高……"

黄秋霞说："别打岔！你说，你愿意跟谁？"

小虎说："我能姓周不能？姥姥说，不让我姓周了。我不姓周了吧？我们班有个张晓，他爸和他妈离婚了，他就改成李晓了……"

黄秋霞说："你能，你还是周小虎。"

小虎说："那我就跟妈妈吧，反正……"

黄秋霞说："你再说一遍，大声点。"

小虎大声说："我跟妈妈！"

录音放完了，法庭上一片沉寂。审判员跟助理审判员小声嘀咕了几句……接着，审判员问："周世中，你的意见呢？"

周世中说："我只有一个要求。老人年纪大了，我希望每星期能让老人见孩子一面。其余的，都随她。"

审判员说："可以，我看可以。这要求不过分。双方都有抚养孩子的权利和义务，双方都要管。"

在厂区大道的街角，王大兰正在卖胡辣汤。她站在汤锅前，手里拿着勺子，一边给人盛汤，一边收钱。

在汤锅周围摆着一圈简易的小桌小凳，有几个工人在桌旁喝汤。一个喝过汤的工人站起来，一边交钱一边说："这汤味不赖……"

王大兰笑着说："下回还来。"

班永顺蹲在一旁的水桶前刷碗。

王大兰说："你听说了没有？"

老班抬起头问："听说啥？"

王大兰说："世中那口子闹离婚哩，都上法院了。"

老班说："别瞎说。世中在班上一声都没吭，会去离婚？昨晚还正上后夜班呢，女人家听风就是雨……"

王大兰说："你别不信。这事，人家会给你说？"

区法院门口，已办完离婚手续的黄秋霞和周世中一前一后从门里走出来。两人各自推着自行车，怅怅的，谁也不说话。

到了门外，走着走着，黄秋霞站住了，她扭过头来，看了看身后的周世中，说："十五年了，去吃顿饭吧？"

周世中没有说话，也没马上骑车走。

10号职工宿舍楼上，卖完胡辣汤的王大兰担着两只空桶走上楼来。她跨进"多家灶"，像是又听见了什么动静似的，急急地凑到梁家门前，嘴里念着说："别是贼吧？"她在门上拍了两下，喊道："有人吗？谁在家呢？"

再听听，屋里又没声了。王大兰说："这一家，真是出鬼了。"

大街上，车来人往，到处都熙熙攘攘的，一片喧闹。街道两旁，到处都是商店，到处都是炫目的颜色，颜色把日子染出了叫人焦心的躁气。玻璃窗里挂满了各种各样的漂亮时装，那些时装似乎不是让人穿的，而是在穿人。

黄秋霞、周世中各自推车在马路上走着。他们走过了一个个高档的餐馆，最后在一个较为干净的小饭馆门前停住了。黄秋霞说："就在这儿吧，这儿静。"

两人放好车子，走进饭馆，在屋角处的一个圆桌旁坐了下来。

又是很长时间的沉默……

菜端上来了，可两人谁也没有动筷子。就这么默默地坐着，窗外是热闹非凡的大街……

这时，周世中慢慢从兜里掏出那盒"永芳"，说："还是给你吧……"

此刻，黄秋霞脸上的表情非常复杂。她望着那盒"永芳"，苦笑了一下，说："你还知道我喜欢用'永芳'？"说着，她拿起那个被汗手浸湿了的盒子，看了看说："结婚的时候，你给我买过一盒'永芳'。那时候，'永芳'才五块多钱，我舍不得买，觉得太贵了！只用两毛五一包的雪花膏。那时，我多想有盒'永芳'啊！现在'永芳'涨到十七块五一盒了……不过，我现在不用'永芳'了，我用'玉兰油'。可我还是很高兴，你还记得我喜欢'永芳'……"

黄秋霞先拿起筷子，说："吃吧，我知道你饿了……"

周世中把酒给两人都倒上。

黄秋霞端起酒杯，看了看窗外，说："你知道我最害怕什么吗？我过去最喜欢逛商场，现在我最怕逛商场，特别是大商场。你知道我是怕什么？我怕那些东西，那些摆在商场里的东西。东西真多，真好，把眼都给映花了，可价钱真贵！那么多的东西，那么好的东西，摆在那儿，简直能把人吃了！我不敢看，甚至不敢上街。我真怕那些东西，那些衣服，那些标着的价钱！那些……就像刀子一样，一刀一刀割你！我实在是受不了！怎么会是这样呢？日子怎么突然就变成这样了？有一天，我上街，无意间看见了一件衣服，那衣服真好，真好，真是好！我对自己说，快走，快走，你快走！可是，不知怎么的，我还想再看一眼，可看这一眼看出事来了，那卖衣服的小姑娘一下拉住我不让走了。她说：'大姐，这衣服就适合你穿，你的肤色白，太适合你了！哎呀，你试一下，你试一下嘛，不要紧的。'我一看，那标价八百块！一下子就把我吓住了，我说不不不，我不要。说着，我赶忙就走。她拉住我说：'这衣服真是适合你，价钱给你减一半，四百块，怎么样？'那时，我就像小偷一样，我还是说不不不，我赶快走，我得走。可这姑娘就是不让我走。她硬拉住我，说：'大姐，我不骗你，这衣服确实适合你穿，我今天破个例，赔钱卖给你，我是真心想让你穿，你穿着漂亮，两百块，怎么样？'那时候，我哭了，不知怎的，我就流出了眼泪，我心里说：'老天爷呀，你让我走吧……'"

周世中说："这些年，亏了你了。我，对不起你……"

黄秋霞说："世中，我知道你做人太正，耿直。可是光耿直有什么用呢？你，难道就没想过别的吗？"

周世中不吭。

黄秋霞说："世中，你把什么都憋在心里，该说的话你也不说……我知道你身上背着两个老人，也够难为你了。可是……"

过了片刻，黄秋霞突然说："有烟吗？给我一支。"

周世中看着她，说："你也抽烟了？"

黄秋霞说："我妈在床上躺着，成天陪着一个半死的人……闷了，也抽一支。"

周世中把烟递过去，说："还是不吸好。"

黄秋霞接过烟，点上，吸了几口，说："原先，我以为你会揍我，你会狠狠地打我一顿。那样，我心里会好受些……记得结婚前，在马道街，有几个小流氓拦住我，你上去把他们揍得稀里哗啦的！那时候……"

傍晚，"多家灶"里，一群人闹嚷嚷地围在梁全山家门前。

这些人全是王大兰叫来的。王大兰对众人说："……他家没人，可我确实听见里边有动静，怕是小偷！我叫大伙来，是叫大伙做个证，省得老转回来起疑心！"

白占元、李素云、白小国、周世慧、老班、小田等人都在"多家灶"门里站着，一时屋子里乱嚷嚷的！

李素云说："老梁接小芬去了，这……"

白小国说："砸，把门砸开！"

王大兰说："众人是证人！要进大伙一块儿……"

白小国上前，李素云想拉没拉住，他一脚就把门给踹开了！

众人拥上前去，一看，全都怔住了：只见崔玉娟在屋里端坐着，双手背在后边，整个身子被捆在一张椅子上！她面前是一张圆桌，桌上还摊着一片麻将牌。

众人呆呆地站在那儿，一个个张口结舌："这，这，这？"

崔玉娟看见众人，一下子羞得无地自容，竟呜呜地哭起来了。

愣过神来，众人都气愤地说："怎么能这样？这、这也太不像话了！"

李素云气得脸都白了，说："这个老转，亏他还当过兵，咋这么狠？把人捆成这样？自己打麻将，还捆人！"

王大兰高声说："大妹子，傻妹子呀！你怎么不喊呢？你喊哪！"

说着，李素云冲进屋去，急急地给崔玉娟解绳子。

众人也跟着围进来，乱嚷嚷地问："咋回事？到底是咋回事？"

可是，崔玉娟光哭，就是不说话。

王大兰故意煽风说："看看，看看把人吓的，连说都不敢说了！你说，你只管说，有这么多人给你做主，你还怕什么！"

这时，梁全山领着小芬走上楼来。他听见门里闹嚷嚷的，紧走几步，一看，却又站住了。小芬哭着跑进屋，一下子抱住了崔玉娟。

众人一见梁全山回来了，又乱纷纷地把他围起来。

王大兰跳起来，指头点到梁全山的脸上，说："你这个老转，不是我说你，你打人，你打人！你怎么这样折磨人？打了还捆，太不像话了！"

李素云也说："梁师傅，你怎么能这样？你也下得去手？"

周世慧说："打人犯法，你知道不知道？"

白占元狠狠地瞪着梁全山，说："你是咋搞的？"

梁全山觉得实在太丢人了，他一跺脚，"嗨"了一声，像是有口难言……好半天才说："师傅，你，你叫她自己说吧……"

王大兰说："说就说！玉娟，你说。别怕！有这么多人，看他能吃了你！"

众人也说："说，你说……"

崔玉娟哭着说："不怪他。是我，是我让他捆的……"

王大兰说："看看，把人折磨成啥了，当着这么多人还不敢说！"

白占元说："全山，你说，到底因为啥？亏你还是个党员！"

梁全山急了，一跺脚，说："师傅，事到如今，我也不怕丢人了！她、她一个多月没上班了。你们知道她成天去干啥？她天天夜里去打麻将！她去赌博！"说着，又看看王大兰，说："嫂子，你知道丢那三千块钱哪儿去了？她拿去赌了！她，嗨，我都没法说！她还上她娘家借了一千，统统输光！"

一下子，众人全都不吭了。

王大兰一怔，急忙改口说："那好好的班，咋不上呢？"

梁全山"哼"了一声，说："优化组合，给组合掉了呗！"

李素云说："那，错是错了，你也不能捆人哪！"

周世慧说："就是呀，你也不能捆人哪！"

这时，崔玉娟哭着说："不怨他，是我让他捆的，真是我让他捆的。我，我管不住自己了，让他捆我几天，好把那打麻将的劲别过来……"

这么一说，众人都沉默了。

王大兰一激动，说："妹子，咱错了，咱改。打麻将的多了，这也没啥丢人的。谁能不犯个错？老转，这话一说明，心里就没啥了。要是不嫌弃，赶明让玉娟跟我去卖胡辣汤吧，半年，我让她把钱再挣回来！等厂里啥时效益好了，咱再回去，不耽误工作……"

白占元看了看梁全山，说："算啦，算啦，都回去吧。"

众人安慰了几句，都从门里走出来。

这时，只见周世中牵着儿子小虎，一步一步地走上楼来。人们又站住了，默默地望着他。

四

这天下午，上班（前夜班）的时间还不到，白占元就早早地来了。他是管刀具的，总是来得很早。这会儿，车间里静悄悄的，只有他一个人。他打开砂轮机，开始给上班的工人们磨刀具。

砂轮机轰轰响着，一团一团一簇一簇的火花从砂轮机上飞出来，火花映着他那黑黑的布满皱纹的老脸。他的脸就是一个时代。

这时，车间调度走了进来。他上前关了砂轮机，而后叫道："白师傅。"

白占元转过脸来，怔怔地望着他。

车间调度说："别忙了，厂长叫你呢。"

白占元问："这会儿？"

车间调度说："就现在。去吧。"

白占元恍然说："是退休的事儿？不还差几个月的吗？"

车间调度说："去吧。厂长说想找你谈谈，你去了就知道了。"

白占元放下手里的刀具，惴惴不安地朝厂长办公室走去。路上，他走得很慢，心里像是压了个秤砣……走上厂办公楼，来到了厂长办公室门前，他又站着愣了好一会儿，才去敲门。

刚敲了两下，屋里应声说："是白师傅吧？请进请进。"

厂长中等个子，穿着一身合体挺括的西装，显得精明干练。他一见白占元进来，忙起身让座，倒水，很热情地说："坐，坐，白师傅请坐。早就想去看你，一直没抽出空来……"

白占元站在那儿，很拘束地望着厂长，说："赵厂长，找我有事？"

厂长忙过来扶他坐下，说："白师傅，你是咱厂的功臣，怎么能让你站着呢？坐下说，快坐下。"

白占元坐下来，望着厂长，心里仍然七上八下的。

厂长也回到自己的椅子上坐下来，接着说："白师傅，身体怎么样，还好吧？"

白占元忙说："还行，没啥病。"

厂长郑重地说："白师傅，你是老同志了，是咱厂三十年的劳模。大家都很敬重你。多少年来，你总是第一个来，最后一个走。三十年了，不容易呀！我虽然调来得晚一些，也听不少同志讲过。现在……"

白占元抬起头，说："厂长，是不是让我退休？"

厂长摆摆手说："是啊，是啊，你的年龄我知道……"

白占元很羞涩地说："我、我，还差着几个月呢……"

厂长说："这我也清楚。论说，是该让你休息了。辛辛苦苦干了一辈子，也该让你歇歇了。可是，我们都不舍得让你走哇。厂里研究多次，都下不了这个决心……"

白占元脸上抽动了一下，很痛苦地说："厂长，你别说了，我明白了。我，我服从厂里的决定，啥时叫我退，我……退。"

厂长说："白师傅，你误解我的意思了，厂里不想让你退。你是三十年的劳模，咱们厂就你一个保持了三十年劳模的荣誉。我们是想把你留下来，作为一个例外留下。我现在就是征求你个人的意见，看你……"

白占元脸上有了喜色，问："真的?"

厂长点点头，说："有个很重要的工作，想交给你。这个工作责任重大，不知你愿不愿接受?"

白占元说："你说吧，厂长，只要是我能干的……"

厂长说："最近一个时期，厂里不断丢失东西。保卫上的几个小年轻，吊儿郎当的，很不负责任。是不是内外勾结，目前还没有证据。不过，据人反映，还有成车往外拉东西的事发生，这事正在调查……现在，是到了严格厂规厂纪的时候了。厂里准备派你去看大门，当三个班的值班长。你看……?"

白占元马上说："行啊。干啥都行。"

厂长语重心长地说："白师傅，厂里这份家业就交给你了，这是国家财产，责任重大呀! 必须严格出门证制度，严格登记制度。没有出门证，任何人不能放行! 不管是哪个厂长交代的，包括我在内，不见手续，一律不能往外拉东西!"

白占元站起身说："厂长，你放心吧。"

在医院病房里，林晓玉头上的伤已完全好了，腿上打的石膏也已经去掉了，只是目前还不能下床走路。她半躺半坐地靠在床上，两只耳朵上塞着耳塞，正歪着头听音乐。

这时，小田提着打好的两瓶开水走进来。这一段，小田是迷上林晓玉了，一有空他就往医院跑，也不在乎同宿舍楼的人说什么了。他把水瓶放在床头柜上，又忙着去倒痰盂。

林晓玉在床上直了直身子，说："小田，你来你来。"

小田来到了床前，林晓玉又拉拉他说："坐下嘛。"

小田有点扭捏地在床边上坐下来。林晓玉说："你听过喜多郎的带子吗？"

小田摇摇头说："没有。喜多郎是谁？"

林晓玉笑笑说："真是的，你连喜多郎都不知道？可见你没欣赏过高品位的音乐。告诉你吧，喜多郎是个日本人，日本著名的音乐家。我最喜欢听他的带子了……"说着，她取下耳机递给小田："你听听……"

小田戴上耳机听了一会儿。

林晓玉问："怎么样？不错吧？"

小田取下耳机，好一会儿才说："……嗯，有点苍凉的感觉。"

林晓玉俏皮地说："有那么一点点意思，有，但不准确。你再听，再听……"

小田又戴上耳机，一边听一边偷眼看手腕上的表，表针上的小红箭嘀嗒嘀嗒走着。

林晓玉在一旁看着他。一会儿，就急不可待地问："听到了吗？你听到了吗？"

小田戴着耳机，一边听，一边不解地问："什么，听到什么？"

林晓玉说："时间哪，时间。你没听出来吗？最博大的是时间，最残酷的也是时间，谁也无法穿越时间……"

小田却猛地站起身，慌忙取下耳机，说："哎呀，不好，我该走了，上班时间快到了！小玉，我走了，走了……"说着，放下耳机火急火燎地往外跑。

林晓玉很无趣地摇了摇头。

夕阳照在高高的厂房上，照在高大的玻璃窗上，映出一片金灿灿的余晖。

车间里响着一片机床的轰鸣声。上前夜班的工人们又开始了紧张的劳作。班永顺站在一台磨床前，正在操作磨床磨一个机件的外圆，突然听见有人叫他。

他扭头一看，只见有个工人正在车间门外跟他摆手，这人一边摆手一边说："老班，班师傅，徐厂长找你呢，快去吧。"

机床轰轰响着，老班没有听清，他两手捂着耳朵，问："啥事儿？"

旁边开20车床的梁全山给他传话说："好事，副厂长叫你呢！"

班永顺关了机器电源，用棉纱擦了擦手，喜滋滋地去了。

一个工人见老班走了，赶忙对梁全山说："老班这家伙，跟厂长拉上关系了！"

梁全山一边忙着，一边随口应道："这么多年了，他也该分上房了。"

那人说："回来叫他请客！"

傍晚，在厂职工食堂里，工人们正三五成群地趴在餐厅的饭桌上吃工作餐。厂里新近规定，上夜班的工人可以吃一顿工作餐。食堂里一时很热闹，有的在吃，有的吃过了在洗碗……

周世中、白占元、梁全山、小田和老班他们围在一个桌上吃饭。他们边吃边聊，只有老班低着头一声不吭。

梁全山吃完了碗里的饭，敲了敲碗说："今天是怎么了？有人有了喜事，咋连个屁也不放呢？是不打算请客了？"

于是，小田也起哄说："对对，班师傅请客。房到手了，还不请客？"

另一个工人说："请客！下了班就去，就这几个人了，撮一顿！"

这么一说，谁也没想到，老班抬起头，竟然满脸是泪，他哭了！

一看他这样，众人都有些尴尬。梁全山说："老班，不就是一顿饭吗？

不请算了，值得这样？算了，算了！"

周世中看他脸色不对，忙问："老班，到底怎么了？"

班永顺擦了擦脸上的泪，说："不是我不想请客，那房子的事，吹了……"

梁全山说："不会吧？今儿个，徐厂长不还找你吗？"

班永顺说："就是他告诉我的，那套房子让赵厂长占了。"

小田一拍桌子，说："真是太不像话了！"

梁全山摇摇头说："地方上这事儿，嗨！定金都交过了……"

周世中说："到底是咋回事，你说清楚。"

班永顺说："徐副厂长今天把我叫去，说房子让厂长给占了。那房子名义上说是给市里一个什么人的，他说，其实是被厂长的一个情人占了。绕这么一个大弯，是为了掩人耳目，其实是让厂长的情人住。他还说，厂长是金、金屋啥……"

小田马上说："金屋藏娇！"

白占元疑疑惑惑地说："不会吧？"

一个工人马上说："怎么不会？现在是谁变蝎子谁蜇人！"

周世中问："那，徐厂长最后怎么说？"

班永顺苦着脸说："徐厂长说，这事，他也无能为力，人家是一把手。还说，要么，把定金退给我，要么，他让我去市里告他……"

梁全山说："这事，也没个真凭实据，怎么告？就是告也告不响啊。除非有真凭实据……"

班永顺说："徐厂长说，这种事只有上头来查，上头只要来人查，一查一个准。他还说，厂长的情人已经来了，这会儿就在那套房里住着，一抓一个准……"

那个工人来劲了，说："老班，找些工人哥们儿，捉个狗日的！让他光着屁股亮亮相！到时上头一查，房子自然就归你了。"

梁全山也激动起来，说："这事行是行，必须计划周密，不能跑风。我当过侦察兵，这事我有经验。弄不好还坏事呢！有地址没有？"

班永顺看了看周围，小声说："徐厂长给了我一张纸条，说是……"

小田忽然说："哎，我听说赵厂长跟徐厂长有矛盾……"

周世中看了看白占元，说："老班，这事你先别急。该上班了，等下了班，咱好好合计合计再说。"

众人都站起来了。这时，梁全山伸出一个指头，小声说："保密，保密。这事暂时保密。"

上午，梁全山、小田和老班三个人在一栋公寓楼的拐角处蹲着。按梁全山的说法，他们是"侦察"来了。他们已"侦察"过一次了，这是第二次"侦察"。他们三人中，最热心、最激动的是梁全山，他一直盯着那栋楼。小田是有些好奇，也有些愤愤不平。只有老班一个人哭丧着脸，他说不出心里究竟是什么滋味。

这时，公寓楼上走下来一位气质高雅、仪态大方的女人。这女人有三十多岁的样子，人长得高挑挑的，看上去很漂亮。

蹲在拐角的老转第一个发现"目标"，他激动地回头说："出来了，出来了！"

接着，他又报告说："就是她，就是她！"

老班伸头看了看，又吓得缩了回去，慌慌地说："咋办？咋办？"

梁全山指挥说："跟上去，跟上去嘛。看她上哪儿……"

老班连声说："这，这，这……"

梁全山发火了："老班，这可是为你呀！到关键时刻了，你，算了，算了，我去吧，你也没有经验……"说着，急急地从拐角处推出一辆车子，说："你俩回去报告，我跟着她，看她上哪儿……"

那女的骑车在前边走，老转在三十多米外悄悄跟着。跟着，跟着，他一不小心车子一歪撞在了电线杆上！他下车一看，裤子挂烂了，露着大腿，他沮丧地骂了一句。

小田又到医院里来了。现在林晓玉能下床了，小田每天都来扶她学走路。

在一个花坛后边的林荫道上，小田扶着拄拐杖的林晓玉，一步一步地走着。

小田一边扶，一边还鼓励说："坚持，坚持。不错，不错。医生说必须坚持锻炼……"

林晓玉累得出了一头汗，很委屈地说："这腿怎么就不听指挥呢？"

小田说："走走就听指挥了。只要坚持。"

林晓玉说："什么逻辑？"

小田说："生命在于运动嘛。"

林晓玉笑了，说："哟，还有理论根据哪。你是哪个学校毕业的？"

小田有点不好意思地说："夜、夜大。"

林晓玉随口取笑说："原来是个杂牌军……"

小田不吭了。

又走了几步，林晓玉说："怎么，不高兴了？开个玩笑嘛，你还当真哪？"

小田说："我知道你上的是正规大学。"

林晓玉忙解释说："别生气，我不是这个意思。"

看见前边有个水泥椅，小田说："累了吧？坐下歇会儿再走。"

林晓玉坐了下来，看小田仍然站着，说："你也坐吧。"

小田说："我不累。"

林晓玉说："还生我的气呢？对不起啦。"

小田说："生什么气呢？我真的不累。"

林晓玉说："你昨天没来，家里有事吗？"

小田说："家里没啥。"停了一会儿，他说："厂里有点事。"

林晓玉问："加班了？"

小田忍不住，说："告诉你吧，我们厂长搞了个情人……"

林晓玉笑着说："呵，你们厂长还挺浪漫！"

小田愤愤不平地说："太不像话了！他把本来要分给我们车间一个工人的房子抢占了，搞金屋藏娇……我们已调查好了，准备告他哪。"

林晓玉不以为然地说："厂长有个情人算什么？你这观念也太落后了。"

小田说："他这是腐败，是不正之风，是……"

林晓玉说："人家有个情人，碍你什么事？我希望你别管这件事……"

小田问："怎么了？"

林晓玉说："都什么年代了？人应该有更多的理解嘛，别动不动的就干涉人家……"

小田闷了一会儿，生气地说："你的观念新……"

林晓玉赶忙用英语说："Sorry，sorry。"

此刻，李素云家里，正在开一个很秘密的会议。

门是关着的，窗帘是拉着的，屋里坐着的几个人，脸上的表情都十分严肃。

梁全山很兴奋地对众人说："这可是有证据了，实实在在的证据。那个地方我们已经侦察清楚了。厂长去了两次。一次是一个多钟头，一次是三个钟头，好家伙，小半天了！每次都是厂长先下来，隔十分钟后，那女的才出来。一捉一个准！"

李素云说："我也从侧面打听了，那女的好像叫冯茜，说是市里一个什么人的妹妹。"

这时，小田站在门外敲门，李素云紧张地问："谁呀？"

小田说："是我，小田。"

李素云这才把门开了，说："快进来吧。"

小田小声问："怎么样？"

李素云说："正商量呢。"

小田进来后，本想说点什么，一看他们都很严肃，也就悄悄地坐下了。

李素云问大家："喝水不喝？"

班永顺说："不喝，不喝，光尿……"

这话说得粗。小田想笑，看看没人笑，也不敢笑了。

白占元说："我看，厂长这人不赖。我也不是替他说话。他干这事确实不该。可咱厂先后换了四任厂长了，这么一弄……"

周世中说："师傅说得也有道理。凡事要想得周全些。这些年，自赵厂长来了以后，厂里效益不错，工资没说的，奖金月月发。别的厂，咱们大家也都知道……要是咱不考虑后果，这么一闹腾，就把厂长弄臭了，人一臭，也就毁了，没法再在这儿干了。两千多人的厂子，折腾来折腾去，厂子也就毁了……"

李素云接着说："我也听说赵厂长跟徐厂长有矛盾。原来徐是第一副厂长，想当厂长没当上，可厂长来了之后却让他去管后勤杂务，把他的权力收了不少，徐厂长很不满意，一直在暗里跟他斗。还有人说，徐厂长这人特爱占便宜。我看，咱也不能光听徐厂长的，这有点借……"

小田马上说："借刀杀人，三十六计其中之一计。"

梁全山说："看看，看看，说着说着，一会儿风向可变了。地方上这事儿，真不好说，讨论来讨论去的……"说着，他摇摇头，"哼"了一声："要搁部队，一个命令下来，说干就干，没那么多穷讲究。事情都到了这份儿上了，你们又想打退堂鼓？怕了吧？怕厂长报复，是不是？老班，这可是你惹的事，你说，你要说算，咱就算！"

班永顺说："谁、谁怕了？这，这不是……正商量嘛。"

白占元说："不是怕。你说，倘为这套房子，弄得厂长人不人鬼不鬼的，他还有脸在厂里干吗？"

小田看看众人，犹犹豫豫地说："有人说，现在这社会，当官的有个把情人也不算啥……"

白占元马上说："这叫啥话！那是胡来！"

李素云接着说："就是，都成流氓了，那叫啥社会！"

梁全山说："看看，都说不怕，又都说不对，事到节骨眼上了，又都这这那那的。这不是腐败这是啥？明明显显的腐败！上头提倡反腐倡廉，对不对？论说厂长对我个人也没什么，月月发工资，发奖金，有些厂子还发不了工资呢。我也觉得厂长不错。可这是原则问题！"

小田说："我看梁师傅说得对。"

白占元生气了，说："照你们这么说，非得把厂长弄臭？非得让厂里发不下来工资？非得让再换一任厂长？要是这样弄，想干你们干吧，我不干！"

梁全山马上说："师傅，我可没这么说。我也没想把厂长弄臭，让厂里发不下来工资。这都是老班的事……"

班永顺看看这个，又看看那个，苦愁着脸说："那，那，这事就算了？"

梁全山没好气地说："事是你闹起来的，这会儿你又说算了……"

小田说："我看，就是咱们不管，那徐厂长也不会饶他。赌看了，这事非闹起来不可……"

班永顺说："就是。徐厂长给好几个人都说了。他还说，让我跟管理上的一些人多联系联系，互相通通气……"

梁全山说："对呀！咱不管，有人管；咱不告，有人告！徐厂长手下有一拨人呢！看吧，这事早晚会闹起来！老班，这样，你说窝囊不窝囊？"

一时，众人都沉默了，谁也不说话。

这时，楼道里突然传来了哭闹声！众人忙跑出来，一看，是王大兰正在打儿子呢。

几天来，王大兰一直憋着一肚子火。礼没少送，胡辣汤也让人喝了两年，房子眼看到手了，盼着盼着却盼来了一场空！她心里的气没处撒，就打孩子！她一边揪着小振明用扫帚没命地抽他，一边喝道："跪下！你这个不争气的东西……"

小振明一边哭一边手捂着屁股跪下了。

众人围上来，忙拉住说："咋回事？打孩子干啥？"

王大兰气嘟嘟地说："打？打还是轻的。不争气，在学校里考试考得一塌糊涂！将来还跟他爸那样，窝囊一辈子！"

班永顺急了，反反复复说："你打孩子干什么？有气往我身上撒，你打孩子干什么？"

李素云上前把孩子拉起来，说："这回没考好，下回考好就是了。"接着，又问孩子说："振明，给阿姨说，考了多少分？"

小振明哭着说："九十九。"

李素云又问："那一门呢？"

小振明擦着泪眼说："也是九十九。"

李素云诧异了，说："嫂子，你是疯了？考这么好的成绩，你还打孩子？"

王大兰说："九十九分算啥？给他定的是考第一，他咋没考第一？前头双百分的有六七个呢！素云，你想想，咱是工人家庭，没后门没啥的，不自己考第一，将来能上大学吗？考不上大学，还不是跟他爸一样。"说着说着，竟掉泪了。

众人都说："算了，算了，考这么好的成绩，夸都夸不及，你还打？多争气的孩子呀！恶气没处撒，也不能拿孩子出气呀……"

王大兰心里疼孩子，嘴上却说："打？下回考不好，就别回来！"

孩子回屋去了。王大兰也回屋去了。众人又返回李素云家，重新坐下来，一个个怅怅的。

一直没有开口的周世中，这会儿说话了。他说："大家都说了，我也说两句。我看这个事，咱们得管。老班的事，就是大家的事。不是管不管的问题，是怎么管，咱们得有个万全之策。目的只有一个，是把该分给老班的房子给争回来。然后才是其他……"

这么一说，老班眼亮了，众人的眼也都亮了。

王大兰回到屋里，看了看儿子，仍是很严厉地说："把裤子扒下来！"

小振明怯怯地望着妈妈，哭着说："妈，你别打我了，我改，我下回一定考一百分……"

王大兰心一软，低声说："妈不是打你。把裤子扒下来，让妈看看……"说着，王大兰俯下身去，把儿子的裤子扒下来，心疼地看着。见儿子屁股上一片红肿，她的眼湿了，问："疼不疼？"

小振明抽泣了两声，没有吭声。

王大兰流着泪说："都是妈不好，妈不该打你……"说着，竟扬起手，"啪啪"地扇起自己的脸来！一边打一边哭着说："孩子，都是你爸妈没本事呀！房子小，孩子连个学习的地方都没有。要怪，就怪你爸妈吧……"

小振明忙抓住妈妈的手，哭着说："妈，你别打了，别打了，我下回一定考全校第一！"

王大兰抱住孩子说："好孩子！"

星期天的傍晚，在一个十字路口的电线杆旁，早已做好准备的工人们陆陆续续到齐了。

周世中看看众人，说："齐了吧？咱们到时候，看情况行事。该说的说，不该说的别说。一个目的……"

李素云犹犹豫豫地说："我就不去了吧？我跟着，不大合适……"

周世中说："去吧。有个女同志跟着，好说话。"

于是，众人骑上车子，朝着那栋公寓楼走去。到了地方，临上楼的时候，小田提醒说："三楼，别弄错了，是三楼右首。"

他们六个人往楼上走去。刚走了两三级台阶，班永顺心慌起来，说："我这腿、这腿，怎么发软呢？"

梁全山说："这人，到地方了，又屙稀屎了！"

周世中扭头看了看他，说："要不，老班，你在下边等着吧。"

班永顺吞吞吐吐的，想说什么，又不好意思："腿，就是这腿……那，就，我一个儿？"

周世中说："让小田在下边陪着你。小田，你也留下吧，咱又不是去跟人打架……"

小田说："好，好，我陪班师傅，你们去吧。梁师傅知道地方。"

四个人来到三楼，喘了口气。梁全山说："就是这儿。敲吧！"说着，就要上前敲门。

周世中拦住他说："你别敲，让素云敲。"

李素云看了看他们，迟疑了一下，上前轻轻地敲了两下门。

门开了。那个名叫冯茜、穿戴十分讲究、很有些傲气的女人出现在门口处。她仅是略微怔了一下，问："你们找谁？"

李素云想说，但一时又不知说什么好，只说："我们……"

周世中接着说："我们是柴油机厂的工人。"

冯茜疑惑地"噢"了一声，却仍是很大方、很镇静地问："找我？"

周世中点了点头。

冯茜双手抱膀，眼里出现了一丝警觉，问："有事吗？"

周世中说："我们想跟你谈谈。"

冯茜眼里渐渐出现了敌意，冷冷地说："谈什么？我并不认识你们。"

周世中仍然说："我们能不能坐下来谈谈？"

冯茜一句话也不说，只是冷冷地望着这些不速之客。

周世中指指白占元，郑重地说："这是我们厂的老工人，三十年的劳动模范。（接着，他又指指李素云）这是我们厂的工会委员，车间质量检验员。（而后，他又指指梁全山）这位是转业军人，也是厂里的生产骨干。至于我，是二车间的车工班班长，我叫周世中。我们几个人来，是想代表全厂职工跟你谈谈……"

冯茜眼睛里仍存有敌意。她迟疑了一下，但还是大大方方地把门打开，说："那就请吧。"说着，身子一扭，头前走进去了。

几个人进得门来，愣愣地站在那儿。冯茜一指沙发，淡淡说："坐吧，随便坐吧！"

几个人互相看看，依次坐了下来。接着是一片沉默。梁全山忍不住了，首先发问说："请问，怎么称呼？"

冯茜看了看他，用半嘲弄的口气说："有这个必要吗？你们不是想谈吗？说吧。"

梁全山很不满意地"哼"了一声，刚想发作，李素云赶忙扯扯他的衣裳角，梁全山不再吭了。

周世中说："同志，我不知道怎么称呼，就姑且称你为同志吧。我们这次来，是有点突然了。有冒犯的地方，还请你原谅。我们知道，你跟我们厂长很熟……"

冯茜马上反问道："熟又怎么样？这跟你们有什么关系?!"

周世中并不理会她的语气，接着说："熟，说明你了解他的情况。可有些情况，你还不一定了解……你听我说。在赵云峰厂长来之前，我们厂已先后换过四任厂长，四任厂长都没能把厂搞好。自从赵厂长来了以后，我们厂里的情况才有了好转。我要告诉你的是，我们的厂长是个好厂长，他才来了四年，四年就把厂里的局面打开了。现在厂里的效益很好，奖金也不少。因此，我们都不希望我们的厂长出什么事情……"

听着听着，冯茜的脸色变了。她关切地问："他出什么事情了？"

周世中说："暂时还没有。但是……"

白占元接着说："姑娘，我们没有恶意。我们厂长人不错，我们是为他担心……"

冯茜急急地说："经济上他不会出事的，他说过……"

楼下，班永顺和小田在楼房拐角处坐着。班永顺心里有点怕，也有点急，他一会儿站起来看看，停一会儿，又站起来望望，心急火燎地说："不会出啥事吧？咱上去看看吧？"

小田看看他，笑着说："看你慌的！这么大岁数了，还沉不住气？"

班永顺只好重新坐下，嘴里嘟哝说："你看这事闹的！"

楼上，周世中仍在苦口婆心地说："……这套房子的大概情况就是这样。至于你跟厂长个人的事，我们无权干涉，也不想干涉。我们只是希望我们的厂长不出事。我们不愿让厂长出事，更不愿因为这个事闹得沸沸扬扬、满城风雨，把厂长给毁了。我们是工人，是凭劳动生活的，我们不希望厂里乱，更不希望看着一个能干的厂长被毁。这都是真心话。有些情况，你可能还不知道。我们厂里的一位副厂长跟厂长有矛盾，你现在住这套房的地址，就是他提供的。很有一些人想通过这件事把厂长搞臭搞垮……所以，我们来找你，是想让你帮我们一个忙，请你帮帮我们吧……"

冯茜一下子变了态度，她望着一张张工人的脸，她在认真地读这些脸：那脸是真诚的，每张脸上都写着真诚……她在屋子里来来回回地走着，片刻，她停下来，问："这事，他知道吗？"

周世中摇摇头，说："目前还不知道。"

冯茜又在屋里走了几步，咬着嘴唇沉思了一会儿说："我相信你们的诚意，谢谢你们。我，我叫冯茜……"

周世中说："冯茜，你要是真心为我们厂长好，就……"

冯茜回过身来，望着周世中。周世中却望着李素云，李素云慢慢从兜里掏出了一张火车票，默默地放在面前的茶几上。

冯茜望着那张火车票，在屋里又来来回回地走了几步，在窗前停下来，手捧着下巴默思了片刻，终于轻声说："我明白了。"可是，她眼里仍晃着一丝的游移，目光不时地瞥一眼桌上的电话。

周世中说："这事，我们没让厂长知道，也不想让厂长为这事分心。只要你一离开这里，一切都烟消云散了。你考虑考虑吧。"说着，他站起身，对众人说："我们走吧。"

几个人默默地走出来。临出门时，白占元又很恳切地对冯茜说："姑娘，你帮帮我们厂长吧。"

冯茜不语。

几个人下楼后，班永顺急忙迎上前问："怎么样？怎么样？没出啥事吧？"

小田也问："她答应了吗？"

然而，谁也没有回答。

白占元叹口气说："这女的不赖，还算通情达理。"

李素云说："这心里还怪不是味呢。"

梁全山说："哎呀，世中，我算是服你了！平时像个闷葫芦，这一说起来还一套一套的。"

班永顺听不明白这些话里的意思，着急地说："到底咋样？你看，都不说……"

这时，谁也不说话，都默默地朝楼上看，看着楼上的灯光。透过灯光，透过窗帘，他们隐隐约约地看到了一个女人的身影，那影儿在窗前不停地晃来晃去。

是的，那是冯茜。她几次走到电话机前，想打电话，可到最后，她还是没有打。

凌晨五点，天蒙蒙亮的时候，在火车站的月台上，站着周世中、白占元、李素云、班永顺等人，他们是来为厂长的"情人"送行的。

周世中把一只皮箱递给冯茜，说："谢谢你。"

冯茜说："不，应该谢谢你们。"

白占元说："姑娘，啥时回来，到家里坐坐，我们都欢迎你。"

李素云说："再回来，住我家。"

冯茜含着泪说："谢谢，谢谢师傅们。"

冯茜走了几步，临上车前，又转过身来，对周世中说："请转告你们厂长，就说我走了。"

众人停住步子，目送她上了火车。

又上班的时候，在机床轰鸣的车间里，班永顺和梁全山一前一后来到周世中的机床前。

梁全山说："刚才，我看见厂长了，厂长脸黑着，不对呀……"

班永顺说："我也看见了。他脸阴沉沉的，一句话也不说。"

周世中正在修车床，他回头看了两人一眼，没有回话。只说："扳手。"

班永顺忙把扳手递上，又小心翼翼地问："世中，你看他会不会报复咱？"

周世中又说："螺丝刀。"

班永顺又把螺丝刀递给他，说："他不会报复咱吧？"

周世中拧了拧螺丝，转过脸来说："你们忙去吧。待会儿，我找厂长说。出了事，我担着。"

班永顺说："这，也不能光让你一个人背黑锅呀？要去咱一块儿去！要不，咱再商量商量？"

周世中说："我一个人去。"

傍晚，吃夜班饭的时候，周世中敲开了厂长办公室的门。

厂长一见是周世中，很热情地说："来来，周师傅，坐。"

待周世中在沙发上坐下来，厂长随口问："车间里生产情况怎么样？工人们有啥反映没有？"

周世中说："生产上没啥问题。说到工人的反映，实事求是地说，都认为厂长干得不错，厂里效益上去了，月月有奖金……"

厂长听了哈哈大笑说："周师傅，你呀你呀，别净说好听的。我知道，个别人意见也不少……"说着，心里虽然高兴，却挠挠头说："我也难哪……"

周世中望着厂长，嘴动了动，似乎在选择合适的话。这情形一下就被厂长看出来了，他马上问："有什么事吗？"

周世中说："有个事。"

厂长说："你说你说，别吞吞吐吐的。"

周世中看了厂长一眼，说："那个叫冯茜的女人，她走了……"

厂长一下子呆住了！他怔怔地望着周世中，像是突然挨了一闷棍似的："什、什么？你、你说什么？"

周世中重复说："那个叫冯茜的，她走了。坐火车走了。"

厂长盯着周世中看了很长时间。他的脸色在急剧地发生着变化，一刹那间他脸上风云变幻……他在猜测、怀疑、揣度，他想知道周世中都知道什么，范围有多大，将会造成什么样的影响。他还有些窘迫，有当场被人捉住的感觉，有被人出卖的感觉，一时可谓百感交集！他看着周世中，眼里渐渐聚集着敌意，那敌意越来越多，越来越明显！他慢慢地欠起身子，目光像刀子一样刮在周世中的脸上。

周世中迎着厂长的目光，说："厂长，这件事你做得不对。你不该这样做。你要知道，我们车间的班永顺，等这套房子已等了很多年了。他家四口人，至今还住在'多家灶'里，四口人睡在一张床上，孩子写作业都没地方……这套房子既然厂里已经分给班永顺了，你就不该把房子弄走，更不该……"

厂长慢慢地镇定下来，他很平静地望着周世中，冷冷地说："是你把冯茜撵走的？"

周世中说："不是撵走的，是劝走的。我们给她买了火车票，把她送上了火车。"

厂长猛地站起身，一拍桌子，厉声说："我要开除你！我开除你！"

周世中望着发怒的厂长，一声不吭。

厂长气得说话也语无伦次了，他又连着说了两遍："我，我开除你！我开除你……"可他的声音却慢慢低下来了，身子又缓缓地落在了椅子上。片刻，待他重新平静下来，才说："谁告诉你的，说这套房子分给班永顺了？"

周世中说："管后勤的副厂长亲口给老班说的，而且不止一次……"

厂长突然笑了。他笑着说："噢，还有这样的事？"他停顿了一下，又说："即使是这样，厂里也有权改变，这是厂里决定的事情，我是厂长！"

周世中冷冷地、一字一顿地说："你，是、有、这、个、权、力。"

厂长用嘲讽的语气说："周世中，过去，我觉得你是个实在人，没想到，你不简单哪！你还有这方面的'才干'！"

周世中语重心长地说："厂长，不管你怎么看我，我还是要说。我们不希望这件事闹得满城风雨、沸沸扬扬，我们也不希望为这件事把一个厂长给毁了。一个工厂能有一个好厂长不容易，我们是不愿看着厂长垮台才这样做的。厂长垮了，对我们工人没有任何好处！所以，在这种情况下，我们才把那位……劝走的。厂长，说实话在这方面，你不如她。她是一个通情达理的女人。把她送上火车时，她说了很多感谢的话。她是真心为你好，才走的……"

厂长侧过身子，望着窗外，好久好久之后，他才一字一顿地说："即使是这样，我、也、要、开、除、你！"

周世中最后看了厂长一眼，慢慢地站起身，扭身走出去了。

五

下班了。

车间里的机床全都停了，大部分工人也都走了，只有周世中一个人在默默地擦拭车床。他手里抓着一块擦布，一点一点地擦着机床上的油垢，擦得很慢很细心，把机床擦得明锃锃的。

这时，已洗过手、换了衣服的老班、老转、小田围了过来，他们也没有走，他们在等周世中，是想问一问厂长说了些什么。

老班凑到周世中跟前，不放心地问："世中，厂长到底咋说的？"

周世中一边擦着机床，一边说："厂长没说啥。"

班永顺看着周世中的脸，又问："你说说厂长到底是咋说的？咱可都是为他好哇！咱要不为他好……"

梁全山说："世中，这事咱还真不能大意。你说呢？他随便找个借口，都可以给咱小鞋穿！现在是厂长负责制，他是法定代表人，啥事不是他说了算？"

小田年轻，说话自然气冲些，他说："他敢？他只要敢报复，咱联合起来告他！"

梁全山说："咱又没了证据，怎么告他？再说了，他给你来个各个击破，这是军事术语了，找个借口，先开除一个，叫你张嘴没啥说。"

小田说："不管他找啥借口，只要敢开除咱一个，到时候咱们一块儿走！"

梁全山说："走？往哪儿走？现在办调动可不容易了。"

班永顺一下子慌了，不由得埋怨道："你看看，这事儿弄的！算咋说呢？我说不去吧……"

梁全山说："老班，你就别埋怨了，不都是为了你嘛！要叫我说，还不如那时候……当场捉住！日他的，那就有他的好看了！"

这时，周世中擦完了车床，他把擦布往机床下一塞，说："都放心吧，厂长真没说啥。这个事儿，主意是我拿的，出了事儿，我一个人顶着！"说着，他扭身走出车间，到水管旁洗手去了。

班永顺在后边着急地说："哎哎，世中，不再商量商量了？也不能让你一个人顶缸啊！"

白天，小田又到医院来了。这么长的一段时间，他确实是被林晓玉迷住了，只要一闭眼，眼前就是林晓玉的影子。

林晓玉呢，经过一段时间的练习，腿好多了，走路已不用人扶，只是还不能扔掉拐杖。所以小田每天都抽时间来陪她练习走路。在林荫道上，林晓玉一边走，一边对小田说："哎，你们厂长的事怎么样了？"

小田跟在她的身后，说："还悬着呢。"

林晓玉说："我看，厂长不会轻饶你们。"

小田说："为什么？"

林晓玉说："这叫隐私，你懂吗？你们触动的是人家的隐私。你懂得什么叫隐私权吗？在西方，隐私权是神圣不可侵犯的……"

小田说："啥隐私，这叫腐败！"

林晓玉摇摇头，说："你们这些……"可她话说了半截，不往下说了，却又改口说："就算是腐败，你们也没有证据呀。到时候吃亏的还是你们。"

小田说："他敢？他要是胡作非为，我们就敢联合起来，集体告他！"

林晓玉一边拄着拐往前走，一边说："我不过是为你们担心罢了。再说，都什么年代了？这样的事也太多了。"

小田说："这要看厂长的水平了。为公为私，按说他都不该计较。为公，他不该计较，因为我们是出于公心；为私，他更不应该计较，因为我们是为他着想，他才四十多岁，蛮可以干得更辉煌些！他总不愿意自己把自己搞臭吧？"

林晓玉说："看不出，你还挺会分析呢。不过，有个最重要的因素你没有注意，那就是厂长的心理。"

小田说："他当然不高兴了。这种事，他当然不希望有人知道了。可是，已经让人知道了，他也没有办法。"

林晓玉说："那就看是谁第一个说出去的，这个人就是他的最大的敌人！他会终生与他为敌。"

小田说："他跟我们厂的一个副厂长有矛盾，这谁都知道。那个副厂长一直想当厂长。"

林晓玉说："噢，这样？要是这样的话，他或许不会难为你们。不过，也难说。就像你刚才说的，就看他的素质和水平了。"说着，她停住步子，说："我有点累了。回去吧？"

小田马上说："不行，今天得走一千步。"

林晓玉说："哎呀，你真成我的监护人了！好吧，好吧。"

又走了几步，林晓玉忽然咔咔地笑起来。

小田问："你笑什么？"

林晓玉说："你知道我哥是怎么评价你的吗？"

小田不好意思地说："你哥？你哥怎么说？"

林晓玉嗔道："我不告诉你。"

几天后，厂长把周世中约到了一个僻静、干净的小酒馆里。

　　进了酒馆的雅间，两人坐下来后，厂长从手提包里掂出了一瓶"五粮液"，他还故意在桌上蹾了一下，说："就这一瓶酒，你一半，我一半，谁也不让谁！"

　　待几个热菜端上来之后，厂长又说："这会儿，我不是厂长，你也不是我的下属。这是两个男人，男人对男人！今天咱们的谈话，是两个男人之间的谈话，都不要客气！"

　　周世中说："好。"

　　厂长端起面前的满满一杯酒，一仰脖儿，喝了！

　　周世中也端起一杯酒喝了。喝了之后，高高举起酒杯，倒过来亮了亮杯底。

　　厂长突然说："告诉你，我年轻时很会打架，我当过知青。"

　　周世中说："我也当过知青，在乡下待了五年。"

　　厂长说："当年，二百斤重的麦包，这么轻轻一甩，就扛上了，走半里路，不带喘的。"

　　周世中说："那会儿，架子车下盘，我单手可以举九十下！上山拉煤两千斤，一顿吃过七个蒸馍……"

　　厂长说："那会儿，比掰手腕，我全队第一……"

　　周世中说："我现在也是全厂第一，不信可以试试。"

　　厂长喝了一杯酒，沉默了一会儿，突然转了话题："听说，你离婚了？"

　　周世中看了看厂长，端起一杯酒，喝了，而后说："是，我离婚了。"

　　厂长尖刻地说："是你不要她了，还是她不要你了？"

　　周世中平静地说："是她不要我了。"

　　厂长点点头说："我明白了。"接着，厂长又问："有孩子吗？"

　　周世中说："有。"

　　厂长说："男孩儿？"

周世中说:"男孩儿。"

厂长说:"像你?"

周世中说:"像我。"

厂长忽地又转了话题,他望了望周世中,说:"关于那套房子……我不想解释,随你怎么想吧。我相信,自有公论。"

厂长的变化太快了,周世中没有说话,他只是望着厂长的眼睛。

厂长又说:"厂长也是人,大活人!也有七情六欲,也有……"说着说着,他猛地站起,提高声音,气冲冲地说:"你以为我他妈的是台机器吗?我他妈的连台机器都不如!机器还有个维修保养,我呢?我日日夜夜坐在那个办公室里,我他妈的到现在还是寝办合一!连个鸟窝都没有,连个热和饭都吃不上。"

周世中仍坐在那里,纹丝不动。

厂长一激动,把酒碰洒了,他擦了擦身上,又坐下来说:"一个厂长,担着两千口子人,牺牲了多少东西!我真他妈的不想干了!"

周世中冷静地说:"报纸上说,担任公职的人,必须有所牺牲。不然,他凭什么当领导?"

厂长说:"我他妈的也牺牲得太多了!多少双眼睛都盯着你,包括眼前的这一双!还让人活不让了?告诉你,我连睡觉都是公事,梦里全是他妈的公事!我就不能有点私事吗?(厂长越说越气,说着,又站了起来,拍着胸脯)我可以拍着良心对你说,我让她来,是有私心,可也有公心!你知道她是干什么的?她是省里一家银行的信贷部主任!我他妈的是公事私办,你知道吗?我是想趁机会给咱们厂二期技改工程搞些贷款!你不但搅了我的私事,也搅了厂里的公事!(厂长拍着桌子说)你知道不知道?"

周世中手里端着一只酒杯,仍然很平静地说:"我不知道。"

厂长盯着周世中,恶狠狠地说:"我真想开除你。我有这个权力,你信不信？"

周世中微笑着说："我信。"厂长慢慢又坐了下来，一连喝了三杯酒，沉默了一会儿，用回忆的语气说："我们七年没有见面了。上大学的时候，我比她高两届。那时候，她真漂亮！"

厂长说着，又看了看周世中，喃喃地说："我明确告诉你，我还会去找她，到省里去找她，我非去找她不可。"

周世中说："厂长，你要计较的话，我也没有办法。就像你说的，我也不想再解释了。不过，这是我一个人的事，与别的人无关。"

厂长用嘲笑的口气说："呵，还挺仗义呢！"

周世中不吭。

厂长又喝了一杯酒，停了很久，才说："告诉你，她来信了。"

周世中仍然一声不吭。

厂长突然说："这酒到这会儿才喝出味儿来。喝呀，你怎么不喝？这酒可不是受的什么贿，这酒是她送给我的。"接着，厂长又说："我明白，我什么都明白。我知道你们是为我好。谢谢，谢谢了。老弟，关上门说，那天我不该对你发那么大的火，多多原谅吧。"

周世中说："厂长，你也放心，那些破事儿，我们不会乱说。"

厂长意味深长地望着周世中，摇晃地站起身来，说："不喝了，不喝了，醉了！醉了醉了醉了……"

周世中也站起身来，说："我没醉。"

清晨，在医院后边的小河边上，小田又在陪林晓玉练习走路。

周围有许多出来晨练的老人。这是一些想拉住时间、逃离死亡的人。

两人从他们身边走过，在人少一些的地方，小田说："歇歇吧，今天走了一千步了。"

林晓玉心情很好，说道："我还能走。"

小田说："那好，再走一百步。"说着，他跑到前边三十多米远的一棵树下，高声说："来吧，走到这里为止。"

林晓玉又走起来，开始有点慢，渐渐地，她越走越快，越走越快，走着走着，突然，她一丢拐杖，跑了起来。

林晓玉一边跑，一边激动地高声喊："我好了！我要出院了，我要飞了。"喊着，她飞跑到小田的面前，一把抱住他，猛地在他的脸上亲了一下。

这天上午，柴油机厂召开全厂职工大会。

在厂职工俱乐部大厅里，黑压压地坐着两千多名工人。主席台上坐的是一些厂级领导。

厂长首先讲话。他先讲了厂里上半年的生产情况，又讲了下半年的工作任务。而后，他突然站了起来，越过主席台，径直走到了台子的前边，手里晃晃地举着一个钥匙串。

这时，一个分管音响的人也赶忙追到台子前边，把一个高架麦克风移到台前。

厂长高举着那个钥匙串说："下面，我说几句题外话。大家看见了吗？这是钥匙，就是这个小小的钥匙，在咱们厂引起了一场风波。首先，我要说，我老老实实地说，我并不想得罪某些部门，我们厂很需要社会上某些部门某些人的支持。（说着，他突然提高了声音）但是，现在我要得罪他们一次，为我们的工人得罪他们一次，我想，值得！有个情况我必须给大家说清楚。有人说，有这么一套房子，厂里已经分给班永顺同志了。其实，并没有这回事。我站在这儿，当着全厂职工的面，当着厂分房领导小组全体同志的面，（说着，他微微侧身，用手扫了一下坐在主席台上的列位厂级领导）我说，厂里没有这样决定，厂里确实没有把房子分给班永顺同志。（说到这儿，他又有意停顿了一下。）个别人私下许愿，那是他的事！……关于这套房子，有许多谣传，今天，咱就不多说了。但我要明确一点，最初，这套房子，是分给我的，我拒绝了。原因，我刚才已经说过了，不再重复！"

下边，会场上出现了乱哄哄的议论声。

坐在班永顺身边的梁全山说："老班，老班，听见了吗？操，他说没有分给你！"

班永顺的头勾下来，脸上即刻出现了痛苦的表情。

台上，厂长晃着那个钥匙串，高声说："……但是，我现在决定，把这套房子分给班永顺同志！"

忽一下，会场上立时静了。

厂长说："大家要问为什么，告诉大家，是因为胡辣汤！大家都知道，班永顺的妻子是从农村来的。他们已分居很多年，妻子没有工作，还带着两个孩子，孩子大了，可四口人仍然睡在一张床上！大家也都知道，班永顺的妻子如今在街头上卖胡辣汤。我想，在座的很多人都喝过他家的胡辣汤吧？（说到这里，厂长又停顿了一下，声音略略放低，带着沙哑和伤感。）我每次走到街口上，大嫂，也就是班永顺同志的妻子，都要让我喝她的胡辣汤。她拉住我，把汤盛上，双手捧到我面前。可我没有喝过，一次也没有。不是不想喝，是不敢喝。不敢喝呀同志们！我知道，她不收我的钱，她绝不会收我的钱。每天每天……只要我一走到那里，她就非让我喝……（说到这里，厂长从兜里掏出一只手绢擦了擦眼，他掉泪了！）我心里很难过。我知道，她是有求于我呀！因为，我是厂长……"

厂长的话，时高时低，一下子把会场上的气氛调动起来了，把人的心都说动了，有人跟着也掉下泪来。

台下坐着的班永顺，双手捂着脸，泪流满面。

厂长再次扬了扬手里的那个钥匙串，高声说："所以，我决定，把房子分给班永顺同志。请班永顺同志到台上来！"

台下响起了一片掌声！工人们全都唰地转过脸来，四下打听，寻找后边坐着的班永顺。

在后排座位上，众人乱嚷嚷地喊着，把老班往前边推："去呀，快去呀！"

班永顺慢慢地从座位上站起来，在众人的注目下，佝偻着腰，很狼狈地向台上走去。

可是，上台之后，班永顺却没有去接那串钥匙。班永顺手脚失措地站在厂长面前，像个做了错事的孩子一样，慌乱地说："不，不，你别，厂长。厂里的心意我领了。别，别为我……我，我可以等，我还能等，我不要……"

厂长掂着钥匙，说："收下吧，班永顺同志。"

班永顺说："别，厂长，可别。这，我承受不起。我就是住了，心里也不安。我等吧，我等。"

厂长拍了拍班永顺，说："多好的同志呀！"说着，又把脸转向台下，对下面的工人们说："班永顺同志执意不要，他是为厂里着想啊！那么，怎么办呢？"他停下来，挠挠头，思考了一下，说："那么，我就代表全厂，谢谢班永顺同志了！"

说着，厂长弯下腰来，对着班永顺鞠了一躬。班永顺也慌忙弯腰给他鞠躬。

厂长又对着台下说："班永顺同志表态了，厂长怎么办？大家说，厂长该怎么办？"

下边有工人吆喝说："厂长也表个态！"

厂长说："……这叫逼上梁山哪！好吧，冲着班永顺同志，我也表个态：三年，不不不，还是保险一点，咱保险一点，五年，五年之内吧，要让全厂职工都住上像样的、宽敞的房子！"

一片热烈的掌声！

厂长接着说："请大家记住今天这个日子。如果到了那一天，我说的话没有兑现，有一个职工没住上，我将引咎辞职，从这个台子上滚下去！"

又是一片经久不息的、更为热烈的掌声！

掌声过后，厂长笑着说："下边，有个小事，我请大家帮个忙。下了班，方便的时候，空闲的时候，不想做饭的时候，请同志们代我尝尝嫂子的胡辣汤。"

"哄"一声，人们都笑了。

厂长顿了一下，伸出手来，高声说："但是，一定要付钱！"

散会后，工人们回到车间里，仍在议论厂长的讲话。他们三五人围在一起，一个个激动不已。

梁全山点着老班的鼻子说："老班呀，老班，你说你傻不傻？钥匙眼看到手了，操，你不要！你是真不想要还是假不想要？净装熊！"

小田说："厂长真不简单哪！那话说的，盖帽儿了！可以说是三箭齐发！"

白占元说："真是当厂长的，听听人家那讲话，多有水平！"

李素云说："就是，都把我说掉泪了。"

有的工人凑过来说："老班也是，几句好话，房都不要了，那是一套房啊！"

这会儿了，班永顺的脸仍是红扑扑的，他说："厂长这么抬举咱，咱咋说呢？咱还好意思要吗？"

梁全山说："弄了半天，这不是白忙活了吗？"

李素云说："也不是白忙活，厂长发话了，五年叫大家都住上……"

梁全山说："那，也是说说，还在云彩眼儿里呢。"

周世中看了众人一眼，说："要叫我说，老班，那房，你该要。"

班永顺张口结舌地说："那、那、那、那、那……嗨，吐口唾沫，咱也不能再舔起来呀……"

小田说："班师傅，你看徐厂长的脸了吗？他在台上坐着，脸一红一白的，要多难受有多难受！以后啊，可别让他再喝你家的胡辣汤了，他净骗人！"

众人都笑了。

林晓玉出院了。

出院这天，本来，她哥哥林凡要派车来接的，可林晓玉没等车来，就和小田一块儿，悄悄地打的士走了。

临上车时，小田说："还是等等你哥吧，他说要派车来。"

林晓玉说："你别管，我罚他呢！罚他空跑一趟，谁让他不常来看我。"

下了车，林晓玉领着小田来到了一栋豪华漂亮的公寓楼前。小田望望那楼问："这就是你家呀？"

林晓玉含含糊糊地说："差不多是吧，暂时是。"

小田还想问什么，林晓玉一甩头发，俏皮地说："别调查了，上去吧。"

两人走上楼来，进了门，小田一下怔住了：太豪华！这是一套装修过的三室一厅的房子。厅很大，双阳台，屋子里摆满了各种高档、豪华的组合式家具；电视、冰箱、电话、音响……一切的一切应有尽有！

林晓玉很随便地说："坐啊，愣着干什么？"

小田四处打量着，"噢"了一声，仍然没有坐。

林晓玉把头上的发卡去掉，顿时，一头乌发像瀑布似的垂下来。她揉了揉头发，说："你坐吧。我先洗个澡。三个多月没洗了，身上都臭了。"她一边往卧室走，一边又说："想喝什么，冰箱里有，你自己拿吧。"

小田在软软的羊皮沙发上坐下来，看看这里，又看看那里，身上陡然产生了一种说不出来的感觉。

这时，桌上的电话丁零零响了。小田站起身，不知该不该去接。他愣了一会儿，朝洗浴间喊了一声："哎，电话。"

先是有哗哗的水声传过来，接着是林晓玉的声音，她说："我哥。别理他，让他急急。"

小田说："这，不大好吧?"说着，刚要去接，电话又不响了。

房间里只剩下了撩人的水声。小田很拘束地在那儿坐着，听着那"哗啦、哗啦"的水声，他头上冒汗了。他勾下头，心里说：别看，你别看！可他还是忍不住抬头看了：透过沾满水汽的玻璃门，他看见了一个模模糊糊的白皙的身影……

待林晓玉洗完，再次从房间里走出来的时候，小田简直有点认不出来了！她像是换了一个人一样。她穿着飘飘的半透明的丝织白裙，亭亭玉立，在小田眼里，就像天上的仙女一样。

林晓玉站在小田面前，身子转了一圈，大方地说："我漂亮吗?"

小田有点窘，想看她，又不敢看，呆呆地说："漂亮。"

林晓玉笑着说："底气不足哇!"

小田忙说："漂亮。真的。"

林晓玉说："看你头上的汗，你怎么不开空调?"说着，走过去开了空调。这时，电话铃又响了，她走过去，拿起电话，听了一会儿，撒娇说："哥，我罚你，我就是要罚你。对，我就是要让你空跑一趟。忙，你当然忙了……我知道我知道。你别啰唆了，我知道啦。好，好，你派人送来吧。不要那么多，精一点……好，多少? 好吧。快一点，我都饿了……"

天热了。

傍晚，在"多家灶"三家合用的厨房里，弥漫着一股呛人的油烟味。

崔玉娟、王大兰分别在自家的灶前炒菜。两人都是一身的汗，像是水洗了一样。

王大兰一边炒菜一边说："这两天，怎么没见小田？"

崔玉娟说："你不知道？小田谈对象了。听老梁说，就是他们送医院的那个姑娘，还是大学生呢！"

王大兰说："哟，小田还怪有福哪！找了个这么好的对象。长得啥样？"

崔玉娟说："老梁说，高挑挑的，可漂亮了。"

王大兰说："这回救人可救到家了。"

崔玉娟说："可不，小田都着迷了！成天在医院泡着。"

王大兰说："你们厂这一段怎么样？工资发下来了吧？"

崔玉娟说："发啥？发了两箱子床单，让自己去卖呢。"

王大兰说："真是的！"

在那栋豪华公寓楼里，一个穿着印有"荷花大酒店"字样白色制服的年轻人走上楼来。他手里提着一个大食品盒，胳肢窝里还夹着一个纸包。

年轻人在三楼的一个门前停住，敲了敲门。林晓玉即刻出现在门前。那年轻人问："是林小姐吧？"

林晓玉点了点头。

那年轻人说："这是总经理让送来的。"

林晓玉说："谢谢，进来吧。"

那年轻人走进来，把食品盒放下，打开盒子，里边是几样热气腾腾的菜肴。而后，他把一个纸包放在桌上，看了看林晓玉，说："这是……"

林晓玉含蓄地说："放下吧，我知道了。"

那年轻人很知趣地后退一步，说："那我走了。"说着，转身退出门去。

这会儿，林晓玉成了一只欢快的飞来飞去的小鸟。她在屋里一趟趟地跑来跑去，像变魔术似的摆上酒、小碗、小碟、小勺、筷子。最后，她又拿出了四支红蜡烛，一一点上；接着，"啪"地一下，她把灯关上了，屋里立时出现了朦胧的红色。

接着，她又把音响打开，一曲《多瑙河之波》像流水一样泻出来。

小田沉浸在音乐声中，在红红的烛光里，看着桌上精美的菜肴，一时像傻了一样。他心里说："还有这样的日子？"

到了这时候，林晓玉才款款地走到小田跟前，微微欠身，俏皮地说："请吧，王子。"

小田站起身，不好意思地说："我可不是王子，我是个下里巴人。"

林晓玉说："是你救了我。在我眼里，此刻，你就是我的王子。"

小田说："也不是我一个人，好几个人呢！"

林晓玉说："行了，行了，别谦虚了。请吧。"

两人在摆满菜肴的桌前坐下来。林晓玉端起高脚玻璃杯，说："怎么样？还有点情调吧？"

小田说："太好了！"

林晓玉说："来，干杯！为你干杯，也为我干杯。"说着，端着杯子跟小田碰了一下。

小田说："为你的康复干杯。"

林晓玉喝了点葡萄酒，说："谢谢。"接着，她又大方地往小田身边挪了挪，说："看来，咱们有缘，来，咱喝杯'交杯酒'吧。"

小田不由得脸红了，吞吞吐吐地说："你、你哥、同……意吗？"

林晓玉说："喝杯酒跟他有啥关系？"说着，举起杯子，胳膊穿过小田端杯的手，举到了自己的嘴边。小田也笨拙地把胳膊穿过她的胳膊，把杯子举到了自己嘴前。两人在红色烛光下，亲密地喝了"交杯酒"。

喝了酒之后，小田红着脸想说什么，林晓玉把一个指头放在嘴边，小声说："别说话，什么也别说。吃菜，我早就饿了。"

夜里，班永顺室，在那张拥挤的大床上，孩子们已经睡着了。老班两口在床上躺着，都大睁着两眼，在小声说话。

王大兰说："厂长真是那么说的？"

老班说："可不。不都跟你学了吗？"

王大兰说："厂长真会说话，光往人心窝里说。"

班永顺说："当着全厂人，你说，咱还有啥说的？"

王大兰说："咱也好哄，几句好话，就把咱哄住了。"

班永顺说："看你说的，当着全厂人，厂长表过态了，他会空口说白话？"

王大兰说："那也难说。那姓徐的不也是厂长？喝了咱两年胡辣汤，说得多好听，有一套也是咱的，给了吗？"

班永顺说："他是副厂长。厂长跟他不一样。厂长人好，水平也高。"

王大兰说："算了，算了，不跟你说了。厂长那话，就是怪暖人。哎，跟着你，窝囊一辈子……"

班永顺说："窝囊就窝囊吧。咱是工人，又不是啥大人物。比上不足，比下有余，这已经不错了。有些厂，工资都发不下来。"

王大兰说："到咱振明，非让他上大学不可，砸锅卖铁也得供孩子上大学！"

班永顺说："上，让他上。行了吧？"

王大兰说："上那好大学，一流大学。"

班永顺说："一流就一流，只要他能考上。"

王大兰说："那博士也得上。将来出大国！挣大钱！当大官！反正干啥事都不求人……"

班永顺说："别想那么多，到时候，咱也老了。"

王大兰说："老了？老了怕啥？到时候，孩子把你接去！孩子有钱有权，赔跟着享福了！……不是愁房子吗？到时候，孩子给你美国盖一套，日本盖一套，香港盖一套，上海盖一套，北京盖一套，想住哪儿住哪儿……房间大大的，床大大的，叫你老东西赔滚了，从东头辘辘到西头，永掉不下来，叫你再也不说掉床的事了。"

班永顺说："恁好？恁好我也不去。你去吧，到时候你赔去了，我一个人在家。"

王大兰说："你在家你在家，谁稀罕你去！"

隔墙，梁全山家，女儿小芬睡着了。

也是两口子躺在床上，大睁着两眼，眉宇间弥漫着一个"愁"字。

离床不远处堆着崔玉娟三个月的"工资"，那是一箱一箱的床单和毛巾。

梁全山说："你这是咋搞的？工资不发，弄回来几箱这东西！你们厂净生产些劣质产品。"

崔玉娟说："你就不会帮我推销推销？人家的男人……"

梁全山没好气地说："咋推销，叫我也去站街口上？"

崔玉娟说："站街口上怎么了？你不是人？"

梁全山说："我不去！一个大男人，站街口上，见人说：要不要？要不要？那啥样子？"

崔玉娟说："你不总吹你战友多吗，找那些战友问问不行？"

梁全山说："亏你想得出来！我见人家怎么说？多日不见，一见面，我说我卖床单来了……"

崔玉娟说："这也不行，那也不行，你说怎么办？"

梁全山说："实在不行，你娘家、亲戚家……一家送几条。"

崔玉娟说："上千块呢，咱送得起吗？"

梁全山埋怨说："哼，你要是不去赌……"

他这么一说，崔玉娟又流泪了，她呜咽着说："你叫我丢人丢得还不够吗？你还想怎么着？我不是改了吗？你还是老说老说。"哭着，她忽地坐起来说："我不好我丢人，我自作自受！我也没指望你帮我啥，真不行，我卖，我自己上街卖……"

梁全山绷着脸，一句话也不说。

饭后，在悠扬的音乐声中，林晓玉非要拉小田跳舞。

小田往后欠着身子，很尴尬地说："不会，不会，我不会……"

林晓玉拉住他说："我教你。好学，就'一步摇'。"说着，抱住小田，双双在客厅里跳了起来。

小田没跳过舞，显得有些笨拙僵硬……他很勉强地抱着林晓玉"摇"了一会儿，汗就下来了。当他们"摇"到卧室门前的时候，小田实在忍不住了，松开手说："天晚了，我回去吧。"

林晓玉看了他一眼，也松开手，嗔怪地说："你呀，好了，好了，我不难为你了。"说着，她推开卧室的门，硬把小田拉进房去，说："你先坐下，我有话跟你说。"说完，便轻盈地走出去了。

小田坐在房间里，望着那张豪华的席梦思软床，望着那弥漫着粉红色情调的窗帘，望着这些雅致的沙发圈椅，不由浮想联翩，心怦怦地狂跳着……

片刻，林晓玉端着一只盘子走了进来，盘子上放着一杯咖啡，还有一个纸包。

林晓玉把盘子放在小田面前的小几上，说："喝杯咖啡吧。"而后，身子往后一仰，顺势躺在了床上。

小田双手捧着那杯咖啡，一时脸红得很厉害，连呼吸都粗了。

林晓玉稍稍躺了一会儿，又坐起来，盘腿坐在床上，望望小田，好久，才说："小田，你把那个纸包打开。"

小田放下手里的咖啡杯，不解地伸手打开了那个纸包，只见纸包里包的是厚厚的一沓百元大钞。小田看看钱，又抬头望着林晓玉。

林晓玉说："小田，我不想骗你。我必须告诉你。过些天，我就要走了，到南方去。这一走，也许……就不再回来了。你救过我的命，我非常非常地感谢你。我，怎么说呢，我也确实喜欢你，但咱们，是不可能的……"

小田一下子蒙了！他心里"轰"地一下，像是什么塌了似的！他木木地坐在那里，手下意识地去抓那杯咖啡，那杯咖啡好像成了他唯一能抓住的东西。

此刻，林晓玉并未注意到他的神情，仍然说："我哥说，他要送你一样东西……茶盘上的，就是。他说这一万块钱，是个意思。可我想再送你一样东西，我必须送你一样东西，那是你最想要的东西。我只能给你这些了……我身上有你输的血，我不想欠你太多的债。但是，我必须说明，过了今夜，咱们就两清了。来吧。"

小田像是一下被击毁了！他缓慢地站起身来，手里的咖啡杯"砰"一下碎在了地上。他万分痛苦地看了看茶几上放的那一万块钱，又看了看半裸的林晓玉，用带血的声音吼道："为什么？这是为什么？"片刻，他狠狠地拍了一下头："我明白了。我是工人，因为我是一个工人！你们看不起工人!"

林晓玉慌乱地坐起来，说："不，不，对不起。我没想伤害你，我不是有心要伤害你……"

小田抓起那一万块钱，愤怒地拍了几下，说："这是什么？这是我卖血的钱？一万，不少啊！是啊，血可以卖，什么都可以卖！"他抓住那一万块钱，手一扬，"唰"地扔了出去！立时，房间里像下了雪一样，空中飞舞的全是钱……

林晓玉惊惧地从床上爬下来，扑到小田跟前，流着泪说："对不起，我知道你不是……"

小田一把把林晓玉甩开！最后看了她一眼，大步朝门外走去。走到门口，他又转过身来，大声说："告诉你，老子就是个工人！地地道道的工人！"说完，"啪"的一声巨响，门关上了。

这时，电话铃又响了，不停地响，却没人去接。

林晓玉颓然地在地上坐着，她周围的地上，全是钱，崭新的钱。

夜深了，小田踉踉跄跄地从一个小酒馆里走出来，他已经喝得烂醉。

他一边摇摇晃晃地在街上走，一边擂着胸大声喊："……工人！老子就是工人！你有什么了不起？"他一边走，一边碰上人就问，用手点着人问："你说，你是工人不是？你是不是？不是？不是你滚！……你说，你给我说，工人怎么了？你看不起工人？你敢看不起工人……"吓得路人看见他都四下躲着走。

当他摇摇晃晃地来到一个比较繁华的十字路口时，小田就像是疯了一样，他一边走，一边端着"机关枪"（手比画着）向人扫射！他向穿着漂亮的女人们"扫射"！向商店橱窗里陈列的女式服装"扫射"！向服装摊儿前的女模特"扫射"！向舞厅门前穿着华丽的服务小姐"扫射"！向骑着摩托路过的女人"扫射"！他嘴里不停地喊着：

"嗒嗒嗒，嗒嗒嗒……"

"嗒嗒，嗒嗒嗒嗒嗒……"

"嗒，嗒嗒，嗒嗒嗒嗒嗒嗒嗒嗒嗒……"

路人都说，这人疯了！这是个疯子，疯子！

最后，他站在路的正中间，高声喊道："工人！老子是工人！……走吧！都走吧！……工人！老子就是工人！……走吧！滚，都滚！……"喊着，又端着"机关枪"朝着一根电线杆冲了过去……他一下子栽倒了！倒在地上的时候，嘴里仍念着："工人，工人……"

在他倒下后，路人们这才敢围过来看他。他周围围了一群人。有人说，别看了，别看了，他是喝醉了。

这时候，周世慧刚好从这里路过，她上前一看，竟然是小田！她赶忙挤进人群，过去把他扶了起来，关切地说："小田，你是怎么了？"

小田嘴里喃喃地说："你是工人……"

周世慧说："看你醉的。"

周世慧想把他扶起来，可他站不住了，扶起来摔倒了。再扶，又摔倒了。周世慧没有办法，只好架着、拖着、拽着他往前走。

第二天，车间班前点名的时候，点到小田，却没人应。

这时，班永顺说："他可能是病了。昨天夜里，听他吐得一摊一摊的……"

班长周世中说："下午通知他，超过半天，扣一月奖金。上班吧。"

然而，中午的时候，小田的房门仍然紧闭着。

周世慧过来看他，拍了拍门，却没有人应。便问："小田，没事吧？"

正在厨房里做饭的崔玉娟探出头来，问："小田怎么了？"

周世慧说："昨天夜里他喝醉了，可吓人了！横躺在大马路上，滚了一身土……"

崔玉娟说："这就怪了，小田平时不怎么喝酒啊。"

这时，王大兰从屋里走出来，说："昨天夜里，你没听见？吐得哇哇的……"

崔玉娟说："那是为啥？……噢，想起来了，八成是失恋了！"

王大兰忙说："兴，保准是！那一段，着迷了！成天往医院跑，人也救了，血也输了，八成，人家最后不要他了。"

周世慧慌了，说："他不会出啥事吧？"

这么一说，三个人都有点着急，她们一同凑到门前，一起叫："小田，小田！"

屋里还是没人应。

周世慧用力一撞，把门推开了一条缝儿，只见小田在地上躺着，两只脚顶着门，一副昏迷不醒的样子。

王大兰一着急，喊起来了："来人哪，小田不行了！"

这一喊，众人都从屋子里跑出来了，大家七手八脚的，抬起小田，就往医院送。

周世慧一见小田成了这个样子，气愤地说："太不像话了！把人弄成这个样子，我去找她！"说着，气冲冲地跑了下去。

周世中喊道："世慧，你干什么？"

周世慧一边推车一边说："你别管！"

在那栋豪华公寓楼里，周世慧站在林晓玉的门前，正在咚咚地敲门！

林晓玉把门开了，问了一声："你找谁？"

周世慧气冲冲地说："就找你！"

林晓玉不解地问："找我？"

周世慧说："血给你输了，人也救了，你为什么还要这样折磨他？"

林晓玉吃惊地问："是小田？"

周世慧说："不是他是谁？你还折磨过谁？"

林晓玉羞愧地低下了头，片刻，她问："他在哪儿？"

周世慧说："医院里。"

林晓玉沉默了一会儿，说："我，我去看看他。我现在就去……"

当林晓玉赶到医院急救室的时候，小田经过灌肠急救，已经醒过来了。他在病床上躺着，护士正在给他输液。

林晓玉来到病床前，想说什么，可又无话可说。

小田睁开眼来，看了看她，轻轻地说："你，走吧。"

林晓玉看看围在四周的工人们，她看到的全是鄙视的目光，她后退了一步，手刚伸向挎包，却又慢慢地缩了回来。她知道，已经无法挽救了，她已失却很多很多。

小田说："谢谢，你使我重新认识了自己。走吧。"

林晓玉流着泪说了一声："对不起。"扭身跑出去了。

六

傍晚时分，李素云的丈夫魏书田回来了。

魏书田在外地的一家工厂里当供销科长，人长得也精神，很有一些派头的。他穿着西装，雪白的衬衣，打着领带，手里提着一只皮箱，走路"嘎嘎"的。他人还没有上楼，就听见楼下有人打招呼说："老魏回来了，魏科长回来了。"

　　李素云听到声音，掀开门上挂的旧竹帘（竹帘上印着"一柴"的字样），一半身子门里，一半身子门外，似有些不好意思地朝外望着。

　　魏书田走上楼来，一边走着，一边还笑着应道："噢，噢，回来了。"

　　住在隔壁的白师傅走出来，也招呼说："书田，可是有一阵子没回来了。"

　　魏书田笑着"噢噢"了两声。李素云悄没声地迎上前，从他手里接过了箱子。魏书田赶忙给白占元掏烟，他平时对这些人是不大搭理的，这一次倒很热情，一边掏烟一边说："白师傅，来来，抽支好的。"

　　白占元往后欠着身子说："不吸，不吸。快回去吧。"

　　魏书田一直往前递："接着，接着……"说着，又朝屋里喊："小国呢，来来，吸一支。"

　　白小国懒散地从屋里走出来，伸了个懒腰，接过烟一看，说："哟，魏哥不简单哪，吸'大中华'了!"

　　魏书田笑着说："是别人送的。"

　　白小国一指，说："老爷子，听明白了吧？看看人家。"

　　白占元忙说："书田刚回来，叫他回去歇吧。"说着，拽着白小国回屋去了。

　　魏书田走进家门，李素云早已打好了一盆洗脸水，摆在地上，见他过来了，忙又递上毛巾，说："你先洗洗吧。几点的车？"

　　魏书田接过毛巾，一边蹲下洗脸，一边"噢"了一声。

　　李素云又匆匆走进厨房，拿着一个提兜走出来，说："饿了吧？也不知道你要回来，我去买点……"

　　魏书田站起身，说："算算，这么晚了，别去了。"

　　李素云迟疑了一下，说："要不，我给你下碗鸡蛋挂面吧？"

　　魏书田说："不用了，我吃过了。"

李素云问："你不是刚下车吗?"

魏书田支支吾吾地说:"……在车站吃了点。"

李素云轻声埋怨说:"回来了,还在街上吃?街上的饭不干净。"

魏书田不吭,径直在沙发上坐下来,掏出烟,吸了两口,问:"小军呢?"

李素云说:"在他姥姥那儿呢,那儿上学近。"

往下,魏书田就不说话了,只是抽烟。

周家,周世慧打扮得整整齐齐的从自己房间里走出来,说:"哥,我走了。"

正在洗碗的周世中从厨房里探出头,说:"礼拜六晚上还上课?"

周世慧一边走一边搪塞说:"天天上。"

周世慧急急地出了门,又差点跟白小国撞上!白小国马上说:"世慧,跳舞去吧?"

周世慧说:"我没空。我,上课呢。"

白小国说:"远不远,我陪你去。"

周世慧紧走几步,说:"忙你的去吧。"

白小国追着屁股说:"反正我也没事……"

周世慧一边"噔噔噔"下楼,一边说:"你可别跟着我。"

白小国不追了,他站在楼道里,无趣地甩了甩手,刚要回去,这时却听到下边有人喊他:"小国,小国!"

白小国低头趴下一看,是跟他一块儿打麻将的哥们儿小马。忙问:"哥们儿,啥事?"

小马手卷成筒筒状,喊道:"下来吧,财神来了!"

白小国说:"啥?你说啥?"

小马很内行地捏捏两个指头，做出数钱的动作，说："快下来，快下来，有一注财。叶麻儿，叶麻儿！"

夜里，李素云在房间里铺好了床，又把两只枕头放好。而后，她走出来，轻声说："还不累？睡吧。"

魏书田站起来，走进里间，没有上床，却又坐在了一张椅子上，仍是吸烟。

李素云坐在床边上，看了看他，嗔道："还吸呢？"

魏书田把烟掐灭，吞吞吐吐地说："素云，有个事儿，我想……"

李素云问："啥事儿？"

魏书田说："这些年，你看，我也不在家，你一个人带着孩子，苦了你了。"

李素云笑着说："还说呢，叫你调回来，你不调！"

魏书田说："在那儿，我是科长。回来……"

李素云说："我也没埋怨过你呀！"

魏书田转弯抹角地说："这么跑跑跑的，也不是个事呀！"

李素云说："那你说咋办？我调去？也不好调呀。"

魏书田抬起头，看了看她，又低下头，好久，他才说："素云，我看，咱俩离了算啦。"

李素云原是在用手轻轻地抚摸着床上的单子，这时，她的手突然停住了，身子一软，忙靠着床栏，头勾下去。停了很久，她问："为啥？"

魏书田说："你看，我是管供销的，天南海北跑，也顾不了家……"

李素云醒过神来，定定地望着魏书田，一字一顿地说："你是回来离婚的？"

魏书田又点上一支烟，焦躁地说："我这不是跟你商量吗？"

李素云仍说："闹了半天，你是回来离婚的？"

魏书田说："随你说吧。反正……"

李素云怔怔地恨恨地自言自语地说："你是回来离婚的……"

魏书田一下子恼了，说："我就是回来离婚的。"

李素云说："你是当科长烧的了，你是跑供销跑花眼了！"

魏书田说："你说啥是啥。"

李素云问："我有对不起你的地方吗？"

魏书田说："是，是我对不起你，行了吧？"

李素云气恨恨地说："你不是人！"

魏书田说："随你说。我就不是人，反正我不是人了。"

慢慢，李素云眼里有了泪。她眼前出现了许多纷乱的镜头：她挺着大肚子上班的情景，她躺在医院里独自一个人生孩子的情景，风天、雨天、雪天里，在拥挤的自行车人流里，她推着小孩车上班的情景……那时候，男人都不在家，是她独自一个人管着老人、养着孩子。可男人回来却要离婚！

李素云咬着牙说："我不离。"

魏书田说："事到这一步了，你不离也得离！"

李素云追问说："事到哪一步了？你计划好了，是不是？你外边有头儿了，是不是？"

魏书田说："你别管有头儿没头儿，反正得离。我这回是豁出去了……"

李素云坚持说："我就是不离！"

魏书田站起身来，逼视着李素云，上去一把揪住她的头发，恶狠狠地说："你敢不离？"

第二天，上班的时候，周世中在车间班前会上分派活儿。他说："……

20 车上抓紧点；50 车上外活儿，十二根长轴，精度要求很高，多注意点。其他照旧。"说着，他看了看李素云，发现李素云的神色不好，十分憔悴。一夜之间，就像换了一个人一样：眼眶肿着，脑门上还有伤……便问："素云，你是不是病了？病了就上医院看看！"

李素云说："没事，我没事。"

周世中看她这样，也不好再说什么，就说："那好，上班吧。"

工人们纷纷走上自己的岗位，车间里，机器又轰轰地响起来了。只有李素云还怔怔地在原地站着，手里拿着检验工件用的游标千分尺。

周世中站在自己的 20 车前，刚要开机，却停住了。他转身又走到李素云跟前，关切地问："素云，你……"

李素云笑着掩饰说："我没事，真没事。昨儿个不小心碰到门框上了……真的。书田还非送我上医院，我没去。一点点伤，他净大惊小怪……"

周世中望着她，说："没事就好。"

李素云说："你忙吧。我验活儿去了。"说着，赶快扭身走了。

中午，在一家街头的小饭馆里，小马拉着白小国跟一个乡镇企业的叫老胡的在喝酒。

小马端着酒杯，对老胡吹嘘说："老胡，你不是想弄合金刀头吗？这回你可是找对人了，找到家了！你不信是不是？告诉你，小国他爸，咱那老爷子，你知道是干什么的？人家是有名的刀具大王！他指头缝儿里漏漏，就够你这村办企业使一阵子了！"

老胡忙说："那是，那是。咱，咱只要些废的，人家大厂打下来的。好的哪儿都有，咱用不起不是。"

小马说："那就更好说了。"说着，指指白小国："叫他自己说。"

白小国说："我那老爷子，是个僵化。当了三十年的劳模。你们知道他这劳模是咋当的？说出来我都嫌丢人。是捡废料捡出来的。人家没上班，他先上班；人家都下班了，他不下班，成天在厂里泡着。干啥呢？捡人家丢的废料呢！刀头啦，扳手啦，螺丝啦，年年捡，捡一堆一堆的，你们去他厂里看看就知道了。捡到现在拾了一屋子奖状，净纸！"

老胡马上说："太好了，太好了。这些废物，搁大厂，看不眼里，放咱村办企业，就是宝了！来来，白老弟，我敬你一杯，这事就全拜托老弟你了！"

三人碰了杯。白小国说："好说，好说。小事一桩。"

老胡说："你们放心，这事决不会白麻烦二位老弟。你们给联系联系，只要便宜，咱买。"

小马说："老胡，你也是成天在外边跑的，这事儿你可白脖儿了！买？上哪儿买呀？！大厂的东西，那是国家的，入地不入人！"

老胡问："那，你说……"

小马说："就让小国给你弄，绝对的便宜！"

老胡愣了愣说："能、能弄出来？"

小马笑着说："告诉你吧，小国他老爷子，这会儿是看大门的。快退了，厂里让他看大门。你说，小国要弄，还不是一句话？"

白小国故作姿态地笑笑，也不说话。

老胡一下子像是明白了，忙站起身，把酒给两人倒上，说："哎呀呀，这我还得请客，还得请客！白老弟，你赌弄了，有多少，我要多少！"

小马说："先说好，老胡，咱是一手交钱，一手交货。先小人后君子。"

老胡说："那自然。赌放心了，晚上我再请一顿！够意思吧？"

白小国说："叫我说，酒别喝了，晚上还是跳舞吧？"

老胡马上说："行，跳舞也行。我请，我请。"

白小国与小马相视一笑，说："好，这事儿就说定了。"

晚上，他们一行三人来到了荷花大酒店门前。

踏进舞厅的门，白小国悄声问身旁的小马："哥们儿，大间小间？"

小马指了指走在前边的老胡，小声说："包间，上包间。这人是个土财主，咱黑他一下，不黑白不黑！你别管了，我安排。"

"荷花"是一个较豪华的高档饭店，舞厅的档次自然也高。舞厅里有酒吧、乐队、镭射、卡拉OK，看上去五光十色，闪闪烁烁。

这时，有服务小姐迎上来，彬彬有礼地说："先生，请问……"

小马很大气地手一挥，说："包间！"

服务小姐点点头，手一伸，说："请吧。"说着，头前带路，把他们领进了一个门上写有"玫瑰园"的雅间。待他们三人在沙发上坐下来，服务小姐又问："先生，要'花篮'吗？"

小马看了看老胡，老胡不解其意，怕花钱太多，马上说："不要，我不要。"

小马就说："两个。"

服务小姐再次点点头，微微示礼，退出去了。人一走，老胡马上问："花篮？啥花篮？"

小马笑着说："老胡，今儿让你开开眼。"

片刻，一位服务小姐推门进来，她手里托着一个盘子，盘子里放着几种高档的饮料，她把饮料放在三人面前的茶几上，说："这是我们老板特意奉送的。"

小马说："谢谢啦。"

白小国说："好，好，放下吧。"

老胡四下瞅着说："花篮呢？"

白小国与小马二人哈哈大笑。

过了一会儿，门又开了，这次走进来的是两个姑娘。

小马一见"花篮"来了，马上说："来来，坐吧，坐吧。"

可是，来的两个姑娘中，一个刚要坐下，另一个却又慌忙退出去了。

白小国一眼就看出，那姑娘竟然是周世慧！他忙嬉皮笑脸地追上去说："世慧，别走哇，原来你是在这儿上课呢！"

周世慧转身急走，可白小国一把拉住她说："世慧，怎么了？人家的钱是钱，你哥哥的钱就不是钱了？"

周世慧进也不是，退也不是，只好小声央求说："小国哥，我可以陪你跳，但有一样……"

白小国说："说说，说。"

周世慧说："不准告诉我哥，也不能跟咱楼上的任何人说。"

白小国笑着说："好好，保密。我给你保密。行了吧？"说着，上前抱住周世慧，就扭了起来……周世慧说："走，咱到外边去跳。"说着，拽上白小国朝门外走去。

这时，坐在沙发上傻看的老胡慌了，忙低声对小马说："老天，这就是'花篮'？得多少钱呢？"

小马拍拍他说："放心，老胡，白小国不会亏你。"说着，扭过脸来，对另一个"花篮"说："来来来，坐哥哥腿上……"

在外边的大舞厅里，周世慧一边跟白小国跳舞，一边低声央求说："小国哥，我是临时来干两天，临时的，你可千万千万别告诉我哥。你知道，我爸爸瘫痪了，我妈也有病，我家经济困难，负担太重了……你千万帮我这一回！别告诉我哥，我会记你一辈子好处……"

白小国说："好，好，你放心吧，我不说，保证不说。"

三天了，魏书田一直在闹着要离婚。

这天，魏书田竟然闹到厂里来了。他来之前在家喝了点酒，两眼喝得红红的。一进车间门，他就扠着腰喊："李素云，你给我出来！你出来不出来？"他一边喊，一边将胳膊挽袖地往里走。

机床轰隆隆响着，正在上班的工人们一个个抬起头来，纷纷往这边看。

魏书田在车间里四下走着，一边走一边大声喊："李素云，你出来不出来？你藏老鼠洞里了？"

这时，正在检验工件的李素云听见喊声，抬头一看，又气又羞。她慌忙跑过来，推着他说："你干啥你？你跑这儿闹啥？你不要脸我还要脸呢！有话回去再说……"

魏书田却一把揪住她的头发，喝道："走，跟我回去！你回去不回去？"

这会儿，工人们乱纷纷地围过来了。

有的说："这是干啥呢？这是干啥呢？"

有的说："再有理也不能打人哪！这也太不像话了！"

有认识他的，劝道："老魏，魏科长，有话慢慢说嘛。"

有的说："怎么还撵到厂里来了？这正上班呢……"

魏书田却张狂地说："不行！谁说也不行。她得跟我回去！现在就得给我回去……"

李素云一边躲闪着，一边还流着泪说："你们别理他，他是喝多了。"

魏书田却说："谁喝多了？别说二两酒，八两也不醉！老子是干供销的……"

这时，厂长领着保卫科的人赶来了。厂长往人群中一站，高声说："都上班去，谁围观扣他当月奖金！"

就这么一句话，工人们纷纷回到岗位上去了。

厂长站在那儿，看了魏书田一眼，冷冷地说："家务事回家解决，不要闹到厂里来！谁再闹事，我让保卫科把他抓起来！"说完，厂长扭头走了。

这会儿，一直没有吭声的周世中走上前去，拽住魏书田说："老魏，走走，有话咱哥儿俩说说。"说着，强拉着把魏书田拽出去了。

两人来到车间后边的废料堆前，周世中掏出一支烟，递过去，两人都把烟点上，默默地吸着。

周世中劝道："老魏，不是我说你，你过头了，再咋也不能闹到厂里来呀。"

魏书田吸着烟，低头不吭。

周世中又说："你一个大男人，能这么闹吗？我说句实话，素云是个好女人。你轻易不回来，人家给你带着孩子，替你照看着家，一个女同志，这就很不容易了。你别不知足……"

魏书田斜斜眼，看看周世中，耍无赖说："你说她好？你还说她好？干脆，你跟她过算了！"

周世中的脸慢慢绷紧了，冷冷地说："老魏，你这话是怎么说的？你怎么能这样说？"

魏书田没有注意周世中的脸色，又说："真的呀，真的。我白送给你，再搭五千块钱，只要她跟我……"

他的话还没说完，周世中一拳搂在了他的脸上！魏书田踉踉跄跄地退了好几步，平身摔在了地上。

魏书田又慢慢从地上爬起来，伸手一摸，鼻子上有血，他高叫一声："好啊，你敢打老子？"说着，猛地扑了过来。

周世中站在那儿，扬起手，又狠狠地给了他一拳！

魏书田又仰面摔倒在地上，再也爬不起来了。

周世中冷冷地看了他一眼，拍拍手，掂上上班用的手套，扭头走了。

白占元家。白小国正振振有词地给他父亲"上课"呢。

白小国在屋子里走来走去，一边走一边对老父亲说："老爷子，你说你这一辈子，好烟没吸过，好酒没喝过，好菜没吃过，你亏不亏？你这也叫个活？"

白占元在沙发上坐着，手里捏着一根针，正戴着老花镜补袜子，凭他说什么，也不理他。

白小国又指着墙上贴的那些奖状说："说起来也是一辈子了，你这一辈子都弄了些啥？就、就就……那些破纸？你说，叫你自己说，要那些纸有用没有？既不当吃也不当喝，一点用都没有！你看人家，你看看人家，人家都能闹个十万元户、百万元户啥的，那也可说一说，是不是？你呢，弄那些破纸，那些个纸，说不好听点，擦、擦屁股都嫌……"

白占元实在听不下去了，一拍桌子："你说啥？混蛋！"

白小国两只手一张，说："好好，我混蛋，就算我混蛋。我从小就混蛋。打小，没娘。长到两岁，人家都上幼儿园了，你把我一个人锁到屋里。上小学了，人家有门路的，都把孩子送重点学校，咱上的是普通学校。上中学时，人家的孩子分考不够了，家里有权的，说句话，就上了；家里有钱的，送送，也上了。我呢？我能不混蛋吗？我敢不混蛋吗？我不混蛋我干什么？"

白占元气得脸都白了，嘴唇哆哆嗦嗦地说："小国，你爸是个工人，也没啥本事。可你爸一辈子正正当当地做人，没让人说过啥。对你，你爸也算是对得起了，你爸一月就那么多工资，可你看看你穿的，你吃的，还不知足吗？啥叫好哪？啥叫享福哪？成天啥也不干，游手好闲的，光知道吃吃喝喝就是享福？说你小的时候，不假，你妈死得早，叫你受了点委屈。可你爸既得上班又得带你，能是容易的吗？你说你这也不如意，那也不如意，你都没说说，你上课不好好学，回回开家长会让你爸替你去给老师赔不是？你没说说，你砸坏了学校多少块玻璃，叫你爸去赔了人家多少钱？你没说说，为了能让你继续在学校上学，你爸差点给人家校长跪下……这能都怨你爸？啥都怨你爸？"

白小国说："看看，我一说你又不高兴了。我怨你了？我没敢怨你呀。我是给你说这个道理。你不是老说凭劳动吃饭吗？凭劳动不假，可你这劳动啥价，人家那劳动啥价？人家动动喉咙就是一万两万，你呢？哎呀，天都到了这般时候了，你咋就不开窍哪！我是说，你只要想挣钱，也不是没有门路。"

白占元气愤地说："啥门路？去偷人家？"

正说着，恰好周世中从门前经过，听见师傅发脾气，走进来说："小国，又惹师傅生气了？"

白小国说："我敢吗？摊上这么好的爹，要啥有啥，吃穿不愁……你说，我巴结还来不及呢！光看看这些奖状，哪一张拿出去不换辆桑塔纳！"

周世中点着他说："小国，师傅拉扯你这么大，不容易！你得走正路。你看看，你趴床下头看看，光皮鞋都有二十多双！你说你，还有啥不满意的？我给你说，你要再惹师傅生气，小心我揍你。"

白小国看了周世中一眼，油嘴滑舌地说："世中哥，别说你想揍我，是个人都能揍我。叫我说，你干脆把我消灭了算了，也省得糟蹋人民的粮食。反正我也觉着这活着没多大意思。"

白占元说："世中，你别理他。"

周世中说："小国，人是自己活的，路是自己走的。有意思没意思也靠各自的……"

没等周世中说完，白小国便点着头说："对，对对，哥哥教训得对。路是自己走的。这鸡有鸡道，鸭有鸭道，像你家世慧，那路走得多正！也就是陪人家坐坐，跳跳舞，那钱挣得……"

周世中的脸色立时就变了。

白占元忙说："世中，你别听他胡咧咧，世慧不是那种人！"

白小国一看周世中脸都变了，也急忙改口说："我说啥了？我啥也没说呀！"

周世中匆匆回到家里，一进门就问："妈，世慧呢？"

余秀英说："不是上班了？她长白班。"

周世中说："你看看表，现在几点了？"

余秀英说："那，是上课去了？"

周世中看看母亲，一跺脚，"嗨"了一声。

余秀英急急地问："出事了？出啥事了？咱马上开家庭会……"

周世中怕母亲急出病来，没再说什么，又匆匆走出去了。

夜里，在厂大门口处，周世中又推着自行车匆匆走出来。

看大门的白占元拦住他说："世中，你这是……"

周世中说："师傅，我请了两个钟头的假。"

白占元看看他，安慰说："你别听小国的，他嘴里没实话。世慧不会……"

周世中没吭声，只默默地点点头，骑上车子出去了。大街上，到处是红红绿绿的灯光、五光十色的广告牌，到处都是喧闹的颜色。周世中骑车在一片喧闹中穿行，他不时在舞厅、卡拉OK厅门前停住，四下里探望，期望着能找到周世慧的身影。

最后，周世中来到了荷花大酒店门前，他推车站在门前迟疑了片刻，听见里边有音乐时，这才扎下车子，大步向里走去。

大酒店的舞厅门前，他被一位服务小姐拦住了，小姐微微示意，问："先生，请问要雅间吗？"

周世中不明白，问："什么？什么雅间？"

服务小姐看他是没来过的，便解释说："如果是订包间的话，您可以进去，否则，请您买票。"

周世中问："多少钱？"

服务小姐说："门票十元，其他另算。"

周世中愣了一下，问："我找个人，行吗？"

服务小姐看看他，又问："你有优待卡吗？"

周世中摇摇头说："没有。"

服务小姐说："那就对不起了……"

周世中回身走了两步，又折回来，低声问："你们这儿，有没有一个叫周世慧的？"

服务小姐再次看了看他，迟疑了一下，吞吞吐吐地说："我……不知道。老板有规定……"

听她这么一说，周世中倒站住了，他从兜里摸出十块钱，往门口的桌上一放，急急地朝里走去。

舞厅里灯光很暗，镭射的光点像黑夜里的小鱼儿一样在扭动的人身上游来游去，双双对对的舞男舞女们正在音乐声中沉醉着。

周世中走进来，在黑暗中立了一会儿，而后四下寻去，见一切都在扭动，一切都是花嗒嗒的。他从一对对人前走过，看来看去，也没有找到周世慧。当他就要离开的时候，突然又发现有一个人影很像。他疾步走上前去，刚要去拉，仔细一看，却又不是。

接着，周世中又看见服务小姐手捧托盘从一个个雅间里进进出出。他也跟着推开一个个雅间的门，看看，没有；再看，还没有；当他推开第三个雅间的门时，一下子怔住了。

这个卡拉 OK 房间里有两男两女，一个姑娘依偎在男人的身边唱歌，另一个姑娘正跟人抱着跳舞，而跟人跳舞的正是周世慧！

周世中几步冲上前去，一把抓住妹妹的胳膊，上去就是一记响亮的耳光！这一巴掌打得太猛、太重，一下子把周世慧扇倒在地上。

包间里立时乱了！那唱歌的姑娘"哇"的一声惊叫起来，接着，两个男人也跳将起来，张牙舞爪地骂道："干什么？妈的，想找死哪！"

外边舞厅里的人也都围过来了，酒店的保安人员也跟着拥过来。

周世中谁也不看，只默默地走上前去，一把抓住周世慧，低声吼道："跟我走！"

这时，酒店的保安人员围住周世中说："干什么？干什么？想闹事儿吗？"

周世慧急忙上前，流着泪说："别，你们别，这是……我哥。"

周世中谁也不理，也不说话，拽上周世慧就往门外走。

包间里的两个男人嚷道："操！让你们老板来，老子掏了钱了！老子掏钱也不是来受气的！"

周世慧跟哥哥走到楼梯口，却站住了。她流着泪说："哥，我得给老板说一声，他那儿还押着咱八百块钱呢……"

周世中冷冷地说："老板在哪儿？"

周世慧说："楼上。"

周世中二话不说，又拽着周世慧朝楼上走去。上了楼，在一个挂有"总经理室"字样的门前，周世中"咚"一下把门撞开，拽着妹妹闯了进去，出口就说："说，你不干了！"

话刚落音，周世中却像是遭了雷击一样，一下定住了！他看见，就在这间豪华的总经理室里，就在那只高档的真皮沙发上，就在他的眼前，坐着他的前妻黄秋霞！她跟那个老板同坐在一张沙发上。

林凡怔了怔，立刻站起来，发脾气说："干什么？出去！"

黄秋霞也怔了一下，赶忙站起身说："世慧，你怎么在这儿?"

林凡的眼珠转了转，马上说："你们认识?"猛然间，他又笑了，说："噢，噢噢，是老同学呀，失礼失礼……"说着，忙伸出手来。

周世中脸上的肉痛苦地抽动了一下，冷冷地说："告诉他，咱不干了。"

林凡的手慢慢缩了回去，仍笑着说："不认识了？我是林大飞呀。咱们是小学同学，一个学校出来的。健忘，健忘。我跟秋霞是一块儿的下乡知青，也是共过患难的。"

黄秋霞拉住周世慧说："世慧，你……"

周世慧甩掉她的手，扭过脸来，说："老板，把押金退给我吧。"

林凡走到"老板台"后，在皮转椅上坐下来，说："押金嘛，本来是不退的。好，这样吧，看在老同学和秋霞的面子上，我退给你。噢，对了，老同学还救过我的妹妹，这样吧，"说着，他拉开抽屉，从里边拿出一沓钱来，往桌上一放，说，"这是三千，拿去吧。"

周世慧刚要伸手，被周世中一把拦住了，他走上前去，默默地从那沓钱里抽出了八张，而后说："走!"

黄秋霞追出门来，叫了一声："世中……"可是，她听到的却是一串急促的脚步声。

这时，林凡也从屋里走了出来，他上前搂住黄秋霞，拍拍她，小声说："算了，算了。"

夜里，在宽宽的马路上，周世中推车在前边走，周世慧在后边跟着。周世中大步急走，走得很快，周世慧怎么也赶不上他。

周世慧一边走，一边小声叫着："哥，哥……"

周世中却不理她。

在这条街的拐角处，周世慧紧走几步，抓住车把，说："哥，我知道我不该来。我是看你太苦了，太累了，我，我是想挣点钱，帮帮你。"

周世中黑苦着脸，一字一顿地说："你走吧，我没有你这个妹妹。"

周世慧说："哥，我知道你心里难受，你打我吧！"

周世中仍是不理她，只管往前走。走着走着，在一个没人的地方，周世中慢慢停下来，突然扭回头，对着周世慧吼道："你啥钱都挣？你啥钱都敢挣？你还要脸不要？你不要，爸要不要？妈要不要？他们都是工人，他们干了一辈子，他们一辈子干干净净！你……"

周世慧哭着说："哥，我错了。你，你原谅我这一次。我不去了，我再也不去了……"

沉默了一会儿，周世中放低声音说："小慧，你大了，论说，哥哥不该打你。哥哥是家中的老大，家里的事，是哥该承担的。这些年，家里负担重，也拖累你不少。哥哥也想让你吃得好一些，穿得好一些。你是大姑娘了，走出去也该是体体面面的，也该有几身像样的衣服。有时候，你哥哥看见别的姑娘在街上走，一个个穿得花枝招展的，哥哥的心里就觉得有愧，就觉得对不起你。哥哥就你这一个妹妹，不能把你打扮得漂漂亮亮的，哥哥这心里就像针扎一样难受！可你……"

周世慧哭着扑到哥哥的怀里，呜咽着说："哥，你别说了，是我不好，都是我不好……"

当兄妹二人回到家里的时候，一推门，却见母亲余秀英把一块红布挂在桌子上方的墙壁上，那块红布上挂满了各种各样的毛主席像章。她一个人站在像章前，高举着右手，正在祝愿呢。

余秀英嘴里念念有词地说："……让我们敬祝伟大导师、伟大领袖、伟大统帅、伟大舵手、我们心中最红最红的红太阳毛主席万寿无疆，万寿无疆……"

周世慧一看这情形，忙小声说："妈又犯病了。"

周世慧忙上去扶住她，余秀英一下子把她甩开，说："干啥呢？还不快点'请示'……"

周世慧说："好，好，我请示，我请示。"说着，看了身后的哥哥一眼，也跟着举起右手，嘴里念道："……万寿无疆，万寿无疆。"

余秀英喊道："世中，你呢？"

周世中也跟着说："我请示。"说着，也举起右手，低声念道："万寿无疆……"

余秀英两眼放射着病态的光，她转过身来，像训练中学生一样对两人说："站好，站好！"

周世慧赶忙跟周世中站成一排。

余秀英一昂头，说："报数！"

周世中和周世慧嘴里开始念："一、二、三……"一直喊到了四十五。

这时，余秀英才说："好了，你们坐下吧。下面开会……"

周世慧趁母亲转身的空儿，赶忙端来了开水和药，说："妈，先吃药吧。"

余秀英瞪她一眼，说："是开会重要还是吃药重要？"

周世慧说："开会重要。吃了药……"

余秀英一推，说："拿一边去！开会。"

周世慧只好把药放在桌上，搬个凳子坐下，小声对哥哥说："哥，你歇吧，我招呼妈。"

余秀英发脾气说："都给我坐下，谁也不能逃！"周世中也默默地坐下来，说："我不走。"

于是余秀英又开始背诵了："毛主席教导我们说，我们的同志在困难的时候，要看到成绩，要看到光明，要提高我们的勇气。毛主席又教导我们说，我们主张自力更生，我们希望有外援，但是我们不能依赖它。毛主席还说，工人阶级最有远见，最大公无私，最富于革命的彻底性。整个革命历史证明，没有工人阶级的领导，革命就要失败；有了工人阶级的领导，革命就……"

趁着余秀英背诵时，周世慧悄悄地把一个小针盒递给哥哥。周世中接过来，从里边取出一根针，小心翼翼地扎在了母亲的一个穴位上。

余秀英怔了一下，扭过头问："干啥呢？"

周世慧及时地把药送到她面前，说："该吃药了。"

余秀英怔怔地说："该吃药了？"

这时，两兄妹一个端水，一个送药，劝着哄着给母亲把药灌了下去。

李素云家，仍然是一种僵持的局面。

饭在桌上摆着，早已凉了，却没人去吃。李素云沉脸在沙发上坐着，魏书田却像关在笼子里的狼一样，焦躁地在屋里走来走去。他走几步，停下来，再走几步，又停下来，来来回回的，最后，他站在李素云的面前，厉声问："你说，你离不离？"

李素云没应声，却猛地站起身来，快步朝卧室走去，只听"嘭"的一声，卧室的门关上了。

魏书田又追到卧室门前，一脚把门踢开，咬着牙说："你说，你到底离不离？"

李素云仍不理他。她又匆匆地从卧室里走出来，端起桌上的饭，一碗一碗地往厨房端，顿时，厨房里响起了一片"乒乒乓乓"的碗的碰撞声。

魏书田又再次追到厨房，还是那一句话："你离不离？你要同意离，我给你一万块钱，行了吧？"

李素云紧绷着嘴，就是不吭。

魏书田又说："两万！两万行了吧？"

李素云终于说："你死了那份心吧。我就是不跟你离，你打死我我也不离！"

魏书田急了，说："你不离是不是？"说着，四下瞅瞅，抓起一只碗，"嘭"一下摔在地上！接着又问一句："你不离是不是？"又抓起炒锅"叭"一下摔在地上！

这时，门外传来了白占元的声音："素云，没啥事儿吧？"

李素云忙走到门口，对着外边说："没事儿，师傅。"

外边没有声音了。李李素云又回到卧室，身子一歪，躺在了床上。这时，她眼里的泪流出来了。

魏书田在厨房里立了一会儿，再次追到卧室来，愣愣地站了一会儿，突然，只听"扑通"一声，他竟然在床前跪下了。

魏书田跪着说："素云，我知道你是好人，一百成的好人。我打你你不还手，我骂你你不还口。我还，还这样逼你，你说我是人吗？我不是人哪！"说着，竟抡起双手，"啪啪"地扇起自己的脸来！

李素云怔了一下，慢慢坐起身来，默默地望着他。

魏书田哭着说："……可我，我也是没有办法呀！我是走投无路，才狠着心这样的呀！要是有一点办法，我也下不了这狠心哪……"说着哭着，还不停地揪住自己的头发，往床上撞！

李素云说："你说吧，你起来说，到底是因为啥？"

魏书田仍跪着说："我没脸起来，也没脸给你说。"

李素云说："你说吧。事到这一步了，还有啥不能说的？"

魏书田发誓赌咒说："我要说一句瞎话我不是人！这事说起来有好几年了。那时候厂里刚刚实行聘任制，厂长聘我当了供销科长，你说我能不好好干吗？搞供销的，头一个难关就是要债。我们那个厂，外边欠债上千万，就是收不回来，厂里新项目没法开展。厂长让我半年收回所有欠款……你说我凭啥哪？出去要账是容易的吗？我是啥苦都吃过，啥罪都受过，还让人家打过。有一回，账没要回来，还让人打了一顿！"

李素云心动了，说："你坐起来说吧。"

魏书田仍是跪着说："没有办法，我就组织了一个'攻关小组'。两人一班，每班都有男有女，不瞒你说，女的都找的是年轻漂亮的，会喝酒的。这事也是逼出来的。去要债，跟孙子似的，你说跳舞，就陪你跳，你说喝酒，就陪你喝。目的只有一个，把欠款收回来。这么一弄，确实管用，账收回来不少。可是，成天在外山南海北地跑，两人轱辘一块儿，有受罪的时候，也有享福的时候，这时间一长，说句打嘴话，能没一点情意吗？我不骗你，事到这一步了，我不能骗你。开初的时候，我也没这个心。我有家有口的，还是科长，我能有这个心吗？再说，人家年轻，我三四十的人了……唉，有一回，我病在了上海，高烧三天，又吐又泻的，全是她一个人照顾的。人家一个大姑娘家，咱这心里……病好以后，我想，得谢谢人家呀，就，就上街给她买了条裙子。你说我，千不该，万不该，不该买这条裙子。那天晚上，她就穿着这条裙子来到了我的房间。可她，她，裙子里边没穿那个……我不是人哪！我真不是人哪！素云，我对不起你……"

李素云木然地坐在那里，泪缓缓流下来。她眼前出现了与儿子对话的情景：

儿子问："妈妈，我爸怎么老不回来呀？"

李素云说："你爸忙。你爸当供销科长，经常出差。"

儿子问："我爸怎么不给我买'变形金刚'？人家都有'变形金刚'……"

李素云说："你爸回来，让他给你买。"

儿子说："我要上海的，上海的好。"

李素云说："那还不容易？你爸常去上海。"

儿子说："可他没给我买过一次。"

魏书田说："往下，我就没法说了，我也没脸说了。反正，反正是狗皮袜子。跑供销的，你也知道，成年在外，也没人管。外头，钱烧人，花花草草的也烧人哪！可这女的，我并不多喜欢她。说心里话，说她年轻，可太那个了，见人都给人家使媚眼儿，出去，那些厂长经理全都围着她转。厂里的账有一半是她要回来的。打从去年，她就闹着要跟我结婚。我一直拖着，拖到今年，实在拖不过去了，我才……"

李素云问："你说那女的叫啥名字？"

魏书田吞吞吐吐地说："叫，叫，叫婷。"

李素云说："我去见见她。"

魏书田说："你别，你可别，你千万别去！"说着，又是哭又是扇自己的脸："素云，你要不信，我把心扒出来叫你看看。我确实没心跟她结婚。她狠着呢，她都快把我给逼死了！她夜夜去我房里，吓得我心惊肉跳的。现在，她，她又说她怀孕了，要不跟她结婚，她就要告我强奸她！她是啥事都干得出来，我实在是走投无路啊！"

李素云说："那你想怎么办？离？"

魏书田说："我也没想真离，咱还有孩子。我是想，咱先……假，假离，几个月。等那边的事捂住了，咱再复婚。你知道，我们魏家三代单传，你想，我会舍下孩子吗？"

李素云的脸像纸一样白，好一会儿，她说："你是真心？"

魏书田马上从兜里掏出笔来，又慌忙从下边的衣兜里摸出一张空白发票，说："素云，你要不信，我给你写个字据。我把咱是假离婚这事都写到纸上，到时候，我要是不回来复婚，你拿着这个字据去告我，判我十年！"

李素云说："我也不是非要……我是可怜孩子。"说着，泪又下来了。

魏书田就那么跪着，匆匆写了一个"字据"，而后，他怕李素云不相信，又咬破中指，在上边摁了一个血红的手印。

魏书田说："素云，这回你放心了吧？这是我的手印，我都写上了，三个月，我一定回来！"

李素云呆呆地望着放在面前的"血字据"，一句话也说不出来。

七

崔玉娟卖床单出师不利。

本来，头一次，她是想让梁全山帮她一块儿去卖，可梁全山怕碰见熟人，就说："你自己去吧，锻炼锻炼。"

崔玉娟很生气，就说："你一个男子大汉怕丢人，让我去锻炼锻炼？我知道，反正不是你们厂的产品，说到天边你也不会去。好，我就去！看谁能把我吃了？"

女儿小芬站在一旁，很懂事地说："妈，我跟你一块儿去吧？"

梁全山顺水推舟说："好，小芬去吧，跟你妈做个伴儿。"

于是，在这天上午，崔玉娟和女儿一块儿用自行车推着一箱子毛巾、床单到大街上去卖。

她们来到一个热闹繁华的街口上，在路边的梧桐树上拴了一根绳子，把要卖的床单、毛巾一条条挂出来。

崔玉娟又拾来一块砖头，把事先写好的一张有"出口转内销，降价处理"字样的白纸压在箱子上。而后两人就站在路边上，等人来买。

开初，她有点不好意思，站得远远的。过一会儿，见没人问，就走得近前些，再近前些……见还没人买，就壮着胆子小声问过往的路人："要床单不要？便宜呀。”

女儿小芬也学着她的样子，跟着小声说："阿姨要毛巾不要？叔叔要床单不要？这是我妈妈厂里生产的……"

听女儿这么一说，崔玉娟眼湿了，心一横，大声吆喝起来："谁要床单，降价处理！出厂价……"

渐渐，有人围上来了。有人上前看看，还有的拿起来摸摸，一边看一边问："是纯棉的？"

崔玉娟说："保证纯棉，是自己厂里生产的。"

还没等有人问价，就见两个工商所的人走了过来。这俩人分开众人，走上前来，很严肃地说："是谁让你在这儿卖的？"

崔玉娟忙说："没谁呀。怎么，不让卖呀？"

工商所的人看了看她说："营业执照呢？拿出来看看。"

崔玉娟说："啥执照？没有执照。这是我们厂里生产的，厂里发不下来工资。"

工商所的人问："你是哪个厂的？"

崔玉娟说："棉织厂的。"

工商所的人说："收起来吧，收起来吧，你这算是无照经营，明白吗？也就是非法经营。按规定，我们可以罚款。不过，你这算是特殊情况，下不为例。收起来，不要再卖了。"

另一个年岁大些的人，很客气地说："你们棉织厂的情况我们知道，目前有些困难我们也理解。不过，你不能在这儿卖。"

崔玉娟说："那你让我上哪儿卖？"

那人说："你要是长期卖，可以申请个执照，找个固定摊点，也不花多少钱。可你这是一次性的，过几天厂里效益好了，你就上班了，专门申请执照划不来。可你要在这儿卖，影响不好。这儿人流量大，摊儿多，让你卖，不让别人卖，人家会有意见。我看你还是走吧。"

崔玉娟看人家很客气，也没罚她，就说："好，好。我走，我不在这儿卖了。"说着，就去收床单，解绳子。

柴油机厂大门口，白小国晃晃悠悠地走进了传达室。

白占元正坐在传达室里值班，看见他，就说："你不好好在厂里上班，跑这儿干啥？"

白小国大大咧咧地往桌子上一坐，说："看看，老爷子，你看见我就没好气。我是谁呀？我是你儿子呀。你有多少个儿子呀？你就这么一个儿子！一个儿子你还这样对待他，合适不合适？"

白占元说："你，不就是要钱吗？才几天，钱又花完了？"

白小国说："你怎么知道我是来要钱的？哎呀，我没法跟你说，咱俩也说不到一块儿。这叫代沟，懂吗？我就不兴干点别的？"

白占元说："我看你这几天一直在这儿晃，你到底有啥事？"

白小国说："没事。没事就不能来看看你？"

白占元说："厂里有制度。你好好去你们厂上你的班，别动不动就往我这儿跑。"

白小国说："给我钥匙。"

白占元说："要我的钥匙干啥？你的钥匙呢？"

白小国说："忘家了。"

白占元说："你看你，干啥都丢三落四的。"说着，从裤腰上摸出一串钥匙来。

白小国接过来，摆放在手里，"哗啦"了两下，指着其中一把钥匙问："这把是门上的吧？"

白占元指指说："是那把。这把是废品箱上的。那把！"说着，就要给他往下取。

白小国一把抓过来，说："别麻烦了。一会儿我给你送过来。"

白占元"哎，哎"了两声，可白小国已经走了。

半上午的时候，在另一条大街上，崔玉娟又开始卖了。

仍是在路边树上拴一条绳子，仍是那个"出口转内销，降价处理"的纸广告。娘儿俩站了很久，就是没人买。

崔玉娟怕女儿受不了，问："小芬，你饿不饿？"

小芬说："不饿。"

崔玉娟又问："渴不渴？"

小芬咂咂嘴，犹豫了一下，说："不渴。"

崔玉娟抚摸着女儿的头说："跟妈出来受罪了。要不，我给你买瓶汽水吧？"

小芬摇摇头，说："不。一件还没卖呢，等卖了再说吧！"

这时，又有一个税务所的人走了过来。他走到跟前，问："你的税务登记证呢？拿出来我看看。"

崔玉娟说："没有。"

那人说："是临时性的？"

崔玉娟说："是。厂里……"

那人说："临时性的，交五块钱。"

崔玉娟说："我一件都没卖，哪来的钱？"

那人说："你看，你没有办证，也没有执照。叫你交五块钱，就已经是照顾你了。五块钱算啥？"

崔玉娟说："我是棉织厂的工人。厂里产品积压，卖不出去，也发不下来工资，分了些床单，你说叫我咋办？"

　　那人看了看她说："噢，噢噢，你是棉织厂的，我妹妹也是棉织厂的，你们厂的情况我知道。这样吧，作为特殊情况，税可以免，但你不能在这儿卖。"

　　崔玉娟说："你看，我都换了好几个地方了，到这儿这儿不让，到那儿那儿不让……"

　　那人说："在这儿卖必须上税，谁也不能特殊。这样吧，我给你介绍个地方，你到五一广场去，那儿有个星期天市场，是市里特批免税的。我妹妹就在那儿卖。你去那儿，保证不会有人找你的麻烦了。"

　　崔玉娟惊喜地问："真的？"

　　那人说："我骗你干啥？快去吧！"那人说着，也帮着崔玉娟收拾起来。

　　白小国在街口处配钥匙。

　　街口上配钥匙的有好几个摊儿。他先找那位年岁大的，对他说："老头配把钥匙。"

　　说着，他拿出一串钥匙，指着其中的一把说："就配这一把。多少钱？"

　　那老头翻眼看看他说："五十块。"

　　白小国马上说："你劫路去吧！"

　　老头笑了，说："我不给你配，我也不挣这钱。"

　　白小国说："你这是啥意思？"

　　老头说："没啥意思。"

　　白小国气呼呼地说："还有不愿挣钱的？"说着往另一个摊儿前走去。一边走一边说："你看着吧，有挣钱的。"

　　李素云跟魏书田离婚了。两人是"和平"离婚的。他们说好了，先离婚，三个月后再复婚。

　　两人出门时和和气气的，一同往民政局的婚姻登记处去。他们打算悄悄地把手续办了，不让任何人知道。

　　出门时，被王大兰瞅见了。王大兰见两人一块儿走着，和颜悦色的，就跑去对周世中说："素云两口子和好了！"

　　当一切手续办完，两人又一同走出婚姻登记处的时候，李素云的脸色突然变得很难看。她有一种预感，仿佛是感觉到了什么。

　　魏书田忙说："素云，你放心。少则仨月，多则五个月，我一定回来。"

　　李素云看看他说："你不是说三个月吗？"

　　魏书田说："三个月，三个月我一定回来。"

　　李素云说："你不去看看孩子？"

　　魏书田说："行，行，去看看小军，也顺便看看孩子他姥姥。"

　　李素云说："这事儿……"

　　魏书田马上说："对，这事儿别给老人说，说了净让老人操心。反正是你我心里有数……"

　　李素云说："我有啥数？还不是你干的好事？"

　　魏书田说："唉，都是我不好。"

　　李素云说："那钱，你还是带回去吧。不管怎么说，人家还是个姑娘。是你对不起人家。她要是……你就把钱给她。"

　　魏书田说："她有钱，她有的是钱。"

　　李素云说："她有钱是她的。你……"

　　魏书田说："好，好。就按你说的办。"

　　李素云一边走，一边说："没想到，离婚这么容易。"

　　魏书田下意识地接口说："容易啥？我托了熟人，塞了一千块钱。"

　　李素云站住了，吃惊地看着他："你……"

　　魏书田自知失口，忙掩饰说："素云，我也是没办法呀，这都是逼出来的。是假离呀，咱是假离呀……"

李素云喃喃地说："我说呢，问也不问，就说那么几句话……"

魏书田说："现在离婚的多，手续都简化了……"接着突然一指，说："哎，咱给他姥姥买个蛋糕吧？"

傍晚，梁全山下班回来，见家里还没人，就骑着自行车出来接她们。

他骑着自行车从东边找到西边，又从西边找到东边，还是没看见人影。他焦急地自言自语说："怎么还不回来？出啥事了？"

一直到街灯亮了的时候，他才看见了娘儿俩的身影，他骑车赶过去，问："怎么到现在才回来？"

崔玉娟和女儿都是一脸汗污，一脸疲惫，话都懒得说。

梁全山又问："卖出去了吗？"

崔玉娟没有吭声。女儿小芬揉着小脸，说："才卖出去一条。"

梁全山说："一条也行。一条单子不就二十多块吗？"

崔玉娟愁着脸说："跑了一天，一条也没卖出去。天快黑的时候，一个老太太来收卫生费，说一个摊位五毛钱。我说货没卖出去。收卫生费的老太太可怜我，才买了一条毛巾。毛巾三块钱一条，我说收两块五，那五毛钱交卫生费，老太太还非给三块不可……"

梁全山一听，说："算了，算了。别再出去卖了。你看看，折腾得一家人不安生！"

崔玉娟说："唉，小芬也跟着受罪。孩子看没卖钱，连瓶汽水都不舍得喝。看见人家孩子喝饮料，她眼巴巴的……"

梁全山批评说："喝嘛！人家喝得起，咱也喝得起！你呀，不会给小芬买罐'健力宝'？"

小芬大人似的说："妈，你们厂以后别再生产这劣质产品了，人家光看看，就是不要。"

崔玉娟说："就是。这出来一卖，我才知道，我们厂的产品怪不得会积压，不光是质量不好，花色也俗。"

梁全山说："好了，好了，赶快回家吧。地方上这事儿……"

夜半时分，在柴油机厂院内的一个墙角处，晃着一个黑黢黢的人影。

这个人就是白小国。他四下看看，一甩手，把一个明锃锃的东西从墙上扔了出去，一边扔还一边说："接住，这是个 500 的游标卡尺……"

墙外的小马说："好家伙，值七百多块呢！"

接着，白小国又接二连三地往外扔东西，有钳子、扳手、千分表、角尺……

墙外的小马说："喂，哥们儿，你快点。咱这叫'星期天游击队'，打一枪换一个地方。"

白小国一边扔着，一边埋怨说："去你们厂那次，也没弄住啥。"

小马说："时候不对……咋没？白钢刀，十几把哪……哎哎，你快点，快点快点！来人啦！"

白小国一听来人了，也慌了，忙说："还有一包刀头呢，这家伙死沉，扔不动。"

小马在墙外说："来人了，真来人了！我得赶紧走。"

白小国说："那这刀头……"

小马说："刀头从大门口背出去算了。你老爷子值班，你怕啥？我走了，我得走了，还是老地方见。"

墙外果然有了脚步声。

白小国在地上蹲了一会儿，而后，他站起身来，迟疑了片刻，朝远处的大门口看了一眼，背起那个沉甸甸的工具包，朝大门口走去。

可是，他刚走几步，就见有手电光照过来，跟着是一声断喝："谁？站住！"

白小国一听是父亲的声音，就径直迎上去，说："爸，是我，我是小国。"

白占元一怔，手抖抖地晃着手电筒，说："你？半夜三更，跑厂里来干啥？"

白小国却只管往传达室走，一边走一边说："当然有事了。没事我会来？"

白小国大模大样地进了传达室。白占元愣了愣，也跟了进来。

白占元看了看扔在地上的工具包，吃惊地问："这里边装的是啥？"

白小国嬉皮笑脸地说："老爷子，我这是办好事呢，你知道吧，一个乡镇企业的朋友，托我给他搞点废刀具。你说，我能不尽这个义务吗？"

白占元望着他，脸色渐渐黑下来，心也沉重起来，说："你，深更半夜办好事？你竟然来厂里偷？"

白小国说："老爷子，这叫偷吗？都是些大厂不用的东西，说不中听话，都是你捡的废刀具，用过的刀具。扔也是扔了，给那些村办企业，不多多少少换俩钱？也省得你说我老问你要钱。这叫废物利用。"

白占元厉声说："你赶紧给我送回去！从哪儿偷的，还送到哪儿。然后，然后跟我去自首。"

白小国双手抱膀，从容地说："老爷子，这就是你的不是了。现在啥年月了，你怎么还这么古板？你说啥叫公，啥叫私？现在都他娘的承包了，那啥合资企业，独资企业，算不算资本家办的？拿资本家点东西算啥？我知道你是为国家。可这会儿哪还有国家的？都他妈的是私人的了！你想想，厂长是法定代表人，啥都是厂长说了算。厂长说卖机器就卖机器，厂长说买小车就买小车，这这能算是国家的？我们厂，厂长一上任就买辆'奥迪'，二十多万，他花的是谁的钱？小马那厂，办个公司，一家伙赔一百多万，说是交学费了，交谁的学费？这不都是工人干出来的。工人不能拿，他们写个条儿，想怎么拿怎么拿。老爷子你别迷了！"

白占元说："我不听你胡扯！马上送回去！公家的东西，就是公家的东西。一根草都不能摸！"

白小国说："我不送。你报警吧，让他们来抓我吧。"

白占元痛苦地点着儿子："你，你……"

白小国说："你要是不叫人，我可背走了。"

白占元望着这唯一的儿子，沉痛地说："小国，儿子，你打我脸呢！你是打你爸的脸呢！你爸清白了一辈子，今天要坏到你的手里。儿子呀，你学好吧。你饶了我吧，你给我送回去，咱去自首……"

白小国说："看看，看看，老爷子，这话是咋说的？只能是你饶了我……"

白占元流泪了，他流着泪说："儿子呀，你从小没娘，你爸……"

白小国看老爷子伤心了，觉得是个机会，二话不说，背上那个工具包就走。他一边往外走，一边说："老爷子，拜拜了。"

白占元追到门口，万分悲痛地喊："小国，你回来。我求你了，孩子，你回来……"

白小国回过头，边走边说："老爷子，你可就这么一个儿子。"

白占元再次用带血的声音喊："儿子！"

白小国这时已走到了大门的门槛上，只要再走一步，他就可以迈出去了。

就在这时，白占元拉响了警铃。

立时，保卫科的几个人从厂办公楼上跑了下来。

白小国脸白了，他手一松，肩上挎的工具包掉在了地上。

保卫科长拿着警棒带头冲过来，望着白占元说："白师傅……"

白占元艰难地伸手指了指儿子："他偷……"

黑暗中，梁全山两口子在床上躺着。

梁全山说："睡吧睡吧，卖不出去算了。"

崔玉娟说："你先睡吧，我睡不着。"

梁全山说："你一会儿一翻，一会儿一翻，我能睡着吗？"

崔玉娟沉默了一会儿，说："不行，我明天还得去卖。"

梁全山说："还卖？你们厂那产品……"

崔玉娟说："我想了，我去乡下卖，赶农村的庙会。"

梁全山说："卖不出去就算了，还去。那么远，你怎么去？"

崔玉娟说："我骑车去。"

梁全山说："我又没埋怨你，你咋……"

崔玉娟说："我非得把输的钱挣回来，不能让你老叨咕我！"

梁全山说："只要你改了，不再赌，我还会叨咕你？"

崔玉娟伤心地说："咋没叨咕？一说就说到那事上，自从我输了钱，见人就低一头。在厂里抬不起头，回家来还抬不起头。"

梁全山说："看你说的，谁让你抬不起头了？"

崔玉娟哭着说："一楼的人都知道。你说我这脸往哪儿放？"

梁全山说："看看，明明是你让捆的，拐回来又埋怨我。"

崔玉娟说着，黑暗中，一脸的泪。

黎明时分，王大兰已熬好了一大锅胡辣汤。她从厨房里走出来，见崔玉娟也早早地起来了，正在过道里捆一个大纸箱子。

王大兰说："哟，起这么早，这是干啥去呀？"

崔玉娟说："还是厂里发的那些床单，我想去乡下卖卖试试。"

王大兰说："是去赶会吧？"

崔玉娟说："也不知行不行。听人说，二十里铺有会。"

王大兰说："恁远，怎不让小芬她爸帮帮你？"

崔玉娟一边捆一边说："谁的罪谁受。人家还睡着呢。"

王大兰说："那，我帮你抬下去吧。"

崔玉娟忙说："不用不用。嫂子，你忙吧，你也不容易。"

王大兰说："你是厂里工人。一时效益不好，歇两天，赶明就上班了。我这算个啥？"

崔玉娟说："说起来是国营厂的工人，你看看，这……"

王大兰说："不管怎么说，退休了还有个保障。看个病了，有个啥事了，厂里管。我这是干一天，有一天，不干……"

崔玉娟说："这会儿也不是那会儿了，都改了。"说着，吃力地扛起箱子，往外走。

王大兰又追出去说："叫我给你扶着。"一边扶，一边小声说："听说了没？素云离婚了。"

崔玉娟扛着箱子，吃惊地说："谁说的？不会吧？"

王大兰说："昨儿个，一个民政局姓方的来喝胡辣汤，他说的。"

崔玉娟说："看不出来呀。"

王大兰说："现在这人，真琢磨不透……"

上午，车站月台上，李素云来给魏书田送行。

魏书田脸上一扫往日的阴郁，穿着西装，打着紫红领带，看上去容光焕发的。他看了看身旁的李素云，说："你回去吧。"

李素云说："等车来了吧，车来了我再走。"

过了一会儿，李素云看远处的站台上有卖水果的，就跑过去买了一兜子提过来。

魏书田说："买那干啥？"

李素云说："你车上吃。"

魏书田说："车站上的东西不干净。"

李素云看看他，没吭。

又过了一会儿，魏书田又说："你回去吧。"

李素云仍然不说话。

魏书田看了看她，再没说什么。

远远的，火车终于来了，那轰隆声由远而近。

这时，魏书田又看了看李素云，张了张嘴，终于说："素云，我不骗你，我不能再骗你了。我给你说的那些话，都是真的，千真万确……不过，我不会回来了。我也是没有办法。你也不要去找我，你找我也没有用。"

李素云望着他，脸上突然出现了似笑非笑的神情。

魏书田一不做，二不休，又说："我给你写的那张字据，在法律上是不起作用的，那字据可以说没有任何用处。我已经请教过律师了……"

李素云手一松，她手里提的水果掉在了地上，苹果、橘子滚得满地都是……

火车到站了，人们乱纷纷地跑着，有的踩在滚动的苹果上。

魏书田说："我承认，你没有对不起我的地方，你心善，是我对不起你。我在枕头下放了个存折，那是一万块钱，是留给你和孩子的……算是我的一点补偿吧。"

李素云扬起手，在魏书田脸上扇了一巴掌。

魏书田不动，他说："扇得好，咱们两清了。我是搞销售的，从经营术上说，这就叫弄假成真。你记住这个教训吧。"说完，扭头朝火车上走去。

李素云仍站在那儿，她眼前一黑，只见那巨大的火车轮子，正一轮一轮朝她轧过来……

白占元一个人在家里喝闷酒。他坐在沙发上，喝一盅，叹口气，再喝一盅，又叹口气。

这时，儿子白小国垂头丧气地走到门前。他进了屋，往父亲面前一站，说："爸，厂长叫你去一趟。"

白占元慢慢抬起头，看了儿子一眼。

白小国说："爸，厂长说了，只要你去一趟，说句话，他就不让保卫科报案了，做内部处理……"

白占元叹口气说："你……叫我去说啥？三十年了，我清清白白地干了三十年，从来没让人说过一个'不'字。这，叫我说啥？我还有脸说吗？我这不成了监守自盗了吗？你，嗨！不缺吃不缺穿的，你咋能干这丢人事哪？"

白小国说："爸，你就不……替我想想？要是派出所把我弄去……"

白占元老泪纵横，说："孩儿呀，你这是自作自受啊！你干下这种丢人事儿，叫……"

白小国火了，他像狼一样在屋子里蹿来蹿去，说："我知道，你是怕丢人。你的脸面金贵，你的脸面比你儿子的前途金贵！你什么时候替你儿子想过？从来没有。你只顾你自己，你是个最自私的人！人说虎毒不食子，你连儿子都要出卖！你说你去不去？"

白占元闭上泪眼，颤着嘴唇，问："小国，你到底……"

白小国说："到底啥到底，不就是那些破刀具吗？还有啥？还能有啥？你要是放我一马……一点事也没有！"

白占元又问："小国，你真没有再干别的？"

白小国说："还有啥？你说我还干过啥？那些当官的，一桌几百块，一桌上千块，不都是吃的公家的？你怎么不去管呢？"

白占元说："人家是人家，咱是咱。咱没看见，不能瞎说。咱是工人，坑人的事，犯法的事，咱不能干。做人得正啊……"

白小国说："你别给我扯恁多，我没工夫听。你到底去不去吧？"

白占元摇摇头说："小国，儿子，该咋办，是厂领导的事，你叫我咋张嘴说呢？"

白小国"啪啪"地拍着墙上贴的那些奖状，说："你不是劳模吗？你不是很看重你那些破纸吗？那些纸不是你三十年的荣誉吗？那一堆破纸难道还不能换厂长一句话？"

白占元再次痛苦地摇了摇头，说："儿子呀，我，我实在是张不开这个嘴呀！"

白小国猛地推开了父亲的房门，一头撞了进去。片刻，他把母亲的遗像拿出来，气冲冲地举到父亲面前，说："你给我妈说吧。你到底去不去！"

白占元望着妻子的遗像，泪眼模糊，一时百感交集。他颤颤地站起身来，流着两行热泪，喃喃说："去，我去……"

车站广场上，李素云神情恍惚地在人群中走着。

到处都是鲜艳的充满欲望的人流，到处都是铺天盖地的广告，到处都是耀人眼的商品。人在人中走着，人被人淹没了；人在商品中走着，人又被商品淹没了。

当李素云走到一排挂有"迷你发屋""上海电烫""巴黎发廊"……的街口时，她被一个招揽生意的小姐拉住了。小姐操一口温州口音："理发吗？理理发吗？"说着，就往门里边拽。

李素云一声不吭地跟她进了发廊，接着又被她摁在一张椅子上。

理发小姐问："剪吗?"

李素云说："剪。"

理发小姐又问："烫吗?"

李素云说："烫。"

理发小姐再问："做面膜吗?"

李素云说："做。"

两个理发小姐互相看看，倒怔住了。

在柴油机厂门口，白占元佝偻着腰转了一圈又一圈。

有几次，他鼓足勇气，已经跨进了厂门，终于还是又退了回来。他的脸抽搐着，像蔫了的茄子一样。转过墙角，他狠狠地朝自己脸上捆了一巴掌!

一位当班看门的师傅跑出门问他："白师傅，有啥事儿?"

他勾着头说："没事，没事。"

中午时分，在街口卖胡辣汤的王大兰，瞅见李素云从外边走回来，大老远就打招呼说："哟，素云，我都快认不出来了! 你烫发了?"

李素云笑笑，说："嗯。还没卖完呢?"

王大兰一直瞅着李素云的脸，说："吃了没有? 盛一碗吧?"

李素云说："我不喝。吃过了。"

王大兰说："烫烫就是好看，跟换了个人似的。"

李素云说："我没想烫，老魏……"

王大兰说："怪不得呢，是魏科长陪你去的吧?"

李素云说："是，他陪我去的。"

王大兰说："我想着也是，你平时也舍不得花这钱。魏科长挣那么多钱，不打扮你打扮谁?"

李素云不再说什么，快步从摊儿前走了过去。

望着她走去的背影，王大兰撇撇嘴说："装得多像! 都离婚了还……"

下午，白占元缓慢地爬上楼来。

进了家门，他一屁股坐在了沙发上，闷声不吭。

听见声音，白小国从他的房间里走出来，忙给白占元倒了一杯水。而后，他焦急地问："爸，见厂长了没有?"

白占元手捂着头，一声不吭。

白小国又问："厂长是怎么说的?"

白占元仍然不说话。过了一会儿，他才说："厂长……"

话刚说了一半，就听见门外有人问："白小国在家吗?"

白小国往外看看，随口问："谁呀?"他一边说，一边去掀门帘，当他把门帘掀开时，却一下子怔住了。

站在门口的是工区的派出所所长和片警。所长没说什么，径直走了进来。片警站在门口，说："白小国，跟我到所里去一趟吧。"

白小国慌了，扭头看了看父亲，叫道："爸，你不是……"说着，又朝门外看看，说："是找我?"

那个片警说："走吧，有点事。"

白小国走了两步，又回头看了看父亲，叫道："爸……"

片警伸手拉了他一下，说："走吧，走吧，一点小事。"

白小国迟疑了一下，只好跟那个片警去了。

待两人走了之后，所长说："白师傅，对不住了。这事，本来打算让厂里做内部处理，可先后又有两家工厂来报案……"

白占元流着泪，喃喃地说："我就知道……唉，我教子无方，我有罪呀！"

所长说："白师傅，你别难过。这也不能怪你。你是老模范了，你的为人谁都知道……"

两人正说着，白占元却站起来了。他站在窗口处，望着下楼去的儿子。

片警跟白小国一块儿走下楼来。下楼之后，走了没几步，只见那片警伸手抓住了白小国的胳膊，"啪"地一下，把手铐给他戴上了！

白小国一愣，扭头朝楼上看了看，突然大声喊道："姓白的，你听着，从今往后，咱们一刀两断！我不是你儿子，你也不是我爹！"

那片警拽着他，喝道："嚷啥？老实点！"

白小国仍是一蹦一蹦地喊："姓白的，你听着，我跟你一刀两断！你不是我爹！我没有你这样的爹！"

听到喊声，楼上的住户全跑出来了，人们乱嚷嚷地站在走廊上往下看。

有的说："怎么了？出啥事了？"

有的说："小国让派出所的抓走了！"

站在白家门口，所长摇了摇头，说："这孩子，不争气呀！"

他刚说完，只见白占元身子晃了晃，往地上倒去。他赶忙上前扶住老白，连声叫道："白师傅，老白师傅……"

众人也都跑了过来，七手八脚地把白师傅扶到了里屋的床上。

所长对匆匆赶来的周世中说："劝劝老师傅吧！"

周世中问："小国那事，严重不严重？"

所长沉思片刻，说："看情况吧，尽量挽救……"

夜里，来劝解的人都走了。白占元慢慢从床上坐起来，他穿上鞋，想站，可头晕腾腾的，仍是天旋地转的感觉，就又坐下来。儿子那撕心裂肺的喊声仍回响在耳边，"你不是我爹，我没有你这样的爹"的喊声像刀子一样，剜着他的心！

白占元手扶着墙，一步一步地从房间里走出来，又一步一步挪进了儿子的房间。儿子的房间很现代，也很乱。他慢慢在房间里蹲下来，把扔得乱七八糟的鞋子一双一双摆好。

鞋摆好了，他呆呆地望着那些皮鞋，一屁股坐在了地上。

这时，周世中推门走进来。他走到师傅身后，默默地站着。很久，他说："师傅，事已经出来了，你也别太伤心。"

白占元喃喃地说："是我害了他。他要什么，我就给他买什么。是我把他害了……"

周世中说："师傅，路是他自己走的，这也不能都怪你。"

白占元转过脸来，一脸老泪，喃喃说："我给厂长说了，我脸都不要了，我真给厂长说了……"

夜深了，李素云却独自一个人在高高的楼顶上站着。

眼前是灯火一片的城市，到处都是一闪一闪的霓虹灯。

周世中刚回到家，就被周世慧拉住了。周世慧说："哥，素云姐到楼顶上去了。都站老半天了！"

周世中问："她上去干啥？"

周世慧摇摇头说："不知道。"

周世中又慌忙走出门去，快步爬上五楼，然后顺着铁把手爬上了楼顶。

听见脚步声，李素云转过脸来。两人就那么互相看着，好久之后，李素云一头扑到周世中怀里，哭了。

夜半，在工区派出所的院子里，有一个黑影在地上蹲着。

这人是白占元，他给儿子送衣服、被褥来了。

当巡夜的所长和几个民警从外边走回来，用手电筒一照，问："谁呀？"

这时，白占元慢慢站起身说："我……"

派出所所长走上前一看，忙说："是白师傅。快，快，进屋吧。"

白占元说："所长，我不进去了。这是我给小国……"

所长说："好，你放心吧。我马上派人给他送去。"

白占元张了张嘴，眼里流着泪说："所长……"

所长握住白占元的手说："白师傅，你不用说了，我们一定尽力挽救。"

八

傍晚，刚下中班的周世中来到大门口，他看见在门口值班的白占元，忙走上前说："师傅，夜班？"

白占元说："夜班。"

周世中说："中午下班时，我碰上所长了。他让我给你捎个信儿，说小国没判……"

白占元忙问："那……？"

周世中说："所长说，主要是想挽救他，定了一年劳教。"

白占元拍拍脑门，叹口气说："世中，都怨我呀！"

周世中安慰他说："小国受受教育也好。你也别老责怪自己。你会让他去偷人家？所长说了，劳教不算敌我矛盾，期满还可以回原单位……"

两人正说着，李素云从车间那边走过来了。她来到门前，凑过来打招呼说："白师傅夜班？"

白占元说："噢。素云也没走呢？"

李素云说："验活儿，晚了一会儿。"说着，她看了看周世中，又说："世中，车间选主任的事，你考虑了没有？你可不能推呀！"

周世中迟疑了一下，说："我，行吗？"

李素云说："怎么不行？今儿个，车间里好几个老师傅都议论说，只有你行。叫白师傅说说？"

白占元说："叫我看也是世中行。"

李素云说："到时候，你可别让。不管怎么说，在咱们厂，车间主任这一级，享受科级待遇。还有……"

周世中说："再说吧。"

李素云说："这次是民主选举，老同志都会投你的票。不过，你也得准备准备……"

三人正说着话，突然，小虎哭着从门外跑进来。他一看见周世中，扑上来，哭得更厉害了。

几个人忙问："怎么了？怎么了？别哭，别哭。"

小虎哭着说："姥姥，姥姥不会动了。"

几个人一时都不明白他的意思。周世中又问："你别哭，慢慢说，姥姥到底怎么了？"

小虎擦着眼里的泪，呜咽说："姥姥……在床上，眼睁着……我叫她，她不应……可吓人了！"

周世中心里一紧，忙问："你妈呢？"

小虎说："我妈妈跟林叔叔去深圳了。"

周世中说："那，家里还有谁？"

小虎说："有个小阿姨，是乡下来的。"

周世中再问："阿姨呢？"

小虎说："阿姨走了。我害怕……"

周世中脸一变，立刻说："走，领我去看看。"

白占元也说："得去看看，去看看吧。"

李素云说："世中，我也去吧？说不定……"

周世中说："不用了，我先去看看再说。"说着，扯着小虎就走。

李素云说："需要人手，你说一声。"

周世中一边拉着孩子走，一边说："好好，回头再说吧。"

在电器厂家属院里，周世中领着儿子匆匆来到了前岳母家。

前岳母家住在五楼，是两室一厅的房子。开了门，周世中刚要拉儿子进去，小虎却往后挣着身子说："爸爸，我……"

周世中说："不用怕，有爸爸呢。"说着，他牵着儿子走进了黄秋霞母亲住的房间。

黄秋霞的母亲在床上躺着，两眼很恐怖地睁着，显然人已经死去了。

周世中走到床前，在死去的老人面前默默地站了一会儿，伸出手来，轻轻地将老人的眼合上。

儿子小虎却退到了门口，不敢看。

周世中回过头，问儿子："你妈妈是什么时候走的？"

小虎说："走十多天了。"

周世中又问："阿姨是什么时候走的？"

小虎说："早上。早上姥姥骂了阿姨，阿姨就哭着跑了。"停了一会儿，小虎又说："爸，姥姥好骂人。她也骂你，老骂。"

周世中说："姥姥是害病害的，心里躁。"

小虎说："姥姥谁都骂，连妈妈都骂。就是没骂过我。"

周世中又站着沉吟了片刻，这才说："走吧。"说着，牵上儿子，慢慢地走下楼来。他想，应该赶快到电器厂去一趟，黄秋霞的母亲是电器厂的退休工人，人死了，应该告诉厂里，让电器厂尽快通知黄秋霞。

"多家灶"厨房里，梁家在熬米汤，班家在下面条，只有小田的灶上放着一把铝壶。

崔玉娟正在一个很小的案板上切菜，一边切一边说："现在这孩子，三天不吃肉，可就馋了。"

王大兰正往锅里下面条，她随口应道："可不是嘛，都一样。咱那时候，成年不吃肉，不也过了。"

崔玉娟说："你那俩孩子，多听话呀，学习又好。"

王大兰故意谦虚说："好啥？也是气人。"说着，探身看看小田的房门，小声说："哎哎，小田在家不在？"

崔玉娟说："在吧，刚才我还看见他去厕所，胳肢窝里夹本书。"

王大兰递小话儿说："你看小田，从那回事以后……跟换了个人一样，话也少了，见人就像没看见一样，走碰头也不理。那脸，成天阴呆呆的……"

崔玉娟说："失恋了呗。那女的，把他坑得不轻！"

王大兰说："这人哪，也不能太那个了。那会儿，他成天往医院跑，迷那女的迷得……这会儿，哼！"

两人正说着，小田推门从屋里走了出来。他胳肢窝里仍是夹本书，手里拿着两包方便面。

王大兰一看小田出来了，忙改口说："小田，水还没开呢。"说着，往里边让了让身子，说："你看看，这屁大一块地方……"

小田探身看了看自己的灶，身子又缩了回来，漠然地说："你们做吧，我再等一会儿。"说着，又闷闷地回房去了。

王大兰忙说："水开了我叫你。"说着，又勾回身子，对崔玉娟小声说：

"看看，人跟脱了层皮样！这人也不能太好，他可是对那女的好吧？好到不能再好了，一百成的好。到了人家还是不要他……"

崔玉娟说："唉，人哪，只怕都得受受磨难。我那会儿，开初被组合掉那会儿，不也是脱层皮？心里没抓没挠的，都不想活了。"

王大兰说："哎，你那床单，卖完了吧？"

崔玉娟高兴地说："卖完了，我摸着门路了！这样的产品，只能下乡卖，乡下有人要。有人说，这叫打时间差，农村跟城市错着呢。那一天，我赶一个乡下的庙会，会上人山人海的，我连空纸箱都卖了。"

王大兰说："这下你不用愁了。"

崔玉娟说："可不，我又批了好几箱呢。"

过了一会儿，小田又拿着方便面出来了。王大兰看见小田，忙低头看他的炉子，说："哟，这水咋还不开呢？"说着，她提起水壶一看："小田，嗨，火灭了！"

小田也凑上来看了看，说："灭了？"

王大兰说："可不。待会儿我给你夹块煤。都是面条，要不一块儿吃吧？"

小田忙说："不，不不。"说着，又退回去了。

王大兰又说："你听说了没有？他们车间主任退了，又叫选主任哪。老班说，上头叫民主选举哩，谁都可以报。"

崔玉娟笑着说："班师傅准备试试？"

王大兰说："他？哼！轮一百轮儿也轮不上。你家梁师傅试试还差不多。"

崔玉娟说："才不行呢。就他那脾气，谁选他呀。"

话刚落音，梁全山从屋里走出来了，他往厨房门口一站，说："谁说我不行？我也是部队锻炼出来的，排长都干过，我咋不行？"

崔玉娟用嘲讽的语气说："你行你行，看人家选你不选你？"

梁全山没把握地说："选不选在他们，总不能不让我试试吧？"

这时，王大兰高声喊："老班，端锅！"

班永顺应声从屋里走出来，侧着身进厨房端锅，一边进一边说："让让，让让……"

梁全山一边躲着身子，一边笑着说："老班，选主任哪，你不试试？"

班永顺端着锅说："我？这一辈子不想了，下辈子吧。叫我说，别的都不行，就世中还行。"

崔玉娟也说："就是，我看还是人家周师傅有希望。"

梁全山不以为然地说："这事没样，不定选住谁呢。"

王大兰说："管他选谁，选谁也是吃饭干活。谁还不让干活？要叫我说，我也是投人家周师傅的票。人家真正……"

梁全山听他们都说周世中，心里不是个味，就对着小田的房门喊："小田，你出来，出来。选主任哩，你选谁呀？"

门开了，小田怔怔地走出来，在门口站着说："我选我自己。"

众人一听这话，互相看看，都不吭声了。

此时，李素云匆匆走进来说："小虎他姥姥出事了……"

晚上，周世中带着儿子小虎来到了电器厂门口。

他领着小虎刚要进门，却被一个看大门的老人拦住了："喂，你找谁？"

周世中忙说："我找厂领导。"

看大门的老人说："你没看，早下班了。"

周世中说："老师傅，我有急事。"

老人看了看他，问："你有啥急事？"

周世中只好说："你们厂里一个退休工人死了。她叫孙桂香，我……"

　　老人"噢"了一声，想了想，说："这样吧，你先等一下，我给你打个电话问问。"说着，老人匆匆走进传达室，打电话去了。

　　周世中和小虎在门口等了一会儿，老人又走出来说："厂里主要领导都不在，工会的头头儿也不在。办公室的人说，都下班了。不过，他说了，他马上联系，一会儿就去人。"

　　周世中忙说："谢谢，谢谢师傅。"

　　八点钟的时候，周世中已经办完了要办的事情。他还借了辆三轮车，拉回了一车冰。

　　儿子还小，帮不上什么忙。冰是周世中一趟一趟搬上去的。

　　小虎看爸爸累出了一身大汗，就说："爸爸，你不是说姥姥死了吗？还要冰干什么？"

　　周世中一边忙，一边说："姥姥怕热，让她凉快凉快。"

　　小虎说："死了还怕热？"

　　周世中说："死了更怕热。"

　　等一切安排好以后，小虎却困了，他趴在外边的椅子上睡着了。周世中从里边的房间里走出来，轻轻地抱起儿子，把他放在另一间屋的床上，又悄悄地退出来，这才觉出了累。他点上一支烟，默默地吸完，又走进黄秋霞母亲的房间，从兜里掏出买来的两支蜡烛，点燃后，便在床前坐下来，为死去的老人守灵。

　　十点钟的时候，电器厂的工会主席和办公室主任赶来了。

　　两人在退休工人孙桂香的遗体旁边，默默地站了一会儿，而后退到外边的厅里，对周世中说："周师傅，老孙是我们厂里的工人，这后事麻烦你了。你看还有什么要求？"

　　周世中说："我没有什么要求，我是来帮忙的。问题是她女儿不在家，我想丧事最好是等她女儿回来再办。"

工会主席说："这事我们可以联系一下。不过，天太热……"

办公室主任说："联系是可以，就是不知道她女儿在什么地方。"

周世中说："你们可以到荷花大酒店去了解一下，那里也许会有她的地址。"

工会主席说："好，这个事我们尽快去联系。不过，周师傅，时间也不能拖得太久。有些事情，是必须由家属出面的。你看……"

周世中说："我虽然不能算是家属，可事赶这儿了，需要我做的，我做就是了。"

工会主席说："那好。按规定，办理退休工人的丧事可以领一笔丧葬费。现在她家里没人，这事儿就劳你了，你明天可以去厂里找财务上领一下。"

周世中很干脆地说："行啊，这事我办吧。"接着，他又说："你们得赶快跟黄秋霞联系。"

工会主席说："好，这事让主任抓紧办。天热，不能拖了。"

第二天上午，周世中骑车回厂请了假，就急急地往电器厂赶。他想早点把丧葬费领出来，好给老人置买些丧葬品。

当他来到电器厂财务科时，却没能取出钱来。电器厂的出纳刚要给他拿钱，不料，一个女会计看看他说："你是孙桂香的什么人？"

周世中愣了一下，有点尴尬，说："我，我是她、她的……"

那女会计说："是直系亲属吗？"

周世中只好说："不是。"

那女会计马上说："不行，这钱不能领。领取丧葬费必须有直系亲属签字才行！"

周世中说："同志，这事儿本来应该由她女儿来领，可她女儿不在。"

女会计说："那不行，这是制度。"

周世中说："这事，是你们的工会主席让我来的。"

女会计说："谁也不行，厂长说也不行，都得按制度办事。"

周世中无奈，只好空手走了出来。

大热天，阳光很毒，街面上滚动着阵阵热浪。

周世中骑车在路上走着，他想，必须借钱，不能再等了，时间一长，衣服就穿不身上了。

周世中来到厂门口，下了车子，犹豫了一下，走进传达室，对白占元说："师傅，你手头有钱吗？"

白占元一愣，说："世中，出啥事了？"

周世中说："小虎他姥姥过去了。"

白占元说："那厂里会不管吗？"

周世中说："丧葬费必须得有直系亲属签字，可秋霞不在。"

白占元马上说："有是有，是留着给小国办事（结婚）用的。我没让他知道。存着呢，是死期。我给你取吧。"

周世中一听，忙说："算了，师傅，我再找吧。取了就没利息了。"

白占元说："你要急用，那点利息……"

周世中说："不，不。师傅，你别取，我再找找，我能找来。"

白占元看看他，说："那你……"

周世中说："没事，师傅，我再找……"说着，便走出去了。

周世中又骑车回到了宿舍楼上，他没有回家，径直来找李素云了。

李素云放下手里的碗，忙说："你还没吃饭吧？"

周世中谎说："吃了。"

李素云问："小虎他姥姥过去了？"

周世中说："过去了。秋霞不在家，唉，咱也不能不管哪。素云，你这儿有钱吗？我想借点钱。"

李素云说："怎么……"

周世中说："我下个月就……"

李素云说："我不是这意思。你要多少？"

周世中说："你有多少？"

李素云说："有是有，存着呢。抽屉里有四五百，够不够？"

周世中想了想，说："你先借给我吧，不够再说。"

李素云去屋里边拿钱了。周世中站在那儿，掏出烟来，放在嘴上，可嘴太干太苦了，他又把烟取下来，放进了烟盒。

片刻，李素云从里边拿出一沓钱递给他，说："世中，听说小田也想当车间主任，你……"

周世中苦笑说："谁当都行，我这会儿顾不上了。"说着，拿上钱匆匆走出去了。

中午，周世慧进了"多家灶"。

她悄没声地推开了小田的房门，而后轻轻地把门关上，身子靠在了门上。

小田一下子瘦了许多。他正躺在床上看书，见周世慧进来，看了她一眼，慢慢坐起身来。

周世慧说："小田，听说你也想当车间主任？"

小田淡淡地说："怎么了？"

周世慧说："你别和我哥争了，你争不过他。"

小田望着周世慧，不说话。

　　周世慧说："你们厂里的情况我还不知道？我哥啥威望，你啥威望？争不上，净丢人。你何苦呢？"

　　小田说："我承认我没你哥的威信高。可这是选主任，不是选丈夫。"

　　周世慧看了他一眼，说："狗咬吕洞宾，不识好人心！我是为你好，你知道不知道？你是不是说过，你要自己选自己？你都不知道人家是怎么议论你的……"

　　小田冷冷地说："想怎么议论怎么议论。"

　　周世慧说："你还真要和我哥争啊？"

　　小田沉默了一会儿，说："世慧，说句公道话，在我们车间里，你哥是很人物，我承认这一点。我知道我很难跟他抗衡。不过，我还是想争一争。"

　　周世慧说："你怎么跟变了个人似的，说话这味？还不过、不过的……你要想和我哥争，就得下大劲。不过，我也'不过'了，不管你下多大的劲，你肯定争不过我哥！"

　　小田说："这我知道。可我一定要试试。和你哥相比，我有三条优势。"

　　周世慧吃惊地说："啊，你还以为你有优势？哪三条？"

　　小田说："第一，我比你哥年轻。"

　　周世慧笑笑，说："嘻，这也算优势？"

　　小田不顾嘲笑，又说："第二，我夜大毕业，学历比你哥高。"

　　周世慧问："那第三呢？"

　　小田望着周世慧，说："第三，我暂时不说。"

　　周世慧说："这人，还保密呢。怕我出卖你呀？"过了一会儿，她故作聪明地说："你不说我也知道。可你还是争不过我哥！"

　　小田定定地望着周世慧，问："世慧，要叫你投票，你投谁？"

　　周世慧怔了怔，说："当然是投我哥的票了。"

小田说："如果他不是你哥呢？你投谁？"

周世慧想了想，说："那，我也投我哥。"

小田淡淡一笑，说："我看不一定。"

周世慧说："那你说我投谁？投你？"

小田说："也许吧。"

周世慧笑着说："你以为我会投你？"

小田说："也许。"

周世慧突然说："那，你是非要和我哥争高低了？"

小田点了点头。

周世慧重复说："一定要争？"

小田说："一定要争。"

午后，电器厂家属院的宿舍楼上，周世中提着个包，正匆匆往楼上走。

楼上的住户刚好有下楼的。那下楼的女人一边走一边嘟哝说："怎么有股味呢？这是啥味？真是的，也不管管……"

周世中跟她擦身而过，匆匆上了楼。他刚进门不久，一个戴红袖章的老太太追上来了。老太太站在门前问："喂，你是这家的什么人呢？"

周世中忙说："大娘，有事吗？"

那老太太说："我是街道居委会的。据这里的住户反映，这家死人了？"

周世中说："是，老太太过去了。"

那老太太说："丧事抓紧办吧。群众有反映，都反映到居委会了。天太热，时间长了，再拖就不好了，抓紧办啊。"

周世中说："好，好。"

老太太一边下楼一边小声嘟囔说："都反映说有味了，小孩也害怕……"

片刻，电器厂的工会主席和办公室主任也上来了。两人进了门，办公室主任擦着汗说："周师傅，我们一直在跟她女儿联系，可就是找不到她的准确地址，联系不上，你看……"

周世中说："那就再联系联系吧。总得让她们母女见上一面吧？"

工会主席也说："按理是该的，可就是联系不上。再拖不大好吧？"

周世中沉默了一会儿，咬咬牙，说："再等一天吧。"

主任说："不是不想联系，是一直联系不上。"

周世中说："孟主任，我现在是外姓旁人，实话说，我跟秋霞已经离婚了，没有关系了。办丧事没有一个直系亲属在身边……"

孟主任说："你说那个荷花大酒店，我已经打电话联系了。他们不提供地址，推说不知道。你看看……要不，我再亲自去一趟？"

工会主席说："你就再跑一趟吧。这事，幸好周师傅在，要不，还真不好办。老孙也可怜，人死了，身边没一个亲人。"

办公室主任说："我去，我现在就去。"说着匆匆走出去了。

工会主席说："我也跟火葬场联系了，人家说了，火葬也要直系亲属签字。她万一要是回不来，你看这事……"

周世中沉默了一会儿，说："再等等吧，要真不行，我签。"

墙上的钟表在"嗒嗒"走着。

傍晚，李素云、班永顺、梁全山等人赶来了。

他们进了门，默默地望着周世中。周世中说："你们来了？坐吧。"

李素云问："该办的都办了吧？"

周世中说："办了。"

李素云说："这人，说去就去了，秋霞也不在……"

周世中没说什么，只默默地望着屋里的灵床。

李素云又说："世中，秋霞不在，你一个人也不行。今晚上，咱们分班吧，分班为老人守守灵……"

周世中说："你们还是回去吧，明天还要上班呢。"

班永顺说："素云说得对着哩。遇上事了，咋也不能走啊。分班吧，两人一班，轮换着睡会儿。"

梁全山也说："分班，我跟老班一班，世中跟素云一班。世中，再咋也得闭闭眼呢。"

周世中看了看他们，说："那就这样吧。这是五楼，热，我先值。你们先上楼顶凉快凉快，到时候，我叫你们。"

这时，梁全山神秘地说："世中，有个事得给你说一声。"

周世中问："啥事？"

梁全山说："小田那家伙真不是玩意儿！"

周世中说："小田怎么了？"

梁全山说："你还蒙在鼓里呢。这几天，小田一直在车间里跟那帮年轻人鼓噪哪！"

周世中说："鼓噪啥？"

梁全山说："鼓噪着当车间主任哩！你还不知道吧？这些天，他一上班就在年轻人群里串来串去，这不是拉选票是干啥？世中，要是你当主任，我没二话，举双手赞成。小田，他算个啥？"

班永顺也说："就是，世中，你不能不防啊。下班时，在厂大门口，我看见一帮子小青年，小田领头，呼啦啦往西去了。八成是喝酒去了！"

梁全山说："看看，现在这年轻人，啥事都干得出来！"

周世中看看他们，漠然地说："他想当，就让他当吧。"

梁全山一瞪眼说："这话你可不能说。你千万不能让，你要让，辜负大家一片心！"

李素云也说："世中，梁师傅说得对，你该当仁不让。"

　　班永顺说："就是，不能让，不能让。"

　　周世中说："好，我不让，行了吧？以后再说。"

　　梁全山说："光这还不行。咱这边也得采取点措施，不能光看着他活动。"

　　班永顺说："对，对，咱也活动活动。"

　　周世中皱皱眉说："活动啥？就这么些人，多少年了，谁还不知道谁？他愿意活动，让他活动吧。"

　　梁全山说："是这，世中，你这边，也没空。明儿，我跟老班、素云分头找找……"

　　周世中一听，脸变了，说："谁也别找，千万别找。"

　　梁全山急了，说："你这人，真死劲！如今地方上这事……"

　　周世中说："这人总得要脸吧？为这个车间主任，脸都不要了？谁也别去找，谁要去，这等于扇我的耳刮子！"

　　一时，众人都沉默了。

　　里屋，死去的人在灵床上静静地躺着。

　　夏夜，班永顺和梁全山坐在五楼的楼顶上，屁股下垫着一张席。

　　头上是闪烁的星光，周围是闪烁的灯光。

　　梁全山仍气呼呼地说："世中这人，真死劲。给他活动活动，他还不让。"

　　班永顺望着远处，说："老梁，这人，你看这人，说去就去了。人一死，啥都不说了。"

　　梁全山说："这还是和平年代，要是战争年代，一死一大片。"

　　班永顺说："那是，那是。这人活着，觉着老不容易。死了，才知道活着好。"

梁全山说："又是你那一套？好死不如赖活着。"

班永顺说："不是这。这人活着，平平稳稳的，没灾没难的，有活儿干，有饭吃，这不好吗？我看好。唉，就是……"

梁全山说："平平稳稳的，平稳个屁！你没看看外头，都成啥了？那些有钱的、有权的，一个个花天酒地，你不眼气？"

班永顺说："眼气啥？眼气也没用不是？"

梁全山说："真不眼气？"

班永顺说："真不眼气。"

梁全山说："我不信。你老婆成天训你，还说不眼气？"

班永顺说："你别听她说。女人家，心性高，也就说说。她也知道，咱是凭劳动吃饭的，说说也就说说，该干啥还干啥。干到一闭眼，也就算完，也值。"

梁全山说："嗨嗨，老班，还有一套哪。"

班永顺说："吃得再好，穿得再好，也是活。咋也是活。人一伸腿，就跟世中他老岳母一样，啥都不说了。人活着就是一个干，你不干，活着干啥哪？"

梁全山说："那还是钱少，给你一千万，你就不干了。"

班永顺说："不干弄啥？光吃吃、坐坐？"

梁全山说："吃吃坐坐还不好？"

班永顺说："光吃吃坐坐，一点难也不作，一点罪也不受，那有啥意思呢？再势派不也得死吗？"

梁全山说："死跟死不一样。那当官的，死也死得威风。"

班永顺说："咋不一样？那当省长的，势派吧？死了也是一股烟儿。当百姓的，再穷，死了也是一股烟儿。反正都是烟儿。"

楼里，周世中和李素云在停灵的床前坐着。

李素云说："世中，听说老太太活着的时候，老看不上你，嫌你是工人，是不是？"

周世中摇摇头，苦笑了一下，没说什么。

李素云说："她怎么也想不到，死的时候，只有你在身边给她守孝。"

周世中用回忆的语气说："那时候，我刚跟秋霞谈，老太太是看不上我，她当了一辈子工人，却不愿让女儿找工人，她有她的想法，主要是不想让女儿吃苦，她是想给女儿找个当干部的。所以，从一开始，两家的老人就互相看不上，我妈嫌她势利，这老太太呢，是嫌我家穷……不过，成家以后，老太太的态度不是那么坏了，特别是有了孩子以后，我每次来，也挺热情的。后来她一有病，就又不行了。她骂过我几次，我知道她是害病害的，心里躁，也没跟她计较。人一老，脾气更躁了，这病又治不好。她能不躁吗？秋霞也是被她拖的，想走，我知道她一直想走。床前没有百日孝啊。现在，死的时候，她身边连个人都没有，唉……"

李素云说："秋霞也太不像话了，把老人孩子撇下，自己……"

周世中说："听小虎说，请了个小保姆，可老太太把她骂走了……女人就是女人。这事我办不出来。女人总想往高处走……"

李素云说："你也别这么说，女人也不是都这样。是看人的，啥人就是啥人。"

周世中说："要不是孩子在这儿，恐怕死多少天还没人知道呢！"

李素云说："幸亏是遇上个你，要是别人，才不会管呢。你是心太好……"

周世中不好意思地说："好啥？男人男人，就是作难的嘛。再说遇上了，能不管吗？"

李素云说："秋霞真不该离开你……"

周世中说："她，也不容易。"

李素云说："是钱把人烧的了。那主儿很有钱，是吧？"

周世中说："她……不说了。"说着，他站起身，又在灵前换上了两支蜡。

三天后，在火葬场殡仪馆的大厅里，散散落落地放着一些花圈。花圈上分别写着一些单位和个人的名字。花圈中间有"周世中敬挽"和"外孙周小虎敬挽"的字样。

三天了，他们一直在等黄秋霞，可黄秋霞还没有回来。空空荡荡的大厅里，只有周世中和小虎在灵前站着。

这时，电器厂的工会主席和办公室主任匆匆走进来。工会主席说："周师傅，天太热了，不能等了，实在是不能再等了！"

周世中显得非常疲惫，他没有说话。

办公室主任说："她女儿还是没有消息。所有能联系的地方，我们都联系了。包括你说的那个大酒店，我们跑了三趟。可他们，拒不提供准确住址。不过，我已经再三给他们说，让他们转告黄秋霞，告诉她母亲去世的消息。你看，这又一天了。"

周世中仍不说话。

工会主席说："周师傅，我看别再等了，还是送走为安吧。"

终于，周世中说："孙主席，那就……办吧。"

工会主席说："那好。"说着，和办公室主任一块儿匆匆走出去了。

殡仪馆的门开了，一些匆匆赶来的工人拥了进来。人群中既有电器厂的工人，也有柴油机厂的工人，李素云、白占元、班永顺、梁全山等人全都来了。

片刻，哀乐响了，大厅里一片肃然。

灵前，仍只有周世中和小虎。

黄秋霞提着皮箱匆匆在人流中走着。她刚下火车。虽然穿着一条素色裙子，但仍掩饰不住打扮出来的艳丽。她直到昨天下午才得到母亲去世的消息。林凡拖了两天后，才把消息告诉她。

黄秋霞在车站拦了一辆出租车，急急地往殡仪馆赶去。

一路上，她一直催促司机："快点，麻烦你快点……"

殡仪馆里，高高的大烟囱徐徐冒出了一股白色的烟雾。

人们缓缓从大厅里走出来，把一只只黑纱、白花放在门口的一个纸箱里。

这时，一辆出租车停在了殡仪馆门前，黄秋霞急急地从车上走下来。当她看见从大厅里涌出的人流时，手一松，皮箱掉在了地上。

工人们纷纷从黄秋霞身边走过，没有人说话，也没有人跟她打招呼。

当戴着黑纱的周世中领着小虎走到她面前时，她眼里流出了泪水，羞愧地叫了一声："世中……"

周世中没有理她，只是把小虎轻轻地往她跟前一推。

黄秋霞又叫："小虎……"

小虎也一声不吭。他默默地站在那儿，默默地望着妈妈。突然之间像是长大了。

看见李素云时，黄秋霞又呜咽着叫道："素云……"

可是，李素云也没有理她，只默默地从她身边走过去了。

人们缓缓地走出了殡仪馆大门。

九

深夜，疲惫不堪的周世中刚一进门，就听见门后传出一声断喝："站住！"

他扭头一看，只见母亲余秀英在门后站着，双目炯炯，眼里放出病态的光！原来她一直在门后边藏着。她手里拿着一根竹竿，瞄着儿子说："叛徒，你是革命的叛徒！"

周世中叫了一声："妈，你……"

周世慧听见响声，忙披着衣服从自己房里跑出来，叫道："妈啊……"

余秀英马上用竹竿指着周世慧，说："站住。都给我站住！"又说："世慧，你发现了没有？你哥是叛徒！"

周世慧一边往母亲跟前走，一边说："妈，我哥刚下班回来。"

余秀英仍然用竹竿指着他们："告诉你们，我是毛主席派来的。工宣队是毛主席派来的！"说着，她把竹竿一横一扫，又说："世慧，说吧，你站在哪一边？"

周世慧忙说："我站在你这一边。"

余秀英说："那好，现在跟我一起背最高指示。毛主席教导我们说，凡是敌人反对的，我们就要拥护；凡是敌人拥护的，我们就要反对……"

周世慧也只好跟着小声背诵。

余秀英又说："毛主席说，谁是我们的敌人，谁是我们的朋友，这个问题是革命的首要问题……今天就暂时背到这里吧。世慧，你知道你哥干啥去了？你哥去帮助敌人去了。那一家姓黄的就是黄世仁！是黄世仁把咱小虎夺走了！你哥还去帮助她，你说这是啥性质？他是革命的叛徒！"

周世中十分痛苦地望着母亲。

周世慧也看着母亲，她灵机一动，说："妈，我哥已经反戈一击了。你不是说，反戈一击有功吗？"

余秀英一愣，说："你哥反戈一击了？"

周世慧说："反戈一击了。"

余秀英说："站到这边来了？"

周世慧说："站到这边来了。"

余秀英说："你别插嘴。让他自己表态！"

周世中往前走了两步，说："我，站过来了。"

余秀英这才双手拄着竹竿，命令道："那好，毛主席说：站队站错了，站过来就是了。现在集合！"

周世慧忙跑上去，跟哥哥站在一起。

余秀英又喊："报数！"

周世中、周世慧两兄妹开始报数。周世中说"一"，周世慧说"二"，周世中说"三"，周世慧说"四"……当他们一直报到"四十五"的时候，周世中掉泪了，周世慧也掉泪了，但他们仍含着泪往下念。

周家的这幕情景全被一个人看在眼里。

她就是李素云。

李素云一直趴在窗外偷偷地看着。最后，她实在受不了了，双手捂着脸，哭着跑开了。

李素云跑到白师傅家，哭着对白占元说："世中太难了，也太能忍了，余大妈怎么这样哪！"

白占元叹口气说："你不知道，'文革'的时候，余秀英是学毛著积极分子，老三篇能倒着背。她被抽去当了工宣队员，进驻学校。有一次学生武斗，她去制止，被围了一天一夜，头上还挨了一砖头……后来治好了，可从那以后落下了病根，神神道道的。"

李素云说："怎么就……"

白占元说："平时好好的，只要不犯，跟正常人一样。一犯了病，拽都拽不住。可苦了世中他们啦。"

李素云说："这是精神上的毛病，怎么不治治呢？"

白占元说："治了。钱没少花，就是不见效。世中是个孝子，也不愿让他妈受那份罪。精神病院里，犯了病光用电击……"

李素云没再说什么，只是眼里泪溶溶的。

白占元说："素云哪，你帮帮世中吧，世中真是块车间主任的料子。"

李素云喃喃地说："我……"

白占元说："世中人好啊。我那小国，要有世中的十分之一，我也……"说着，他伤心地摇了摇头。

李素云安慰他说："白师傅，经过这次教训，小国会学好的。"

白占元说："嗨，那个狼羔子，学好学坏随他吧。我不想他，我一点也不想他……"嘴里这样说，眼却湿了。

选举的日子到了。

这天上午，车间里召开职工大会。工人们全都坐在机床间的空地上，车间里一时熙熙攘攘的。会场的前边是一块大黑板，黑板上用粉笔写着两个候选人的名字：周世中，田治。

在黑板下边，还摆着几张桌子，桌后坐着厂长、工会主席等人。

厂长道："同志们，大家都知道，二车间是咱们厂的机械加工车间，是厂里主要生产车间之一，也是厂全面改革的试点。这次民主选举，不画框框，不定调调。目的只有一个，就是要把大家信任的、有领导能力的、有开拓精神的同志，选到领导岗位上来。不要小看你们手里那一票，那可是你们的权利。要学会使用自己的权利，这一票，就要掂掂分量的。总之，希望能够选出团结，选出干劲，选出一个新的局面。好了，下边请候选人讲讲吧。"他抬头四下看了看，大声说："谁先讲？周师傅，你讲吧。大家欢迎！"

一片掌声！

周世中在掌声中站起身来，走到会场中间的空地上。他连着熬了几个通夜，人显得很疲惫，神情也有些恍惚。他站在那儿，突然间觉得脑海里一片空白。他张了张嘴，很久没有说出话来。

坐在人群中的李素云知道他是太累了，便匆匆走上前去，当着众人的面，给周世中端了一茶缸水。

周世中接过来喝了两口，稳了稳神儿，才说："面对大伙，我不知道该说些什么。我在咱们车间干了二十年了，大家对我是了解的，我对大家也是了解的。我想，有了这种了解和熟悉，已经足够了，再说什么，都是多余的。我这个人不会事先许愿，我也不想许愿。如果大伙选我当车间主任，我想，我起码可以做到三条：一、我会尽力而为。有多少力量都使出来，做好工作。二、我会一视同仁。善待车间里的每一个同志，决不厚此薄彼，也决不会假公济私。三、车间里一切事务公开。包括奖金、工时、定额等等，全部公布于众。车间主任、车间调度、车间质检员的奖金，只拿平均数，不能高于一线的工人。我还要补充一点，如果我当选，我不可能一下子许大伙很多好处，说让大伙拿多少多少奖金，这都是空话。我不说空话。我只能说，我会尽一切努力……好，我就说到这儿。"

厂长带头鼓掌，又是一片热烈的掌声。

班永顺在人群中碰碰梁全山说："看看，世中说得多实在。"

梁全山没吭声。

这时，厂长说："好。下边……小田，听小田讲！"

掌声不是很热烈，掌声是从一些年轻人堆里传出来的。

小田走上前来，故意放低声音说："刚才周师傅讲了，他讲得很好。我知道，在很多方面，我跟周师傅没法比，但是，有些看法，我跟他有所不同……"

在工人群里，有人嚷嚷说："他说的啥？"

有人说："没听清，叽叽咕咕的。"

小田突然用炸耳的声音说："周师傅不许愿，我许愿！如果我当选车间主任，三个月之内，在座的工资、奖金要翻一番！"

会场上，人们一下像是被蜜蜂蜇了一样，乱哄哄地议论起来。

有的相互询问说："多少？他说多少？"

有的说："他说翻一番，就是翻一倍！"

有的说："老天！他真有这能耐？"

有的说："真要是那么多，我真投他！"

梁全山愤愤不平地说："吹吧，吹吧！吹死牛不报税！"

班永顺也摇着头说："不实在，不实在。"

小田又突然改用平和的口气说："我说奖金、工资翻一番，大家肯定会有疑问。会说，你凭啥呢？你凭啥说，能三个月让我们的工资翻一倍呢？是不是吹牛？这个问题，下边我给大家一个满意的答复！"

会场上慢慢静下来了，人们都望着小田，迫不及待地想听他下边说些什么。

小田说："现在，我给大家讲一个人。这是个美国人，他的名字叫泰勒。一百多年前，这个人出生在美国宾夕法尼亚州的一个小城市。他家境贫寒，原是一个很不起眼的小人物。小到什么程度呢？其实就和我们在座的一样，是个普普通通的工人，而且，是一名车工！"

这时，厂长突然插话说："想不到，二车间藏龙卧虎啊！好，好……你接着讲，接着讲。"

会场上，坐在人群中的梁全山不服气地说："看看，又转文哩，又转哩！读个夜大，识几个字呀，可不像他了！"

班永顺说："就是。净说点少天没日头的话。"

小田接着说："就是这么一个小小的车工，后来成了世界上著名的人物，被人称作'科学管理之父'！他是从最基层干起的，先后干过勤杂工、车工、领班、工长等等，直到总工程师。他是靠什么成为世界上著名的'科学管理之父'呢？最重要的一条，是他创造了'泰勒制'。什么是'泰勒制'呢？简单说，就是'工时制'和'计件工资制'。这个'计件工资制'现在看来不算什么，但早在一百多年前，正是这个'泰勒制'大幅度地提高了生产效率！美国工业能够成为世界上最强大的工业，与早期推行'泰勒制'是有很大关系的。这个叫泰勒的美国人，这个早年的车工，还写过一本书，名字叫《金属切削工艺》。这本书，就是专门研究咱们车工工艺的。当然，从科学管理的角度说，'泰勒制'也有'泰勒制'的弊病。但是，我要说，就我们车间而言，目前连这个生产水平都没有达到。我们有很多生产时间、生产程序是浪费的、重复的、无效的……如果我当选，我将全面推行'工时制'和'计件制'。由于种种原因，我也不否认目前的'年限制'，因为'年限制'对许多为本厂做出过很多贡献的老工人是有好处的。但'年限制'只能是基础……"

工人们又纷纷议论起来。有的说："啥年限制、工时制？"

有的说："管他说啥，只要涨工资。"

有的说："工时制都不知道？现在不就是吗？"

有的说："听听，听他说……"

小田说："下边，我要讲的就是，如何使大家的奖金和工资翻一番的问题了。大家都知道，目前厂里给我们下达的生产任务是满的，表面上看，是饱和状态。但如果全面推行'工时制'和'计件制'，生产效率肯定会大幅度提高。我计算了一下，就是按一个中等技能车工的生产能力，工作效率也会缩短两到三个小时。每天缩短两个小时，这两个小时干什么？多生产零件是不可能的，因为全厂是一盘棋，上道工序也无法满足咱们下道工序。那么，我认为，我们车间，在节约的这两三个小时里将找米下锅！当然是在不影响厂里生产进度的情况下了。当着厂长的面，我不隐瞒这一点，我们将用外接散件加工来补充这节余的两个小时。这两个小时创造的价值，除了应上交的之外，将全部作为补充工资、奖金发给大家……"

"哄！"会场上一下子又热闹起来。有的说："嗨，这法行！"

有的跳起来说："我赞成！我赞成！"

有的说："你别说，看书多就是好。"

有的说："说是说，做是做。你别光听他说……"

有的说："到时候，麻烦就出来了！走着看。"

小田又接着讲："第三……"

半上午的时候，王大兰挑着两只空桶（盛胡辣汤用的）回来了。

她在楼道里碰上了周世慧，说："夜班？"

周世慧说："不，我今儿调休。"

王大兰问："他们厂今儿选举，你哥选上了吧？"

周世慧说："谁知道呢。"

王大兰说："我看没跑。"

周世慧笑说："那也不一定。"

王大兰笑着说："等你哥回来，让他请客。"

车间里，会继续开着。

小田仍在讲："……实行严格的工艺制度，肯定会触及一些人的利益，也肯定会有人骂我。我不怕你们骂我。有一点，我将赢得你们女人的笑！等到你们拿到钱的时候，等你们的女人笑的时候，你们就不会再骂我了！"

"哄"一声，会场上的人都笑了。

此刻，当人们不注意的时候，周世中悄悄地绕到机床后边，又悄悄地走出了车间。

他蹲在车间门外，从兜里摸出一支烟点上，默默地吸着。

阳光从天上射下来，很爆。

车间里，投票开始了。工人们涌动着站起身来，排着长队准备到黑板前投票。

有两个选出来的工人做监票员。他们站在黑板前，依次接过工人们送上的选票，而后唱名，接着把名字写在黑板上。

黑板上，在周世中和田治的名下，出现了一个个粉笔写的"正"。

那唱票的工人不时地高声喊："周世中一票……田治一票……周世中又一票……田治又一票……周世中再一票……"

黑板上，两人名下的"正"越来越多。

周世中靠坐在车间外边的水泥台上吸完了烟，他把烟蒂掐灭，看了看远处的工厂大门，又慢慢地走回了车间。

车间里的大黑板上，唱票的正在数黑板上的"正"字。一个"正"字是五票。数完周世中的票之后，他高声喊道："周世中，一百四十九票！"

人群里传出一片嗡嗡声。

唱票的又在数田治的票数。数到最后，工人们全都站起来了，跟着他一起数。

终于，唱票的再次高声喊："田治，一百四十九票！"

"哄！"又是一阵骚乱。有人嚷嚷说："咋搞的？这是咋搞的？"

有人喊："不对！不对！"

监票的也喊："还有谁没投？谁还没投？"

有人喊："周师傅、小田都没投……"

这时，厂长站起身说："我也投一票！我是厂长，代表厂里投一票吧！"说着，他转过身来，拿起粉笔，在周世中的名下画了一道。

唱票的马上喊："周世中，一百五十票！"

有人喊："周师傅上去投！"

有人喊："小田，小田！"

这会儿，在众目睽睽之下，周世中走上前去，拿起粉笔，在小田的名下画了一道。

唱票的立时激动地喊："田治，一百五十票！"

此刻，会场上静下来了，人们的目光全都注视着小田。只见小田走上前去，抓起粉笔，毫不客气地在自己名下画了一道。

唱票的怔了一下，马上又喊："田治，一百五十一票！"

"哄！"一下子，会场炸了！有人跳起来欢呼，有人炸着喉咙嚷嚷……

有的说："能投自己吗？"

有的说："怎么不能?!"

有的说："这这这……这不能算！"

有的说："为啥不算？"

梁全山气得高声叫道："哪兴投自己？兴投自己吗？这不能算，这不能算吧？"

可是，厂长却站起来郑重宣布说："投票结果，田治同志当选为二车间主任！"

　　当晚，整个宿舍楼的人都知道田治当上车间主任了。

　　他一回来，就有人跟他开玩笑说："哟，田主任，田主任回来了！"

　　小田心里高兴，嘴上却不说，虎着脸："去，去去。"

　　上了楼，一进"多家灶"的门，王大兰就说："小田，哟哟，我这嘴，田主任，田主任请客吧？"

　　小田说："大嫂，你开我玩笑呢。"

　　王大兰说："不敢不敢，我哪敢呢。你这会儿当主任了，以后对你班大哥可好些。他人老实，也不会巴结个人。"说着，便扭身回屋盛了一碗胡辣汤端出来，说："小田，晚上不用做饭了。这现成的有汤有馍，还热着呢。"

　　小田忙说："不，不不，不用。"

　　王大兰一变脸说："怎么？当主任了，看不眼里了？"

　　小田只得接过来，说："好好，我接着。"他把胡辣汤接过来，说："大嫂，要是以后我做错了什么，还请你多包涵。"

　　王大兰说："看你说哪儿去了。一个屋住着，还能没个照应？"

　　接着，王大兰又说："要馍不要，我给你拿馍。"

　　小田连声说："不用，不用。"

　　此刻，梁全山刚好进门，见小田手里端碗胡辣汤，就说："哟，这么快可巴结上了？"

　　王大兰脸红了一下，说："看你说的，兄弟又没个做饭的，我就不兴关心关心？你想喝也来盛！"说着，扭身回屋去了。

　　梁全山说："我可喝不起！"说着，一踢门，也进屋去了。

　　梁全山一进门，"乓"一声把门关上，平身往床上一摔，嘴里骂道："我操！他当上了！他当上了！谁不谁的……"说着，他忽一下又坐了起来，对着墙上的镜子照了一会儿，指着自己的鼻子说："你说说，你不能当吗？你排长都干过。谁叫你不报呢？你笨不笨？你亏不亏？你傻不傻？车间主任有啥当的？不就是分派活儿吗？不就是定工时、定任务吗？谁不会咋的？"说着，他站起身来，背着手在屋子里扭了一圈，又扭了一圈，地方太小，也扭不开，就咳嗽两声，这儿一指，拿腔作调地说："你把这个活儿干干，抓紧时间啊。"又那儿一指，说："你，说你哪，怎么搞的？我扣你的奖金！"

七点半的时候，李素云来到了周家的门旁，故意高声喊："周师傅，有人找。"

周世中迟疑着走出来，问："谁呀？"

李素云说："找你的人在我家坐着呢，你来吧！"说着，头前走了。

周世中慢慢跟过去，边走边问："谁找我？"

等周世中进了门，李素云才说："我找你。"

周世中抬头看了看她，又看看饭桌上摆好的酒菜，不再吭了。

李素云说："我想让你陪我吃顿饭……"

在街口的马路边上，小田正在踱步。

他已换了一身干净的衣服，显得跟往日大不一样，脸上也没有了那往日的阴晦。他身边停着一辆自行车，不时地看看表，往远处望望。

不一会儿，周世慧骑车过来了。看见小田，她停住车子，问："你站在这儿干啥？"

小田说："等你。"

周世慧说："等我？等我干啥？"

小田说："请你吃饭。"

周世慧惊讶地问："请我吃饭?"

小田说："就看你敢不敢去了。"

周世慧看看他，说："这么说，你当上主任了?"

小田说："是。"

周世慧不相信地又看了看他，笑说："嘿，还真当上了?"

小田说："你去不去吧? 你不去算了。没人为我祝贺，我自己为我自己祝贺。"

周世慧说："谁说不去了? 不吃白不吃。"

小田马上去推车子，说："那，走。"

周世慧说："走就走。"

小田说："你不回去安慰安慰你哥?"

周世慧说："我哥可不像你，鸡肠小肚的!"

班永顺家四口人正围在一张小饭桌上吃饭。

小振明嘟着嘴说："老喝胡辣汤，我不想喝胡辣汤。"

王大兰说："卖剩下了，不喝咋办? 好好的，能扔了?"

小振明说："中午喝，晚上还喝，天天都喝。"

王大兰说："饿你三天，你就不说了! 去吧，去吧，碗里的汤倒给我。叫你姐给你泡包方便面。"

小水站起身来，给弟弟泡方便面去了。

王大兰说："我还给小田端了一碗，人家这会儿当主任了不是。"

班永顺说："我咋也想不通，他怎么能当主任? 世中没整上，他整上了，你说说……"

王大兰说："八成，小田送礼了。"

班永顺说："不像。这一段，他没出过门，成天猫在屋里。"

王大兰说："不送礼，能让他当？你不是说，轮一圈也轮不上他。"

班永顺说："这人，没看出来。打从那回事，跟变了个人一样。"

王大兰插嘴说："变阴了。"

班永顺说："不光这。他成天猫屋里看书，还弄得挺有路数，说出来一套一套的。不过，说来说去，他这主任当得也不算光彩。还是人家世中让他，要不让他，他咋也当不上。"

王大兰说："不是说选上的吗？"

班永顺说："选不假，可两人的票数一样多。没承想，他自己投了自己一票！"

王大兰说："还有这事儿？"

班永顺说："可不真的。"

王大兰说："不管咋说，人家当上了。"

班永顺说："也有人说闲话，说他那脸皮卡车床上车三刀都车不透……"

王大兰说："管他呢。他当总比人家当强。不管怎么说，一个屋住着，多多少少也沾点光。"

班永顺说："大话发出来了。说三个月，让全车间人的工资、奖金翻一番！"

王大兰眼一亮，说："怪不得呢。要真这样，我还真拥护他。叫我算算……一五、一十，老班，这一弄，你一月能拿七百多呀！"

班永顺说："话是这么说，谁知道能不能兑现。"

王大兰说："他敢不兑现！他要不兑现，他这主任就别当。到时候，一车间人，不把他吃了！"

班永顺说："小田点子多，兴许能兑现。"

王大兰说："只要兑现，他当就他当。说不定比世中还强呢。"

班永顺说："他怎么会比世中强？你这人一说钱，一点原则也没有。他还有话哩，要订一条条的规章，管得严着呢。他还说，将来肯定有人骂他。"

王大兰说："人家骂叫人家骂，到时候，咱不骂。只要工资奖金能翻一番！"

黄秋霞提着一大兜礼物，领着儿子小虎，一步步走上楼来。她离开周家两年了，这次回来，她的心情很复杂。她很想见见周世中，却又怕碰上昔日的婆婆。

然而，当她领着儿子来到周家门前时，一进门，头一个碰上的就是余秀英。余秀英一看见孙子，便高兴地说："小虎回来了！俺乖乖回来了！"接着，脸一黑，又说："你来干什么？"

黄秋霞忙说："妈，我回来看看你。你身体还好吧？"

余秀英说："看我？谁让你来的？谁是你妈？出去！你给我出去！"

黄秋霞手里提着礼物，进也不是，退也不是，一时十分尴尬，只好说："妈，我对不起你，也对不起世中……"

余秀英说："我可不是你妈！咱们是敌人。毛主席说，谁是我们的敌人，谁是我们的朋友，这个问题是革命的首要问题！你坑了世中不说，还夺走我孙子！你是黄世仁，你一家都是黄世仁！你给我走，你这糖衣炮弹给我拿出去！你要不拿，我给你扔出去！"

黄秋霞说："我，我想见见世中……"

余秀英说："毛主席说，世上没有无缘无故的爱，也没有无缘无故的恨。哼！别想。谁知道你黄鼠狼给鸡拜年，安的什么心！"

一边是奶奶，一边是妈妈，小虎也不好说什么，就问："奶，我爸爸呢？"

余秀英说："小虎，你可得听话，不要站在敌人的立场上！"

小虎见奶奶说话这样，有点害怕，不由得往后退了一步。

黄秋霞无奈，只好提着礼物，拽上小虎，下楼去了。

余秀英还要说什么，一扭头，看见老周师傅扶着墙，一点一点地从里屋磨出来，忙上前扶住他说："老东西，你咋出来了？"

不料，老周师傅扬起那只唯一能活动的胳膊，抬手照着余秀英的脸上扇了一下！

余秀英一愣，说："老东西，你敢打人？你也反动了？"一松手，老周师傅一下子摔倒在地上！

躺在地上的老周师傅，嘴里仍"哒哒哒哒……"地喊着。

在街口的一家小餐馆里，小田和周世慧对脸在"车厢座"里坐着。桌上摆着四样小菜，两瓶啤酒。两个人一边吃，一边说着话。

小田端起杯子，说："来，为我干杯。"

周世慧转着手里的啤酒杯说："为你当上主任？"

小田说："不，为我第一次撕破脸皮……干杯！"说着，他把杯子里的酒一饮而尽。

周世慧也喝了一小口，说："啥叫第一次撕破脸皮呀？"

小田拿起筷子夹了些菜，然后说："世慧，你知道选举前，我是怎么想的？"

周世慧说："我怎么知道，我又不是……"

小田说："当时我想，如果我这次选不上，我就辞职不干了。"

周世慧说："为什么？"

小田说："不为什么。"

周世慧说："不为什么是为什么？"

小田说："真的，什么也不为。"

周世慧说："我知道，是为那姓林的。"

小田又喝了一口酒，说："我承认，那是她对我一生的摧毁。当然是精神上的摧毁。我几乎死在她的手里，那种滋味……"小田咬着牙，恨恨地说："可是，我又活过来了。我已经不是过去的我了。我要……"

周世慧说："你想报复她？"

小田说："你也太轻看我了。正相反，我倒是很感激她。是她，让我重新认识了自己，我不过是一个小小的工人……"

周世慧说："我看，你还是放不下她。"

小田说："好了，不说这些了。吃菜，吃菜……"

这时，周世慧才说："小田，虽然我哥没当上，我还是要祝贺你。祝贺你当上车间主任！"说着，她端起酒杯，跟小田碰了一下。

小田说："说心里话，我很感谢周师傅。可以说，是他……成全了我。"

周世慧脸一变，说："这话是怎么说的？你笑话我哥？"

小田说："绝对不是。你哥人太好，太善，不然，我是不会当选的。不过，说句公道话，周师傅不适合做车间主任。"

周世慧说："你是得了便宜卖乖。你怎么知道我哥不适合？就你适合？"

小田说："你听我说。周师傅做人是很优秀的，他的智力，也远远在我之上。这些我都承认。但他人太正，太仁义，太顾人，他谁都想顾……作为一个人，这是极好的品质。可做领导工作，他缺乏一股不管不顾的狠劲……"

周世慧不满地说："噢，好人不适合？你这是啥逻辑！告诉你，要不是我们家里的负担太重，我哥早就……哼！"

小田说："你说得对，你哥是比我强。可我的心已经磨硬了，你哥的心还不够硬。"

周世慧说："小田，有句话，我一直没说。我现在就说，你根本不可能胜我哥的。你自己心里清楚，你肯定是做小动作了！"

小田说："是，我做了最充分的准备，该使用的手段我都使了。周师傅没做任何准备，他太大意了。可是，纵然这样，我仍然没能超过他。他在车间里人缘太好。"

周世慧说："那你……"

小田说："在投票的最关键阶段，我们的票数相等。周师傅一百四十九票，我也是一百四十九票……"

周世慧说："那怎么……？"

小田说："这时候，厂长投了他一票，他成了一百五十票。而我是一百四十九票。当时，就剩下我们两人没投票了。周师傅，他投了我一票。"

周世慧盯着他问："你呢？"

小田说："开始的时候，我已经说了，我把脸皮撕破了。"

周世慧站起来，质问说："你自己投了自己一票？"

小田默默地点了点头。

周世慧看着他，说："你，你不要脸！"

小田说："是，我是不要脸了。"

周世慧猛地抓起包，扭过头，气冲冲地跑了。

在李素云的家里，吃过饭后，周世中在沙发上坐着默默吸烟。

李素云在来来回回地收拾桌上的碗筷和吃剩下的饭菜。

片刻，周世中站起身，说："素云，你忙了这么半天，饭也吃了。我，回吧。"

李素云一边解围裙，一边说："你就不能坐下歇一会儿吗？你等会儿再走，我有话跟你说。"

周世中只好重新坐下来。他确实是累了，就把头靠在沙发上，微闭着眼。

这时，李素云从厨房里走出来，手里拿着一只削好的梨。她走到周世中面前，把梨递给他。

周世中赶忙坐直身子，可他没有接梨，只是摇了摇头。

李素云把梨放在盘子里，也在他的身边坐下来。一时，两人无语。

过了一会儿，李素云伸出手，抚摸着他的头发，轻声说："世中，你太累了。我知道，你是太累了。"

就这么一句话，周世中两手捧头，慢慢地，泪水从他的指缝里流了下来。他无声地哭了。

李素云轻轻地把他的头扳过来，靠在自己的肩上，又轻声说："世中，哭吧。在我这儿哭，没人会知道。"

可是，周世中仍然没有哭出声来。仅仅是一会儿的工夫，他重新坐直身子，用手擦了擦眼，头又昂起来了。

李素云默默地站起身来，走进洗脸间，从里边拿出一条湿毛巾，递给他。周世中默默地接过来，擦了一把脸，刚要起身，李素云却不让他动，又把毛巾接过来了。

当李素云再次走出来时，她手里拿着一把小剪刀。她重新坐在周世中的身边，默默地拉过周世中的手，那是一只被劣质香烟熏黄的、指甲里藏满污垢的手……她抓着他的手指，一个一个地挨个儿给他剪指甲。屋里只有"咔叽、咔叽……"的剪指甲声。她剪过一个，又拉过一个，手在她的手里抓着，手热，心也热。那是一双劳动的手，一双结满茧子的手……

一直等到十个指甲全部剪完，李素云仍然没有松开那双手，她摸着那手上的厚茧，沉吟了一会儿，又抓过手指，一个一个地看，看了，她说："世中，你怎么不累呢？你只有三个'斗'……"

周世中仍勾着头，一声不吭。

李素云抓住他的手，问："世中，你告诉我，你真的不想当车间主任吗？"

周世中说："想。"

李素云说："我知道你这些天事情太多，太累。家里，外边，又赶上小虎他姥姥病故，如果不是这，你也不会……"

周世中说："投票前，我就知道了。"

李素云说："那你为什么还要投小田一票呢？你本来……"

周世中抱住头，说："我是他师傅啊，当着那么多的人……"

李素云说："小田自己投了自己一票，可你做不出来，我知道你做不出来。你是太要面子了。"

周世中说："我想过了，小田是比我合适。就在他站起来发言的时候，我就明白了，他比我合适，只是心里不想承认。"

李素云说："你总是责怪自己，我可不这样认为。我觉得你比小田更合适，你更熟悉车间里的情况，大伙也都拥护你。虽然你没有许愿，大家还是相信你的。"

周世中说："你别安慰我了，我心里有数。再说，我家里这么一摊子……小田没有负担，人又年轻，他确实比我更合适。"

李素云说："家里负担确实重，但这不是理由。我们都会……"

周世中摇摇头说："算了，不说了。"

两个人又沉默下来，谁也不再说什么了，就那么相拥而坐。屋子里只有钟表的"嗒嗒"声。

片刻，李素云眼里渐渐有了泪。她轻声说："世中，你……抱抱我吧。"

周世中抬起头，望着她，她也含泪望着他，两个人的身子在慢慢接近，接近……

这时，楼道里突然传出了周世慧的喊声："哥，咱妈又犯病了！"

周世中的身子一下子硬了，坐直了，李素云也睁开微闭的双眼。

周世中慢慢站起身来，望了李素云一眼，匆匆走出去了。

十

在上班的路上，周世中被黄秋霞截住了。

黄秋霞站在一个路口，她的穿着十分艳丽，头发也是新烫过的，所以惹得骑车上班的工人不时回头看她。

当她看到周世中骑车过来时，便迎上前去。周世中停住车子，身子却仍然跨在车上，没有下来，只是一声不吭地望着她。

黄秋霞说："我到你家去过。你母亲还是那样……"

周世中仍不说话。

黄秋霞又说："我知道我对不起你。"

周世中冷冷地说："我要上班了。"说着，就准备骑车走。

黄秋霞忙说："我想，我想给你说说小虎的事。"

周世中问："小虎怎么了？"

黄秋霞说："都怪我。小虎，小虎学习不好，老师找到家里来了。"

周世中看了看手腕上的表说："我要上班了。回头再说吧。"说着，腿一蹬，骑上车就走。

车间门口，墙上贴着一张通知，上边写的是车间经过"优化组合"以后的待岗人员名单。有很多工人在围着看。

班永顺刚走到车间门口，便听见人群里有人叫他："老班，老班，你过来，你过来。这上边还有你的大名呢！"

班永顺走上前去，挤进人群一看，见上边有五个人的名字，头一个就是他"班永顺"。他心里"咯噔"一下，怔住了。

人群中有人说："老班，新主任上任三把火，这头把火烧住你了！"

有的说："老班不怕。不叫上班，大不了跟老婆去卖胡辣汤……"

班永顺在一片起哄声中，脸色渐渐变了，他开初还想装出满不在乎的样子，可他实在是装不出来。那笑就像哭一样，嘴唇哆嗦着，好半天才嘟哝说："我得问问，我得问问去，我究竟犯啥错误了？"说着，便朝车间走去。

班永顺走进车间，来到那台外圆磨床前，抬头一看，见二班的小郑已在磨床前立着，正在准备工具呢！

班永顺怔怔地望着小郑。

小郑说："班师傅，这不怪我，是车间里通知我改上这个班的。我也没办法。"

班永顺呆呆地站了一会儿，嘴里又是喃喃地说："我得问问，我得问问，我得去问问。"他说着，又朝车间那头走去，走到头的时候，他又折了回来，人像是傻了一样，也不知自己要干什么，只是嘴里念叨说："作人呢，这是作人呢，谁老实作谁……"走着，走着，他又醒过神来，赶忙走到周世中的车床前说："世中，你看看，欺负人呢！你说说我有啥错？我啥错也没有。多少人不裁，把我给裁了……"

周世中正在忙着卡活儿，没有回头，只说："谁把你裁了？"

班永顺说："门口贴着呢。你没看？"

周世中说："我在路上耽搁了一会儿，来晚了，没顾上看。"

班永顺说："这不明摆着欺负人嘛。"

周世中说："先上班吧，回头我问问小田。"

班永顺往地上一蹲，说："还上啥班？人家不让上了。二班的小郑都来了，当初他还是跟我学的……"

周世中扭过脸来，看了看他，沉思片刻，说："你等一会儿，我去问问小田。"

在路边的一个纸烟摊儿旁，黄秋霞正在打电话。她拿起话筒，拨了号后，对着话筒说："是荷花大酒店吗？"

话筒里说："是呀。你找哪一位？"

黄秋霞说："请问，林经理今天能到吗？"

话筒里立刻很热情地说："噢，是林太太吧？林总坐的火车下午四点钟到站。喂，喂喂……"

黄秋霞迟疑了一下，把电话放下了。她还不知道自己是不是电话里说的那个"林太太"。

车间办公室里，小田正趴在办公桌上看一张图纸。

这时，周世中走了进来。他看了看正在专心看图的小田，冷冷地说："田主任，班永顺犯啥错误了？"

小田扭过脸来，一看是周世中，忙说："周师傅，你坐。有事吗？"

周世中说："我来问问班永顺犯啥错误了。"

小田说："班师傅没犯错误。"

周世中说："没犯错误为啥裁他？柿子拣软的捏，是不是？"

小田说："周师傅，你听我说。按新工艺，咱车间的磨床改为两班。三班没那么多活儿，白浪费工时。"

周世中说："那为啥裁老班？谁老实裁谁？"

小田也有点火了，说："老实不是缺点，但也不是优点。班永顺的文化程度偏低，这你是知道的。按优化组合的方针……"

周世中冷眼看着他，说："这就是你的改革？这就是工资、奖金翻一番的改革？把老实人裁掉，三个人的活儿，俩人干，奖金自然就高了，对不对？"

小田说："也对也不对。实行'计件制''工时制'，肯定会触及一些人的利益，按优胜劣汰的法则，这也没什么错！"

周世中冷笑一声，说："好，很好。那么说，你就先裁老实人？你为什么不裁别的？开初小郑是跟老班的，你为什么不裁他？"

小田说："不错，他开初跟过班师傅。可他技校毕业，文化程度比班师傅高，学的就是技工，专业就是精密机床。他现在干的活儿也比班师傅干的精度高。你说留谁？"

周世中气愤地说："按你的说法，就该过河拆桥，卸磨杀驴？"

小田看了看周世中，语气缓了下来，说："周师傅，我并不是有意跟班师傅过不去。可磨床上三个人要裁掉一个，这是按工艺流程安排的。我也知道班师傅干了二十多年了，他心里会不好受。这样吧，我再考虑考虑，适当给他安排一下。"

周世中一甩手套，扭身走了。

车间里，一片机床的轰鸣声，工人们都在各自忙活着。

只有老班一人仍在地上蹲着，他的目光非常痛苦，也非常惶惑。

中午时分，周世中和黄秋霞在城河的河堤上走着，不远处扎着周世中的自行车。

两人走到一个水泥椅旁，黄秋霞看了看他，说："坐吧。"

说着，黄秋霞在椅子上坐下来。可周世中没有坐，他站在那儿，双手抱膀，说："有话你就说吧。"

黄秋霞说："我知道你恨我，不愿见我。你听我把话说完行不行？"

周世中很勉强地在一头坐下来，背对着黄秋霞，说："你说吧。"

黄秋霞说："世中，老人是你送走的。我母亲含辛茹苦地把我抚养大，她死时我竟然不在她身边，我……我不知道该对你说什么。如果……"

周世中冷冷地说："这话不要再说了。我不是冲你，小虎是我的儿子，我不能不管。你就当我是个走路的，碰上了……"

黄秋霞说："不管怎么说，多亏了你。如今，在人们眼里，我成了罪人，想改也改不回来了。我只有错到底了……"

周世中不说话。

黄秋霞说："你是大好人。在人们眼里，你是个大好人，我是坏女人。我欠你很多……"

周世中站了起来，说："你还有别的没有？没有的话，我走了。"

黄秋霞望着他，很艰难地说："世中，我走到这一步了，成了个有罪的女人，我也不在乎了。我，就要……结婚了。"

周世中看着她，言不由衷地说："好哇，祝贺你。"过了一会儿，他又冷冷地问："是那个姓林的？"

黄秋霞点了点头，说："你肯定说，我是为钱。是，我的确是为钱。这个世道太不公平了！我们曾经为那么一点点钱，那样地干过。刮风下雨，一年四季奔波，上班下班，下班上班，无休无止地干啊干啊干啊……可是，你知道有些人，他们是怎么活的吗？"

周世中摇摇头说："不知道，也不想知道。"

黄秋霞说："我知道。你是没有见过，我见过了。我现在才知道什么是花天酒地，什么叫应有尽有。所以……"

周世中冷冷地看着她。

黄秋霞仿佛有话难以启齿，最后，她终于鼓足勇气说："世中，咱们都下过乡，都是吃过苦的人，你帮帮我吧。我，就要结婚了。可我……怕小虎受不了。"

周世中不语。

黄秋霞为难地说："你原谅了我，也帮过我，就再帮我一次吧。我想，是不是让小虎先跟你一段……"说着，她从挎包里掏出了一沓钱。

周世中直直地盯了她一会儿，说："让小虎回来吧！"

说完，他扭身大步走去。

仍是中午时分，在"多家灶"厨房里，已做好了饭的王大兰，探头朝外喊道："老班，端锅！"

屋里没人应。

王大兰又高声喊："老班，你耳朵里塞驴毛了！听见了没有？端锅！"

仍是没有人应。

王大兰气呼呼地说："饭给你们做熟了，喊都喊不出来！赌光吃现成的了！"嘴里说着，自己把锅从灶上端下来，嘟嘟哝哝地朝外走，走到门前，她一脚把门踢开！进屋一看，老班正在床上躺着，身子蜷成一团，还用被子捂着头。

王大兰放下锅，赶忙走到床前，说："咋啦？有病了？"说着，就上去摸他的额头。可她一掀被子，顿时吃了一惊！只见老班满脸是泪，竟然偷偷哭了。

王大兰关切地问："怎么了？出啥事了？"

班永顺说："没事。"

王大兰说："没事不吃饭？没事你哭啥哩？到底出啥事了？"

班永顺说："没啥事。"

王大兰气了，嚷道："没事起来吃饭！"

班永顺说："我不想吃，你吃吧。"

王大兰敲着床喊道："祖爷，到底出啥事了？"

班永顺满脸是泪，呜咽说："……裁了。"

王大兰着急地问："啥裁了？谁裁了？你连个话都不会说？"

班永顺扭过脸去，说："车间里把我裁了。"

王大兰吃了一惊，问："是不让你上班了？"

班永顺抽了两下鼻子，呜咽起来。

王大兰又问："为啥？你犯啥错了？"

班永顺说："我叫世中去问了，说没错。"

王大兰喊道："没错为啥裁你？哼，还不是看你老实！这年头老实人在哪儿都受欺负！这姓田的真不是东西。一当主任，就欺负老实人！我找他去！"说着，忽一下拉开门，朝着小田的门喊道："姓田的，你出来！真是谁变蝎子谁蜇人哪！咋对不起你了？头天还给你端汤，就这样阴害人？你说，你出来说说，老班犯了哪款哪条？是迟到了，是早退了？你裁他，你凭啥裁他？我看你是欺负老实人欺负惯了！"喊着，又回头对屋里的老班说："该吃饭吃饭，不行找厂里领导。厂长还在大会上表扬你哩，他凭啥……"

这时，楼道里有很多人探头在看。

片刻，王大兰看小田不在，仍不解气，又从屋里端出一盆脏水，"哗"一下，泼在了小田的屋门上！

刚好梁全山推门出来，溅了一身水。

梁全山很不高兴地说："嫂子，你这是干啥？"

王大兰忙说："大兄弟，对不起了。你别误会，我不是泼你的，我是泼小田的。他太欺负人了！"

梁全山一边擦着身上的水,一边说:"嫂子,就这么点破地方……"

说话间,小田走了进来。王大兰一见小田,立时跳了起来:"姓田的,我问问你,老班犯啥错误了?犯你哪款哪条了?你裁他!凭啥裁他?"

小田说:"嫂子,你先别嚷嚷。优化组合是厂里定的……"

王大兰打断他说:"放屁!厂里?厂长还表扬老班哩!一个屋住着,怎么得罪你了?说翻脸就翻脸!你睁眼看看,有比他更厚道的人没有?有比他更踏实的人没有?你是报复人。你是看老班没投你的票,你报复他!"

小田摆着手,身子往后退着,说:"我不跟你吵,我不跟你吵……"说着,一扭身,又退出去了。

王大兰追着他的屁股喊:"叫大伙评评理!兴这样不兴?头天还笑眯眯的,一变蝎子就蜇人!"

下午,黄秋霞到车站接林凡来了。

两人在广州、深圳的时候,林凡曾多次对她许下诺言,说一回来就同她结婚。所以,两人在南方的那些日子里,一直是出双入对,就像真正的夫妻一样。黄秋霞跟着林凡,第一次享受到了金钱带给她的浪漫和欢悦。

所以,她眼前总是出现那些充满浪漫情调的日子:在一碧如洗的海滩上,在豪华的度假村宾馆里……

现在,林凡就要回来了。

黄秋霞没有到出站口去,她是想给林凡一个突然的惊喜,让他在出乎意料的场合突然见到她。所以,她躲在一个离出站口不远的电话亭旁,目光却紧盯着出站口。

列车到站了。出站口开始有人涌出来。

终于,黄秋霞看到了仪表堂堂的林凡。他手里提着一只皮箱,昂首挺胸,从出站口随着涌动的人流走了出来。

　　黄秋霞往后隐了隐身子，刚想怎样才能给他一个突然的惊喜，可是，眼前出现的情景，使她一下子呆住了！

　　在出站口的旁边，一个衣着华丽的女人牵着一个孩子朝着林凡跑去。孩子高叫着"爸爸，爸爸"，扑进了林凡的怀抱；女人很自然地伸手接过了林凡手里的箱子。

　　黄秋霞头"轰"地一下，差一点栽倒在地上！她手扶着电线杆，慢慢地站直了身子。

　　这时，一辆桑塔纳轿车开了过来。林凡一家三口人高高兴兴地上了车。

　　车开走了。黄秋霞失魂落魄地扶着电线杆站了一会儿，才慢慢地顺着大街往前走去。她不知道该往哪里去，也不知道该干什么，只是走……

　　马路上，到处是车流、人流，到处是喧闹的颜色和广告，到处都是晃人眼目的商品……可她什么也看不见，什么也听不见。

　　走着，走着，她突然站住了。一个多小时之后，当她抬起头来的时候，她发现她已来到了工厂的大门口。这就是她生活了十五年的工厂，她的机床在这里，她的姐妹们也在这里。她听见了织机的轰鸣……她不明白她为什么会到这里来，可她来了。

　　她进了厂门，看见了往日熟悉的一切。可是，看大门的老人却把她叫住了："哎，哎，你找谁？"

　　她愣了，她来找谁呢？好久，她才说："徐师傅，你不认识我了？我是秋霞。"

　　徐师傅说："噢，噢噢。看我这眼，我都认不出来了。我还以为是香港来的呢！"

　　黄秋霞没有理会看门老人的嘲弄语气，径直地往车间走去。

　　车间里，那熟悉的"哐哐、哐哐……"声响着，一台台织机在飞经走纬，那千万条白色的线同时在空中跳动着，当班的姐妹正在织机前忙忙碌碌接线、看纱……

她怔怔地站在门口，呆呆地看着这一切。

这时，车间办公室有几个女工拥了出来，看见她，忙说："哎呀，这不是秋霞吗？穿得这么漂亮啊！"说着，几个女工叽叽喳喳地围了上来。

黄秋霞对人群中的车间主任说："芳姐，我想上班。我还能回来吗？"

车间主任说："秋霞，你不是辞职了吗？怎么？"

几个女工叽叽喳喳的。有的说："你还上班呀？不是找上大款了吗？"

有的说："你听她说吧，人家如今才不会回来呢。看看人家穿的衣服，净高档的！"

有的说："你不是说，再也不回来了吗？"

有的说："你不是找了个好主儿吗，那主儿是不是百万富翁啊？"

车间主任制止说："别瞎说了。看，都快把人家秋霞说哭了。"接着，她又说："秋霞，当时，你是口头辞职，又这么长时间没有来，厂里已经……要不，我再给你问问？"

黄秋霞强打精神说："不用了，芳姐。我是顺便回来看看……"

这时，女工们看她心里不好受，说话的口气全都变了："秋霞，常回来玩呀。""秋霞，可别把我们忘了呀！""秋霞，要是有什么困难，你尽管说，不行让芳姐去找上头……"

黄秋霞说："那，我谢谢了。你们忙吧，都正上着班呢，我走了。"

众人簇拥着黄秋霞从车间里走出来，把她送到门外。可她却觉得心里很凉，这些以前朝夕相处的姐妹，此刻仿佛离她很远很远。她转过身来，眼里涌出了泪。

又到上班的时候了，小田把班永顺叫到了车间办公室。

小田让班永顺坐下，又给他倒上水，说："班师傅，你坐下。"

班永顺说："我不坐。你说吧。"

小田说："你坐下嘛，站着像什么样子？"

班永顺说："我不坐，我不是领导，我不配坐。你说吧，我有啥错。"

老班硬是不坐，小田也不好意思坐，就站着说："班师傅，你是老同志了。对你，车间里是有考虑的。优化组合确实是厂里定的，希望你能顾全大局。有什么意见，你可以提出来，不要让家属闹，闹并不是解决问题的办法。"

班永顺只说："我有啥错，你说说我有啥错。"

小田说："现在是改革年代，不是错不错的问题。我从来也没有说过你错。但有一点我可以给你说明，相比较而言，你的文化程度偏低，这总是事实吧？"

班永顺口拙，好半天才说："我，我，我，也不是现在才低……"

小田说："这样吧，车间里经过反复考虑，决定让你做勤杂工，工资待遇都不变，这可以了吧？怎么样，你考虑考虑吧。"

班永顺说："勤杂？咱车间哪儿有勤杂？"

小田说："过去没有，现在有了。以后的工件不能再乱摆乱放，一律由勤杂工统一运送。"

班永顺说："我是磨工，开磨床的。干得好好的，让我干勤杂？"

小田说："你可要慎重考虑，这可是最后一次机会。你如果不干，只好待岗了。"

班永顺低头不语。

小田说："你自己考虑吧。给你三天考虑时间。"

班永顺从车间办公室里走出来，嘴里嘟哝着回到车间里。他想了想，就又来到了周世中的车床前，说："世中，你看看，净欺负人。"

周世中问："小田怎么说？"

班永顺说："说我文化低，非让我干勤杂。你说……"

周世中想了想说："这个事，你再考虑考虑，主意还得你自己拿。"

看周世中正忙着，班永顺转着转着，又转到了梁全山的车床前。他对梁全山说："你看看，真欺负人哪，非让我干勤杂。"

梁全山说："他说让你干，你就干了？你不会不干？"

班永顺说："那他不是主任嘛……"

梁全山说："主任咋了？主任也得讲理。你跟他讲理嘛，不行，你找厂里……"

班永顺说："我找厂里？我去找厂里？"

梁全山说："看看，你又不敢去了？"

班永顺想了想，手捧着头又蹲下了。

下班了，工人们全都走了，可班永顺还在那儿蹲着，就是不走，谁说也不动。

傍晚，当王大兰找到厂里来的时候，见车间里空空荡荡的，一个人也没有。她找来找去，却发现老班在那台外圆磨床前蹲着，一边流泪，一边在擦磨床。（他已经把那台磨床通体擦了一遍，看上去非常干净，他却是满手的油污。）

王大兰走上前去用指头捣着他的额头说："你呀，你呀，真没出息！"

班永顺也不说话，还是擦。

王大兰问："他咋说的？你连家都不回了？"

班永顺说："说让我干勤杂……"

王大兰说："不干！净欺负人！他说干啥就干啥？我回头找厂长去。总有个说理的地方！"说着，一把把班永顺拽起来，硬把他拉走了。

傍晚，黄秋霞六神无主地在路上走着。

这时，一辆小轿车停在了她的身旁。林凡从车上走下来，来到她的身边，叫道："霞。"

黄秋霞看见他，眼里的泪无声地流了下来。

林凡关切地问："怎么了？想我了？"说着，就去拉她。

黄秋霞一甩胳膊，说："你别理我，骗子！"

林凡看了看周围，小声说："霞，有话到车里说吧。"说着，硬拉着把她拽到车里去了。关上车门后，黄秋霞忍不住说："你骗我，你有女人！你……"

林凡不动声色地说："我说过我没有女人吗？"

黄秋霞说："你骗我，你说你离婚了。"

林凡说："我是想离婚，一直都想离婚。霞，你是知道我的。从当知青那会儿，我就喜欢你。多少年了，你一直在我心里装着……我怎么会骗你呢？我要离，她不离，还以死来威胁我。她兜里装着一瓶农药……你说，我有啥办法？"

黄秋霞的气稍稍消了一些，又说："不管怎么说，你也不该骗我。"

林凡说："我是不该，我也没想骗你。原来已经说好了，我给她十万就离，可她突然又变卦了……"

黄秋霞沉默了一会儿，说："那，你到底打算怎么办？"

林凡说："离呀，我是一定要离的。霞，我新房都布置好了。你要不信，咱现在就去，你一看就知道了……"说着，林凡发动汽车，朝前方驶去。

此时，黄秋霞不再说什么了，只是心里乱糟糟的，她不知道究竟该不该相信他。她从前边的车镜里望着林凡，想看出点什么来，可她从那张脸上什么也没看出来。

车到了一栋豪华的公寓楼前。林凡下了车，又殷勤地为黄秋霞开了车门，指了指楼上说："你看，就在上边。"

两人走上楼来，在三楼的一个门前停下（这正是林晓玉住过的那套房子）。林凡开了门，领着黄秋霞走了进去。而后，他手一挥说："看看吧，这就是咱们的新房。"

黄秋霞四下看着，见屋子里布置得十分奢华，各样的电器全是高档的，一切的一切应有尽有。

林凡说："你看到我的真心了吧？"

黄秋霞嗔道："谁知道你是真是假？"

林凡不失时机地抓住了黄秋霞的手，说："你摸摸……"说着，顺势把她搂在了怀里。

天黑了。

在电器厂家属院里，在一栋楼房的楼梯口上，坐着一个背书包的孩子。他就是小虎，他在等妈妈。

街灯一盏一盏亮了，妈妈仍然没有回来。

马路上，周世中和李素云并肩推车走着。

李素云说："小田也真有点不像话，一上来，就这么对待人家老班。车间里有不少议论，你是小田的师傅，该说说他。"

周世中感慨地说："人都在变哪。"

李素云说："再变也是人哪，怎么这样！"

周世中说："我真想揍他。"

李素云说："你别，说说就行了。不过，他这样弄，奖金兴许能涨上去。"

周世中说："钱，钱都快把人逼疯了！"

两人走了一会儿，李素云试探着问："秋霞又找你了？"

周世中"噢"了一声，没有再说什么。

李素云又问："她是不是想……和好？"

周世中又沉默了一会儿，才说："她要结婚了。"

李素云忙问："这么快。跟谁？"

周世中淡淡地说："那个姓林的。"

李素云说："他，很有钱？"

周世中说："大概是吧。"

李素云暗暗松了一口气。

周世中说："你猜她想干什么？"

李素云说："干什么？"

周世中说："她又不想要孩子了。"

李素云吃了一惊："怎么，她连孩子都不要了？女人哪有不要孩子的？"

周世中说："她只说让我替她照看一段，说是怕孩子……"

李素云气愤地说："胡说！她是怕孩子拖累她影响她，这人！"

周世中摇摇头，没有说话。

过了一会儿，他说："女人哪……"

李素云看了他一眼，说："你别一锅端，女人也不全是见钱眼开。"

这时，从远处跑出一个小人来。

周世中抬头一看，竟是小虎，忙说："小虎，你怎么在这儿？"

小虎哭起来了。

周世中问："你妈呢？"

小虎哭着说："不知上哪儿去了。我等了老半天，她也不回来。"

周世中说："那，你吃饭了吗？"

小虎说："我都快饿死了！"

李素云说："走，跟阿姨去吃。"说着，拉上小虎朝着一个小饭馆走去。

周世中迟疑了一下，也跟上去了。

当晚，王大兰气呼呼地找厂长来了。

她一头闯进厂长办公室，推门就说："谁是厂长？我找厂长。"

厂长看了她一眼："你是……"

王大兰自报家门："我是卖胡辣汤的，是厂里职工的家属。"

厂长笑了，说："噢，噢。班大嫂，坐，坐。"

王大兰坐下来，紧接着就说："厂长，我来，是想请你给评评理。我也知道厂长忙，争一差二的，也不来打扰你，这事是太欺负人了！"

厂长说："啥事儿？你说吧，不要慌，慢慢说。"

王大兰用手捶了一下腿，张嘴就想放声哭，可嘴张开了，突然又觉得场合不对，忙又闭上，停了一会儿，才流着泪说："老班这人你知道，老实，老实得不透气。全厂没有比他再老实的人了。上班来得早，走得晚。你说俺犯啥错了？这姓田的一上任，偏偏就把他裁了！你说说，这合理不合理？"

厂长说："改革嘛，各车间都在搞优化组合，这个事我知道。至于班永顺的事，我还没听说。不会就他一个人吧？"

王大兰说："别的我不知道，就老班太亏。这又不犯啥错误，凭啥呢？"

厂长说："这个事嘛，你最好让班永顺到车间里问一问。不一定有错误，可总会有些原因吧？"

王大兰说："早问过了，啥原因也没有。要说原因，那是他姓田的报复俺！选举时，老班没投他的票，他报复人哩！"

厂长说："不会吧？大嫂，你不要急。这个事儿，我可以过问一下。不过，我想还是再找一找车间，让车间里给解决一下。具体事情，还是得车间来解决。现在各车间都搞单独核算。人权下放了，由车间来通盘考虑，这关系到车间工人的利益，厂里也不好直接插手。"

王大兰说："这么说，厂长，你就不管了？"

厂长说："管，这事我一定过问一下，好不好？"又说："不是不管，如果车间解决不了，厂里再管……"

王大兰忽地站起来，说："我算明白了，都是官官相护！"说着，擦了擦眼，又说："这人老实了，到哪儿都受欺负！"

说着，猛地站起身，"咚咚"地走出去了。

在10号职工家属楼的楼梯口上，小田像贼一样，猫着身，往上走两步，探头看看，退下来了；而后再走两步，犹犹豫豫地，又退下来了。

这时，周世慧从楼上走下来，她手里拿着给人织好的毛衣。看见小田这样，她忍不住扑哧笑了，说："你怎么跟小偷一样，躲躲藏藏的？"

小田慢慢站直身子，苦笑了一下，说："动了一个老班，惹住马蜂窝了！王大兰把我的炉子都掀了，家也回不去了。"

周世慧讽刺说："你那么大的本事，还怕一个老班？"

小田说："不是怕。他老婆胡搅蛮缠，死不论理，我懒得跟她打嘴官司。不光老班，你哥还把我骂了一顿呢！"

周世慧说："不亏。班师傅那么老实，你动他干什么？"

小田说："你以为我自己投自己一票，就能当主任了？我是许下愿的，三个月工资、奖金翻一番。不改革工艺、工时，不搞计件，我凭啥翻一番？"

周世慧说："那跟人家老班有啥关系？"

小田说："当然有关系了。磨床是精密机床，费用大，以前开三班，可床上的活儿并不多，算起来成本太高。再说，老班文化程度低，开起来出了毛病他又不会修，这又增加了费用。一个磨床三个人，两个是技校毕业生，学的就是车工。三个用两个，你说我不动他我动谁？"

周世慧说："你不会好好说？"

小田说："根本说不动。"

周世慧说："也不差这一个人，干脆让他干算了。人是老实人，好人，又一个屋住着，抬头不见低头见的……"

小田说："那不行。除非我不干车间主任，决不能再退回去！"

周世慧说："那你站这儿干啥？"

小田说："我去厂里住，想拿件衣服。"

周世慧说："怕见王大兰，是不是？"说着，她看看小田，不由得有点同情他，就说："把钥匙给我，我去给你拿。"

小田迟疑了一下，把钥匙掏出来了。

这时，黄秋霞气喘吁吁地跑来了。她一见周世慧，忙问："世慧，见小虎了吗？"

周世慧冷冷地说："没有！"

黄秋霞焦急地说："我晚回去了一会儿，小虎不见了。是不是跑他奶奶这里了？"

周世慧没好气地说："不知道！"说着，气呼呼地上楼去了。

黄秋霞十分尴尬地站在那儿，想上去，又怕碰上余秀英。

小田说："兴许在呢。"可他也不敢上去。

夜里，王大兰躺在床上，扭身一看，班永顺还在床头蹲着呢。

班永顺在吸闷烟，一个小火球在他脸前一亮一亮的，照着一脸愁容。

王大兰披衣起来，说："睡吧，你怎么还不睡呢？车到山前必有路。明儿再说。"

班永顺不说话，只是一个劲地吸烟。

王大兰伸手拉拉他，说："睡吧，你愁啥？就是真不让咱干了，咱再想办法嘛。好歹有个胡辣汤摊儿，也饿不死咱。"

班永顺说："孩儿他妈，不是别的，干了半辈子了，老丢人哪！"说着，又捂着脸哭了。

王大兰安慰他说："世中不也说了，有人会替你说话的。他欺负咱，大伙都看着呢。睡吧，睡吧。厂长说了，他一定管。"王大兰劝着、说着，硬把他拉到了床上。

班永顺在床上躺着，还是一个劲地唉声叹气。

王大兰一掀被子，说："明儿，我还得去找他！"

黄秋霞悄悄地来到李素云的门前，轻声叫道："素云，素云。"

李素云在屋里应道："谁呀？"

黄秋霞说："素云，是我，我是秋霞。"

李素云把门开了，不冷不热地说："有事吗？你进来吧。"

黄秋霞没有进，只是说："素云，你能不能给我叫一下世中。我……"

李素云说："这么晚了……"

黄秋霞恳求说："我有点急事。"

李素云看了看她，还是去了。

片刻，李素云走了回来，身后跟着周世中。

黄秋霞看见周世中，忙焦急地问："世中，小虎他……"

周世中两眼冒火地盯着她，冷冷地吐出了一个字："滚！"说完，扭身就走。

李素云看了看黄秋霞，说："你回去吧。小虎已经睡下了。"

黄秋霞双手捂着脸，哭着跑下楼去。

早晨，正是工人们上班的时候。在柴油机厂的大门口，王大兰一手拿着一只脸盆，一手拿着一个捣蒜用的小木槌，走着敲着，一边敲一边还吆喝道："柴油机厂，二车间，姓田的欺负老实人！不得好死！他报复人，打击人！选举时没投他的票，他就打击报复！大家都来评评理，看班永顺是不是老实人。早上班，晚下班，二十多年了凭啥裁他？"

厂门口，上班的工人们熙熙攘攘的，人们一下子把王大兰围住了。

有的在看热闹，有的在劝解。

有的说："算了，算了，嫂子，回去吧。"

有的起哄说："对，吆喝他。"

有的说："上车间去敲……"

王大兰果真一边敲盆，一边向厂里走去。她一边走，一边吆喝："柴油机厂，姓田的，欺负人……"

这时，周世中穿过人群，走上去，拉住她说："嫂子，你这是干啥哪？也不怕人笑话？"

王大兰一见周世中，哭着说："世中，老班哭了一夜。你说这日子咋过？"

周世中劝道："嫂子，回去吧。你这样，叫人看了，影响多不好。你回去吧，老班的事，我去说说。"

王大兰说："我也不要脸了，我要脸干啥？你可得替老班说说话呀！"

看大门的白占元也走过来劝道："大兰回去吧。有啥事说说，别这样。"

王大兰说："白师傅，你是不知道。那姓田的一当上主任，可下黑手了……"

白占元说："来来，消消气，上传达室说。"说着，和周世中一起，把她拉到传达室去了。

远远地，小田默默地在车间门口站着。

十一

傍晚，班永顺和王大兰一块儿从"多家灶"里走出来。两人都换上了体面的衣服。老班穿的是一身新西装，脖子上还系着一根绳子样的领带，显得人硬硬的，就像是衣服把人吃了一样。王大兰的手里还提着一个提包，里边鼓囊囊的，装着东西。走出屋门，站在楼道里，王大兰还学着人家的话，故意大声说："哼，此处不养爷，自有养爷处！"

班永顺却小声说："别说了，你别说了。"

王大兰说："说说怎么了？说都不能说了？我偏要说！太欺负人！我看那也不是谁的祖父事业，他能当一辈子主任？"

班永顺拉拉她，说："走吧，走吧。放那炮干啥？"

王大兰说："你别管，我就是让他听的。"

两人下了楼，来到街口的时候，班永顺又犹豫了，嘟嘟哝哝地说："算了吧，别去了。勤杂就勤杂，都是干活……"

王大兰眼一瞪，说："你咋恁胆小哩？人都欺负到这份儿上了，你还不敢吭一声？是泡牛屎也发发热，说啥也不能在那儿干了！磨床开得好好的，叫你去干杂务，你能咽下这口气？咱又不是去托别人，去见见我表姐夫，你怕啥哩？走，我表姐夫是科长，让他给你安排个好工作。"说着硬拽着老班向前走去。

班永顺一边走，一边嘟哝说："我又不会送礼，也不知道咋给人家说……"

王大兰说："你不会我会，你跟着就行。"

在绿苑小区那栋豪华的公寓楼里，林凡和黄秋霞在床边上坐着。林凡搂着黄秋霞，亲昵地拍拍她说："我该走了，晚上还有个会。"

黄秋霞埋怨说："一星期了，就来这么一会儿。你……"

林凡说："对不起，这一段实在太忙了。一星期飞广州了两次，有桩大生意正在搞，这桩生意要是弄好了，咱们就可以……"

黄秋霞说："你还要叫我等到啥时候？"

林凡说："霞，我决不会亏待你。等生意做好了，咱们就结婚。到时候，我一定让你风光风光，把你的朋友都请来……"说着，他腰里的 BP 机"嘀嘀，嘀嘀"响了，他拿出来看了一下，站起身，又拍拍她："好了，我得走了。"

临走前，林凡站在穿衣镜前又正了正领带，这才走出门去。

黄秋霞跟出来，倚在门旁，依依不舍地说："夜里……？"

林凡回过头来，说："夜里我就不回来了，酒店那边还有些事情要处理。"

林凡刚到楼下，黄秋霞也悄悄地追了上来。当林凡走出楼门时，黄秋霞躲在楼道的隐蔽处，偷偷地盯着他看。

林凡走向楼前停着的桑塔纳轿车，开了车门，坐进去，打开包里的手提电话，"啪啪啪"按了几个键，而后，他简洁地说："老地方见。"说完，他关了手机，开车走了。

片刻，黄秋霞匆匆地从楼口跑出来，急急来到街口，刚好有一辆"面的"迎面开来，她拦住车，跳了上去，说："跟上前面那辆车。"

就这样，桑塔纳在前边开着，"面的"跟在后边。眼前是灯红酒绿的夜市。

来给人送礼的王大兰，站在环卫局家属院的一个楼门前，一遍又一遍地敲门。

站在她身后的班永顺小声说："没人，咱走吧。"

王大兰说："有人，屋里有灯。"

这时，门终于开了。隔着防盗门，一位面相很严肃的男人站在门口，冷冷地问："找谁?"

王大兰忙说："表姐夫，不认识了? 我是大兰。这是俺那口子……表姐不在家?"

表姐夫"噢噢"了两声，这才把门打开，很不情愿地说："那，进来吧。"

这时，表姐也从里边迎了出来，说："是大兰哪，我还以为是谁呢。你不知道，现在找你姐夫的人特多，我一般都不开门。快进来，快进来吧。"

班永顺跟着王大兰走进屋来，唯唯诺诺地打招呼说："嘿嘿，在家呢?"

表姐夫也"嗯嗯"了两声。

而后，两人在沙发上坐下来，无话。王大兰赶忙拉开提包的拉链，说："来了，也没啥拿。"说着，先从提包里拎出两条烟，接着又拿出两瓶酒。

表姐马上说："大兰，你这是干啥哪? 又不是外人，还拿东西? 你这不是让你表姐夫犯错误吗?"

表姐夫也摇着头，沉着脸说："不像话，不像话。快收起来。"

王大兰说："犯啥错误? 自家亲戚走动走动，能犯啥错误?"

表姐笑着说："那好，那好，以后可不能这样了。你不知道，你表姐夫当个科长，脾气倔，一般人送东西，一律不收，门都不让进。"

王大兰说："这又不是外人，亲戚们。再说，也没拿啥呀。"

到了这会儿，表姐才站起身来，给他们拿出两罐饮料，一边说："喝吧。"一边又问："有啥事？"

王大兰从兜里掏出手绢，哭着说："姐，真欺负人哪……"

表姐马上说："别哭，别哭。有话你说……"

在一家豪华宾馆的卡拉 OK 厅里，林凡匆匆来到了 8 号桌前。

在 8 号桌前坐着一位俏丽的姑娘，两人一见面便亲昵地坐在了一起，又说又笑的。

林凡说："想我了吧？"

那姑娘嗔道："去去，一边去。"

这时，在厅外的玻璃门上，慢慢贴上一张女人的脸。这人正是黄秋霞。她趴在门上，正往里边望呢。

坐在 8 号桌旁的林凡用眼睛的余光发现了黄秋霞。于是，他不动声色地对那姑娘说："走，到楼上去吧，我有件礼物要送给你。"说着，牵上她的手，站起身来，从侧门上楼去了。

黄秋霞推开玻璃门走了进来，她四下看看，却没有找到她要找的人。

在表姐夫的家里，王大兰哭着把要说的话说完了。接下来屋子里一片沉默。表姐夫沉着脸不说话，表姐也不说话。

停了一会儿，表姐看了看丈夫，试探着说："要说这事，就是怪气人……"

王大兰恳求说："要是有一点办法，也不来麻烦表姐。"

表姐夫皱了皱眉头，说："改革嘛。这个事，不大好办哪。不过……"

表姐一听，马上说："妹子找来了，再难你也得想想办法。"

表姐夫说："调动嘛，一时半会儿，怕不行。要是临时先干着，倒可以想想办法。"

表姐说："先临时干着，将来再让你表姐夫给你想办法。"

王大兰看看老班，忙说："行啊，行啊。那，谢谢表姐夫了。"

表姐夫说："这事还得商量，也不是我一个人说了算的。这样吧，我先给下边打个招呼。明天你来吧，来了再说。"

王大兰忙捅捅老班，见老班不知该说什么，忙又说："谢谢表姐夫，谢谢表姐。人到难处了，只有找亲人了。你看看这人，也不会说个话……"

夜里，黄秋霞独自一人在沙发上躺着。她的一双高跟皮鞋，一只丢在门口处，一只在茶几旁扔着。她奔波了半夜，到了也没找到林凡的下落。

突然，她的身子动了一下，好似听见门口有开锁的声音。她慢慢坐起身来，疑惑地朝门口望去，只见林凡推门走了进来。

她疑惑着问："你不是说……"

谁知，没等她把话说完，林凡却扑过来，一把揪住她的头发，一下子连拉带拽地把她拖到屋里的床上，恶狠狠地说："你他妈的敢跟踪我?"说着，照她的脸上狠狠地扇了一耳光。

这一巴掌把黄秋霞打愣了，她没想到林凡会打她。在她眼里，林凡突然成了另外一个人。她手捂着脸，眼里的泪水慢慢慢慢流了下来。好久好久，她才哭着说："为了你，我工作都不要了，孩子也不要了，家也不要了，你……"

林凡余怒未消，恶狠狠地说："你后悔了? 你后悔了是不是? 你可以走啊，你现在就走! 走!"

黄秋霞又一愣，她睁大眼睛，呆呆地望着他："你把我当成什么人了? 说让来就来，说让走就走?"

林凡气冲冲地说："你说你是什么人? 你以为你是什么人?"

　　黄秋霞摇晃着站起身来，只穿着丝袜，一声不响地朝门口走去。

　　当黄秋霞走到门口的时候，林凡又追了上来，从身后抱住她说："霞，原谅我吧。今天生意谈得不顺，我是昏了头了……"

　　黄秋霞满脸是泪，木呆呆地立着。

　　第二天，在"多家灶"的厨房里，王大兰一边做饭，一边对崔玉娟炫耀说："给你说，老班联系好地方了，好几个单位争着要他呢……"

　　崔玉娟一边切菜，一边说："哟，这下可好了！那可得挑个好单位，班师傅怕是要挣大钱了！"

　　王大兰说："人家说了，一月最少五六百，另外还有奖金。"

　　崔玉娟说："这么说，可比在厂里强多了。"

　　王大兰"哼"了一声，说："出出门都比这厂强！他想把人逼到绝路上，想瞎他的眼！"说着，朝小田的炉子上吐了口唾沫。

　　崔玉娟有同感地说："就是，人都是逼出来的。我那仨月，过的啥日子呀？要不是非要裁我，我也不会跑到外边当推销员。现在，叫我回来还不回呢！"

　　王大兰用勺子敲着锅沿，说："对，就是，就是。他想着老班就没办法了？离了他那一亩三分地就不吃饭了？秦桧还有仨相好呢！实话说，我表姐夫是局长。他说，来吧！"

　　崔玉娟问："那班师傅是往局里调了？"

　　王大兰说："可不。还有好几个地方也争着要他。"

　　崔玉娟又问："哪个局呀？"

　　王大兰一时支吾起来，她支支吾吾地说："那个，就是那个那个……你看我这记性。说，说是先去局里，谁知道咋安排呢。反正比这儿强！这工人有啥当的？"

正说着话，穿西装的班永顺回来了。他一进门，王大兰忙问："回来了？"

班永顺看上去情绪并不高，只"嗯"了一声。

崔玉娟也忙招呼说："班师傅回来了，真是要坐机关了呀，穿得跟机关大干部一模一样……"

王大兰看老班的神色不对劲，忙说："去吧，去吧，回屋歇吧。"

班永顺勾着头一声不响地进屋去了。

片刻，王大兰端着做好的饭走进屋来。一进门，她把锅放下，先把门关上，而后悄声问："见着姐夫了吗？"

班永顺先叹了口气，说："见是见着了。先是让我在传达室等，等了俩多钟头，净看报纸了。快下班的时候，才算见着人。说是叫我下午去西区的卫生管理处……"

王大兰又问："叫你去干啥，说了没有？"

班永顺说："没说。只说给下边打过招呼了，人家还不大愿意接收，好不容易才做通工作，让我先去干着。"

王大兰说："人家说的也是实情。下午先去看看，咱回头再送送礼。"

班永顺说："说是亲戚，架子大着呢！他坐着，我站着，还一口一个'哦，哦哦'……"

王大兰说："你快别说这话了，人家不是当着科长吗？"

班永顺又为难地说："隔行如隔山，也不知道让我去干啥。"

王大兰说："干啥？那干部都干啥了？不就是看看报纸嘛。"

班永顺说："要是成天让我坐着，我可不习惯。"

王大兰说："贱！不习惯也得习惯！"

中午，黄秋霞独自一人在那栋豪华公寓里喝闷酒。

她穿着睡衣，半躺半靠地蜷在沙发上，面前的茶几上放着几个盛着小菜的盘子，沙发上还摊着摆成一排一排的扑克牌，她正在用扑克牌给自己算命。她摆一会儿牌，拿起酒杯喝上一杯酒，而后再摆……

最后，她把所有的牌全都收起来，攥在手里，愣愣地坐着。停了一会儿，她又开始撒牌了。她把手里的牌一张一张地撒出去，纸牌"嗖嗖"地在地毯上飞舞着，很快，她面前的地毯上散落着一张张雪花样的纸牌。

等到手里的五十四张纸牌全部撒完，她又开始一杯一杯喝酒。她一边喝酒一边指着面前散落的纸牌说："……你是什么？你是个梅花。……你是什么？你是个方块。……你，你是个黑桃。我就知道你是个黑桃！红桃呢？……红桃在哪儿？红桃！你是个红桃。净黑桃，一片黑桃！……你，你是什么？你是个Q。你算什么？情人。你是谁的情人？谁又是你的情人？情在哪里？……啥情人？别说得那么好听。你是个……是个姘头，你只不过是人家的一个姘头！一个小姘头！"

下午，班永顺又穿着那身挺括的西装出门了。

在楼道里，他迎面碰上了周世中。一见周世中，不知怎的，他赶忙把头低了下去，像是羞于见人似的。

周世中叫住他说："老班，出去呢？"

班永顺慌乱地"嗯嗯"了两声。

周世中说："听说你在联系调动？"

班永顺又"嗯嗯"了两声，像是不知道说什么才好。

周世中说："干了这么多年了，你真想走哇？"

班永顺张了张嘴，叫道："世中……"往下又没话了。

周世中看他很难为情的样子，就扭过头去，说："要是不想走，就别走。"

班永顺驴唇不对马嘴地说："……行啊，都行啊……"说着，像贼一样地匆匆下楼去了。

在那套豪华的公寓里，黄秋霞正滚在地毯上打电话。她已经喝得酩酊大醉，嘴里的话断断续续、呜呜咽咽的，有点含混不清。

她趴在地毯上，对着话筒说："……二厂吗？我要二厂啊，棉纺二厂。二车间，我要芳姐，冯春芳。对，对，车间主任……你是冯春芳吗？你是不是芳姐？芳姐，芳姐呀，我想上班。我就想上班。白班，前夜，后夜，都行啊。我能，我能……芳姐，让我上班吧！我一定好好干，看多少都行，三十台、五十台都行……不拿工资也行，我可以先不要工资，我就想上班……芳姐，芳姐呀，厂里不管我了吗？再怎么我也是厂里的工人哪！十五年工龄了，你们就不管我了吗？我给你们学狗叫行不行？我可以给你们学个狗叫，（这时，她趴在地毯上，转着圈儿，对着话筒学狗叫）'汪汪，汪汪汪，汪！汪汪汪汪……'芳姐，你听见了吧？我已经学狗叫了。你让我去上班吧……"

接着，她在地毯上打了个滚儿，又对着话筒说："秀，是秀吗？咱那几台车没出毛病吧？断头多不多？你还喊我师傅呢，我已经不是师傅了，我算什么师傅？现在没人要我这个师傅了……小雪，小雪在不在？中午带的又是米吧？我知道你好吃米，你老头（丈夫）老是给你装米，对不对？什么？你说什么？机器声太大，我听不见……噢，噢噢。是小米呀。米桂香哇。上中班了吧？你老头会来接你是不是？天天接，天天送，是不是？怀孕了？祝愿你生个大胖小子！姑娘也好啊，人家说，城市里，生姑娘比生小子好，都这么说……陈莉呀，是陈莉吗？听我的话，别离婚。千万别离……再怎么说也是半路夫妻。要是能过，就别离，别为钱离……我呀，我住监狱呢！我自己给自己找了个活监狱，是呀，有吃有穿，就是不能出门。出不得门，出门上哪儿呢？我找谁去呢？都上着班呢。见了面，我说什么？我已经没有脸了，我把脸丢了，我把脸丢在大街上了！没有脸了，我没脸出门……"

晚上，王大兰家里，饭已经摆在桌上了，两个孩子都眼巴巴地在饭桌前坐着。

小振明说："妈，我饿了。"

小水没吭，小水只是看了看妈的脸色，就不吭了。

王大兰没好气地说："再等会儿，你爸一会儿就回来了。等一会儿能饿死你？"说着，走出屋门，来到楼道里，往远处望望，自言自语地说："也该回来了呀。"

王大兰重回到屋里，又看了看两个孩子，说："先吃吧，吃完做作业。"

小水懂事地说："妈，你也吃吧。"

王大兰说："我去看看你爸。"说着，便下楼去了。

王大兰顺着大街一路寻去，越走心里越急，越急就走得越快，走着走着，街灯亮了，可她仍然没有看到老班的影子。

王大兰走过柴油机厂门口的时候，气呼呼地朝地上吐了口唾沫。当她又走过一个路口时，在一个路灯的下边，终于发现了丈夫。只见班永顺在一根电线杆下蹲着呢。

王大兰气冲冲地走过去，上去就拧他的耳朵，说："你是怎么回事？一家人都等着你！"

班永顺抬头看了看王大兰，又慢慢把头勾下了。

王大兰问："怎么？又怎么了？没给安排？不是说得好好的吗？"

班永顺长叹了口气，还是不说。

王大兰说："你说句话呀！"停了片刻，王大兰火上来了，生气地说：

"我去找他！红口白牙说得好好的，礼也收了，还是亲戚，我非去找他不中！"说着，就要走。

班永顺这时才说："你，别去了。安，安排了。"

王大兰一听，说："安排了你不回去？安排了你还在这儿蹲着？"

班永顺说："安排我去看厕所，还是……临时的。"

王大兰一惊，说："啥？叫咱去看厕所？"

班永顺叹口气说："我不是不回去，我是怕碰见熟人……唉，找了一下午，一个个都跟爷似的。见了这个，说，等等。见了那个，说，再商量商量。末了，说让去东大街看厕所，打扫卫生带收费。"

王大兰也叹了口气，说："那你……不想去？"

班永顺手指头在地上画来画去，什么也不说。

王大兰也蹲下来，看着老班的脸说："唉，指望谁也不行。那咋办呢？"说着，她给老班拍了拍袖子上的土，又安慰说："这已经说出去了，就先干着吧，啊？回头，咱再想办法。你说呢？"

班永顺勾头，喃喃说："咋见人呢？"

王大兰说："老班，话已经说出去了，咱无论如何先干几天，哪怕干两天呢！"

班永顺连连叹气说："咋走到这一步呢？"

王大兰一把把他拽起来，说："回家吧，咱回家。回家再说。"

醉醺醺的黄秋霞，抱着一部电话机子，身子已在地毯上滚出很远，后边拖着一根长长的电话线，电话线拉过茶几，把茶几上的杯子挂掉了，她也不知道，仍是抱着电话机在打。

她拨号的时候，电话机里传出："你所呼叫的号码并不存在……"

黄秋霞却对着电话机说："……喂，小虎，是小虎吗？你听出来妈妈的声音了吗？妈妈想你呀！你学习还好吗？夜里睡觉还滚被子吗？我知道你喜欢吃冰激凌，你给妈妈说，你想吃哪一种？是不是'大王'？你不是爱吃'大王'吗？……小虎，你怎么不说话？你不想跟妈妈说话，是不是？你恨妈妈，我知道你恨妈妈。妈妈对不起你，妈妈不该去深圳，不该把你一个人撇在家里……姥姥，你的姥姥……你吓坏了，是不是？你说话呀，孩子！你想要妈妈怎么样？你说呀！你不要妈妈了？都不要妈妈了！孩子，我的孩子，你真的不要妈妈了？"

电话里仍然传出："你所呼叫的号码并不存在……并不存在……并不存在……"

柴油机厂的车间里，机床轰轰地响着，发出强大的共鸣！到处是一片灯火，一片忙碌。

周世中正站在机床前车一个精度要求很高的工件，他先后使用三个量表在量工件的内径、外径、长度。

这时，李素云匆匆走过来，站在他的身后，说："世中，你的电话，是秋霞打来的。"

周世中头也没回，说："不接。"

李素云说："秋霞说，她想跟你谈谈小虎的事。"

周世中仍说："我没空。"

李素云站在那儿，劝说："世中，你还是接一下吧，她哭了。"

周世中不吭，仍在量工件。

李素云说："她还说，让你下班去一趟。"

周世中说："我不去。"

李素云说："世中，你去看看她吧，她像是喝醉了。我担心……"

停了很久，周世中才说："素云，你……你去吧，明天，你去。"

李素云默默地站了一会儿，说："还是你去吧，你去合适。"

周世中扭头看了她一眼，没有吭声。

李素云又问："你真不接？"

周世中说："不接。"

李素云看了看他，扭头走了。

夜里，孩子们都睡着了。班永顺两口子仍在灯下坐着，愁眉苦脸的。老班一口一口地吸烟，也不说话。

王大兰正在劝他。王大兰说："他爸，我知道你心里不好受。我心里也不好受……"

班永顺又接上一支烟，把烟接得长长的，脸抽搐得像个没长好的苦茄子，一句话也不说。

王大兰说："他爸，你是不是想回厂里？我知道你是想回厂里，可咱走到这一步了，说啥也不能让人看笑话，咱得撑住，说啥你也得撑下去呀！"

班永顺埋怨说："净是你，一会儿让找这个，一会儿让找那个，钱也没少花……唉！"

王大兰说："求人的事，你说……唉，他爸，你也别难受了。要不行，就跟我一块儿去卖胡辣汤，没有过不去的路……"

班永顺说："一家人都蹲到街口上卖胡辣汤？你……"

王大兰又改口说："要不，我再去找找徐厂长？人家还是副厂长，上回事没给咱办，也不全怪人家。这回咱再给他送送礼，托托他？"

班永顺说："不去。谁也别找。"

王大兰说："那你……"

班永顺说："没成色人，看厕所就看厕所吧。"

早上，班永顺又穿着那身挺括的西装出门去了。

正在刷牙的崔玉娟看见老班出门了，急忙拿着牙刷、带着一嘴白沫儿跑回屋去，对正在穿衣的梁全山说："哎哎，老班找到工作了！说是一月五六百呢！"

梁全山说："胡说。调动就那么容易？我不相信。"

崔玉娟说："人家都上班了，你还不信？大兰说，她姐夫是局长，局长亲自给安排的，还有假？"

梁全山说："那我也不信。"

崔玉娟说："不信，你出去看看？刚走，穿得很挺括。"

梁全山说："今儿个歇班，待会儿我去侦察侦察，一侦察就侦察出来了。"

崔玉娟说："你看你，管人家的事干啥？我也只不过是说说。"

梁全山不以为然地说："这有啥。一个车间的，要是他安排好了，这就放心了。前天，世中还说老班的事呢。"

崔玉娟说："成天操人家的心，还是操操你自己的心吧。"

梁全山白了她一眼，说："这俩月比我多拿了几个钱，说话气儿都变了。你别管我的事！"

崔玉娟说："好，好，不管，我不管！可有一样，你也别管我。"

这天下午，梁全山骑着一辆自行车，车上带着女儿小芬，来到了东大街。东大街有个"古董市"，街上有很多卖古玩和工艺品的小摊儿。梁全山买不起古玩，可他喜欢看。另外，他还喜欢收藏那些奇形怪状的石头，家里有一些（都是他在郊外的沙滩里捡的），也想遇着机会看看价钱，所以一有空，他就跑来转转。走着，走着，梁全山突然想小解，就在路边停住车子，对女儿说："小芬，你看着车。"说着，就朝二十米外的一个厕所走去。

走了一半，他忽然又站住了。他看见班永顺了。老班正在厕所门前的一张小桌后边坐着，身上的西装也换下来了，穿的是印有"环卫"字样的工作服。

梁全山怕老班见了他难堪，迟疑了片刻，一时又觉得尿憋得难受，就顾不上那么多了，只管往厕所走去。

班永顺远远地看梁全山走过来，脸一下子红了，他想躲，却已经来不及了。他赶忙低下头去，身子趴在桌上，两只胳膊掩住脸，装出打瞌睡的样子。

梁全山走到厕所门口，本想跟他打声招呼，见班永顺把脸捂得严严实实的，就径直走进去了。

过了一会儿，当他走出来时，只见老班仍在桌上趴着，就摇摇头，赶快走了。

梁全山刚走没几步，就听见身后一声呵斥！他扭头一看，见一个人神气活现地从旁边的垃圾站里走出来，拍着老班趴的桌子说："喂，喂！……干什么你？你为啥不收费？你说你为啥不收他的费？不想干滚蛋！"

班永顺慢慢从桌上抬起头，红着脸结结巴巴地说："你你你，你怎么这样说话？"

那人却点着老班的鼻子说："哟，还想听好听的？想听好听的别来这儿！你的工资哪儿来的？你知道不知道你的工资从哪儿来的？就他妈从他们的尿里来的！你为啥不收费？"

班永顺很狼狈地望着那人，一时不知说什么才好，只说："你，你，你……"

那人拍着桌子吼道："告诉你，这个街区十几个厕所全是老子承包的！不想干了言一声，有的是人！要不是科长说了话，你能来吗？来了还不好好干……"

班永顺猛地站了起来，哆嗦着嘴唇说："我，不干了！"

那人又用手点着班永顺的鼻子说："这话可是你说的啊？不干滚蛋！有的是人。"

班永顺气得眼里噙着泪，他站起身，晕头涨脑地朝旁边的垃圾站走去，他想去取衣服，可一慌神儿，一下子又把桌子碰倒了。

那承包人更火了，跳起来说："操！你他妈的给我扶起来！你给我扶起来！"

班永顺一声不吭地低下身去，把桌子扶了起来。

周围围了不少人在看。

梁全山目睹这一切，心里很难受，想上去帮老班，可又怕老班更难堪。他叹了口气，快步走回车前，对女儿说："快走，快走。"

女儿小芬说："那个人是不是班伯伯？他……"

梁全山说："别看，你别看。"说着，骑上车赶快走了。

周世中站在这座豪华的公寓楼前，默默地朝楼上望了望。来时，他的心情非常复杂。他本是不愿来的，可最终还是来了。

上了楼，站在黄秋霞的门前，他犹豫了一会儿，似乎想走，往楼下走了两步，却又折了回来。他站在那里，又迟疑片刻，"咚咚"地敲了两下门。

门开了，黄秋霞站在门前，她已经重新梳洗过了，竟也看不出酒醉过的样子。她乜斜着眼说："你怎么来了？"

周世中冷冷地说："不是你打电话让来的吗？"

黄秋霞故意用很冷淡的语气说："是吗？哦，我忘了。"说着，她推开了防盗门。

周世中并没有走进去，他站在门口，问："有什么话，你说吧。"

　　黄秋霞用揶揄的口气说："怎么，怕我吃了你？"说着，把防盗门拉大，扭身走回去了。

　　周世中无声地在门口站了一会儿，很勉强地走了进去。

　　黄秋霞看了看他，说："喝茶还是喝咖啡？"

　　周世中说："什么也不喝。有话你说！"

　　黄秋霞说："嫌脏，是不是？"说着，还是走进里边，把一杯调好的咖啡端了出来，放在了周世中的面前。

　　周世中看了看她，站起身说："你要没事，我就走了。"

　　黄秋霞突然疯狂地叫道："你为什么不让我看孩子？孩子是我生的，你为什么不让我见孩子？"

　　周世中看她这样，仍然冷冷地说："谁不让你见孩子了，是你自己不要孩子了。"

　　黄秋霞在房间里来来回回地走着，手里拿着一支点着了的烟，一边走，一边说："是吗？"走两步，她又说："是吗？是吗？"黄秋霞走着走着，突然又站住了，她望着周世中，说："我妈死了，是你葬的，对不对？你成了好人了，你成了积德行善的大好人！我成了一个坏女人了……"她猛地歇斯底里地喊道："对不对？"

　　周世中看了她一眼，扭身朝门口走去。

　　黄秋霞在他身后高喊："姓周的，你现在满意了吧？我算看透你了，你当初是巴不得我跟你离婚。你早就存这个心了，对不对？你看见了吧？你都看见了吧？你看，我现在过得多好！你看看这屋子里的摆设，什么没有？我要什么有什么！你看哪！我是有吃有穿有房住有钱花，我什么都比你强！比你强！"说着说着，她眼里有了泪，声音也低下来了，喃喃地说："你的心真狠哪，你真狠！"

　　周世中在门口站住了，他转过身来，目光冷冷地望着有点变态的前妻，两只拳头不由得攥了起来。

黄秋霞说："想打我，是不是？来呀，你打呀，你打……"说着，猛地从桌上抓起一瓶酒，拧开盖子，咕咕咚咚地喝起来。

周世中猛地冲过来，一把夺过她手里的酒瓶，用力地摔在了地上！立时，地上一片狼藉。而后，他扬起手，狠狠地朝她脸上扇了一耳光！

黄秋霞一下子摔倒在地上！她就那么在地上躺着流着泪说："你打呀，你打！你打死我算了！我早就不想活了。"

周世中转过身，走出门去，"咚"地一下，把门关上了。

黄秋霞趴在地上，哭喊道："周世中，你别走！有种你别走！"

临上班前，在车间里，梁全山正给工人们讲老班的事。

梁全山绘声绘色地描绘说："……喂，各位，知道现在老班在干啥吗？操啊！说来气死人！在看厕所呢，在东大街看厕所呢。不是看厕所气死人，是那承包人气死人。听我说嘛……我也是冷不防碰上的。那天在东大街，我上厕所，一看，老班在厕所门口坐着。我操！他还怕我认出来，趴在桌上不抬头。我，我也不好意思叫他了，就那么稀里糊涂尿了一泡，老班也没收我的钱……"

众人都哄地笑起来。

有人笑说："尿一泡多少钱？"

有人说："到底是一个厂的，和尚不亲帽儿亲。"

有的惋惜地说："班师傅怎么会去看厕所呢？不会吧？"

梁全山说："怎么不会，我亲眼见的。你听我说嘛，就因为没收我的钱，那个承包人把他骂了一顿，老班气得两眼含泪……我当时真想上去揍他狗日的！又怕老班面子上不好看……"

周世中听了，冷冷地说："别再说了，上班吧。"

这时，小田从车间那边走了过来。他走到周世中跟前，叫道："周师傅。"

周世中没理他，手里提着一双脏手套，转身朝自己的车床前走去。

小田又追过来，站在周世中的身后，他默默地站了一会儿，说："师傅，我没心跟老班过不去……晚上，咱去看看班师傅吧。"

周世中一句话也没说，一按电钮，机床"轰"地一下，高速旋转起来。

傍晚，在班永顺家，王大兰手里举着一个扫帚，两个孩子在她面前跪着。

王大兰用扫帚把儿点着孩子的头，流着泪说："……都给我记着，给我好好记着，小水考了双百，考了双百分也得给我记着，你爸就是个教训！记住你爸的教训，要好好上学，上大学，将来做大事，当大官！千万别学你爸，让人欺负，让人看不起……"

两个孩子都哭起来了。

正说着，老班回来了。他进门一看这阵势，往屋角里一蹲，二话不说，上来就打自己的脸，一边打一边哭着说："我叫你没成色！我叫你没本事！让孩子们跟着受气……"

这么一来，两个孩子和王大兰都扑了过来，一家四口人抱头大哭！

小水哭着说："爸，妈，别哭了。我争气。我们俩长大了，一定争气……"

这时，门无声地开了，小田和周世中两人在门口站着。

王大兰一看，慌忙擦去眼里的泪，跳起来说："干啥呢？干啥呢？看笑话来了？看吧！看笑话吧！"

小田望着老班，诚恳地说："班师傅，上班吧。我跟周师傅来，是请你上班的。"

班永顺慢慢地站起来，怔怔地望着两人，仿佛不相信这是真的。

王大兰仍然硬着嘴说："不是把他开销了吗？不是裁了吗？不去！饿死也不去！"

小田说："嫂子，对不起，那天是我态度不好，没有给你、给班师傅解释清楚。班师傅确实是好人、老实人，工作也是不错的。调整工种是正常调动，不是要裁他。干勤杂工资并不低，就是看班师傅为人勤快，才让他干的。"

王大兰说："别净说好听的。开始是咋说的？哼！"

小田望着老班，说："班师傅，上班吧。虽说是干勤杂工，又不减工资，奖金计件，肯定会比过去的工资高。"

周世中也说："老班，先上班吧。"

王大兰拍着手说："世中，你看看这老实人到处受欺……"

小田马上说："嫂子，班师傅上班后，保证没人欺负他，工资也绝不会少拿。"说着，又看看老班，说："班师傅，你好好考虑考虑。还是上班吧。将来还有房子等一系列问题……"

班永顺抬起头，一时不知怎么说才好，只说："行啊，行啊，咋都行啊。"

小田说："嫂子，我给你道歉了。赶明儿我还去喝你的胡辣汤，我掏钱买总行吧？"

王大兰仍嗔着脸说："我兴许还不卖给你呢！"可脸色却不似以前那么难看了。

十二

郊外，劳教所的大铁门缓缓地拉开了一条缝儿，紧接着"噗"的一声，有一个铺盖卷从里边扔了出来。而后是一双脚，一双穿着烂球鞋的脚，跟着，两条腿沉重而又有点急切地迈了出来。这人就是白小国。

白小国劳教期满了。刚刚从劳教所走出来的白小国，站在大门口的秋阳下，猛一下，阳光有点刺眼，他抬起手遮住阳光，慢慢把眯着的眼睛睁开，朝远处望去。

在劳教所的大门外，有三三两两的、前来探望劳教人员的家属。他们在大铁门外的一个挂有"接待室"字样的小门前立着，相互间在说着什么。不远处，停着一辆机动三轮车，有人提着东西从三轮车上走下来。还有一辆的士从远处开来。

白小国立在原地站了片刻，而后看了看扔在地上的铺盖卷，迟疑了一下，很勉强地用脚把铺盖卷挑起来，用手抓住，一甩，背在了肩上，而后，慢吞吞地朝前走去。

开机动三轮的中年人，从远处打招呼说："喂，坐不坐？"

白小国也不回话，却径直背着铺盖卷往机动三轮跟前走。当他快要走到三轮跟前时，又站住了。

这时，那辆的士从远处开了过来，在白小国的身旁停下，有一位戴眼镜的老者提着东西从车上走下来。

那开三轮的又喊了一声："喂，你到底坐不坐？"

白小国仍没有回话，却又反身朝的士走去。开的士的看了看他，说：

"回城？"

白小国说："回城。"说着，他拉开车门，腿一迈，坐了进去，却把铺盖卷撂在了外边。

开的士的司机斜了一眼，说："不要了？"

白小国说："不要了。"

开的士的司机再没说什么。这时，白小国却说："给我支烟。"

开的士的司机从车上方的后视镜里看了看他，镜子里的那张脸很阴，心里不太情愿，迟疑了一下，一句话没说，从前面的烟盒里掏出一支烟来，甩给了白小国。

白小国又说："火。"

那人又把车台上放的一次性打火机扔给了他。白小国把烟点着，长长地吸了一口。

车呼一下开走了，那铺盖卷还在地上留着。拴在铺盖上的一只茶缸露在外边，上边印有"柴油机厂先进工作者"的字样。

在10号职工宿舍楼上，白占元正在家里忙活着。

李素云在厨房里给白占元帮忙切菜，白占元把拌好的凉菜一盘一盘往外摆。

厅里摆着一张桌子，桌上已摆好了七八个凉菜：油炸花生，酱牛肉，凉拌粉丝，切成丝的猪耳朵，豆腐串……

李素云在厨房里说："白师傅，凉菜也差不多了，你去接接他吧！"

白占元说："还接他呢，是老有功咋的？干那种事，脸都丢尽了，还去接他？不是所长说，他到期了，要回来，让好好教育教育，我才……唉，主要是想着趁机会让世中他们都来，吃顿饭，好好说说他。我会给他摆酒？我还敬着他呢！"

李素云说："师傅，对着呢。等他回来，都说说他，兴许能改好。"

白占元连连叹气说："难哪……"说着，他朝厨房里看了看，又说："素云，待会儿，你去给我约约，中午让世中、全山、永顺、小田他们都来，吃顿饭，也趁机会帮我说说他。唉，我都没脸去说……"

李素云说："行，师傅，待会儿我去。你别管了，让他们都来。"

这时，周世中走了进来，一进门就说："好香啊！师傅，听说小国要回来了？"

白占元说："世中，正说一会儿让素云去给你说呢。小国今儿个回来，我想让大家来吃顿饭，这几个人都来。主要是让你们趁机会说说小国，让他改邪归正。只要他改了，我这辈子就没啥挂扯了。唉！世中啊，帮师傅这个忙吧，你得好好说说他呀！"

周世中说："师傅，看你说哪儿去了。这不都是自己的事吗？你放心吧。经过这次教训，我想他会改的。我一定说……哎，我想起来，既然这样，咱去接接他吧？"

白占元说："还接他呢！他成了有功人了？不接！"

周世中说："师傅，是这，咱去接接他，让他知道家里一直记挂着他呢。给点温暖，兴许还能感化他呢。"

李素云也说："世中说得对。去吧，师傅。这边没啥了，凉的齐了，热的等他回来再说。到时候人齐了，也快。你就别管了。"

白占元犹豫说："那就给他个脸？唉，就怕他给脸不要脸。"

李素云说："去吧，去吧。哪怕接到五一路口呢，也说明心到了。这边你就别管了。"

周世中说："走吧，师傅，我骑车带着你。"说着，拉着白占元走出去了。

"多家灶"里，李素云走了进来，她先敲了老班家的门，说："班师傅，班师傅在家吗？"

王大兰赶忙从屋里迎出来说："是素云呢，来来，屋里坐吧。"

李素云走进门说："班师傅不在家？"

王大兰说："你坐，你坐。在，他去摊儿上了，一会儿就回来。有事儿？"

李素云说："小国要回来了。白师傅中午请大伙在他那儿聚聚，吃顿饭，让我给约约人。主要是想让大伙趁吃饭的时候说说小国。"

王大兰说："行，我让他去，让他一定去。小国，唉……"

李素云站起来，说："就这个事。嫂子，你忙吧，那我走了。"

王大兰忙拦住说："素云，你再坐会儿，我还有事给你说呢。"

李素云说："啥事？你说吧。"

王大兰说："你坐，你坐，屁股还没坐热呢，你慌啥？"

李素云只好重新坐下，笑着说："还有几个热菜……"

王大兰说："早着呢，不耽误。"说着，也坐了下来，望着李素云，笑了笑说："素云，你给我说实话，那事儿定住了没有？"

李素云看了看她，有点不好意思，故意问："啥事？"

王大兰说："你别瞒你老嫂子了。就那事儿，要是定住了，我就不多嘴了……"

李素云笑了笑，说："到底啥事儿？你说的是啥事儿？"

王大兰说："你也别跟嫂子打哑谜，就那事儿。"

李素云沉吟了很长时间，没有说话。她心里清楚，王大兰是想给她介绍对象呢。她对周世中虽有那么点意思，但一直没有挑明，她心里吃不准周世中到底是怎么想的，既担心，又有点不舍，她也想乘这个机会试试他。于是，她往窗外看了看，而后说："嫂子，我真的不知道你指的啥事。到底啥事吧，你说说，你说说叫我听听……"

王大兰听出了她话里的意思，笑了，说："素云，要是没定，我就给你叨叨。有个教师，人不错，在小水他们那学校里教学，单身，常去我那儿喝胡辣汤，一来二去的就认识了。人是没挑的，白净子，年龄也合适。说是原来有女人，不知为啥离了，反正不怨人家这男的。这人脾气可好了，说话没个大言语。你要是有这个心，我给人家说说。约个时间，你们见见，行不行，先见见。"

李素云低头不吭。

王大兰又说："见见怕啥呢？他有这个意思，给我说过两次，托我给说个。要是没这意思，我也不多这个嘴。"

李素云仍低着头说："嫂子，咱可是个工人。"

王大兰说："工人咋啦？他一个教师，也是二婚，还挑啥？我问他啥条件，他也说了，只要人好……你看呢？"

李素云站起来，说："回头再说吧。"

王大兰说："我可给人家说了，啊？"

李素云走出门外，不说同意，也不说不同意，只问："梁师傅在家吧？"

王大兰说："兴在家哪。"

白小国悄没声地走上楼来，站在家门口，眯着眼看看，见门是关着的，没有锁，他似有点不信，用手那么一推，门开了。他迟疑了一下，先探头看了看，而后走了进去。

他站在厅里四下看了看，走到自己住的房门前，"咣"一声，用力推开门，走进去，站在床前四下又看了看，他的房里没有什么变化，唯一的变化是东西摆放得整齐了，皮鞋一双一双地在鞋架上摆放着，被子叠得方方正正的……他又退了出来，鼻子吸了两下，又想抽烟了，看看茶几上没有烟，又朝老爷子的房间走去。这次，他用力地推开父亲的房门，走进去，又是四下看了看。而后拉开一个个抽屉，翻翻这，翻翻那，先是摸出烟来，点上吸着，而后又摸出一个户口本，他翻开户口本，翻到他自己那一页，看了看，又摔进了抽屉。接着，他转过脸来，走到一个旧式的半截柜前，从柜上拿起母亲的遗像，默默地看了一会儿，吹了吹遗像上落的灰尘。

白小国重又走回厅里，径直走到摆满了菜肴的圆桌前，坐下来，刚要动手，又见桌上没有筷子，就先捏了几片牛肉扔进嘴里，一边嚼着，一边进厨房拿出一双筷子来，猛吃了几口，再次站起身，来到父亲的房门前，"咚"的一脚，把门踢开，从柜前拿出一瓶酒，重又回到桌前，把瓶盖用牙咬开，一边吃一边喝，一阵大嚼……

李素云从"多家灶"里走出来，一边走一边对送她出门的梁全山说："……到时候别忘了叫一下小田，啊？"

梁全山说："这田主任一当主任，成了大忙人了，还没回来呢。"

李素云扭过头说："当主任能不忙？这月奖金的确不少。他回来你叫他一声就是了。"

梁全山随口说："奖金是不少，也有不少人骂呢。"

李素云没再应声，朝着白占元家走去。快走到门口时，又忽然想起没酱油了，就又勾回头，走下楼去，在街头上的副食品店里买了一瓶酱油，又匆匆走回来。

上楼后，她来到了白占元家门前，一看，门是开着的，吃了一惊。忙走进去一看，只见白小国气气派派地在桌前坐着。

李素云先是一喜说："咦，小国回来了？白师傅他们接你去了，没碰上？"

白小国扭头看了看她，没吭声，只管吃自己的，那吃相看上去很恶，一阵大嚼！

李素云一看桌上，不由愣了。只见桌上是一片狼藉！一盘牛肉已经基本上被吃光了，其余盘子里的菜也被扒拉得乱七八糟……她一时也不知说什么才好，站在那里，呆了好一会儿才说："还，还有热菜哪……"

白小国又吃又喝的，还是不吭。

这时，白占元、周世中气喘吁吁地走上楼来。听见脚步声，李素云忙走出来说："小国已经回来了。"

白占元摇了摇头，"哼"了一声，走进屋来，周世中也跟着进来了。

这时候，白小国已经酒足饭饱了。他从桌前站起来，剔着牙，谁也不看，朝自己的房门前走去。

白占元看见桌上一片狼藉，气了，说："这孩子！你，你怎么还这样？……"

白小国扭过头来，说："啥样？我啥样？老爷子，你看好了，我没死哪。我又回来了……"

白占元指着他说："你，你，你……"

周世中看了看桌上，拉住师傅说："算啦，师傅，算啦。他是饿坏了，那种地方……我再去买些菜，我去买。回来再跟小国好好聊聊。"

李素云忙说："我去吧！"

周世中说："我去，我去……"说着，便匆匆地走出去了。

临近中午，崔玉娟回来了。

她一进家门，梁全山就说："中午别做我的饭了，白师傅让聚聚。"

崔玉娟一脸喜色，她往椅子上一坐，说："让我歇会儿吧，今天我也累坏了。"

梁全山吩咐说："我去白师傅那儿吃，光是小芬你们两个，可别耽误她上课。"

崔玉娟想说什么，却没有说，只说："好，好，去吧，去吧。"

正说着，屋子里忽然有了"嘀嘀，嘀嘀"的响声。梁全山一怔，马上直起身来，四下里看看，又瞅瞅墙上的挂钟，说："哪儿响？哪儿响？"

崔玉娟故意坐着不动，也不应声，屋子里一直有"嘀嘀，嘀嘀"的响声。

梁全山两眼瞪着，很警惕地四下看着，这儿扒扒，那儿找找，嘴里说："你听见了没有？还响着哪。你听你听，跟电报一样！到底哪儿响？"

这时，崔玉娟终于忍不住笑了。她掀开衣服，从腰上拿出一个 BP 机，笑着说："是这儿响。"

梁全山凑过来，看了看，吃惊地说："你，哪儿买的？花多少钱？"

崔玉娟说："一分钱也没花。"

梁全山说："那你……捡的？"

崔玉娟说："啥捡的？两千多块！你捡一个试试？"

梁全山说："那你从哪儿来的？我可告诉你……"

崔玉娟气势势地说："发的！告诉你吧，我调到销售科了。"

正说着，BP 机又"嘀嘀，嘀嘀"地响起来了。

崔玉娟看了看说："我得走了，科长呼我呢。我中午不回来了啊，小芬放学回来，你给她弄点吃吃算了。"说着，挎上包就走。

梁全山愣愣地看着她，说："那，那你……那你去吧。"

崔玉娟走后，梁全山仍呆呆地坐着，嘴里念念有词说："调销售科了？她调销售科了？她她她，就她，嘿，嘿嘿，调销售科了……"一边说一边摇头。

中午，白占元家，桌上的菜已经上齐了，约的人也都来齐了。白占元坐在主位上，周世中、小田、梁全山、班永顺坐在周围；李素云腰上围着围裙，在忙忙活活地招呼他们。

桌前还留着一个空位，那是给白小国留的。可白小国没有出来，他在自己的房间里躺着。

小田叫道："小国，出来吧！别不好意思了，都是自己人。"

梁全山也说："小国小国，来吧，来吧。谁能不犯点错？浪子回头金不换。来，来，我跟你猜两盘……"

白占元高声叫道："小国，你听见了没有？还不出来！"

小田说："小国，脸皮学薄了？出来吧。"

周世中说："我去，我去叫叫他……"说着，他站起身来，走到小国住的房门前，推开门，看了看在床上躺着的白小国，说："小国，别摆架子了！还非让我拉你？起来吧，起来吧，球样！"

白小国在床上躺着，两只穿着鞋的脚从床靠上移下来，两手在胸前一抱，说："周哥，你别管，这不关你的事。我是我爸送进去的……"

周世中说："还说这话哩？老头够对起你了。起来吧，一屋子人都等着你呢！"

白小国说："是，是对起我了。亲自把我送进去，也够对起我了。你见过有这样的爹吗？"

白占元气了，走过来说："别理他，不识人敬！咱们吃！"

这时，李素云也走过来说："小国，你怎么不懂道理呢！这么多人都来了，还不是为了你？快起来吧。"

梁全山也走过来说："小国，还跟你爸置气哩？他就你这一个儿子，一个心都在你身上，你还……"

周世中喝道："小国，你这可不像话了！起来，不吃也得起来！"

在众人的催促下，白小国懒懒地直起身，走了出来，他站在门口，双手一抱，说："各位，你们该吃赌吃了，我吃过了，不奉陪了。老头儿是老头儿，我是我，两码事。不是我不给面子，他不认我这个儿子，我也不认他这个爹。这跟各位无关……"

白占元气得浑身直打哆嗦，他的手颤颤地指着白小国，说："你，你走，你给我走！你既然不认这个家，还回来干什么？你给我走！……"说着，抓起一个茶杯，猛地摔在地上。

白小国冷冷一笑，扭身回房去了。

白占元气得一屁股坐下来，差点气晕过去。

众人也都呆呆的，不知说什么才好。

白占元喘上一口气，无力地摆摆手说："吃吧，都吃吧，别理他……"

可是，却没人动筷子。

晚饭后，梁全山看了看墙上的挂钟，已经九点了，可崔玉娟还没有回来。

梁全山怔了怔，走到正趴在桌上写作业的女儿跟前，低头看了看女儿的作业，说："好好写，写完睡觉。"

这时，崔玉娟容光焕发地走进门来，一进门就说："哎，今天累坏了。"说着，从挎包里掏出两罐"健力宝"，往桌上一放，说："小芬，喝吧。"

梁全山用审视的目光看着妻子，说："咋到现在才回来？"

崔玉娟说："来了一个客户。"

梁全山看着妻子的脸色，说："你喝酒了？"

崔玉娟说："一点点，陪个客户。"说着，又从挎包里拿出一沓钱，递给梁全山，说："这是奖金，销售奖。你收住吧。"

梁全山怔怔地看着她。

崔玉娟说："你看我干什么？接住吧。"说着，"啪"地一下，把钱放在了梁全山的手里。

梁全山看了看手里的钱，说："咋，咋这么多？"

崔玉娟说："你看好，这是三千。钱我还上了，你以后别再揭告我了……"

梁全山说："我那是挽救你。要不及时挽救，你能有今天？"

崔玉娟说："你挽救谁呀？就打了两回牌，成天揭告我，我可成坏人了？还把我捆成那样！我一辈子都忘不了！"

梁全山说："看看，看看，挣了俩钱儿，气粗的！要不是我发现得早，你能改吗？你自己都承认，你是迷上了，还说呢！"

崔玉娟说："好了，好了，我也不给你说恁多。反正我把钱还上了，你别再揭告我就是了。"

梁全山说："那我也得问问，这钱的来路正不正。要是来路不正，还不要呢！"

崔玉娟说："这人真是，还端架子呢！告诉你，这是厂里奖励我的钱！另外还得告诉你，我当科长了，厂销售科副科长，今天公布的！"

小芬在一旁说："妈妈当科长了？"

崔玉娟说："那可不。"

梁全山挠挠头，看着崔玉娟："嘿，嘿嘿……"

崔玉娟头一昂，说："看啥看？不像？"

梁全山点点头，说："像，像。嗨，我说哪，气这么粗，当科长了。"

崔玉娟用肩膀蹭了他一下，故意撒娇说："厂长昨儿个都给我谈了，我一直没说。你以后可得支持我的工作啊，我这个副科长是聘任的，干不好还得下来。"

梁全山说："好，好，支持，支持。"

崔玉娟说："销售上特忙，有时还得出差。家里的事你多管点，我多挣点钱，保证叫咱家变个样!"

梁全山心里有点不是味，又不好说什么，就说："别看你当啥屁科长，在家我可还是一家之主!"

崔玉娟说："你是一家之主，你是一家之主。行了吧？所以家里的事，你得多操点心……"说着，又撒娇地拽了拽他，说："睡吧，睡吧，我有点累了。"

夜里，白占元家。

白小国在自己的房里躺着，仍是没有脱鞋。他头枕着两只手，大睁着两只眼睛，望着墙上贴的女明星画片。

白占元也在自己的房里躺着，只是不住地翻身、叹气。最后，他坐了起来，掏出烟来点上，吸了两口，又烦躁地把烟掐灭。片刻，他抬起头来，看见了摆放在半截柜上的妻子的遗像。他伸手把妻子的遗像从柜子上拿下来，看着看着，眼里的老泪"吧嗒，吧嗒"地滴落在遗像上。他用袖子默默地擦了擦滴在遗像上的泪水，重又把遗像放在了半截柜上。而后，他叹了口气，站起身来，走出房门，来到了儿子的门前。

白占元在儿子的门前站了很久很久……终于，他推开房门，走了进去。黑暗中，他看了看满屋子的女明星图片，低下头去，望着床上的儿子，用低沉的声音说："小国，你起来。"

白小国动了动身子，却没有起来。只说："干啥？"

白占元耐着性子说："你起来，咱爷儿俩说说话。"

白小国还是不动。他说："我跟你没啥说的。"

白占元拉过一张椅子，在床跟前坐下来，说："小国，你也不小了。虽说你娘死得早，我这当爸的，从小把你拉扯大，也是尽着你吃尽着你喝，扪心自问，我也没有太对不住你的地方。你，你为啥要学坏呢？"

白小国"哼"了一声，说："你别给我说，我跟你没啥说的。"

白占元说："你干下那种事，是打你爸的脸哪！你爸也认了……你爸，你爸为你脸都不要了，你爸站在厂长面前的时候，你知道你爸心里想的啥吗？你爸恨不得有个地缝儿钻进去！你爸是个人哪，你爸不是畜生啊！……"说到这里，白占元满脸老泪纵横，越说越气，气得一下一下地拍打着床帮……白占元说："你爸已经做到这一步了，你还要怎样？你说吧！"

白小国歪着头，不动，也不吭。

白占元说："你要不学好，你就别回来。你回来干什么？你回来就得学好，就得走正路，就得堂堂正正做个人！"

白小国的头忽地扭了过来，说："你说啥？你问我回来干啥？你说我回来干啥？你想叫我干啥？"

白占元气得呼哧呼哧直喘气，他说："干啥？走正道，干人事！别再干那丢人事！"

白小国忽地坐起来了，他恶狠狠地说："老爷子，你不是问我回来干啥吗？我实话告诉你，我就是回来吃你的。（白小国说着，吼起来了。他用手指着父亲）吃你！我吃定你了！"

白占元手指着他，哆哆嗦嗦地说："你，你个狼羔子！你不要脸了？……"

白小国说："老爷子，我这一遭全是你害的。到了这一步，我还怕丢人吗？我什么都怕，就是不怕丢人！你等着吧……"

白占元手一指说："你给我走，你现在就走。我跟你脱离父子关系！……"

白小国身子往后一倒，又躺下了，他两手枕在头下，说："老爷子，你嚷什么？你是想把我逼到绝路上，是不是？好哇，很好。去吧，你拿根绳子把我勒死吧，你把我勒死算了。"

白占元盯着儿子，白小国也望着父亲，两人的目光就这么对视着。

片刻，白占元气呼呼地走出去了。

约有五分钟的样子，白占元又走了回来，后边跟着周世中。走进门来，白占元推开白小国的房门，手一指说："世中，你给我揍他！这是个狼羔子，他想气死我呢！你听听他说的话，回来就是吃我的！还吃定我了……"

周世中来到白小国的门前，冷冷地看了他一会儿，声音不高，却很严肃："小国，你给我起来。"

白小国看了看周世中，心里有点怵，说："周哥，这又不干你的事。"

周世中再次冷冷地说："起来！"

白小国说："周哥，你欺负我呢？"

周世中说："我就是欺负你呢，你起来，起来！"说着，他往床前跨了一步。

白小国一看不对劲，忙坐起身来，说："周哥，你铁，你厉害，你兄弟怕了你了。好，好，我起来，我起来还不行吗？"

周世中说："你说那是人话吗？给师傅赔个礼。我给你说，以后再敢不学好，我可不饶你！"

白小国最怕的就是周世中，看看他，只好说："好好，我错了，我认错还不行吗？我他妈的不是人，我不配当人，我不会说人话，只当我放了个狗屁，行了吧？"

白占元说："你要认这个家，就得学好，就得走正路。你要不认这个家，立马给我走人，我只当没有你这个儿子！"

白小国说："好了，好了，周哥，你回去吧。就按老爷子说的，行了吧？我犯了错，你杀我剐我，行了吧？"

周世中看了看白小国，语气缓下来说："小国，谁杀你剐你了？你爸一门心思都在你身上，还是学好吧！"

白小国说："周哥，我都把话说到这份儿上了，还咋哩？"

周世中对着白占元说："师傅，你也消消气。他只要学好……"

白占元捶了一下头，长长地叹了口气。

周世中说："小国，可不能再惹你爸生气了。"说着，又对师傅说："师傅，你歇吧，我过去了。"

待周世中走出门，白小国便说："老爷子，你就这么整治我？你就这么整治你儿子？好，咱走着瞧！"说着，他又朝门外瞥了一眼："姓周的，咱也走着瞧！"

白占元说："你，你还想咋?!"

白小国说："咋也不咋。去吧，去吧，睡你的去吧。跟你说话耽误瞌睡，我也不给你说恁多。我想想再说……"

上午，车间门口贴着一张"通知"。"通知"上写的是二车间违反生产纪律的处罚人员名单。有的是迟到一分钟，有的是在车间里吸烟，有的是违反操作规程，有的是不爱惜量具等。这些列在名单上的工人先后受到五十元以下的数额不同的罚款。

有很多工人在围着看，一边看一边在七嘴八舌地议论。

有的说："……千分尺掉地上了，他就罚我二十！"

有的说："这家伙特狠！"

有的说："这月罚我两次了。"

有的说："该罚，谁让你在车间里吸烟呢！"

片刻，上班的铃声响了，人们纷纷往车间里走去。

这时，小田从车间里走出来，站在车间门口，手里还拿着一个本子。

车间里，机器声轰隆隆响着，工人们都在自己的车床前忙活。

周世中站在车床前，刚把工件卡好，李素云走过来说："世中，又是秋霞的电话。"

周世中说："我不接。"

李素云说："她，她怎么老给你打电话呀？"

周世中不吭。

中午，"多家灶"厨房里，梁全山手里端着面条走进来，把面条重重地往灶旁一放，摔摔打打的，锅碗一片乱响。

王大兰正在切菜，看了看他，说："哟，梁师傅也会做饭？"

梁全山没好气地说："人家当科长了！人家能挣钱！咱不赚当眼子了……"

王大兰笑着说："看你说的。玉娟当科长了？我说呢。"

梁全山说："屁！"

王大兰说："梁师傅，你可别这么说。近来我看玉娟出手不一样，就是能挣大钱了，我跟她一块儿买过一次菜，也不大跟人搞价钱了，说多少就多少。"

梁全山"咣"地一下，把勺子扔进炒锅里，说："看烧的，还没挣多少呢！要是真挣了几七几八，这个家就盛不下她了！"

王大兰说："她能挣钱，是好事。她打外，你打内，这多好哩。"

梁全山说："谁呀？谁打内？我打内？我一个大男人给她打内？想着吧！"

王大兰看了看锅，忙说："锅热了，热了！"

梁全山"啪"一下，把切好的葱花扔进油锅里，烧热的油星儿一下子溅到了他的脸上，他"哎哟"一声，手捂住脸，忙往后退。

惹得王大兰"咯咯"笑起来。

梁全山马上发牢骚说："成天不着家，孩子也不管……"

楼道里，小田急匆匆地走上楼来。

周世慧一直在自己房间的窗口看着动静呢。一瞅见小田回来了，忙走出来，截住他说："小田，我这儿有两张电影票，晚上的。"

小田摇摇头说："不行，我去不成。这一段车间里事太多。"

周世慧一听，气了，说："你不去算了。你不去有人去！"说着，扭头就走。

小田一边匆匆上楼，一边说："太忙，我实在是太忙。改天吧。"

周世慧嘟着嘴说："改天，改天，谁还等着你呢！"可等她又扭过脸来，小田已走得没影了。

白占元家，到了该吃午饭的时候，白小国才从自己的房间里走出来。他打了个呵欠，伸了伸懒腰，到洗脸间用湿毛巾擦了擦脸。而后他走出来，看父亲已下好了面条，正在盛呢，也就厚着脸去盛了一碗。

白占元没有理他，自己端着饭碗走了出来，坐在厅里的沙发上，剥了一瓣蒜就着吃。

白小国也端着饭碗走出来，摇摇地来到厅里，看看父亲，一手端碗，另一手把筷子插到面条上，腾出一只手来，伸到墙上贴的奖状上，"哧儿"撕下一溜儿，"哧儿"又撕下一溜儿，一连撕了三溜儿。

白占元看见白小国这样，明知是故意气他的，就放下筷子，转念一想，强压住怒火，心说："随他的便吧。"就只装作没看见，低着头重又拿起筷子，可他吃了两口，实在是吃不下去，就又把碗放下了。

白小国看父亲生气不吃了，他倒端着面条碗，往地上一蹲，"哧溜，哧溜"地大口吃起来。

白占元点上一支烟，默默地吸了两口，说："小国，你给我说说，你想干啥？你到底想干啥？"

白小国看着父亲，停住筷子，想了想说："那就看你想不想安生了。"

白占元说："你说吧。你说说，怎么叫我安生，怎么叫我不安生？叫我听听。"

白小国说："我反正就这一堆了，厂里也把我辞了，你看着办吧。要想安生，也行，得有个条件。"

白占元苦苦地吸了两口烟，愁着脸说："你说吧，啥条件？"

白小国说："给我买辆车，就那种'面的'，叫我开着，我就永不给你找事。这你赌放心了。"

白占元眉头一皱，"啪"地一下，重重地把筷子放在碗上，说："你以为你爸开着金山银山呢？！买车，我哪有钱给你买车？"

白小国说："我就这一个条件，你要不答应，可就别怪我了。"

白占元气愤地说："噢，我要没钱给你买车，你还去偷人家？"

白小国说："老头儿，你既然不管我了，那你就别操我的心了。我想干啥干啥。到那时候，你可也别怪我。怎活个人，我活个鬼，怎走怎的人路，我走我的鬼路，两不相干。我活好活坏，你也不用生气，你赌光笑了，见天乐呵呵的。"

白占元气得头在沙发扶手上连碰了两下，说："你，你！我……"

白小国说："老头儿，我想学好啊。我想当个雷锋，得有人让我当啊，是不是？我想学好怎不给我条件，我咋学好？厂里不让我干了，在家你又不待见我，你说叫我咋活？我总得有条活路吧？"

白占元喃喃地说："买车我是没钱，我真没这个钱。你爸是个工人，挣俩钱都让你……"

白小国说："看看，你不是说让我学好吗？到事上了，你又没钱了。你不是三十年的劳模吗？不是都很高看你吗？没钱可以借呀！"

白占元说："借？向谁借？怎么还？一辆'面的'得多少钱呢？叫我上哪儿去借这么多钱……"

白小国说："也不多呀，才七八万。"

白占元吃了一惊，说："七八万，老天，你还说不多？"

白小国说："看看，代沟又出来了！按现在人的消费观念，七八万是个小数目，这对有钱人来说，只是九牛一毛。你懂不懂？"

白占元喃喃地说："不懂，我什么都不懂……车，我给你买不起；钱，我也给你借不来。"

白小国说："老头儿，我也给你表了决心了，是不是？我也想走正路，是不是？可你不给我条件。往下，可就不怪我了，啊。"

白占元颤颤地站起身来，一边往房里走，一边无可奈何地摆摆手说："你，想咋咋，你随便吧。"说着，佝偻着腰走进房里去了。

外边，白小国喊道："老头儿，你听好，这可是你说的，你可别后悔！"

房间里，白占元躺在床上，左翻翻身，右翻翻身……终于，他又坐起身来，看着妻子的遗像，看了一会儿，他长长地叹口气，把遗像从半截柜上拿下来，把相框翻扣在柜子上，拔掉周围的钉子，取下后盖，从里边拿出一个贴有妻子半寸照片的小红本本，那是妻子的已经作废了的工会会员证。他从里边摸出一张存折来，看了看，重新把相框钉好，这才朝外边喊道："小国，你过来。"

白小国走进房来，一眼就看见了母亲的遗像，说："咋？又当着我妈的面给我上课呢？"

白占元眼里含着泪说："小国，当着你妈的面，我告诉你，你爸确实没钱给你买车。我这里，有……有一张八千块钱的存折，本来是留着给你娶媳妇用的。你既然要，就拿去吧。"

白小国心里暗暗一喜，嘴上却说："八千顶啥用?"接着又说："八千就八千吧，我再想想办法。"说着，就伸手去拿。

这时，白占元却说："慢着。"说着，从柜上拿起存折，站起身来，说："这钱，你可以拿。不过，你得答应我，从今往后，你学好……"

白小国说："老头儿，该说的我都说了，你还……"

白占元望着儿子，身子往下曲着，老泪纵横地说："当着你妈的面，儿子，我给你跪下了。你答应我，你学好。"说着，老人"扑通"一声，在床前给儿子跪下了。

在这一瞬间，白小国心里也热了一下，他看了看母亲的遗像，忙上去扶住父亲，似乎想说什么，可他没有说出来。

白占元仍在地上跪着，流着泪一遍一遍地重复说："小国，你学好吧，你学好吧……"

然而，白小国心中那一丝激动很快又消失了，他仍用那种口气说："好，好。起来吧，起来吧。我学好，我学好。我学好还不行吗?"

白占元最后又问："你真学好?"

白小国扭过脸去，说："我真学好。"

白占元这才站起来，沉重地说："你拿去吧。"

十三

星期六的晚上，梁全山刚招呼女儿睡下，门开了，只见一个面目秀美、俏丽的女性款款地走进来。这个女人头发是新烫的，穿着一身合体的套装，眼上还戴着一副墨镜。

梁全山觉得似乎见过这个女人，一时又想不起来在哪儿见过，怔了一下，挠挠头，笑着说："你，你找谁？"

这个女人撇着南方话说："找你哈。"

梁全山看看她，忙点点头说："噢，噢。你是……？"

这个女人又撇着南方话说："不认识了吗？"

梁全山一边回忆，一边热情地说："面熟，面熟。请坐，你请坐。"说着，赶忙让座，又赶忙去倒水，一边忙活，一边还说："你可是稀客呀……"忙里偷闲，还在镜子里看了看自己，偷偷地抿了一下头发。

等梁全山转过脸来，这个女人慢慢把眼镜摘下来了，梁全山一下子傻了，此人竟然是崔玉娟！

看着完全变了样的妻子，梁全山伸手指着她，好一会儿才说："你，你你你……开什么玩笑？"

崔玉娟说："我算知道了，你也不是什么好人。见是不认识的女人，又是倒茶，又是让座，热情得恨不得……哼！还偷偷地抿抿头发……一看是自己的老婆，脸突然就变了！"

梁全山恼羞成怒，急了，说："你，你胡说！你，你，你烫头了？"

崔玉娟说："烫了。不光烫了，还做了个全套：面膜做了，油也焗了，还做了美容呢。怎么样？"

梁全山说："你，你花了多少钱？"

崔玉娟说："这是个新开张的发廊，头一天，五折优惠，不多，才八十八块钱。"

梁全山吃了一惊，说："你疯了？弄个头发就要八十八！还不多？！你，你这个人……"说着，连连摇头。

崔玉娟说："当然不多了，按正价都得二百多呢。人家是第一天开张，好几项都免费。"

梁全山背着两手，在屋子里走来走去，他的手时而背在后边，时而又舞动着，一边走一边说："这，没边儿没沿儿了！不多，不多，八十八还不多？你烧，你有钱！做吧，你以后天天做！"

崔玉娟说："做个头怎么了？花着你的钱了？你知道我现在干什么的，我是供销科长，成天跟客户打交道，哦，我穿的跟要饭花子一样，那才好？那人家理吗？这叫仪表，你懂不懂？我往那儿一站，就是活广告，我代表着我们厂呢！"

梁全山停住步，质问说："闹了半天，你烫发是专门让人家看的？打扮出来让人家看？你你你……"

崔玉娟火了，说："你放屁！你没看？你看了没有？烫回来头一个就让你看……"

梁全山一愣，说："我我我……我是法定的！咱咱们是夫妻，我当然可以看了。我为什么不能看？"

崔玉娟扑哧一声笑了，说："看你多能？"说着，她站起身来，一头栽到梁全山的怀里，说："看吧，看吧，你有权利，你能……"

梁全山嘴里说着："你你你……"两人便搂在一块儿了。

天下雨了。秋夜的雨在街灯下丝丝缕缕地飘洒着，沁着点点凉意。雨线在路灯的映照下，网着一织一织的银白。

街面上有各样的花伞、雨衣飘动着，亮着一闪一闪的颜色。

周世慧骑车来到了柴油机厂门前，她下了车，推车进了大门，朝着传达室说："白师傅，我找个人。"

白占元从传达室走出来，说："世中哪班休息，你不知道？"

周世慧说："我不找我哥。"

白占元看看她说："噢……去吧。"

　　周世慧把自行车扎进车棚，脱下身上穿的雨衣，肩上挎着一个包，快步朝车间里走去。

　　车间里一片机器的轰鸣，另一班的工人正在忙碌着。

　　周世慧穿过车间，来到车间办公室门前，她推开门，见小田穿着满身油污的工作服，正在往一个小黑板上写通知呢，又是一个罚款的通知。

　　周世慧走进来，小田一扭头，放下手里的粉笔，说："你怎么来了？"

　　周世慧把肩上的包取下来，往桌上一放，说："怎么，不能来呀？我来看看大主任。"

　　小田问："有啥事？"

　　周世慧说："喂狗呢。"说着，从包里拿出一个饭盒，说："我给你买了两格小笼包子，热着呢，吃吧。"说着，从里边拿出一个，塞进了小田嘴里。

　　小田一边嚼着，一边说："多、多少钱？"

　　周世慧说："一百块，掏吧！"

　　小田笑了笑，不好意思地说："这么贵呀？"

　　周世慧说："嫌贵你别吃。"

　　小田说："吃，你拿来了，我怎么能不吃呢？"

　　周世慧说："你看你那头发，也不理理？"

　　小田说："嗨，这一段太忙了。"

　　周世慧说："外边正下雨，天凉了，我给你织了件毛衣，你穿上试试吧。"说着，从包里又拿出一件构图很新颖的毛衣来。

　　小田看了，忙说："世慧，这……？"

　　周世慧说："你不是当主任了吗？不是有钱吗？我对外加工，你可以给钱嘛！"

　　小田忙说："我不是这意思，我……"

周世慧说："那你啥意思？"

小田说："好好，谢谢了。"

周世慧说："别把我卸零散了。你穿上试试。"

小田说："正上着班呢，一身油，不试了。"

周世慧手里拿着毛衣，比画着说："你试试嘛。"

小田说："算了，肯定行，不试了。"

周世慧说："变天了，你穿得太薄，我专门……你穿上得了。"

小田说："真不行，这是上班时间，回头再试吧。"说着，随手把毛衣扔在了办公室角里的一张木板床上。

这时，有一个工人走进来说："主任，那个外加工件，图纸有问题呀！"

小田说："啥问题？"

那工人说："你去看看，有个地方标得有问题，没法干。"

小田说："走，去看看……"说着，就往外走，走到门口处，又扭回头说："世慧，你回吧，我这儿正忙呢。等忙过这一段。"说着便走出去了。

周世慧在办公室里坐了一会儿，翻翻这儿，又看看那儿，见小田很久没再回来，就走到那个木板床前，把床上的被子叠了叠，把一些脏衣服收拾起来塞进包里，挎上包走了。

周世慧一边走一边嘟着嘴说："好心好意送来了，人家跟不稀罕似的……"

星期天上午，梁全山和崔玉娟两口带着孩子到商场买东西。

他们在一个百货大楼里转来转去，每转到一个地方，崔玉娟一贴近柜台问价，梁全山就说："不要，不要，太贵。"

一连看了几个地方，在卖化妆品的柜台上，崔玉娟指着一种化妆品问："小姐，那种多少钱一瓶？"

服务小姐马上热情地说："这一种是中外合资的……"话刚说了半截，梁全山就马上打断她的话，连声说："不要，不要不要，太贵。"

崔玉娟白了他一眼，说："又不是让你用的。"但还是和梁全山一齐走开了。

三人来到商场的一个卖饮料的柜台，那里有很多带小孩的女人在买饮料，崔玉娟看了看女儿小芬，说："小芬，给你买一杯饮料吧?"

小芬看了爸爸一眼，说："我不喝。"

梁全山却说："买，买，给小芬买罐'雪碧'!"

崔玉娟说："你呢，你喝不喝?"

梁全山连连摆手说："我不要，我不要，买一罐，只买一罐。"

崔玉娟买了饮料回来，梁全山说："走吧，咱走吧。东西太贵!"

崔玉娟说："不是说好的吗? 给你买件衣服……你慌啥?"

梁全山说："看得眼花缭乱的，我不要了。"

崔玉娟说："你看你，既然来了，看看再说嘛。"说着，拉着他就往电梯跟前走。

三口人上了电梯，来到卖服装的三楼，顺着开架出售的一架架衣服看过去，梁全山一边走一边看价钱，看看皱皱眉头，再看看，又咂咂嘴。最后，崔玉娟看中了一件标价三百的西装，她给梁全山招招手说："过来，你看看这件……"

梁全山和女儿一起走过去，他看了看西装，紧接着就看标价，一看是三百，忙说："不要，不要。"

崔玉娟说："你就会说这句话? 来干啥呢? 我看这件不错，你穿上试试!"

梁全山说："不要就是不要，试啥呢? 一件衣服几百，也太贵了!"

崔玉娟说："你这人真是，这还是便宜的。你看看那边的衣服，都上千块！你穿上试试怕啥呢？"

站在旁边的服务小姐也热情地说："先生，这件衣服你穿上肯定好看。不要没关系，你试试嘛。"

小芬也拽着梁全山的衣角，说："爸，你就试试。"

崔玉娟把架上的衣服拿下来，给梁全山换上，梁全山一边穿一边红着脸说："不要就是不要，试啥呢？"

穿上西装之后，崔玉娟又把梁全山拉到穿衣镜前照了照，效果确实不错，梁全山穿上这件新西装，就像换了个人似的，人马上显得精神多了。

崔玉娟让他在镜前照着，前后左右看了一遍，说："不错。小姐，开票吧。这件衣服要了。"

梁全山马上说："不要。"

崔玉娟说："要。"

梁全山沉着脸说："不要。"

崔玉娟说："要。"

梁全山发脾气说："不要就是不要，你干什么？"

崔玉娟说："为啥不要？你别嫌贵，我用我的奖金给你买。"

梁全山一跺脚，说："你，哼！我不要……"

小芬在一旁说："爸，妈，别吵了，人家都看着咱呢！"

服务小姐在一旁说："没关系的，你们商量吧，商量好我再开票。"

崔玉娟小声说："你咋呼啥呢？买件衣服你也咋呼，跟着你真丢人！"

这时，梁全山才绷着脸不吭声了。

崔玉娟说："小姐，要了。"说着，从挎包里拿出三百块钱递了过去。

拿上衣服，下楼的时候，他们都一声不吭，谁也不说话。小芬在他们身旁，一会儿看看这个，一会儿又看看那个。

站在电梯上，梁全山说："哼，一个月的工资不说了……"

崔玉娟没好气地说："谁说是你的工资？你的工资一分都没动，这是我的奖金！"

正卖胡辣汤的王大兰，撇下摊子，领着一个戴眼镜的中年人走上楼来，她一边走，一边给那人介绍说："人是没说的，年龄也相当，就看你俩对不对脾气了……"

那人说："嫂子，行不行都得谢谢你。"

王大兰说："谢啥？要说谢，我还得谢你呢，孩子在你们学校，没少让你们操心。"

那人说："你那俩孩子都是三好学生，没少给学校争光。"

王大兰领着他来到李素云的门前，叫道："素云，有客了。"

李素云来到门前，一看，脸便红了，说："嫂子……"

王大兰说："这是秋老师，我给领来了。你们见见。"

那人忙点点头。

李素云不好意思地说："那，上屋里坐吧。"

王大兰领着那人进了屋，忙说："秋老师，坐吧，别客气，素云人好着呢。"

那人应着声，坐下来，又微微欠起身子，说："我姓秋，就是那个《秋海棠》的秋，读过那本书吧？"

李素云"噢"了一声，说："没读过。"

那人忙说："噢，秋天的秋，秋天的秋。我叫秋世伟，不知嫂子说了没有？中师毕业，在那边学校里当个小小的教导主任。"

王大兰看看两人，说："秋老师，素云，你们说说话吧。我那边还忙着呢。"说着，站起就要走。

李素云正给客人倒水，她把倒上的一杯水摆在那人面前，慌忙说："嫂子，你可不能走啊。"

王大兰很干脆地说："你看，我把人领来，我坐这儿算啥呢？你们谈，你们谈。"说着，匆匆出门去了。

李素云追出来，小声埋怨说："嫂子，你也不说一声，可把人领家来了？"

王大兰说："素云，那天我专门去给你说，你也没说不愿意哪。见见吧，行不行，先见见。说说话怕啥？"

李素云说："我是怕咱楼上的人说闲话……"

王大兰："说啥闲话？敢！谁说闲话，我都不答应！离婚了，正正当当地找个主儿，这有啥？我待会儿先给他们说说，谁也不能说闲话。"

王大兰走了，李素云回到屋里，也坐下来。低下头，又抬起头，说："你喝水吧。"

秋老师说："好，好。"

在厂职工浴池门前，周世中背着病瘫的父亲走来，他在门口停下，慢慢地把老人放下来，而后搀着老人往浴池里走。

进了浴池，来到售票口处，周世中从兜里掏出两块钱递了进去，里边卖澡票的跟他是熟人，很热情地说："周哥，来给老周师傅洗洗？还是一月一次，你真是孝子，雷打不动。"

周世中微微一笑，说："说哪儿去了。老人腿脚不利索，来给他洗洗。两张。"

那卖票的说："周哥，算了。"说着，把钱又扔了出来。

周世中把钱重新扔进去，说："收住吧，公家的事。"

那人摇摇头说："周哥，你……好好。"说着，把钱收下，撕了两张票递出来，又朝里边喊道："小吴，给周哥安排个得劲地方，老周师傅腿脚不利索。"

里边有人应声回道："好哩！来吧来吧。"

浴池里一片雾腾腾的热气，更衣间里边摆着一张张按顺序排列的木板床，床上铺着干净的床单，在这儿洗澡的全是厂里的工人，洗过的围着浴巾在床上聊天，没洗的正在脱衣，一片红红黑黑的脊梁。他们看见周世中搀着父亲走进来，纷纷打招呼。

有的说："周师傅来了？"

有的说："老伙计，水好着呢。"

有的说："来给老周师傅洗洗？"

有的说："周师傅，来来，坐这儿。"

周世中一一点头应着，在一张靠门的床前扶父亲坐下来。

乱哄哄中，有人在说："物价又涨了。葱八毛钱一斤，噎人！"

有的说："工资也涨了。听说二车间拿得最多，翻一番！"

有的说："再涨也跟不上物价。"

有的说："那可不一定。那大款，操，有的是钱！人家不怕涨。"

有的说："问问周师傅，二车间到底涨了多少。"

有的就高声问："周师傅，听说你们车间工资翻一番？"

周世中一边蹲着给父亲解扣子，一边应道："说是翻一番，也没那么多。"

有人说："听说还有扣的，扣的连基本工资也保不住。有这事吧？"

周世中说："也有。"

有人说："看看，看看，也不是人头一份。有奖有罚呢！"

有人说："我还听见二车间有人骂娘呢！站在车间门口骂。一问，这月拿了六百，拿六百也骂，说是不该扣他的奖金。"

有人说："现在的人，是一边吃肉一边骂娘。"

有的说："那早先鸡蛋五分钱两个……"

有的马上反驳道："别说那时候的事。那时候一月才二十多块钱，现在多少？"

有的说："那时候风气正。"

有的说："光正有啥用？裤腰带勒得紧绷绷的。"

有的摆摆手说："不抬杠，不抬杠。"

有的说："周师傅，小田那么年轻，当主任行吗？架不住吧？"

周世中说："行啊，年轻人，挺有办法的。"

有的说："我知道，骂他的人也不少……"

李素云家里，两个人仍在"谈"。

李素云一会儿往外边看看，一会儿又看看，不时地也说上两句。她说："不知嫂子给你说了没有？我是离过婚的。"

秋老师说："说了。我也是，人家去海南了。"

李素云又说："我是个工人。也没……"

秋老师说："工人怎么了？我看工人挺不错的，工人朴实。我那一个，不说她了……"

李素云有点心烦意乱，总是抬头朝门外看。片刻，她又说："你的条件好，这么多年了，也没……找个好的？"

秋老师两手捧着茶杯，说："说实话，见了不少。现在都讲商品经济，一见面，就是房子呀，条件呀。我这个人别的都没啥，就是没房子。房子离婚时判给女方了……"

李素云说："你是看中我有房子？"

秋老师说："也不是这意思，当然还要看其他条件了。主要是人，人是第一位……"

这时，门外楼梯上传来了脚步声，李素云禁不住忽一下站了起来，却又慢慢坐下了。

　　周世中给父亲洗完澡，又背着父亲走回来。在楼梯口，刚好碰上回来拿醋的王大兰。王大兰手里掂着一瓶醋，看见周世中就说："世中，给老周师傅洗去了？"

　　周世中说："嗯。"

　　王大兰忍不住炫耀说："我给素云说个对象，是个教师，看劲儿俩人怪相中呢。这会儿正在屋里谈呢……"

　　周世中一愣，说："噢噢……"

　　王大兰说："开始素云还怕人说闲话，不想见，这一见可相中了。这种事，谁会说闲话？你说是不是？"

　　周世中一边上楼一边说："是，是。"可心里头很不是滋味。

　　上楼后，周世中把父亲送回家，又反身走了出来，他"腾腾"地来到李素云的门旁，突然又站住了，迟疑了一下，又走了回去，默默地站在楼梯口上。

　　片刻，他狠狠地拍了一下脑袋，鼓足勇气，又朝李素云家走去。来到门前，他装出大咧咧的样子，一下子掀开门帘，说："素云……哟，家有客呀？"

　　李素云站起来，也不解释，也不介绍，做出不冷不热的样子，说："你有啥事？"

　　周世中说："你这儿有剪子没有？我借把剪子，想给老父亲剪剪指甲。"

　　李素云没好气地说："你家连把剪子都没有？"

　　周世中脸红了一下，说："有是有，老太太放着，她上街买菜去了……没有就算了。"说着，就要走。

李素云说："有。你等着，我给你拿。"说着，从里间拿出一把剪子，递给周世中。

周世中接过剪子，很狼狈地往后退着身子，说："好，好。你们坐，你们坐。"说着，慌忙走出去了。

梁全山一家三口从商场出来，又来到了集贸市场。这里一街两行都是卖菜、肉、蛋和各样熟食的摊儿。

当三人走到一个卖电烤鸡的摊儿前时，崔玉娟看了看说："买只鸡好吗?"

梁全山马上说："不要，不要。"

崔玉娟说："你不是好吃鸡吗?"

梁全山没好气地说："我好吃的多了，你都买回去吧！哼!"

崔玉娟说："过星期天呢，买只鸡改善改善，看你那劲儿!"

梁全山说："花了这么多钱了，你还敢买鸡？不过了?"

崔玉娟嘟着嘴说："买只鸡有啥？你要别吸烟，省的才多呢！就买。"

梁全山马上说："我可不吃，你买我也不吃!"

崔玉娟说："你不吃算了，小芬也好吃。我给孩子买的，就不是让你吃的!"说着，走到摊儿跟前说："称只鸡。"

梁全山赶忙跟过来，说："半只，要半只。"

崔玉娟说："要一只。"

梁全山说："半只!"

小芬站在一旁，噘着小嘴说："又吵，又吵。"

崔玉娟看了梁全山一眼，说："好好，半只就半只吧。"

卖鸡的切下半只鸡，拿到秤上去称鸡，梁全山紧盯着秤说："你看你那秤，高点，高点。"

那人一边称鸡，一边说："赊去称了，绝不少给你。"

崔玉娟站在一旁，不由得撇了撇嘴。

梁全山看见了，发脾气说："你撇啥嘴哩，你老有钱？你老烧……"说着，扭头气冲冲地走了。

周世中拿了剪子出来，揣着那把剪子在楼里来来回回走了几圈，心里像打翻了醋瓶似的。最后，他走下楼去，在楼下的空地上站了一会儿，掏出衣兜里装的那把剪子看了看，自己对自己说："真没出息！"说着，又走上楼去，再次来到李素云的门前。

李素云在屋里听到了"腾腾"的脚步声，一听便知道是他。于是，她突然站起身来，似乎是很大方地走过来，也坐在了沙发上，跟秋老师坐在了一起。

秋老师一怔，觉得这是个好兆头，忙坐直了身子，扶扶眼镜，说："我这个人，有个长处，就是尊重女性。"

李素云故意往他这边挪挪，笑着说："是吗？"

就在这时，周世中又掀开帘子走了进来，说："素云，还你剪子。"

李素云看看他，也不去接，仍跟秋老师坐在一起，只说："放那儿吧。"

周世中看两人在一起坐着，目光审视地在两人身上洒了一下。

秋老师倒有点不好意思了，赶忙正了正身子，与李素云稍稍挪开了一点，随口说："这个问题嘛，这个问题……"一边说，一边看周世中，眼里有希望他快点走的意思。

末了，周世中把剪子放下，却拉过一把椅子，在两人面前坐下了。他从容地从兜里掏出烟来，先让给秋老师一支。

秋老师摆摆手说："不吸，不吸。"

周世中就自己点上，吸了两口，说："这位是……素云，你也不介绍绍？"

李素云不吭。

秋老师看了看他说："我姓秋，姓秋……"说着，看看素云，问："您是……"

周世中大咧咧地说："我姓周，周世中。跟素云一个厂的。"

秋老师点点头，说："噢，噢……"说着，又看了看李素云，希望她说点什么。

李素云不说话。

周世中对着秋老师说："今天休息？"

秋老师说："对，对，休息。我在学校工作。"

周世中没话找话说："教师可是待遇高啊，现在上头不一直抓教育吗？"

秋老师说："好一点，略好一点。"说着，又看看李素云，说："你是找素云有事吧？那我就……"

周世中说："你坐，你坐。我也没啥事。"

秋老师心里说，没事你还不走？可他嘴上却说："噢，噢……噢。"这三个"噢"有长有短，"噢"出了很多的急躁。

周世中却不理会，周世中说："素云，准备给客人做啥饭哪？我也跟着吃一嘴。"

秋老师一听，这人是不打算走了，忙说："不，不，我不在这儿吃饭。"说着，他看了看手腕上的表，说："我走了，我先走了。"

李素云说："坐嘛，你坐嘛。"

秋老师再次看了看李素云，没看出什么，就说："我还有个会，我有个会。我先走了。"说着，又看看周世中说："你有事，我看你是有事。你说吧，你在这儿说吧。我走，我走了……"说着，站起身来，就往外走。

李素云也不再挽留，只是跟着送他。

当李素云把秋老师送出门的时候，周世中也三步两步地赶出来说："走呢？好，好，我也走，我也走。"说着，也快步走出去了。

李素云气哼哼地瞪了周世中一眼。

梁全山一家三口回到家里。没过多久，两口子又吵起来了。

梁全山是先到家的，回来往床上一躺，气呼呼的；谁知，崔玉娟回来也是气嘟嘟的。她回来往椅子上一坐，嘟哝着说："真是狗咬吕洞宾！衣服是给恁买的，也不是给我自己买的，好不容易上街一趟，你看看那样子！"

梁全山也坐起来，说："你还说呢，哪有这样花钱的？哪有这样花钱的？到哪儿连价也不问，我看不惯！"

崔玉娟忽一下把买来的那套西装从挎包里掏出来，往床上一扔，说："你别穿！退了，你去退了！"

梁全山看看扔在床上的西装，态度倒缓和了。他说："我说退了？买回来了，就算了。"

崔玉娟说："你不是嫌贵吗？你别穿！"

梁全山把那套西装拿在手里，看了看，说："既然买回来了，为啥不能穿？"

崔玉娟看看他，态度也稍稍地缓下来，说："哼，一点理都不讲。"

梁全山从床上移下来，说："谁不讲理？是你不讲理，还是我不讲理？"

崔玉娟说："就你不讲理！"

小芬两手捂着耳朵，跺着脚说："别吵了，别吵了，别吵了！在外边吵，回家还吵。"

这时，屋子里才沉静下来。

梁全山坐在床边上，手里拿着那套西装，看来看去，不由得站起身来，脱下身上穿的衣服，把新买的西装换上。而后，他站在镜子前面，左看看，右看看，有点不好意思地说："不错，就是不错。这钱，花哪儿哪儿好。"

崔玉娟没好气地看了他一眼，也不理他。

小芬说："爸，妈，我早就饿了！"

没等崔玉娟开口，梁全山便主动地说："小芬，今儿咱没少花钱。吃饭咱省一点，一人下碗面条算了，不吃菜，好不好？对了，还有烤鸡呢。"接着自告奋勇说："我做饭，我去做饭。"说着，把西装一脱，又叠好，便走出去了。

等梁全山把饭做好，端回屋来，刚要盛饭时，不料，崔玉娟腰里挂的 BP 机响了。

梁全山一听见 BP 机的响声，马上又气了，他把碗重重地往桌上一放，说："你把那玩意儿扔了算了！成天'嘀嘀，嘀嘀'，焦人！"

崔玉娟也不理他，从腰上拿出 BP 机看了看，说："饭我不吃了，科长呼我呢，叫我马上过去。"说着，走到镜子前边，略略地梳理了一下，还在嘴唇上抹了点口红，站起就走。

梁全山一直看着她，说："饭都盛上了，你吃了再走嘛。他呼你你就得走？"

崔玉娟说："有客户来了。我上那儿吃，给你省呢！"说着，抓起挎包，"嘚嘚、嘚嘚"走出去了。

梁全山把饭盛上，手拿着勺子愣了一会儿，突然对女儿说："小芬，你吃吧。我去看看她到底干啥。"说着，便也匆匆地跟了出去。

屋子里就剩下小芬一个人了，她手里捧着碗，四下看看，又看了看扔在床上的西装，说："净你惹的事！"说着，她放下碗，走过去，把西装从印有厂家标牌的塑料袋里拿出来，试着穿在身上。衣服太大了，她穿在身上像袍子一样，两只袖子一甩一甩的。她也在镜子前边扭了一圈，背着手走了几步，说："一点也不好看。"

正在这时，梁全山又匆匆地走了回来，他的脸黑着，一看就知道是心里不高兴。他一看小芬那样子，厉声呵斥道："你干什么？"

这一声，把小芬吓得浑身一哆嗦，赶忙往下脱衣服，一边脱，一边看着梁全山的脸色。她把西装脱下来，赶忙叠起来，却叠不好。

梁全山沉着脸说："放那儿吧，放那儿吧。"说着，也不看西装了，一头拱在了床上。

小芬怯怯地问："爸，你找到妈妈了吗？"

梁全山扭了个身，说："不知道！"

小芬不敢再问了，又去趴在桌上吃饭，一边吃饭，一边偷眼看着爸爸。

梁全山躺在床上，翻了两回身，双手枕在头下，自言自语地说："变了，变了，我看是变了！变质了……"

晚上，李素云来到周世中家门前，喊道："世中，你出来一下。"

周世中走出门来，脸红了一下，故意问："有事吗？"

李素云说："有事……"说着，扭身走回去了。

周世中跟在她的身后，来到了李素云家里。

进屋后，周世中站着，李素云也站着，李素云看看他说："你坐那儿，我问问你。"

周世中不好意思地笑了一下，挠挠头，在沙发上坐下了。

李素云质问说："世中，你想干啥呢？"

周世中装作不明白，笑着说："怎么了？"

李素云也故意做出很生气的样子，说："你说吧，你究竟想干啥呢？"

周世中说："我没想干啥呀。今儿休息，我去给老头儿洗了个澡。"

李素云说："看着你是个好人，实际上也不是好人。哼！"

周世中笑着说："我没说我是好人哪。"

李素云说："你给我说说，你到底想干啥？"

周世中说："没干啥呀。"

李素云绷着脸说："还没干啥？一会儿借剪子呢，一会儿又还剪子呢。你说你想干啥？"

周世中笑着说："有借有还，这不很正常嘛。"

李素云说："你别给我耍贫嘴。你说吧，你把客人给我撵走，你想干啥呢？"

周世中看看她说："这你还不清楚吗？"

李素云说："我当然不清楚了。"说着，她也坐了下来，看看周世中，又故意反话正说："世中，你知道我多大了吗？我三十多了，又是离过婚的女人，我都老得没人要了。谁要我呢？打着灯笼都找不来，没人要！我好不容易让人给介绍了个秋老师，你一会儿借剪子呢，一会儿又还剪子呢，把人家给撵走了，你说你想干啥？"说着，李素云心里一酸，怨上来，竟然掉泪了。

周世中坐在那里，浑身不自在，他也反话正说，他说："对不起，对不起，真对不起。我不知道是这事，我真不知道是这事。我要知道……"

李素云流着泪怨气十足地说："你还说！你还这样说！"

周世中说："你别哭，你哭什么？我真不知道该怎么说，你说叫我怎么说？"

李素云说："怎么说你自己知道！你心里清楚。"

周世中说："我清楚什么，我一点也不清楚。要不我把那秋老师还给你叫回来吧？"

李素云说："去吧，去叫吧。你去叫啊！"

周世中说："那我可去了？"

李素云说："你去，你去呀。"

周世中说:"真让我去?"

李素云说:"我又没人要,不拽个秋老师,我拽谁呢?"

周世中故意叹口气说:"咱的条件太差了,家里这个样儿,也不想这事了……"

李素云恨恨地说:"还说呢!说话都不嫌牙碜!"

周世中说:"说这也不行,说那也不行,道歉还不行,你叫我说啥?"

李素云说:"想说啥说啥……"

周世中说:"那我可说了?"

李素云说:"你说呗。"

周世中身子往沙发上一靠,很大气地说:"去把剪子拿过来,给我剪剪指甲!"

一语未了,李素云破涕为笑,嗔道:"美得你!"

周世中挠挠头说:"今儿把我气坏了!什么秋老师冬老师……"

李素云没有去拿剪子,却一下子扑到周世中身边,偎着他坐下来,头拱在他的怀里说:"我就是要气气你!我专门让人来气你呢!这么久了,连句话都没有。明明跟人家离婚了,还一会儿一个电话,一会儿一个电话……"

周世中坦白地说:"素云,说实话,这些天,我是有点犹豫。不是犹豫别的,是怕委屈你呀!我这个家,负担太重了!我怕将来让你受累。可我又舍不下……我也很矛盾哪!"

李素云亲昵地偎在他的怀里,喃喃地说:"人家都那样了,也只能那样了吧?我自己都不好意思了。你还说这话,我是那种人吗?"

周世中抚摸着李素云的头发说:"素云,你对我这么好,叫我……"

李素云在他怀里仰起脸,望着他,小声说:"把你气坏了吧?气死你。你还没吃饭吧?"

　　周世中笑着说："气都气饱了。"

　　李素云说："我去给你做点。"说着，就要起身。

　　周世中说："别，我想……"

　　李素云红着脸问："你想干啥？"

　　周世中说："我还想让你给我剪剪指甲。剪指甲真好！"

　　李素云默默地望着他，一句话也没说，站起身来，走进里间，把剪子拿了出来，重新又偎在他的身旁，抓起他的手，屋子里响起了"咔咔"的剪指甲声。

　　九点多钟的时候，周世中的母亲余秀英手里拿着一根竹竿来到了"多家灶"里。

　　这时候，三家的房门都是关着的。她拿着竹竿这个门"砰砰"敲几下，又到那个门上"砰砰"敲几下，把人全都敲出来了！

　　王大兰一看是余秀英，忙说："大娘，你干啥呢？"

　　班永顺也说："大娘，有啥事？是世中让你来的吧？"

　　不料，余秀英把竹竿一顺，对着王大兰说："你忠不忠？你说，你忠不忠？"

　　王大兰一怔，看看她，又看看班永顺，一时不知说什么好了。

　　余秀英又把竹竿对准班永顺，目光炯炯地逼视着他："你说，你忠不忠？"

　　这时，王大兰才醒过神来，小声说："大娘怕是又犯病了吧？"

　　班永顺小声说："就是，就是。"

　　余秀英又把竹竿对准王大兰，喝道："说，忠不忠？！"

　　王大兰说："忠，我忠。"

　　班永顺说："我也忠，我也忠。"

王大兰说："都忠，都忠，都是忠于毛主席的。"

余秀英又把竹竿对着刚出门的梁全山，说："你，还有你，忠不忠？"

王大兰忙对梁全山使眼色，私下里指指她，说："犯病了，又犯病了。"

梁全山也不耐烦地说了一句："忠。"

这时，班家的两个孩子从屋里探出头来，想看看是怎么了，王大兰忙说："回去回去，都给我回去！"

两个孩子忙又把头缩回去了。

余秀英又把手里的竹竿竖起来，高声说："忠不忠，看行动，集合！"

王大兰一下子傻眼了，不知怎么办才好，忙说："叫世中吧，快叫世中！"

可是，班永顺刚要去叫人，又被余秀英手里的竹竿拦住了："干什么？站队！"

两口子没有办法，只好大声喊起来："世中，世中快来呀！……"

余秀英说："毛主席教导我们说：我们希望有外援，但我们不依赖外援。喊什么喊？排队，排队……"

这时，周世中、李素云闻讯赶来了。周世中一看，忙说："妈，你怎么跑到这儿来了？"

李素云也像儿媳一样，上前扶住她说："大娘，回去吧。"

余秀英一下子把李素云甩开，质问说："你是谁？你是谁？你忠不忠？"

周世中忙接口说："忠，忠。"

李素云也跟着说："忠。"

余秀英马上说："忠于毛主席的都过来站队！站队！"

周世中上去扶着她说："到外边去，这儿地方太小了……"说着，硬把她搀出去了。一边往外搀，一边给王大兰使眼色，让他们不要出来。

等他们出去之后，王大兰叹口气说："你看看，摊上个这，又摊上个瘫痪，世中也够难的了！"

外边传来了余秀英的唱声："马克思主义的道理，千条万绪，归根结底……"

十四

傍晚。夕阳西下，在职工家属楼前的街口上，周世慧正在等小田。

这时，白小国骑着一辆新买的"山地车"，哼着小曲儿滑过来，上前搭讪说："世慧，站这儿干啥呢？等人呢？不是等哥哥我吧？"

周世慧往远处望着，心里有些急躁，随口说："我有点事。"接着，她看了看白小国骑的新自行车，说："骑这么好的车呀，新买的？"

白小国拍了拍车座，说："怎么样？八百多呢！"

周世慧说："又是花你爸的钱吧？"

白小国竖起大拇指，吹嘘说："世慧，你别隔着门缝儿看人。你哥哥现在要办公司了！告诉你，名片都快印好了。你哥哥现在是发达公司总经理！一辆自行车算啥？可以说，不久的将来，实际上也用不了多长时间，你哥哥会有自己的小轿车。像那'桑塔纳'什么的，我根本不坐，起码'奥迪'！……"

周世慧说："又吹呢，又吹呢。"

白小国说："看看，看看，你不信，你还不信？工商所的老马你知道吧？你问问去，执照是他给办的，快办好了……我知道你们都看不上我，老头儿更看不上我。我这人不干是不干，干就干个样儿让你们看看！"

周世慧说："你要是真好好干，你爸也就放心了。"

白小国说:"你说我骗你干啥?这还有假?等哥哥闹好了,闹红火了,你要是想来,一句话,月薪一千,还不带奖金……"

正说着,小田和两个工人一块儿骑着车从远处过来。

周世慧瞅见小田,忙喊:"小田,小田……"

小田骑车过来,连车也没下,只是停住车说:"世慧,有事吗?"没等世慧开口,他又急急忙忙地说:"今儿不行,今儿我有点急事。有一批对外加工的活儿,等着拍板呢。改天,改天再说吧。"说着,就蹬上车要走。

周世慧一听,脸色立时变了,她突然对白小国说:"小国,走,咱跳舞去!"

白小国马上说:"好,好,哥哥陪你了!"

周世慧推上自己的车子,对白小国连连催促说:"走啊!快走啊!"

白小国车头一转,说:"走就走。"

小田一愣,没再说什么。

周世慧骑上车,理也不理小田,跟白小国一块儿走了。

在"多家灶"门前,王大兰一边往楼下看,一边往门里边招呼说:"梁师傅,梁师傅,哎哎,看你家玉娟多能干,本事真大,又让小轿车给接走了!"

梁全山听见王大兰叫他,从屋里走了出来,一听这话,那张脸却忽地一下阴下来,嘴里嘟哝说:"成天也不知烧啥哩!哼!"说着,探头看了一眼,又勾头回屋去了。只听屋门"咚"的一声,关上了。

王大兰回头看了看梁全山,一时不知说什么才好,又回头看着楼下,只见楼下的崔玉娟打扮得俏丽丽的,身子一弯,坐进那辆停在楼前的轿车里去了。

王大兰心里醋醋的,自言自语说:"这人真是没样儿,半年前还哭哭啼啼没人要呢，这会儿可成个人物了！这社会也真是，一天一个样儿，乌龟王八都成精了！"

班永顺走出来说："你看，你说人家干啥？"

王大兰说："你别管！一点本事也没有。"

灯红酒绿的大街上，白小国和周世慧并肩骑车走着。

当他们快骑到荷花大酒店门前时，周世慧却越骑越慢了。她一边蹬车，一边还不时地回头看。

白小国说："走啊，你催得那么急，快到了，你是咋回事？"

周世慧听他这么一说，倒把车子停下来了，犹犹豫豫地说："小国，我，我不想去了。"

白小国在她跟前停住车子，说："世慧，你欺负你哥哥呢？"

周世慧忙说："小国哥，看你说哪儿去了？我，我突然有点不舒服……"

白小国说："世慧，你让你哥哥来，你哥哥没二话。你看，眼看到门口了，进去吧！你哥哥是陪你玩的，你赈放心了，陪你玩也不让你花钱，你哥哥请你的客。这还咋说？"

周世慧说："小国哥，好小国哥，改天吧，改天行不行？改天我一定陪你跳。我今天真是不舒服，真的，我不骗你。"

白小国歪着头，看看周世慧，说："世慧，是不是哥哥被抓进去了两天，你也看不起我了？我连陪你玩玩的资格都没有了？"

周世慧不好意思地说："小国哥，你看你说的，我哪是那意思呢。我突然有点头晕，恶心，光想呕吐。"

白小国说："要是真的，我送你上医院看看。"

周世慧说："不用了。我回去躺一会儿就好了，我有头晕病，只要躺躺，就好了。"

白小国说："行，行。你不去算了，算哥哥陪你遛遛腿。"

周世慧说："小国哥，对不起了，改天，改天我一定陪你玩。"说着，转过车子，骑上就要走。

白小国说："好好，这可是你说的，下次就看你了。你不去，哥哥一个人去，你看哥哥照样……"

周世慧骑车拐回去了。白小国跨在车上站了一会儿，望着周世慧的背影说："一个丫头片子，也敢欺负老子！走着瞧。"说着，骑上车朝荷花大酒店蹬去。

白小国把车子扎在酒店门口，故意摆出大款的派头，挺身走进去，对站在门前的服务员说："包个间。"

服务员躬身把他迎进去，让进了一个包间，白小国坐下来，很内行地说："来个'花篮'。挑那好的，别找那没见过世面的。"

片刻，一个姑娘袅袅婷婷地走了进来。白小国一看，拍拍身旁的沙发，说："过来，好好侍候哥哥，哥哥有的是钱！……"

早晨，工人的上班时间到了。厂区大道上，涌动着水一样的车流。新一天的忙碌又开始了，骑车的工人们有的带着饭盒，有的带着孩子，有的还吃着油条，匆匆忙忙地流向一个个工厂大门。

一片铃声，一片忙碌的嘈杂，一片劳动者的自然之声。这声音是活的，带着几分艰辛，也带着几分生命愉悦。

在柴油机厂二车间的门口，一张罚款的通知又贴出来了。又是很多的工人围着在看，不时有牢骚声从人群中传出来。一个青年工人从人群中挤出来，在车间门口拦住了小田，说："田头儿，田哥，这月你扣我几次了？怎么又扣我……"

小田说："看看你的考勤？你自己去看看吧。"

这个青年工人说："田哥，你别忘了，选举时，我可是投了你的票！"

小田冷冷地说："不错，你是投了我的票，那是你自愿的，你可以不投。"

这个青年工人说："田哥，说这话呢？这不是你请我喝酒那时候了，哼！"

小田心里一股火升上来，他盯着对方看了一会儿，说："不错，那时候我的确请你喝过酒。我希望你能选我，这是事实。可我要告诉你，你选我选对了，车间里全体工人的工资普遍提高了，大部分工人的工资翻了一番，这也是事实吧？可你知道工人们的工资为什么能提高吗？就是严格工艺流程，严格规章制度，是严出来的！"

这个青年工人说："可我的工资并没有提高，我他妈的还比以前少拿了！"

小田说："这是你的问题，还是从自身找找原因吧。"

这个青年工人说："田头儿，你就这样说？你知道我为你找了多少人，拉了多少票吗？"

小田沉默了一会儿，仍然冷冷地说："我就这样说，也只能这样说。"

这个青年工人一瞪眼说："田头儿，你既然不仁，就别怪我不义了。"

小田说："你想怎样？"

这个青年工人说："我能怎样？你是头儿，我还能怎样？"说着，身子一晃，摇摇地进车间去了。

车间里，李素云匆匆地走到周世中跟前，用发牢骚的语气说："这人真奇怪，明明离婚了，还天天往这儿挂电话！没头儿了……电话！"

周世中说："以后她再打电话你别叫我了，我不接。"

李素云说："你光说你不接，还丝丝连连的……接吧，去接吧。这个黄秋霞也是，傍上大款了，阔成那样，还哭哭啼啼的，非让你去接。"

　　周世中说："你别烦我，我不接！"

　　李素云委屈地说："是我烦你吗？她一说都是小虎咋咋，净让孩子当她的挡箭牌。"

　　周世中不再吭了，只一门心思干自己的活儿。

　　李素云站了一会儿，说："那我可说了，我就说你不接。"说着扭身走去了。

　　在绿苑小区那栋豪华的公寓楼里，黄秋霞在床上半躺着，仍抱着电话在打。她对着话筒吼道："他为什么不接？你让他来，我给他说。他凭什么不接？孩子不是他一个人的！"

　　然而，就在这时，门外响起了"咚咚、咚咚"的敲门声。黄秋霞重重地把电话扣在话机上，穿着半透明的睡衣跳下床来，又蹬上一双拖鞋，猛一站起时头有点晕，她捂住头站了片刻，扬了扬有点乱的头发，飘飘忽忽地朝门前走去。来到门口，她站住了，问："谁呀？"

　　只听门外义正词严地说："我们是法院的，开门！"

　　黄秋霞一下子呆住了，好半天才醒过神来，只听门外高喊："开门，快开门……"黄秋霞想回屋换衣服，可是，已经来不及了，只好失急慌忙地把木门打开，当她又去开外边的铁门的时候，却听见门外站着的一个法警说："等一下……"

　　黄秋霞一怔，忙抬起头来。透过铁门上边的纱窗，她看见门外站着好几个法警。站在最前边的那个法警用鄙夷的目光看了她一眼，皱了皱眉头说："去，穿上衣服！"

　　黄秋霞低头看了看身上，脸一红，赶忙回屋去了。

　　等黄秋霞换好衣服，重又把门打开，几个法警大步走了进来。

只见一个法警亮出了一张盖有红色国徽大印的纸，在黄秋霞的眼前晃了晃说："你叫什么名字？"

黄秋霞说："我，我叫黄秋霞。"

那人又说："你就是黄秋霞？"

黄秋霞说："是。"

那人说："黄秋霞，你知道林凡最近的情况吗？"

黄秋霞说："不知道。从他走了以后，就，就再没回来过。"

那人说："告诉你，黄秋霞，林凡已于一个月前因贩卖黄色淫秽制品，被依法逮捕了。"

黄秋霞听了，头"嗡"地一下，差点一头栽倒。她用手捂着头，摇摇地站在那里，脸色变得死白。

那人继续说："根据案情的进展，林凡的所有非法所得，一律没收！现在，从查账的结果来看，林凡贷款数额巨大，挥霍无度，他的公司实质上已经破产。根据上级指示，我们依法前来查封属于他的所有财产！"

黄秋霞一句话也没有听清，她只知道林凡完了，林凡完了。

那人看了看她，问道："你听清楚了吗？"

黄秋霞喃喃地说："什么，听清什么？"

那人用不屑一顾的目光看着她，说："你的问题，由于不牵涉法律，我们不过问，希望你引以为戒。现在，请你离开这栋房子！……噢，属于你个人的东西，衣服什么啦，可以带走。其余的，我们将全部查封！"

黄秋霞仍然愣愣地站在那里。

那人又问："你听清我说的话了吗？"

黄秋霞呆呆地说："听清了……"说着，便吃吃怔怔地朝门口走去。

那人又叫道："黄秋霞，你站住。"

黄秋霞站住了。

那人说："你听清了，你可以带走属于你个人的东西。"

黄秋霞嘴里嘟嘟囔囔地说："没有了，什么都没有了……"说着，像没魂儿了一样，木然地走出门去。

上午九点多的时候，值夜的白占元下班回来了。

他缓缓地走上楼来，从腰上拿出钥匙，开了家门。进门后，他突然听到儿子的房里传来了女人的浪笑声。

他站在那里，先是愣了，心里有些疑惑，却又不便去问，就在这时，房门突然开了。只见一个描眉画眼，涂着口红，打扮得十分妖艳，身上也穿得少得不能再少的姑娘，光着脚丫从儿子的房里走出来。她一见白占元，忙"呀"的一声，又缩回门去。只听她在里边惊慌地说："哎哎，有人来了！"

白占元见儿子竟领回这样一个女人来，不由得火上来，可不知该怎么办才好，就在外边扭了一圈，喊道："小国，你出来！"

房间里没有回话，却突然又传出了女人"叽叽咯咯"的笑声。

片刻，白小国光着脊梁，下边穿着裤子，晃晃荡荡地走出来。他出来往门旁一靠，嘴里叼着烟说："老爷子，又看见我哪根筋不顺了？"

白占元用手指着他，气愤地说："你，你，你……"他一连说了三个"你"字，往下又不知该怎么说了，又怕那女的听见，只重重地往桌上拍了一下。

白小国斜了他一眼，走到父亲面前，挑衅似的从墙上贴的奖状上"哧"撕下一溜儿，"哧"又撕下一溜儿……而后说："老爷子，你是老糊涂了？嗨，真是的！"

白占元抖着手说："你，你，你又不干好事……"

白小国把烟头点在墙上的奖状上，一点一个黑圈，他一连点了三个黑圈，说："这我倒要问问，我怎么又不学好了？你说说，我怎么又不学好了？"

白占元说："你，你什么……什么都什么？"

白小国说："老爷子，都什么年代了？你知道这是什么年代不知道？还什么什么的？……告诉你，我谈恋爱呢！我这是谈恋爱呢！你是真不懂呀，还是咋的?! 你出去吧，出去吧，哪儿凉快去哪儿。"

白占元气得脸红一阵白一阵，结结巴巴地说："你，你这也叫谈、谈……"

白小国说："你是装不懂呢，还是真不懂？你知道我今年多大了？你知道不知道我今年多大了？人家说代沟一点也不假！这就是代沟。谈个对象你也找事！你是不是不想让我活了？不想让我活了你说一声！"

两人正吵着，那女的已穿好了衣服，她匆匆地从房里走出来，勾着头，一边往外走一边说："我走了，我走了。"说着，逃也似的跑出去了。

白小国"哎哎"了两声，追出去看了看，见女人匆匆下楼了，又返回来，看看父亲，嘴里骂骂咧咧地往自己的房里走去。

白占元说："别走，你别走。你给我说说，你拿那八千块钱，都干了哪些正事？"

白小国支支吾吾地说："我办公司呢，我正办公司呢。"

白占元说："你不是说你凑钱买车的吗？怎么又说办公司了？你办的啥公司？八千块钱能办个啥公司？你给我说说，钱是咋用的，也都一笔一笔给我说说。"

白小国说："办公司就是办公司，给你说啥？我想咋办咋办，该咋办咋办，你就别管了。不就是八千块钱吗？放心，我挣了钱还你！"

白占元听了，气极，说："又是这？又是这一手！我早就知道，钱一到你手里，你非把它捅干净才甘心！你还办公司哩？你办的啥狗屁公司？你的手续呢？你的手续拿出来我看看！……我还不知道你吗？一拿住钱就买辆八百多的车子，再就是泡舞厅，吃吃喝喝……小国，小国呀，我看你是没治了，你改不了了！……"说着，白占元心灰意冷，连连摇头。

白小国说："老爷子，你不信，我知道你不信。如今我说什么你都不信。你不信算了。我在你眼里成了一泡臭狗屎了！好也罢，歹也罢，我就这一堆了，你看着办吧！"

白占元说："小国，小国呀，你说是你爸看你不顺，你干过一件让人看着顺眼的事没有？你自己说说，有没有？一说，你谈恋爱呢。你爸眼再瞎，能不让你谈朋友吗？你要是正正当当谈朋友，你爸高兴还来不及呢！你，你……你是作践你自己呢！那是个啥样的女人，我能不知道？你连人家姓啥叫啥都不会知道！……小国呀小国，那八千块钱给你了，路是你自己走的，你想怎么就怎么吧。可有一条，你要对得起你死去的娘，你是在你娘像前下过保证的……"白占元说着说着，说不下去了。

白小国一听父亲又提起了死去的母亲，心有点虚，就说："我不跟你说了，不跟你说了，说也是白说。"摆摆手，回房里穿上衣服，走出去了。

　　黄秋霞在街上失魂落魄地走着。

大街上仍然是热闹非凡，一片喧嚣；秋日阳光和软明媚，商店里，宾馆前，到处飘荡着交易会的酒旗和各种各样的广告。

可黄秋霞心里却是死水一潭！她什么也不看，什么也看不见，她也不再相信什么了，眼前仿佛是一个黑洞。

走着，走着，她来到了荷花大酒店的门前。她不由得停住脚步，望着那曾经是灯红酒绿的门面。只见门上刷着一个"×"形的白色封条！酒店也已经被人查封了。

然而，就在这时，她看见从酒店的偏门里走出了一个女人，那女人穿戴很时髦，可神情却和她一样木然。她手里还牵着一个孩子（表面上看是她牵着孩子，可实质上却是孩子牵着她），两人缓缓地从台阶上走下来……

突然，那女人的脸色骤然一变，丢下孩子，像疯了一样跑过来！没等黄秋霞明白过来，她的手已扇在了黄秋霞的脸上！她"啪啪啪"接连在黄秋霞的脸上扇了几个耳光，撕打着哭骂道："是你，就是你个不要脸的！是你把林凡害了！你害了我，害了我的孩子，害了我们一家……"

黄秋霞没有还手，她就那么站着，木呆呆地站着，任她撕，任她打……

周围马上有人围上来看。有人还指指点点地说："看，看，一个是老婆，一个是傍大款的……"

可是，当人们越围越多时，那女人打着打着却停下来了，她双手捂住脸，呜呜地哭起来。站在一旁的孩子不住地说："妈妈，走吧。妈妈，走吧……"终于，她冲出人群，牵着孩子匆匆地去了。

只有黄秋霞还在那儿站着，任人围观。

下午四点的时候，在棉纺厂大门口，上中班的女工们下班了。她们一群一群地提着饭盒从车间里走出来，而后推上各自的自行车，互相招呼着，又说又笑地走出工厂的大门。

门口处响着一片一片的自行车铃声。

女工们推着各自的自行车，边走边嘻嘻哈哈地说着话。有的说："秀，去看不去？东正街有便宜的衣服。"

有的说："小陈，陈莉，听说你自己缝了一件裙子？没花多少钱，还挺不错的。"

陈莉说："一般吧，一般。她们都说好，其实没花多少钱。布扯了一米六，我自己用缝纫机缝的，就是样式特别一点。"

米桂香说："那我也得学学，省不少钱呢。街上，好点的衣服，一问就是几百上千的。"

有的说："米桂香，人家陈莉穿出来好看，你穿出来就不一定了。你那腰跟水桶一样……"

米桂香说："那不假。我是两口人，我这肚子里还装着一个呢！"

"哄！"她们都笑了。

可是，女工们谁也没有注意到，就在离厂门不远的电线杆后边，站着一个失魂落魄的女人，这个女人一直在偷偷地看着她们……这就是黄秋霞。

黄秋霞鬼使神差地又来到了她生活过的工厂门旁。可是，她已经没有勇气，也没有脸面再走进去了。当她看到她所熟悉的姐妹们，一群一群从厂里走出来的时候，她已泪流满面。到了这时，她心里生出了无限的懊悔，她恨死了自己！她恨自己的虚荣，恨自己的浅薄……她心里说：

"晚了，一切都晚了！要是早知道会有今天，打我我也不会离开的。我多想和她们走在一起呀！可我已经没有这个权利了……她们真好啊！真好！她们平平常常的，虽然辛苦，虽然劳累，可她们有自己的愉悦，这愉快是用自己的劳动换的。平常真好！劳动真好！她们真幸福！姐妹们，千万不要学我，不要贪图一时的荣华富贵，不要追求那些华而不实的东西，不要啊！……"

黄秋霞偷眼看着骑车远去的姐妹们，一行行热泪滚了下来。

学校门口，黄秋霞在夕阳秋风里立着。她是在等儿子呢，她想再见见儿子。

学校里的铃声响了。

片刻，学生们三五成群地从学校里走出来了。儿子小虎也从学校里走出来了。她看见她的儿子变了，儿子显得很孤，一个人低头走着，不与任何人同行。也有同学从远处叫他，可他不抬头，自顾自地走着。黄秋霞心里一阵揪疼，她心里说："这全都是因为我呀！是我让儿子抬不起头来……"

黄秋霞迎上前去，站在儿子的面前，轻声叫道："小虎……"

小虎站住了，有点疑惑地抬起头来，望着她，好一会儿才叫道："妈妈。"

黄秋霞心里一热，强忍住泪水，说："你还要妈妈吗？"

小虎低下头去，用脚踢着眼前的地，又是好一会儿，才重新抬起头来，两眼望着她，说："要。"

黄秋霞走上前去，轻轻地抚摸着他的头，她心里激动地说："儿子长大了，儿子已经懂事了。"

儿子小虎对这种爱抚已经生疏了，有点不习惯，他固执地把头扭到一边去，说："妈妈，回家吧。"

黄秋霞喃喃地说："家，我还有家吗？……没人要妈妈了，妈妈如今是无家可归了……"

儿子小虎仰起头来，仍然说："妈妈，回家吧。"

黄秋霞忧郁地说："家……妈妈也想回呀，可妈妈……"

儿子小虎再次抬起头，眼里露出了不容置疑的坚定。儿子的目光仿佛在说："我已长大了，我可以做主了。"儿子再一次固执地说："妈妈，回家吧。"

黄秋霞没话说了。她心里滚动着一片暖意，她再一次想去抚摸儿子的头，可儿子把头转到一边去了。儿子说："走。"

傍晚，秋世伟老师又来了。李素云下班回来不久，他就来了。

看见他来，李素云心里有点别扭，想跟他说明，又有点不好意思。就还像上次一样，说："秋老师，你，来了？坐吧。"话是不冷不热的，没有上一次见面热情。李素云还是像上次那样，给他让座、倒水，心里想的却是怎么把他打发走。

秋老师还浑然不觉，他的自我感觉仍然很好。坐在沙发上，秋老师说："素云，我看你确实善良。上次那个人，太不像话了！一点修养也没有。他他他竟然赖在这儿不走，你也真能容人哪。要是别的女人，早就把他轰走了……"

李素云忍不住笑了，说："他那人，就那样。脸皮厚点。"

秋老师连声说："对，对。脸皮也太厚了。"

李素云似乎想说什么，没说出口，就说："你喝水，喝水。"

秋老师说："素云，咱们已经见过一面了。你对我有啥意见没有？"

李素云明知故问地说："没啥意见，我怎么会对你有意见？你看你说的……"

秋老师说："我这个人也有缺点，也有缺点。"

秋老师又说："我还发表过几篇文章，今天我带来了。"

李素云吞吞吐吐地说："秋老师，你水平高，我是配不上你的。"

秋老师说："我写的也不好，你看看吧。"说着，从一个小黑包里拿出几张印有铅字的纸来。

李素云想让他走，不好意思地说："我，我今晚加班。"

秋老师在兴奋中突然抬起头来，说："哦，你晚上还加班呢？"

李素云一说假话，脸就红了，她低下头说："可不。"

秋老师慢慢站起身来，说："那，那，我走，我走吧？"他嘴上说走，眼睛却还盯着李素云，希望她能说句挽留的话。

李素云站起来，立刻做出送客的姿势。

这时，秋老师像是明白了什么，问："素云，你是不是……"

李素云很明白地说："秋老师，我是个工人，我配不上你。"

秋老师马上说："哦哦，明白了，我明白了……"说着，抓起那些印有他文章的纸，扶扶眼镜，样子很狼狈地往外走去。走到门口的时候，他突然又转过脸来，问："素云，你告诉我，是不是那天的那个人？"

李素云脸一下子红了，不说话。

秋老师说："你告诉我，我也死心了。是不是那个人？"

李素云看了看他，终于点了点头。

秋老师听了，急急地往外走，头"咚"地一下碰在了门框上，把他的眼镜碰掉了，他又赶忙低下头去找眼镜，因为他是高度近视，在地上摸了半天也没摸到。

李素云赶忙帮他捡起眼镜，带着歉意说："秋老师，真是对不住。"

秋老师接过眼镜说："谢谢。不怪你，不怪你。我这人太傻，太傻，竟然没看出来……"

秋老师刚走不久，小虎牵着黄秋霞的手一步一步地走上楼来。黄秋霞本意不愿来（主要是没脸再来），可小虎非要拉她来，就这样，娘儿俩一步一挨地走回来了。当两人走到李素云家门旁时，黄秋霞却再也不走了，不管小虎怎么拽她，她就是不走。黄秋霞说："我去你李阿姨家。孩子，我只能去你李阿姨家了。要不，你奶见了我会骂的。"

小虎只好跟妈妈一块儿到李素云家。

李素云一见黄秋霞的面，态度却非常冷淡，她说："你，你怎么又来了？"

黄秋霞站在门口，一时无话可说。

小虎懂事地说："李阿姨，是我把妈妈领来的。"

李素云看了看小虎，只好说："那，进来吧。"

黄秋霞和小虎走进门后，刚一坐下，黄秋霞便双手捂着脸哭起来，一边哭着，一边说着：“素云，我让人骗了。我，我上当了，我真是没脸见人了……”

李素云说：“你，你不是跟那个姓林的……”

黄秋霞流着泪说：“他被抓起来了。我……”

李素云说：“那你，那你打算……”

黄秋霞只是低着头哭。

李素云说：“你是想找……”

黄秋霞哭着说：“我知道他不会原谅我了，我也没脸再见他了。只是……”

李素云看她有想见周世中的意思，心里很反感，可又有点同情她，一时不知如何才好，只是沉默着。停了好一会儿，她才很勉强地说：“小虎，你去把你爸叫来，就说我叫他呢。”

小虎看看妈妈，飞快地跑出去了。

片刻，有脚步声响过来。李素云木木地站在那里，一动也不动。坐在沙发上的黄秋霞，身子不由得抖动了一下。

门帘被掀开了，首先走进来的是周世中，小虎跟在他的身后。周世中进来就问：“素云，有啥事？”

李素云站在那里，一声不吭。

转过脸来，周世中看见了坐在沙发上的黄秋霞。他愣了一下，又看了看李素云，李素云还是一句话也不说。

这时，黄秋霞默默地站起身来，往前走了两步，扑通一声，竟然在周世中面前跪下了。她跪下来，流着泪说：“世中，我对不起你。我，我被人骗了。我走到这一步，是我自作自受。千错万错都是我的错！我本来没脸再见你，是小虎把我拉来的……你，你要是看在孩子的分儿上，就救救我，饶我这一次吧！……”

周世中沉着脸站在那儿，一句话也不说。

这时，小虎走上前来，扑通一下，也挨着妈妈跪下了，他哭着说："爸爸，让妈妈回来吧，让妈妈回来吧。"

看见儿子也跪到了他的面前，周世中的内心非常复杂，也非常痛苦。可当着李素云的面，他说什么好呢？他只是紧紧地攥着拳头，两只手越攥越紧。

到了这时候，李素云实在是看不下去了。李素云说："秋霞，你这是干啥呢？有话你就说嘛，何必……"

黄秋霞不再说什么了，两眼紧闭，死死地跪在那里，只等周世中一句话。

小虎看爸爸不说话，就又说："爸爸，你就让妈妈回来吧。老师说，人都会有错的，允许犯错误，也允许改正错误。妈妈知道她错了，你就原谅她一次吧。"

周世中望着儿子，很痛苦地说："小虎，你起来。这是大人的事，与你无关。"

小虎说："我不起来。你不让妈妈回来，我就不起来。"

周世中看了看李素云，扭过脸来，刚要说什么，李素云突然说："世中，这是你的事，你自己拿主意，我不拦你。"说着，低下头，逃一样地走出去了。

周世中站在那里，又沉默了一会儿，背过身去，无力地摆摆手说："你，走吧。"

周世中说完话，黄秋霞默默地站起身来，抚摸了一下孩子的头，一声不吭地走出去了。

见妈妈走了，小虎也站起身来，跟着往外走。

周世中喝道："小虎，你回来！"

小虎梗着头说："不，你不让妈妈回来，我也跟妈妈走！"说着，也走出去了。

屋子里就剩下周世中一个人了。他站在那里，先是摸了摸衣兜，想掏烟来吸，可掏出来的却是一个空烟盒，他烦躁地把烟盒团成一蛋，扔在地上，来回走了几步，又无力地坐在了沙发上，两手捧头。

李素云心烦意乱地在楼下的空地上走着。

黄秋霞又来了。黄秋霞的突然出现，给她的打击非常大。看着他们三个人哭哭啼啼的样子，她百感交集。她已深深地爱上了周世中，可是，黄秋霞又来了，她又是那样的下场……

怎么办呢？怎么办呢？她也不知道该怎么办。唯一的办法，就是让周世中拿主意了，让他做出选择。一想到这里，她就不敢再往下想了。她走到远处的黑影里，焦急不安地往楼上望去。屋里的灯是亮着的。

就在这时，她看见黄秋霞下楼来了。黄秋霞踉踉跄跄地奔下楼来，后边，小虎紧追着她，连声叫着："妈妈，妈妈……"

此刻，李素云心上陡然出现了一丝寒意，一丝歉疚。她赶忙往黑影里缩了缩，双手紧抱着肩膀。她心里明白，是她，正是她夹在了中间，扮演了一个很尴尬的角色，不然的话……想到这里她的心一下子沉重起来。

李素云眼睁睁地看着黄秋霞去了，突然她慌慌地奔上楼去。进了自己的家门，一看周世中独自一人默默地在沙发上坐着，她赶忙说："你快去！秋霞会不会……"

周世中身子动了一下，默默地摇摇头，说："有小虎跟着，不会。"

接下来，两个人都不吭声了。谁也不说话，就那么相互看着。可两人的眼睛里都分明有话：

李素云的眼睛在说："你去吧，我不拦你。"

周世中的眼睛在说："不，不。"

李素云的眼睛说："去吧，你们是一家三口。"

周世中的眼睛说："你别再折磨我了。"

李素云的眼睛说："我不怪你，我真的不怪你。"

周世中的眼睛说："我已经说过了，你还想怎么样？"

李素云突然说："我喜欢那个秋老师，我已经喜欢上他了。我现在就去找他！"说着，就要往外走。

周世中忽地站起来，疾步走到她跟前，吼道："你不要再整我了！好不好？！"

李素云回过脸来，泪流满面地说："是我在整你吗？是我折磨你吗？你说怎么办？"说着，仍然要走。

周世中一用力拉她，她一下子倒在了周世中的怀里。李素云在他的怀里流着泪说："世中，我害怕呀！我害怕你会离开我，也害怕秋霞出什么意外……"

周世中揽着她说："不会，有小虎跟着，不会。"

夜里，大街上，黄秋霞牵着小虎木木地走着。

当他们走到一个药店门口时，黄秋霞站住了。她对小虎说："孩子，妈妈头晕。你在这儿等我一下，妈妈去买点药。"

小虎说："妈妈，我跟你一块儿去吧。"

黄秋霞说："不用了。你在这儿等着我，我一会儿就过来。"说着，她便向药店走去。

片刻，黄秋霞从药店里走了出来，手里攥着一个瓶子。

深夜，黑暗中，周世中在床上躺着，他翻来覆去地睡不着觉，手一下一下地拍打着床板。最后，他坐起身来，在黑暗中一个人坐在床上抽烟。他的眼前一会儿出现的是黄秋霞，一会儿出现的又是李素云，两个人影相互交替着，像是在打架。

终于，他站起身来，匆匆穿好衣服，轻轻地开了门，又轻轻地掩上门，悄悄地走出门去。

深夜的大街上，秋风萧瑟，周世中一个人骑车在空空的大街上走着。

周世中来到了电器厂家属院，在一栋宿舍楼前扎好车子，抬头往上边望了望，只见楼上一片漆黑，人们都睡熟了。他站在那儿，犹豫了一会儿，才慢慢地朝楼上走去。

当他来到黄秋霞已故父母的家门前时，站了一会儿，又突然拐了回去，下楼走了两级台阶，又折了回来，这才上前敲门。

敲门声响了很久之后，才见儿子小虎揉着迷迷糊糊的睡眼来开门。

周世中迫不及待地问："小虎，你妈妈呢？"

小虎说："妈妈说，她头晕。她吃过药睡了，不让我叫她。"

周世中一听，疾步冲进门来，问："你妈妈吃的药呢？让我看看……"说着，就到处扒着找。

小虎指着桌上的一个空瓶说："在这儿呢。"

周世中抓过来一看，是装安眠药的一个空瓶，马上问："你妈吃了多久了？"

小虎说："十点钟吃的。"

周世中又发现瓶子下边有一张扣着的纸，他拿起纸一看，上写着："孩子，我的孩子，妈妈睡了，别叫醒我。就让妈妈睡吧。好好上学，放学后去找你爸爸。"

周世中看了信，脸色陡然变了。他匆匆地走进房去，说："快，小虎，送妈妈上医院去，她吃安眠药了！"

小虎也慌了，问："爸爸，妈妈不会死吧？"

周世中来不及回答，进房里背起黄秋霞就走。

就这样，父子二人一个背着，一个在一边扶着，匆匆地下楼往医院赶。

下楼之后，周世中站着喘了口气，说："小虎，你先扶着你妈妈。"小虎忙上前扶，周世中忙着推自行车。

谁知，小虎身小力薄，扶不住，娘儿俩一下子摔倒在地上。

这边周世中一看，又赶忙扔下车子，说："算了，算了。"又赶过来，扶起他们，背上黄秋霞就走。

大街上，周世中背着黄秋霞匆匆地走着，小虎小跑着跟在后边……终于，他们赶到了医院。一进医院门，周世中就高声喊："大夫，快救救她，她喝药了！"

于是，医生和护士全都赶过来了。

十五

清晨，在车间班前会上，小田讲话说："……自从推行工时制、计件制，以及各项规章制度以来，大多数同志是拥护的，收效是很明显的。两个月来，我们提出工资、奖金翻一番的目标，已经实现了。可是，还有个别人，认为罚得重了，有意见。有意见可以提嘛！不要在下边骂人嘛！骂人谁不会呢？我也会！我也会说那个那个……操什么什么的！（当他说到这里时，下面'哄'地笑起来了。）这有什么意思呢？我看一点意思也没有。这是嫉妒嘛，是红眼病嘛！看别人挣得多了不服气嘛！我要奉劝这些人，不要不服气。我明确地告诉你们，就是要重奖重罚！多劳就要多得。不按规章制度办事，就是要重罚，罚得你提不上裤子！只有重罚才能引起你的高度重视，看你下回还犯不犯了。在人家国外，谁比他强了，就要拼命赶上去，超过他；在咱们这里呢，谁比谁强了，就把他拉下来，咬下来，这种心理很不健康呀！比如日本……"

车间里，参会的工人散散落落地站着。

有的说："说小日本干啥？净崇洋媚外！"

有的说："啥工时制，说一百圈儿，一条一条的，净卡人！"

小田说："在第二次世界大战末期，日本的工业已濒临崩溃……"

有的说："该上班赇上班了，又诵哩。耽误这时间算谁的？"

上午，在医院里熬了一晚上的周世中，回厂里请了假，又急急忙忙地往棉纺厂跑。

他骑车来到了棉纺厂门前，对看大门的老头说："师傅，我有急事，到二车间找个人。"

看大门的老头说："是家属吧？"

周世中迟疑了一下，赶忙说："是。我，我爱人在二车间。"

看大门的老头摆摆手说："去吧。"

周世中匆匆扎好车子，来到二车间。车间里一片织机的"哐哐"声，一些戴着大口罩的女工正在机台前忙碌着。有人过去认识周世中，就打招呼说："周师傅，你怎么来了？"

周世中忙说："车间主任在吗？我想见见芳姐。"

有人说："在，在车间办公室呢。"

周世中二话不说，就赶忙往车间办公室走。来到车间办公室门前，他探头一看，芳姐正给一班的女工开会，他忙又退了出来。

可芳姐已经看到他了，就赶出来说："周师傅，你是……？"

周世中语无伦次地说："芳姐，你救救秋霞吧，你救救她！"

芳姐一惊，忙问："秋霞怎么了？你慢慢说。"

周世中说："秋霞昨晚上喝药了……"

芳姐说："那，人呢？"

周世中说："现在在医院里躺着呢。不过……"

芳姐说："抢救过来了没有？"

周世中说："已经抢救过来了，不过……"

芳姐说："秋霞的情况，我也听人说过一些。她不是跟那姓林的……？"

周世中说："她被那人骗了。那姓林的根本就没打算跟她结婚。她只是，只是……"

芳姐问："是不是那姓林的又把她甩了？"

周世中说："不是。那姓林的被逮捕了，财产也被查封了。她现在是走投无路了。要是厂里接受她，给她个机会，厂里姐妹们能给她点温暖，她兴许……不然的话，她还会走绝路。"

芳姐说："周师傅，难为你替她操心了。走，我现在就跟你去见厂长，我一定说服厂长收下她！"说着，她又走进车间办公室，对那些女工说："下班的，如果没有什么急事，都去医院看看秋霞，好好安慰安慰她。"说完，她走出门来，领着周世中匆匆地往厂办公大楼走去。

车间办公室门外，女工们叽叽喳喳地议论说："秋霞怎么了？秋霞怎么了？……"

有的女工说："刚才那个是秋霞她老头儿，人真不赖，离婚了还管她的事……"

中午，在医院病房里，黄秋霞在病床上躺着，两眼紧闭，眼睫毛上沾着大颗的泪珠。

小虎守候在病床前，两眼紧盯着妈妈的脸。

这时，一群女工拥了进来。她们有的手里拿着花，有的提着礼物，齐刷刷地站在了黄秋霞的病床前。芳姐站在床前小声说："秋霞，好点吗？大伙都看你来了。"

小虎也懂事地说："妈妈，阿姨们看你来了。"

芳姐抚摸着小虎的头说："多好的孩子呀！秋霞，你真不该……"

黄秋霞眼里慢慢地流下了两行热泪……她睁开泪眼，望着站在床前的姐妹们，她在众姐妹脸上看到的不是嘲讽，而是关切，是真挚的关切和爱护。

米桂香说："霞姐，回来吧，回来上班吧。"

小雪说："霞姐，大伙都欢迎你回来。真的。"

陈莉说："秋霞，咱那班儿还是那些机台，还是那些人，你都熟的。"

站在周围的姐妹们也都说："回来吧，回来吧……"

黄秋霞望着众姐妹，嘤嘤地哭起来了。

车间主任芳姐说："秋霞，别哭，别哭了。我和周师傅已经找过厂长了，厂长答应你回来上班。不过，先临时干着……厂长说了，只要好好干，将来还可以转正。"

黄秋霞一头扑在了芳姐怀里，大哭起来。哭得一屋人都跟着她掉泪了。

下午，一群女工叽叽喳喳地来到了电器厂家属院的一栋楼下，她们有的拉车，有的骑车……车上装有煤、米、面、菜。而后，她们跑上楼去，敲开了已经出院的黄秋霞的房门，一个个大声说："秋霞，我们晚上都在你这儿吃饭！啊，快，快做饭！……"没等黄秋霞愣过神来，就又一个个跑下楼去，有的搬煤，有的背面，有的拿米拿菜，一时喜庆庆闹哄哄的……

黄秋霞看姐妹们送米送面来，一时不知说什么才好，就对车间主任芳姐说："芳姐……"

芳姐说："秋霞，大伙没有别的意思，就一句话，希望你能好好活下去，活出个人样来！"说着，她又从兜里掏出二百块钱，说："别嫌少，这是咱车间里姐妹们凑的，你收下吧。"

黄秋霞也激动地说："芳姐，你放心吧。我已经死过一次了，我不会再死了。我一定好好活。"说着，她眼里又不由得掉下泪来。她忙擦了擦眼里的泪，对姐妹们说："我收下，我把姐妹们的情意收下了，我……"

芳姐说："这就对了。秋霞，咱重新开始！"

众人也说："对对，重新开始，重新活！"

陈莉提议说："芳姐，咱唱个歌吧？"

芳姐说："好，唱个歌。给秋霞鼓鼓劲。让他们老爷儿们知道知道，咱女工也不是吃素的！"

于是，众人齐声唱道："让我们荡起双桨，小船儿推开波浪……"

听到歌声，楼下有很多窗户开了，探头往楼上看。

傍晚，在下班的路上，步行回家的周世慧（她的自行车被女友借去了）碰上了白小国。白小国一直在路口上站着，看见周世慧，便迎上前去，说："世慧，你说的话该兑现了吧？"

周世慧说："我说什么了？"

白小国说："看看，看看，贵人多忘事。你答应哥哥的，说忘就忘。"

周世慧明白了，推托说："我还没吃饭呢。再说了，你不是不知道，我哥管得严着哪，他不让我上舞厅。"

白小国马上说："没吃饭好说，你说你吃啥吧，哥哥请你吃饭！"接着他又说："你别提你哥了，都这么大了，谁管谁呀？说句不好听的话，他连自己的老婆都管不住，还管你呢！"

周世慧说："你别污蔑我哥！你敢再说我哥一个不字，我立马走人！"

白小国说："好好，不说就不说。你说吧，上哪儿吃？"

周世慧说："你真想请客？"

白小国说："哥哥办着公司呢，请你吃顿饭，还不是小菜一碟，说不上请客。你说上哪儿？"

周世慧心里一直生着小田的气，自言自语地说："当个破主任，傲的！"想到这里，便说："走，吃就吃。不过，小国，简单点，可别乱花钱。"

白小国说："好好，到时候你点，你点。也别光给哥哥省，哥哥也不在乎这俩小钱儿！"说着，拍着他那辆"山地车"说："坐吧，哥哥带着你。"

白小国骑上车，周世慧坐在了车后架上，朝近处的一个饭店骑去。

下班后，小田骑着一辆自行车在路上走着。

他一脑子都是车间里的事，到现在他才知道，管理好一个车间并不是一件容易的事。他一边走，一边考虑下个月如何搞对外加工的事。嘴里还不停地计算着每道工序所占用的工时：一八得八，三八二十四，又加个五，五六三十，一共七……当他走到河边一个小桥上的时候，突然与一辆迎面而来的自行车撞在了一起！只听"咣当"一声，没等明白过来，他已连人带车摔在了地上。

小田被撞得好半天才醒过神来，他挣扎着从地上爬起来，抬头一看，只见面前并排停着三辆自行车，每个自行车上都跨坐着一个年轻人。他一下子就明白了，这三个年轻人都是他们车间的工人，都是被他扣过工资的。

三个年轻人都双手抱膀，一只脚点着地，另一只脚踏在自行车的脚踏上，用不怀好意的目光看着他。

小田看着他们，冷冷地说："你们想怎么样？"

其中的一个高个儿年轻人说："田头儿，我们不想怎么样，我们都投过你的票，我们很拥护你。"

一个稍矮些的年轻人说："田头儿，田主任，你也太狠了点吧？你说你要罚得我们穿不上裤子，是不是？"

一个胖胖的年轻人说："田头儿，田大爷，你一当上主任就是大爷了，你知道什么是犯众人恶吗？"

小田抚摸着摔疼的手腕，说："我当车间主任，是全车间职工选的。他们选了我，我就要为全体职工着想，就得坚持原则。你们对我有意见，可以去找厂长反映，可以罢免我。半路上找碴儿，就有点不汉子了吧？"

那个高个儿年轻人听小田说完，竟拍着手鼓起掌来。他装模作样地拍了几掌后，说："好，好，说得很好，很中听。"

说着，他首先下了车子，另外两个年轻人也跨下车子，三人把车子一扎，笑模笑样地来到小田的面前。

那个高个子年轻人眯着眼说："田头儿，我们不是汉子，我们都是些小人物。"说着，他伸出一个小指，比画着，"我们是小不点，是工人，没什么指望，没什么靠山，连女人都不喜欢我们。我的对象吹了，你知道吗？想你也不会知道。你是主任，是抓大事的，不会关心我们这些小工人的些许小事！你知道我对象为什么跟我吹吗？操，就因为一双皮鞋，我曾经答应要给她买一双皮鞋。你许下愿说，工资要翻一番的，我就答应开了工资给她买。可到了开支的时候，我他妈的反倒被扣了工资！"话说到这儿，他的眼红了。

那个胖胖的年轻人说："操！这人不是玩意。投票时说得好好的，一当官脸就变了……说那些废话干什么？别跟他说那么多废话！"

那个高个儿年轻人又说："你是汉子，我们都知道你是汉子！怎么样，好汉，下去量量吧？"

小田不由得往后退了一步，质问说："你、你们还想怎么样？"

那个胖胖的年轻人说："头儿，我们说过了，我们不想怎么样。"说着，转过脸去，弯腰把小田的自行车扶起来，双手那么一举，紧走几步，用力一甩，只听"扑通"一声，把小田的车扔到了桥下的河里。扔了车后，他拍了拍手笑嘻嘻地说："不怎么样，我们还能怎么样？"

小田看他们把车扔到了河里，扬起手说："好，我罚过你们，你们把我的车扔到了河里，就算扯平了。我不怪你们，你们走吧！"

高个儿年轻人说："扯平了？这就算扯平了？你罚我们那么多次，我们就罚你这一次……"说着，便往小田跟前凑。

小田手一指，说："你们谁敢再动，我可就不客气了！"

这时，三个人一拥而上，抱的抱，拖的拖，齐声说："你下去吧！"说着，三个人一起用力，把小田像皮球一样扔在了河里。

只听"哗"的一声，小田平身摔在了河水里。河水不深，摔下去的小田在水里挣扎了一阵，很狼狈地站了起来。

这时，远处传来了吆喝声："干什么？你们干什么？"

三个年轻人听到喊声，慌忙推上车子，又朝河里看了看，说："拜拜了！"说完，骑上车扬长而去。

片刻，班永顺骑车赶过来了，他一看，小田浑身精湿地在水里站着，忙问："田、田主任，这、这是咋回事？"

小田擦了一下脸，苦苦地笑了一下，说："报复我呢。"

班永顺一听，愣了愣，说："谁，是谁？还真敢？"

小田站在水里，沉默了一会儿，说："没看清。"

班永顺赶忙扎好车子，慌忙下到河边把浑身淌水的小田拉上来，又很主动地挽起裤腿，脱下鞋子，下河帮小田把自行车弄上来。班永顺帮小田捞车时，小田却愣愣地在河边上站着。

等老班把车捞上来，一看，车梁歪了，车叉子断了，车瓦也偏到一边去了……便说："田主任，我看这车是不能骑了。你骑上我的先走吧。"

没想到，小田愣愣地站了一会儿，却说："班师傅，对不起了。我这人有毛病。现在想来，我这人确实有毛病啊……"

这么一说，班永顺倒愣了，他忙表白说："田主任，你不会怀疑我吧？我可没有找人打你呀！我会干这事吗？咱们一个房里住着，再咋说我也不会……"

小田马上说："我不怀疑你，我怀疑你干什么。不过，班师傅，以前，我确实对不住老哥，你多担待吧。"

班永顺更慌了，又唠唠叨叨地解释说："田主任，你千万别误会。我绝不会干这事，你要不相信，我给你赌个咒。"

小田说："我相信，我相信。"

小田一说相信，老班却更慌了，忙说："你看，说来说去，你还是不相信。你看，我要干这事，我还会跟着吗？"

小田挨了打，本来就一肚子火，班永顺这么一唠叨，把小田给弄烦了，他大声喝道："你别再说了，好不好？别再说了！我，相，信！行了吧？"

班永顺不再解释了，说："那，那，咱走吧？"

小田心里烦，说："班师傅，你先走吧。"说着，却在桥边上蹲下来了。

班永顺看了看小田，想了想说："好，那好，我走了，我先走了。"说着，悄悄把自己的好车撂下，扛上小田那水淋淋的坏车，头前走了。车上的水哩哩啦啦地滴在他的脖子上，可他一边走一边还自言自语说："怀疑赌让他怀疑了，咱会干那亏心事？"

桥上，小田一身湿漉漉的，仍在地上默默地蹲着。

在一家较高档的餐馆里，白小国正耀武扬威地呵斥一个服务员："怎么搞的，你们是怎么搞的？菜到现在还没有上齐？"

站在旁边的服务员忙躬身说："对不起，马上就来，马上就来。"

白小国又说："来盒烟！"

服务员："请问要什么烟？"

白小国说："这还用问吗？红塔山！"

服务员赶忙拿烟去了。片刻，她又走回来，送上一包烟说："先生，您的烟。"

白小国拿起烟，从里边抽出一支，又大声说："火呢？"

服务员弯下腰来，赶忙给他点上烟，又把一个一次性打火机放在了他的面前。

周世慧坐在白小国的对面，笑着说："看你神气的！"

白小国吸着烟说："世慧，你不懂。这不是神气，这叫'派'。咱来干啥的？来花钱的。花钱就得花得气派点！"

周世慧忍不住笑了，她说："小国哥，你要是百万富翁，非把人折腾死。"

白小国说："看看，又看不起你哥哥了？我就知道你看不起我。"

周世慧说："你派头这么大，谁敢呢？"

这时，菜上来了，一会儿工夫，摆了一桌子！周世慧忙说："你疯了？要这么多菜？"

白小国满不在乎地说："轻易不请你吃顿饭，还不让你吃好？回头又该说我小气了。"

周世慧说："你呀，就是太浪费了。吃不完，扔了多心疼人哪！"

白小国说："世慧，你这还不明白吗？你哥哥不是巴结你的嘛，讨你的好的嘛。又不让你结账，你怕什么？"说着，又对服务员吆喝说："上酒，上酒！"

周世慧忙说："我可不喝酒。"

白小国说："你不喝，哥哥喝，这行了吧？上酒，白的，啤的，都上！"

一会儿工夫，酒送上来了。白小国又说："倒上，都倒上。"

周世慧说："我说了，我不喝，别给我倒。"

白小国说："喝不喝倒上嘛。都倒上都倒上……"服务员把酒倒上后，白小国端起酒杯，站起身来，说："世慧，哥哥敬你这一杯，只让你喝这一杯。就看你给面子不给了？"

周世慧为难地说："小国哥，我真的不会喝。"

白小国端着酒说："一杯，就这一杯，喝了这杯，我再让你喝，你看着……"说着，一只手放在嘴边上，做出打的姿势："我打我的嘴！这行了吧？"

周世慧无奈，只好端起酒，跟白小国碰了一下，说："可就这一杯，啊？"说着，把酒喝了。

白小国见她把酒喝下去了，也把自己杯里的酒喝下去，连声说："吃菜，吃菜。"

周世慧喝了酒，拿起筷子夹了两筷子菜，突然趴在桌上哭起来了。

白小国忙问："世慧，你怎么了？是不是哥哥错了，哥哥不该让你喝酒？"

不料，周世慧用手绢擦了擦眼，抬起头来，说："小国哥，喝就喝。给我倒上！"

白小国说："痛快！好，倒上。"说着，又给周世慧倒上了一杯。周世慧二话没说，端起酒一下子就喝进去了，她喝得有点猛，一下子喝呛了，咳嗽起来。

白小国一手端着酒壶，欲倒未倒，却说："不能喝，别喝了吧？"

周世慧咳完了，却又指指酒杯说："倒上！"

白小国说："好好，倒上。"说着，又把酒倒上了。

周世慧一连喝了三杯，脸喝得红扑扑的，她抬起头来，望着白小国说："小国，你说这人真没意思……"

白小国说："啥叫意思？钱就是意思，权就是意思。这社会，我算是明白了。有钱有权，就有意思，浑身都是意思，走哪儿哪儿有意思。要是没钱没权，就没意思了，一点点意思也没有。走哪儿哪儿没意思，浑身上下一身毛病，谁看你都不顺眼！我说得对不对？"

周世慧说："有钱没钱都没意思。"

白小国说："不对，不对，这话不对。"

周世慧说："有些人，你对他再好，你一心一意对他好，可他，全当没看见！你说，这算啥人哪？哼，傲什么傲？有什么傲的？"

白小国故意说："我傲吗？世慧，你看我哪点傲了？就是有个十万八万、三十万五十万的，也没啥傲啊？有钱人多着呢。"

周世慧说："我不是说你。"

白小国说："我知道，我知道你不是说我。哥哥也没这个福分，是不是？世慧，我不是说你，不就是那姓田的小子吗？不就当个破主任吗？要人没人，要钱没钱，他算个球啊！"

周世慧说："你，你别这样说他。"

白小国斜了周世慧一眼，说："好，好，不说不说。喝酒，喝酒。"说着，又给周世慧倒上了一杯。

周世慧端起酒，默默地喝下去，而后流着泪说："你说他是人不是人？我给他织了件毛衣，他连试都不试……"

白小国说："我看，这人是欠揍。怎么样，哥哥替你揍他一顿吧？"

周世慧说："别，你可别……我就是心里难受，想说说。"

白小国说："世慧，我说一句你不爱听的话。那姓田的，分明是脚踏两只船，吃着碗里，看着锅里。他先是迷那姓林的女人，后来又勾扯你。听说他最近又跟那姓林的联系上了。所以……"

周世慧抬起头，醉眼蒙眬地望着他："真有这事？不会吧？那姓林的那样污辱他……"

白小国说："看看，你又不信了？不信算了。你也看不起你哥哥，算我没说。"

周世慧似信非信，说："他就这么贱吗？男人都这么贱吗？"

白小国说："世慧，这你的打击面就太大了，你哥哥就不是这样的人。唉，说起来，你哥哥也是一肚子委屈呀！都是个人对不对？你哥哥也算是个人。在家里老爷子不当我是个人，出门来，又有谁当你是个人？妈的，狗都不如！不就因为没考上大学吗？不就因为是个小工人吗？我不想上大学吗？我不想风光吗？哪丈人才不想哪！话说回来，咱是啥出身，人家是啥出身？有些事情，咱翻山越岭，历尽千辛万苦也办不到的事情，人家一句话就办到了。你说说，理在哪里？还有理吗？我恨哪！我恨那些那些……"说着，他挥起手在桌上抢了一圈，竟也掉了眼泪。

周世慧的头抬不起来了，只喃喃说："你，你说什么？"说着，她的手慢慢扬起来，两眼迷迷茫茫地望着白小国："姓田的，你，你走！你给我出去！你有什么了不起？"

白小国一愣，突然哈哈地笑起来。

"多家灶"里，班永顺带着一身泥水走回来。他一踏进门，王大兰便嚷起来了："哎哟！你看看你，这是咋弄的？一身泥一身臭水，平展展的大马路，你是掉河里了?!"

班永顺说："不是我掉河里了，是小田，田主任掉河里了。"

王大兰说："哼，啥鳖孙主任哪！你还主任主任的，他待你老好？"

班永顺说："小田被人打了，我远远地瞅见，好几个人上去打他！车也给扔河里了。"

王大兰忙问："真的？没出啥大事吧？"

班永顺说："反正打得不轻……"

这时，正在厨房做饭的梁全山也走出来问："小田挨打了?!"

班永顺说："可不。打了还把他扔到河里，'砰'一家伙，水花子溅老高！"

梁全山问："哟！那谁打的？"

班永顺说："我在后边，离得远，没看清。估摸有三四个人呢……"

王大兰说："叫我说，不亏他！一当上主任，看他烧的！又是裁这个，又是罚那个的……"

班永顺忙说："你看你，你咋说这话？净叫人家怀疑咱。"

王大兰说："怀疑谁呢？他还怀疑你呢？"

班永顺说："嗨，我也是倒霉，刚好碰上。我还帮他把车捞上来……可听他话里不大对劲儿，你说说……"

王大兰说："他怀疑咱？嘿嘿，他还怀疑咱？叫他怀疑！这一回，他要是敢报复咱，我可不依他！"

梁全山说："不管是谁打的，这下可有戏看了！一个车间主任，让人白白地打了一顿，你说，他还咋工作吧？"

王大兰说："他想咋工作咋工作，反正不是咱！改革，改革，革这个革那个，革来革去革到了他自己头上，这他不革了吧？"说着，又埋怨老班说："你看你，一身湿！赶紧回屋换换吧。"

梁全山打趣说："老班，人家挨打，你怎么弄一身湿呀？"

班永顺说："我碰上了，能不管吗？"说着，便往屋里走去。

紧跟着，王大兰也打趣梁全山说："梁师傅，怎么，你成了专职做饭的了？"

她这么一说，梁全山的气又上来了，说："可不，咱没本事！没人家挣钱多！"

晚上，李素云在自己的屋子里走来走去，心里非常烦躁，只要听见外边有一点动静，她就赶忙趴到窗户上去看。她一连看了三次，都不是周世中，心里更慌了，便自言自语地说："肯定是找黄秋霞去了，肯定！再怎么说，人家有孩子，就这一条就扯不断。你夹在中间算什么呢？……"

在李素云心烦意乱的时候，王大兰却跑来说："素云，你听说了没有？小田被人打了。"

李素云忙问："小田被谁打了？重不重？"

王大兰说："反正是不轻吧。老班下班回来亲眼看见的，几个人拦住他，还把他的自行车扔河里了！是老班帮他捞上来的。"

李素云问："那小田人呢？"

王大兰说："听老班说，还在桥上蹲着呢。还不是挨了人家的打，怕丢人，没脸回来了呗。叫我说，人哪，也别太张狂了。你瞧，他刚当主任那会儿，神气的！见人都不理。老班那么老实，他还那样对老班。哼，恶人自有恶人磨！"

王大兰见李素云不吭了，就又转了话题说："我给你说的那个秋老师咋样？这一段他都没来喝胡辣汤了……"

李素云有点不好意思地说："人家是教师，咱是个工人，咱跟人家不般配。"

王大兰问："哎，他可愿意呀，咋不般配？是你不愿意吧？"

李素云不吭了。

街灯亮了的时候，周世中提着买来的一袋麻辣凉皮和一袋烧饼来到了电器厂家属院。他走上楼来，站在黄秋霞的房门前，两人互相看着，无话。

周世中走进门来，站在那儿，这时，黄秋霞很平静地对正在写作业的儿子说："小虎，给你爸搬个椅子来。"

小虎懂事地站起来，给爸爸搬了个座儿。周世中摸了摸儿子的头，坐下来，说："好点了吧？"

黄秋霞淡淡一笑，那笑里有一点凄凉，说："你放心吧，我死过了，我不会再死了。"

周世中说："还没吃饭吧？我，在路上买了点凉皮。"

黄秋霞看了看他放在桌上的那袋凉皮，说："谢谢了。你还记着我好吃凉皮？"说着，她沉默了一会儿，又说："那已经是几百年前的事了。我学坏了，你不知道吗？我早就不吃凉皮了。"

又是沉默，很久两人无话可说。小虎的头趴在作业本上，用书本挡着脸，一会儿偷眼看看这个，一会儿又偷眼看看那个。

周世中想说什么，张了张嘴，却没有说出来。

黄秋霞凄然地说："世中，你不用再说了。我都明白了，是我对不起你。我知道你为我做的太多太多，也知道我欠你太多太多了……不过，今生今世，怕是没有机会报答你了。你跟素云，我看出来了。素云人好，心也好，你们俩好好过吧。我不怪你，也没资格怪你什么……"说着，淡淡地一笑，眼里有泪花在打转，她又说："当时，要不是走投无路，我也不会厚着脸皮去找你，那时候，一个没脸的女人，还要什么脸哪？算了，不说了。"

周世中望着她，好半天才说："秋霞，我也不是……"

黄秋霞打断他说："别说了，我心里清楚，你以后也别再来了，让素云知道了也不大好。我没事了，也不会再有事了，我会好好活的……就是小虎，唉，不管怎么说，我对不起孩子。待会儿，你把小虎带走吧。那边，有他爷爷奶奶，还有他姑姑，比在我这儿好。"

小虎马上说："我不，我要跟妈妈在一起，除非妈妈也回去。"

黄秋霞说："小虎，听话。"

小虎固执地说："不，要回去我们一块儿回去。"

周世中看看儿子，又看看黄秋霞，默默地抽出烟来，默默地点上，苦苦地吸着。

黄秋霞自言自语地说："……有时候想想，怎么会走到这一步呢？怎么能走到这一步呢？人哪，怎么会自己不当自己的家呢？让孩子也跟着受罪，我真恨自己呀！"说着，泪一滴一滴地落下来。

这时，周世中把烟掐灭，咬咬牙，突然说："秋霞，要不，咱们……复婚吧。"

黄秋霞听了，身子猛地抖了一下，忙说："不，不。我不能再做对不起人的事了。我不能对不起素云，不能，不能。"

周世中无奈地说："那，那你说怎么办？"

黄秋霞是太想重新回到过去了，她非常非常想三口人重新团聚！她眼前出现了一个又一个三口人（她，他，小虎）在一起的镜头：小虎周岁生日时三口人的合影，小虎三岁时三口人的合影，小虎七岁上学时三口人的合影……她不敢再往下想了，她太怀恋这些日子了！可是，这时候，她眼前又出现了一个女人的身影，那是李素云的身影：笑眯眯的李素云，愁眉不展的李素云，李素云的正影、侧影……一下子把三口人的影像全覆盖了！

黄秋霞的头"轰"地一下大了！她有点失态地站起身来，生硬地说："你走吧。你走，你现在就走！"

周世中一愣，慢慢地站起身来，说："秋霞，你……"

黄秋霞说："你走，你走，我不要你来可怜我！走，走啊你！"

夜里九点钟的时候，挨了揍的小田突然来到了周世中家的门前。

他脸上仍带着伤，走路还一瘸一拐的，不过，身上的湿衣服已经换掉了，穿着一身较为干净体面的衣服。他站在门口叫道："世慧，世慧……"

听到喊声，周世慧的母亲余秀英从门里走出来，说："谁呀？"

小田说："大妈，是我，小田。"

余秀英看看他，说："噢，小田呀，你找世中？还没回来哪。"

小田说："不，大妈，我找世慧。世慧在家吗？"

余秀英又看了看他，像是明白了什么似的，说："噢，找世慧，噢，找世慧……她不在家呀。"

小田有点失望地说："那，她上哪儿去了？"

余秀英说："谁知道。这闺女，早该回来了。"

小田想转身走，可又有点不甘心，说："那，大妈，我能不能等她一会儿？"

余秀英说："行，行。来吧，来吧。"

小田走进门去，在一张木椅上坐下来，想说点什么，一时又无话，就把头勾下来了。

余秀英在他的面前坐下，左看看，右看看，忽然说："小田，你学过毛主席语录没有？"

小田忙抬起头，怔怔地说："没，没有。"

余秀英惊讶地问："你连毛主席语录都没学过？"

小田说："我，没顾上。"

余秀英很严肃地说："这不行，这可不行。我给你背一条，背一条三大纪律八项注意……"

小田一听，慌了，忙站起身说："大妈，我先走了，改日吧，我改日再听你背。"说着逃也似的出去了。

余秀英追着说："这孩子，连条语录都不会背！……"

夜里，白小国骑车带着周世慧跟跟跄跄地在路上走着。

两个人都喝醉了酒，自行车在路面上东拐西扭的，一会儿偏到了左边，一会儿又偏到了右边，扭着扭着，"咣"的一声，车子摔倒在马路上。

摔倒在地上的周世慧摇摇地挣扎着站起来，自言自语地说："你，你，你喝喝醉、醉了。"

白小国从地上爬起来说："没没没醉，才才才一一、一瓶多、多点。"说着，跟跟跄跄地扶起车子，赶上周世慧，说："坐，坐，你你坐。"

周世慧摇摇地走着说："我我、不不坐了……你你光光、摔我。"

白小国说："没没事事事……你你、你赌坐了。"

周世慧说："小、小田……"

深夜，周世中缓缓地走上楼来。

当他走到李素云家门口时，他站住了。迟疑了片刻，他刚要走，门却无声地开了。黑暗中，李素云在门口站着。

周世中只好站住身子，望着李素云，可李素云看了看他，却扭身回屋去了。

周世中也默默地跟着进了李素云家。两人在黑暗中站着，仍是无话。片刻，只听"啪"的一声，李素云把灯拉亮了。灯光下，两人的神色都显得很沉重。

李素云说："去了?"

周世中说："去了。"

李素云说："我想你会去的。"

周世中无话。

李素云说："她喝药了？"

周世中说："安眠片。"

李素云说："……救活了？"

周世中说："活了。"

李素云说："她没再说什么？"

周世中说："没有。"

李素云说："想想，我真有点多余。我夹在中间算什么？我成了多余的人了……"

周世中说："素云，我仅是看看她，怕她……"

李素云说："我说不让你去看她了？人家都到了这一步了，我还能不让你去看看她？我就这么狠吗？"

周世中说："我不是这意思。"

李素云说："那你是啥意思？"

周世中说："我是怕你误会。"

李素云说："误会？我误会什么？我敢误会吗？你们一家三口人，有孩子有啥的……我算什么呢。"

周世中恳切地说："素云，你别这样说。你这样说，叫我……"

李素云说："我该怎么说？世中，你说叫我怎么说？我还能怎么说？"停了一会儿，她又自言自语地说："都是让钱烧的！钱怎么能把人烧成这个样子呢？好好的家，一个一个都零乱了……"

周世中的内心非常矛盾，他心里爱着李素云，可是，小虎又执意不肯回来。他长长地叹了口气："嗨！"

李素云很矛盾很痛苦地说："世中，我反复想了。我不拦你，你还是跟秋霞复婚吧。这样，你们一家三口就破镜重圆了。"

周世中说："素云，我心里是咋想的，你还不明白吗？"

李素云激动地说："可是，世中，你，不能老这样啊！你不能总是两头挂着呀！我知道你心好，可你……"

周世中不说话了，两人就这么相互看着。

墙上的挂钟"当当……"响了，一连敲了十二下，两人还是互相看着。

午夜，白小国和周世慧相互搀扶依偎着，踉踉跄跄地走上楼来。

当他们来到白小国家门前时，周世慧说："错、错了吧？这好、好像不是我家。"

白小国吐着酒气说："不不错，就就是。"说着，用钥匙开了门。说："进、进来吧。"

周世慧被白小国拽着进了门，周世慧看着四周说："不、不太对劲儿……"

白小国又把周世慧拽到自己的房间里，说："就就这儿。"

周世慧看见床，一下子扑倒在床上，喃喃说："我，头晕……"

白小国也扑到周世慧的身边躺下说："我我也也有点……"

周世慧翻个身儿说："你是是小田？"

白小国说："我是是，不、是是……"

十六

工人们又到了上班的时间了。

晨光里，无数辆自行车迎着秋日的朝霞向前飞奔……在马路上的自行车行列里，响着各种各样的嘈杂声音。那声音折射着生活的忙碌，生活的沉重，生活的昂奋，生活的一日日的重复和一日日的新颖。它就像河水一样，一日日流淌着，却每天都有新的波浪。路线是不变的，方向也是不变的，但是，你看，那骑车人的脸相在一日日地变化着，那念想也一日日地不同，就连那响动、那声音、那语言，也在悄悄地变化着。

这就是工人们的日日陈旧又日日新鲜的日子！

在10号职工家属楼前的空地上，停着一辆红色的桑塔纳轿车，开车的司机手卷成筒状，朝楼上喊："崔科长，崔科长……"崔玉娟手里拿着牙刷，从楼上探头朝下看了看，说："小苗，有啥急事吗？"

站在楼下的司机喊道："崔科长，快点吧！厂长让你马上就走。"

崔玉娟在楼上大声问："啥事，这么急？"

楼下的司机说："我也说不清楚。快点走吧！"

崔玉娟说："那好，我马上下去。"说着，身子一晃，在窗口上缩回去了。

片刻，崔玉娟打扮得容光焕发地从楼上走下来。她刚一下楼，梁全山便从"多家灶"里猫腰追出来，目光追着崔玉娟的身影往下看。

梁全山趴在那儿，猫腰盯了一会儿，直到崔玉娟进了轿车，车"日儿"一下开走了，他才直起身，自言自语地说："一大早就来车接？我看有问题，这里边肯定有问题！哼，也化起妆来了，还天天化，让谁看呢！"

在柴油机厂二车间里，来上班的工人们正在乱哄哄地议论着。

有的说："今天主任怎么没来？他不是天天点名吗？"

有的说："还说呢，挨打了！主任昨天晚上让人狠狠地揍了一顿！"

有的说："还有这事？打得重不重？"

有的说："反正不轻。八成是起不来了！"

有的说："不管轻重，说起来多丢人哪！听说，骑的车让人给扔到河里去了！人也给扔进去了，就跟抛皮球一样，咣咚！好家伙，不摔个半死才怪呢……"

有的说："这人呢，也别太猖狂了。你看他那劲儿，一当上主任，可不知王二哥贵姓了！"

有的说："也不知得罪了谁了，下这么重的手？"

有的问："是一班儿的，还是三班儿的？"

有的说："谁知道呢，反正，这不是个小事。"

有的说："平白让人打一顿，他还咋有脸上班呢？"

有的说："论说工资、奖金都涨上去了，还是有人有意见……"

上午快九点时，周世慧在睡梦中觉得有条蛇压在她的身上，她吓坏了，拼命挣扎……可是，当她吓醒后，睁眼一看，更是大吃一惊，只见压在她身上的是白小国，白小国正在亲她的脸呢。

周世慧拼命用力一挣，把猝不及防的白小国一下子掀翻在床前的地上。

光身只穿一条裤衩的白小国很狼狈地从地上爬起来，大口地喘着粗气，两眼盯着躺在床上的周世慧，二话不说，又逼了上来。

周世慧四下一看，她竟然睡在了白小国的床上。猛然想起昨天夜里醉酒的事，再想什么已经来不及了，她灵机一动，喊道："小国哥，小国哥，你可是当哥的！你，你想干啥？"

白小国狞笑着说："哥哥想干什么，你还不知道？"说着，又往前走了一步。

周世慧慌忙拉过床上一条毛巾被裹住自己，惊慌地缩成一团，说："你别过来！我可喊了！"

白小国笑着说："你喊吧，我还怕你喊？你已躺在我的床上，还有什么可喊的？乖乖地听哥哥的话，哥哥不会亏待你……"说着，低下身来，又往前凑。

周世慧一边坐起来往床里边躲着，一边说："你别过来！你过来我喊了，我真喊了！"

这一刻，白小国变得狰狞无比，他嘿嘿一笑，心里说："哼，我就不信，到嘴的肥肉还能飞了？"他扭过身来，掀开床垫，"唰"地一下，从里边抽出一把匕首来！而后，他扬起匕首，恶狠狠地说："世慧妹妹，你喊吧，哥哥不怕你喊。你吃了哥哥的，喝了哥哥的，不能就这么算了吧？你要是敢喊，我就用这把刀把你的脸划了，让你变成丑八怪，让你一辈子没脸见人！"

周世慧一惊，哭着说："小国哥，你饶了我吧！我，我赔你钱行不行？"

白小国冷冷一笑说："实话告诉你，昨晚上，哥哥已经把事办了。现在生米已经做成熟饭了，你就跟哥哥过吧！"

周世慧一听，脸色忽一下变了，她身子靠着墙，慢慢地立起身来，咬着牙说："你……流氓！"

白小国说："流氓？哼，哥哥就是流氓。你到现在才知道哥哥是流氓，也太晚了点吧？……哼，我知道你看不起我，你们都看不起我！啥他妈的好事都让别人占了！啥好事都没有我的！老子今天也豁出去了！你乖乖地给我躺下！我知道你还想着那姓田的，是不是？那姓田的算什么东西？老子对你够好了吧？多少天来，你一直挖苦老子，老子一直忍着呢……"说着，他已到了床前。

周世慧靠墙站着，厉声说："你别过来！你敢过来我就喊！我就跟你拼了！……"

这时，白小国猛地扑上床来，伸手去拽周世慧。周世慧急了，大声喊道："救命啊！快来人哪……"

白小国一个饿虎扑食，上前一下子把周世慧拽倒在床上，紧接着，他骑到了周世慧身上，一只手卡着周世慧的脖子，一只手用匕首对着周世慧的脸，说："你再敢喊，我一刀下去，给你来个满脸开花！老老实实地让哥哥……"

就在这时，白占元下夜班回来了，他刚开了门，听见儿子的屋里有撕打声，快步走到儿子的门前，拍了拍门，喊道："小国，你在屋里干什么？"

白小国愣了愣，扭身朝门口看了一眼，周世慧趁这机会又大声喊道："救命啊！快来人哪！"

白小国一边卡周世慧的脖子，一边对着门外说："你别进来，你别管！我谈恋爱呢！……"

白占元听见是周世慧的声音，肺都气炸了！他一脚把门踢开，冲进去一看，见儿子正骑在周世慧的身上，白占元骂道："畜生！你……"说着，便扑上去拽住白小国就打。

白小国用力一甩，白占元连着退了几步，站立不稳，咕咚一下，摔倒在地上。

白小国恶狠狠地用匕首对着周世慧，却对身后地上的父亲说："老东西，你给我出去！你要不出去，我马上把她划了！"

此刻，摔在地上的白占元一边挣扎着爬起来，一边用手在地上摸着，蓦地，他摸到了一个带把儿的东西，便随手抓起来，扑上前去，用力地照儿子的后脑勺上击了一下！

就这么一下，白小国一头栽倒在床边上！

白占元顾不上多想，上前一把拉起世慧，推着她说："快走，孩子，你快走！"

周世慧浑身哆嗦着，急忙跳下床来，身上裹着毛巾被跑了出去。

周世中今天倒班，他听母亲说，妹妹一夜没回来，以为她是加班了，刚说要去她的厂里看看，却见妹妹光着脚，身上披着毛巾被，像受伤的惊兔一样跑了回来。

周世中一惊，忙问："你，怎么……？"

周世慧浑身哆嗦着，也不说话，径直朝自己的房里跑去。

周世中又追到妹妹的房间，见妹妹扑在床上，身子缩成一团，在呜呜地哭，便焦急地问："怎么了？到底怎么了？"

周世慧哭着说："白小国，欺负我……"

周世中一听，顿时两眼冒火，他扭过头，像愤怒的狮子一样冲了出去。

周世中站在白家门前，大声喝道："白小国，给我滚出来！……"没听见回话，他便冲进门去。

周世中进门后，却见白占元在地上瘫坐着，他两只手抖抖的，两眼无光，只听他喃喃地道歉说："世中，小国作孽呀！"

周世中没说什么，径直闯进了白小国的房间。他进屋一看，却又见白小国横躺在床上，头悬空在床沿儿垂着，两眼白瞪，已经死了。

周世中愣愣地站了一会儿，又默默地走出来，说："师傅，小国死了……"

此时，白占元脑海里仍是一片混乱，他半睁着眼说："死了好，省得他再作孽！"

周世中说："真死了。"

白占元这才睁开眼，怔怔地望着周世中，茫然地说："死了？"

周世中沉静地问："是世慧把他杀了？"

白占元抬头看了看周世中，缓缓地说："不，不是世慧。是我，是我把他杀了……"

正在这时，余秀英又跑来了，她手里舞着一根竹竿，疯跳着冲进门来，高喊："姓白的，毛主席说，人不犯我，我不犯人！人若犯我，我必犯人！我跟你们白家拼了！……"

周世中知道母亲又犯病了，赶忙在门口堵住她，用力地把她拦腰抱了出去。

白占元在地上坐着，一时万念俱灰。片刻，他哆哆嗦嗦地站起身来，走进儿子的房间。他立在床边，望着已经死去的儿子。望了一会儿，伸手在儿子的鼻子前摸了摸，这才明白儿子确实已经死了。他慢慢地曲下身子，蹲在床前，两手托着儿子那悬空的头说："儿子，我没想杀你，你爸没想杀你，可你不该作孽呀！……"说着，他一手捧着儿子的头，一手抚摩着儿子的脸说："儿子，我说了多少遍了，让你学好，学好，你怎么就不听哪？你说，你为什么就不学好呢？一次一次的，你不学好，你为什么就不能学好呢？……唉，怨我，都怨我呀，是我没把你教育好。我有罪呀，你爸有罪呀！……"说到这里，他把儿子的头慢慢移到床上。这时，他看见了仍在床边的那个随手抓起来的东西，他低下头拾了起来，那是一把手锤，一把起钉子用的手锤，他就是用这把手锤把儿子杀了！那上边沾着儿子的鲜血，他在手锤上闻到了血腥味……突然，他猛地站起身来，那个手锤"咣"的一声掉在了地上……他挓挲着两只手说："我杀了人了，我把儿子给杀了！我杀了……"他愣愣地在屋子里转了一圈儿，像是傻了似的，好半天才想起他要干什么，他喃喃地说："我杀了人了，我自首，我去自首……"说着，身子摇摇的，一步一步走出门去。

白占元走出门，又一步步走下楼梯，仍是一边走一边喃喃自语说："我杀了人了，我自首，我自首……"

大街上，阳光明媚，仍是红红绿绿，人来车往。白占元走在大街上，就像走在棉花包上一样，深一脚浅一脚的……他什么也看不见，什么也听不见，眼前只有儿子那张脸，那张狰狞的充满死亡气息的脸！儿子那张脸像是在嘲笑他，儿子的嘴角上带着一丝狰狞的笑意……他在儿子面前败了，他没能教育好儿子，儿子正在嘲笑他的失败！天空，大地，都在嘲笑他！嘲笑他正直了一辈子，却没有教育好自己的儿子……

紧接着，他眼前晃动着一张张儿子的脸：

儿子一岁时的小脸。

儿子三岁时的小脸。

儿子八岁时的脸。

儿子十二岁时的脸。

儿子十六岁、十八岁时的脸。

儿子的一张张脸拼在了一起，拼成了一幅模糊不清的图画……

这时，在白占元的眼里，儿子的脸在天空拼成了一个"罪"字，这个"罪"字在他的头顶上罩着，这是他的罪。

在工区派出所的所长办公室里，白占元一进门就说："我自首，我有罪，我自首……"

所长一愣，忙问："白师傅，怎，怎么了？"

白占元低着头说："我杀了人了，我自首。"

所长一听，脸色即刻变了，忙对外边喊道："小李，来一下！"而后又对白占元说："你坐下吧，坐下说。"

一个民警闻声走了进来，站在了一旁。

白占元屁股刚挨着椅子，又站起说："我杀了人了，我自首。"

所长问："你杀了谁了？"

白占元说："我把我儿子杀了。"

所长一惊，问："是白小国？"

白占元仍是喃喃地说："我把儿子杀了，我有罪。"

所长又问："你为啥要杀他？"

白占元嗫嚅地说："他作孽呀！……"

所长觉得事态严重，便对那个民警说："小李，你记一下笔录。"

上午十点多的时候，一辆警车闪着灯来到了 10 号职工家属楼前。

一群民警和法医从车上跳下来，急急地走上楼去，来到了白占元家。

还有闻讯而来的记者们，他们跟在后边，一起拥上楼去。

顿时，全楼的住户都拥出来看了，人们围在白占元家的门前，乱纷纷地议论着：

有的说："出事了，出事了，白师傅家出事了！"

有的说："听说白师傅杀了人了！"

有的说："不会吧，白师傅会杀人？不可能！是他家小国吧？"

有的说："就是，就是。白师傅把小国杀了！"

有的说："真的？那……这里头肯定有原因。叫我说，不亏他，那是个狼羔子！早晚也是祸害人！"

民警们在白家勘查现场，他们看到的是两个截然不同的天地：在白小国的住室里，是由影星、歌星的画和各种享乐型的器具摆设、新潮衣服、皮鞋组成的天地；在白占元的房间，是六十年代的、简单得不能再简单的破旧的陈设，屋子里只有一只破旧的半截柜和一个木板床，床上是一些简单的被褥，还有一件补了许多次的衬衣，床下放着一些破旧的布鞋……房间外边的厅里，贴满了白占元的奖状，不过，这些奖状已经旧了、残缺了，奖状的边角处几乎全被撕得豁豁牙牙的……民警们已经感觉到了，他们在这所房子里感觉到了两种精神的对抗、两种时间的对抗，那对抗是无声的，又是很残酷的。

白小国的尸体被用布裹着抬出来了，围观的人们默默地让开路，让这个"狼羔子"从人间走出去。

中午，白占元在所长的办公室里靠墙蹲着。

办公桌上，放着派出所所长让人送来的饭菜。可白占元连看都没看。他一下子苍老了许多，他在等待着对他的惩罚。

他眼前恍恍惚惚地出现了儿子小时候的情景：那时候，他用这把手锤在钉一个小凳，儿子蹒蹒跚跚地走过来，两只小手捧着一个小木盒，盒里装的是钉子，他看了看儿子，抚摩了一下他的脑袋，而后从盒里取出一枚钉子，放到嘴里用唾沫湿了一下，接着就把那颗钉子放在凳子面上，扬起手锤，一下一下地砸着，他一共砸了三下，把钉子揳进了小凳的木榫里。

可是，仍然是这把手锤，他一下就把儿子砸死了。

下午三点钟的时候，派出所所长推开了办公室的门。他看见白占元靠墙在那儿蹲着，心里一热，忙走上前去，一把把他从地上拉起来，说："白师傅，你别这样……快，快坐下。"

白占元说："我有罪呀……"

派出所所长把白占元扶坐在椅子上，而后说："白师傅，经初步调查取证，你这不叫犯罪。你是为了救人，是迫不得已的。应该说是大义灭亲，是为民除害。你不但没有罪，还有功呢！还得感谢你老呢！白师傅，你回去吧。如果有什么事，我们再找你……"

白占元说："所长，你判我刑吧，我真有罪呀！"

所长拍拍他说："白师傅，你冷静一点。我理解你的心情。回去吧……"

白占元说："我有罪，我真的有罪……"

所长安慰说："老师傅，知道，情况我们知道了。你没有罪，教育也不是万能的。回去吧，回去吧……"

　　晚上，白占元木呆呆地坐在屋里，手里捧着妻子的遗像，对"妻子"说："老伴，我对不起你，我把咱们的儿子杀了，咱们就这一个儿子，我把他杀了……我不想杀他，也没心杀他……可他，他不该作孽呀！他，他糟蹋人家世慧姑娘，你说让我怎么办呢？咱们是人哪，咱们不能眼看着儿子去干那猪狗不如的事呀！我是一点办法也没有。我要有一点办法，也不会杀他……唉，老伴呀，有时候，我也确实恨他，恨他不成器，恨他不学好，有时候，也说两句狠话，说你还不如去死了呢，死了我就不跟着丢人了，也不跟着操心了！可那都是气头上的话，在心里头，他还毕竟是儿子呀！……"

　　白占元对着遗像又说："……你看，都去了，就剩下我一个人了。我活着还有什么意思呢？老伴呀，你不该走得那么早啊！要是你还在，也许就不会出这样的事情，儿子会听你的话，他也许就不会学坏了，你干吗走得那么早哪？……想想，也都是我的罪呀！我这个爸是白当了，儿子跟着我，怎么就学不好哪？他小的时候，一时找不到幼儿园，有两次，我曾把他锁在屋子里，也只有这么一两次呀，看着他哭，我心里也难受……有时候，他放学不回来，我也去学校找过他，他砸坏了学校的玻璃，我也去给人家老师说好话，赔人家钱……可是，我就怎么不能让他学好呢？他心里是恨我的，我知道他心里恨我，恨我没本事，恨我不能像人家的父亲一样，帮他找个好的体面的工作……可咱是工人哪，本本分分的有什么不好呢？……"

　　白占元嘴里唠叨着，又迷迷糊糊地捧着妻子的遗像走出来，来到白小国房间，仍然念叨说："老伴呀，你看看，你都看见了，我也是想尽量让他吃好穿好，让他走出去的时候体面些。可，可是，我怎么就不能让他学好呢？他为什么就不能学好呢？罪孽呀，这就是我的罪孽，生他养他，却不能让他走上正路，这就是我的罪孽！……"

就在这时，李素云进来了，她手里端着一碗热腾腾的鸡蛋面，看见白占元在白小国的房里，便把饭碗放在茶几上，走进去对白占元说："白师傅，你到现在还没吃饭呢，吃点饭吧。"

白占元摇摇头说："素云，我真是，我真是……"

李素云安慰说："白师傅，路都是自己走的，他硬要往那条路上走，这也不能怪你呀。"说着，把面条端到他面前："吃点饭吧。"

白占元叹口气说："唉，这是我的罪孽呀！我说过他多少次啊……"又说，"素云，我这个老头子没少让你操心，我，我真是……"

李素云说："师傅，你也得想开点。这些年，你为他没少受累，该说的也都说了，你也算尽了心了。"

白占元摇着头说："不，我有罪，是我没把他教育好。"

两人正说着，周世中扶着妹妹周世慧进来了，兄妹俩默默地走进来，低声叫道："师傅……"

白占元看见他们，眼里的泪下来了，他愧疚地说："世中、世慧，师傅对不起周家，对不起你们呀！"

周世中忙说："师傅，别，可别这么说。是你把世慧救了，要不是你……"

周世慧叫了一声："大伯！"一下子扑进白占元的怀里，呜呜地哭起来了。

白占元轻轻地拍着周世慧，摇摇头说："我，我这心里愧呀！我怎么就不能……"说着，扬起手朝自己的脸上"啪啪"打起来。

周世慧忙抓住他的手，哭着说："大伯，从今往后，我就是你的女儿。我给你老人家养老送终……"说着，就要往下跪。

白占元赶忙扶住她说："世慧，你别，是大伯对不起你呀！"

此刻，王大兰、班永顺、梁全山、小田等人都来了，王大兰手里也端着一碗饭。他们进来后，都连连地叫道："师傅，白师傅……"

夜已深了，外边的挂钟"当当"响着。白占元在儿子的房间里坐着，秋凉了，窗外的凉气沁了进来，他身上一寒，只觉得眼前恍恍惚惚的。

这时，他看见已经死去的儿子又回来了，儿子白小国仍是嬉皮笑脸的，脸上带着嘲弄的神情。他靠在门旁站着，说："老爷子，你败了吧？"

白占元惊异地抬起头来，说："你，你不是……"

白小国说："我死了？我死了又怎么样？你不是想改变我吗？你不是想让我走你的路吗？可你把我变过来了吗？到死我也没有变过来，你不是败了是什么？你败得很惨呢！"

白占元说："小国，你……"

白小国说："不服，是不是？你还想教育我呢？哼，还想教育我呢？到了这一步，你就这么一个儿子，你也把他弄死了，你说说你这一辈子，可怜不可怜？你还活个啥劲儿呢？"

白占元说："小国，我没想……"

白小国说："别说了，我不听你说。你以为我不知道呢，我小的时候你就想害我，那时你就说过，你再捣蛋我锤死你！你说过没有？你看你到底还是把我锤死了。你也够狠了吧？"

白占元说："小国，我那是吓你呢。我是希望你能学好。"

白小国冷冷一笑说："学好？什么叫学好？像你那样就是学好？你那是啥年代的事？我活的是啥年代？咱们根本不是一个年代的人，你觉得你那样是好，我觉得我这样是好。老爷子，咱们的标准不一样。你是活脸，我是活我，你要的是脸面上好看。可脸是给人家看的，说白了，你是为人家活的，我是为我自己活的。咱们的活法不一样。"

白占元说："儿子，再不一样，咱们也是人呢。人活在世上怎么能不要脸呢？你要不要脸了，那还是人吗？"

白小国说："我为什么非得要脸？我就是不要脸。我要脸干什么？再说，我根本就没有脸。我生在这样的家庭里，要的什么脸？"

白占元说着说着，又气了，他说："不要脸是不行的！你为什么不要脸？你得要脸。你别以为你爸是个工人，没权没势，就轻看你爸。你爸一辈子没让人轻看过。"

白小国说："屁！没让人轻看过，你觉得没让人轻看过？你知道什么？你一辈子就窝在车间里，上班下班，下班上班，你都活锈了，你还说呢。你知道那些有钱有势的玩过多少女人吗？你根本就不知道。可我刚玩上一个女人你就把我锤了……"

白占元说："你那样，连畜生都不如……"

白小国说："好，就算我猪狗不如。可我这么大了，总得有个女人吧？我为什么就不能有个女人？"

白占元说："你要是正正当当的，娶一个媳妇，你爸会拦你吗？"

白小国说："什么叫'正正当当'？你以为我不想正正当当吗？我也想正正当当，可谁跟我'正当'呢？我在她们眼里是什么？是渣滓，是社会渣滓！你知道不知道？你把我弄到这种地步，我还怎么正当？长得稍稍好一点的女人，一是看权，二是看钱，三是看文凭，她们会跟我'正当'吗？"

白占元说："照你这么说，你只有学坏这一条路了？你……"

白小国说："啥好啥坏？你以为这是坏，我可不以为这是坏。咱们的标准不一样，我也不跟你白费口舌了。"

白占元说："你既然不思悔改，你就别回来，你回来干什么？"

白小国说："我回来是报仇呢。你敲我一锤，我也得还你一锤！"

白占元说："你连你爸都要报复，你还是人吗？"

白小国说："我早就不是人了，我还怕不是人吗？"

白占元说："好，好。你锤吧。你也把我锤死算了。"

白小国说："你放心，我不会锤死你。我就让你活着，让你后悔一辈子。"说着，他飘然地走过来，在白占元头上"梆"地敲了一下，而后，说："老爷子，拜拜了！"

白占元觉得头上闷闷地挨了一下，他喃喃地说："小国，小国……"可是，当他抬起头来，却见房门口并没有人，只有凉凉的夜气。

第二天上午，记者们像蝗虫一样飞来了。报纸、电视台、电台的记者们蜂拥而至。他们拥进白占元的家，一个个把摄像机、照相机的镜头对准老人，发出强光的聚光灯也对准老人；闪光灯在老人的脸上一闪一闪地亮着……

面对这么多的人，这么多的灯光，白占元木呆呆地在沙发上坐着，他就像是一个无助的孩子被扔进了狼窝一样，不知道他们要干什么。

一个电视台的主持人，手里拿着话筒，抢在众记者的前边对他发问："白师傅，听说你为民除害，大义灭亲，亲手杀了自己的儿子。你的事迹非常感人！你能回答我几个问题吗？"

白占元一下子像傻了一样，他四下看着，似乎想找个地方躲起来，可他发现所有的灯光都对着他；他低下头去，却又发现面前的茶几上放着一个小黑匣子；他已无处可藏……他嘴里嗫嚅着，不知道该怎么办，也不知道该说什么，就那么像木偶一样任人摆布。

电视台的主持人不失时机地问："白师傅，你告诉我，白小国是你的儿子吗？"

白占元机械地说："是。"

主持人说："好，你回答得很好。你再告诉我，他是你的亲生儿子吗？"

白占元又机械地说："是。"

主持人连着问："你就这么一个儿子，是吗？"

白占元木然地说："是。"

主持人又问："当时，你是怎么与罪犯搏斗的？你能谈谈吗？"

白占元四下看看，想躲过那耀眼的灯光，可他躲不过去，他只好来回地扭着头。

主持人再次逼问说："白师傅，希望你能回答我，你用什么打死了罪犯？"

白占元在逼问下，机械地说："锤，手锤。"

主持人马上说："好，很好。是一把锤，起钉子用的手锤，是吗？"

白占元说："是。"

主持人说："你为什么要用手锤？当时罪犯手持匕首，万分危急是不是？"

白占元说："我，我没想……"

主持人说："你没有考虑用什么，是不是？"

白占元说："是。"

主持人说："你是随手在地上拾起的，是不是？"

白占元说："是。"

主持人又问："当时你明知道他是你的儿子，是不是？"

白占元结结巴巴地说："我，我……"

主持人再次逼问说："你知道他是你的儿子，是吗？"

白占元只好说："是。"

主持人说："好。你明知道他是你的儿子，你为什么还要扑上去打他呢？"

白占元嗫嚅地说："他，他作孽……"

主持人说："你是为了制止犯罪，对吗？当时你是怎么想的，能告诉我吗？"

白占元说："没，没想……"

主持人说："你当时什么也没想，或者说是来不及想，就冲上去了，是这样的吗？"

白占元又四下看看，似乎想找什么，可他眼前仍然是逼人的灯光。

主持人说："白师傅，你告诉我，你用那把手锤砸了他几下？"

白占元喃喃地说："一下。"

主持人说："只一下吗？"

白占元喃喃说："就一下。"

主持人说："白师傅，你再考虑考虑，你当时真的什么也没想吗？你心里有没有涌上来一句什么话？一个闪出来的念头？你能告诉我吗？"

白占元却嗫嚅地说："我有罪……"

主持人马上改变话题说："那好，白师傅，请你回答我的第二个问题。听说你是三十年的劳动模范，是吗？"

白占元嘴唇哆嗦着，头低下去了。

主持人又问："白师傅，听你们厂里的领导讲，三十年来，你没请过一天假，是吗？"

白占元用手揉着两眼，喃喃地重复说："我有罪……"

主持人又说："白师傅，我希望你能回答我的问题。听说你三十多年来一直坚持早上班晚下班，你捡的废料堆积如山，给厂里节约了大量的原材料，是吗？"

白占元的头歪在了一边，嘴角出现了白沫儿，他仍重复说："我有罪……"

主持人仍然在问："白师傅，我们看到，这屋子里满墙的奖状全是你得的。数十年来，你一直兢兢业业地工作，那么，你能告诉我，你这样做是为什么吗？"

就在这时，白占元突然头一勾，扑通一下，歪倒在沙发的扶手上。

屋子里一下子乱了，有人高声说："昏过去了！昏过去了！"

有人喊："掐他人中，掐他人中……"

就在人们手忙脚乱的时候，周世中冲进来，气愤地说："你们是记者，怎么能这样折腾人哪！"说着，一把抱起老人，慌忙往门外跑去。

这时，有人喊道："快送医院，楼下有车！"

下午，小田穿着那件周世慧为他织的毛衣，在周世中家门前徘徊了很久，看余秀英不在家，终于大着胆子跨进了周世中家。他轻轻地推开了周世慧房间的门，又轻轻地关上了门。

周世慧正在床上躺着，受到摧残后，她显得十分憔悴。当她看到小田进了她的房间时，便吼道："出去，你给我出去！"

小田望着她说："我知道你恨我，我也知道这一切都是因为我……我太傻了，我也明白得太晚了。"

周世慧流着泪说："你滚出去！"

小田说："我只有一句话，我跟你只说一句话……"

周世慧却抓起枕头向小田砸过来，她哭着说："你是笑话我来了！你笑吧，笑吧！你走，我不要你来可怜我！"

小田说："我可以向你发誓，我是真心的。我真心爱你。我到现在才明白过来……"

周世慧哭着说："你不是人！你不是人！你把毛衣给我脱下来。"

小田走上前去，拥住她说："你听我说……"

周世慧用力地推了他一下，小田往后退了几步，又冲上去抱住她说："你打吧，打吧。"

周世慧伸出两手，拼命地朝小田身上打去，一边打，一边哭着说："我恨你，恨你！……"

小田脸上、身上重重地挨了几下，可他动也不动。末了，他说："世慧，咱们结婚吧。我要说的就是这句话。我会对你好的，一辈子对你好。我不会再让你受伤害了。"

周世慧停住手，愣愣地看着小田，她看了一会儿，叹口气说："你走吧。"

小田说："我不走，你不答应我，我决不走。"

周世慧眼里扑簌簌掉下了两串泪珠，她又伤心地说："你还是走吧。"

小田说："世慧，我知道是我不好，这一切都是我造成的……"

周世慧背过脸去，大声说："你走！"

小田往后退了两步，说："我会再来的，一直到你答应为止。"说着，他扭过身子，默默地走出去了。

小田一走，周世慧身上一点劲也没有了，她一下子扑倒在床上，头一下一下在墙上碰着。

十七

上午八点钟的时候，在二车间的班前会上，小田讲话说："今天，作为车间主任，我将宣布一个决定，这是我作为车间主任的最后一个决定，是我个人的决定。现在，我向大家宣布，我决定辞职，辞去二车间车间主任的职务。我不干了！"

立时，会场上"哄"地一下，工人们乱纷纷地议论起来。

有的说："看看，咋样？他没脸再干了吧？"

有的说："他许下那么多的愿，又是调工资，又是奖金翻一番，说不干就不干了？"

有的说："兴许是拿大堂呢！他是想让上头处理那些打他的人，赌看了，非开除几个不行……"

有的说："这人，一有事就撂挑子，这还行？"

有的说："他不干，有人干，吓唬谁哪？"

小田接着说："我必须说明一下，我这个决定是经过反复考虑才做出的。我已经正式向厂长提出辞职，厂长已经接受了我的辞职报告……"

当小田说到这里时，梁全山马上捅了捅班永顺，说："他真不干了，看样子是真不愿干了。"

班永顺不解地问："主任都不愿干，那他想干啥？"

小田说："我虽然决定辞职，但我必须强调一点。我任车间主任以来，并没有做错任何事情，我所做的任何工作，我所订的所有的规章制度，都是正确的，都是有利于生产的……"说着，他突然大声说："可以说，我是问心无愧的！"接着，他又用加重的语气说："我再说明一点。我辞职，与我的工作没有任何关系，但与我的承受力有关。我们厂是个国营企业，国营企业的改革是需要一些承受能力较强的人逐渐来完成的。相比之下，我倒显得有些急躁了。我知道咱们车间有很多人恨我，恨就恨吧！……所以，我决定辞职。我辞职完全是我个人自愿的，也不怕各位笑话。最后，我再说一句题外话，我辞职后要办的第一件事，就是结婚！括号，我要说明，因为我已辞去车间主任的职务，所以不存在有意让你们送礼的嫌疑，我只是想让你们替我高兴！我将按国家的有关规定休完十五天婚假，然后……好了，不说了。下边让厂长讲吧。"

工人们又嗡嗡起来。有的说："这小子，怪不得呢！"有的说："他跟谁结婚？咋没听说呢？"可是，一听说厂长要讲话，众人立时四下瞅去，却没有看到厂长。

原来，厂长早就来了，他一声不响地在后边站着呢。到了这会儿，厂长才走上前来，说："我接受了田治同志的辞职报告，决定免去他的车间主任职务。同时，我还要狠狠地批评他！不过，他已经说了，他不具备一个干部所应该有的承受力，也就是说，他缺乏应有的牺牲精神，缺乏必要的耐力、韧性和等待。任何一个时代都需要牺牲精神。他已经谈了他的想法，我也就不多说了。至于那些打击报复、违法乱纪的行为，按理是必须追究的，可田治一直不讲是谁，他不讲也是不对的！那就下不为例。若是再有类似的行为，厂里一定会严肃处理！……一个车间是不能没有领导的。我现在想为大家推荐一位新的车间主任，不知他是否能接受？"接着，他朝人堆里看了看，说："我向大家推荐周世中同志！……"

周世中在众目睽睽之下，慢慢地从人群里走出来，人们全都望着他。周世中低头想了片刻，而后又抬起头来说："在这种时候，总得有人管呢。好吧，我接受，我可以先代理。"

厂长马上说："不，不是代理，是正式任命！"说完，厂长和众人全都鼓起掌来！

上午，在医院的病房里，厂长看白占元来了。

白占元在记者采访时昏倒后，因突发性的心肌梗死，被送进了医院，由于抢救得及时，现在已经脱离了危险，只是身体仍然很弱，还需要一段时间的治疗。

　　厂长带着办公室的人走进来时，白占元在病床上躺着，一看见厂长，挣扎着想坐起来，厂长赶忙走到床前，按着他说："白师傅，别动，你别动了。好好躺着吧。白师傅，谢谢你，我代表全厂职工感谢你，你是全厂职工的骄傲啊！"

　　白占元嗫嚅地说："厂长，你别这么说，我有愧呀。"

　　厂长说："白师傅，你为咱厂增光了，为咱工人增光了。市里已经决定把你树为全市的特等劳模！咱们厂呢，也有个决定，决定把你聘为终身荣誉职工，在你的有生之年，终身享受在职职工的一切待遇！"厂长说着，看了看身后的办公室主任，办公室主任赶忙从包里拿出一张红色的聘书，双手捧着递上去。

　　白师傅双手抖动着接下了聘书，他不知道该说什么好，只是流着泪说："厂长，我没把孩子教育好，我有罪呀！"

　　厂长安慰说："白师傅，你别想那么多，教育也不是万能的呀！我是知道的，你已经尽到最大努力了。世间有很多事情，都是不以人的意志为转移的。这也是没有办法的……"

　　正在这时，周世慧端着一个饭盒走进来了。

　　厂长看了看周世慧，说："白师傅，还没吃饭呢？这是你的亲戚吧？"

　　周世慧说："想给大伯改改样，买的是甜酒鸡蛋，就晚了一点……大伯，快吃吧。"

　　厂长说："不错，不错，姑娘是有心人！"

　　白占元马上说："厂长，这是世中的妹妹呀。"

　　厂长盯着周世慧看了看，意味深长地笑着说："怪不得呢，怪不得呢，明白了，我明白了。"

　　周世慧不明白厂长指的是什么，忙把头低下去了。

　　厂长却说："你是世中的妹妹？"

周世慧低着头说："是。"

厂长笑着说："你还得感谢我呢！"

周世慧不明白，也不问，看了厂长一眼，又把头低下了。

厂长说："不明白吧？我先不说，回头你就明白了。有人可是为你……好，祝贺你们！"说完，又对白占元说："白师傅，我走了，回头再来看你。"说着，便走出去了，走到门口，还回头看了周世慧一眼。

将近中午的时候，小田在医院门口堵住了周世慧。

小田说："我想跟你谈谈，就几句话。"

周世慧绕过他，说："你别理我，我很脏。"

小田坚持说："必须谈谈，就几句话。"

周世慧绕着他走，一边走一边说："没什么可谈的。我不跟你谈，你走吧。"

小田说："你想怎样？你说吧，你想怎样？"

周世慧说："什么怎样？我不想怎样。你让我过去。"

小田说："我其实最讨厌医院。可我还是来了，你还想怎样？"

周世慧说："小田，你走吧，你别逼我。"

小田说："谁逼你了？我就说几句话，你连几句话都不想听吗？"

周世慧终于站住了，她说："你说吧！"

小田看了看周围，又拉着周世慧往边上挪了挪，而后说："我要说的第一句话是，我已经辞去了车间主任的职务。"

周世慧说："你辞职不辞职跟我有什么关系？"

小田说："好，好，没有关系，一点关系也没有。你听我说第二句……"

周世慧看了看他，没再说什么。

小田说："我要说的第二句话是，我就要结婚了。我准备马上结婚。"

说着，他从衣兜里掏出一张盖有红色戳印的纸，在周世慧眼前亮了亮："这是我开的证明，我已经把结婚的证明开出来了。"

周世慧一听，脸色立时变了，她阴着脸，冷冷地说："你结婚不结婚跟我有什么关系？你给我说这些干什么？"

小田摆摆手说："是，是没有关系。当然没有关系，跟你一点关系都没有。我的结婚对象叫周世慧，上边写的是周世慧的名字。"

周世慧说："谁说要跟你结婚了？谁同意跟你结婚了？你为什么把我的名字写上去？你是想污辱我？"

小田说："不争论，我不跟你争论。下边我说第三句话。我要说的第三句话是，结婚后，我决定辞去工作，我将带着我新婚的妻子离开这里。有一家乡镇企业请我去当厂长，那是一个很小的乡办机械厂。我已口头答应了他们，只是不知道我的妻子愿不愿意跟我一起去。"他一口气说完了这些话，而后望着周世慧说："我知道我错了，我失去了一些时间。我现在弥补我的过错。我能做的也只有这些了。"

可是，周世慧听完后，一句话也没说，只是扭头就走。

小田愣了一下，又追上去说："世慧，这是我们两人的最后一次机会了。你再想想吧。"

周世慧边走边说："你是可怜我，我不要你可怜我。"

小田说："我可怜你干什么？我为什么要可怜你？谁来可怜我呢？我被人打了一顿，我的自行车被人扔到了河里……我将要离开这里，我想找一个跟我结伴的人。"

这时，周世慧站住了，她说："小田……"

小田说："世慧……"

周世慧说："小田……"

小田说："世慧……"慢慢地，两人眼里都有了泪光，有了理解和信任。

周世慧说："小田，你别后悔。"

小田说："世慧，你别后悔。"

周世慧半闭着眼睛，一任泪水流淌，她说："现在就走吗？我现在就跟你走……"

小田说："不。"

周世慧慢慢地把眼睁开，不解地望着小田。

小田说："我想等办完结婚手续，举行了结婚仪式之后，再走。虽然我顶讨厌这一套，可我必须这样做。我要让我的妻子光明正大、体体面面地离开这里。我要让 10 号楼的所有住户都知道，我有妻子了，我有了一个好妻子。"

周世慧含着泪说："小田，你为什么要这样？你为什么要对我这样？……"

小田说："因为我害怕，我害怕一闭上眼，你就不见了。因为我恨你，我是多么多么地恨你呀！"

周世慧脸上有了淡淡的笑意，她略有些害羞地说："你，又贫嘴呢。"接着，她好像又有点发愁地说："这么突然，怎么给家人说呢？"

小田说："世慧，这事你放心，我不会再让你受委屈了。我决不让你再受一点委屈。你什么都不要管，一切都由我来办。"

周世慧仍是淡淡地笑笑说："你办，你怎么办呢？总得跟家人见个面吧？"

小田说："是啊，是啊。我将正式地告诉他们，我要领走我的妻子了。"说着，他笑了笑，又说："放心吧，我知道该怎么做。一些传统的俗礼，我也是懂的。"

周世慧望了望头顶上的天，又望了望四周，两眼迷茫地望着小田说：

"小田，我就像在梦里一样，这不是做梦吧？"

小田说："我也以为是在梦里，我一直都在梦里。不过，现在我醒了。"

中午下班的时候，小田在厂区附近的街口上拦住了刚下班的周世中。

小田说："周师傅，我想请你帮个忙。"

周世中不满地说："我能帮你什么忙？你工作都敢撂下不管，我还能帮你什么忙？"

小田说："周师傅，我知道你会帮我，所以……再说，我已经事先跟厂长谈过了，我是因为不胜任才辞职的。我主要是不想再这样干下去了。我知道，咱们的想法不大一样。这我就不多说了……我现在找你，是想请你帮我最后一个忙，我就要结婚了……"

周世中看了看他，问："帮什么，你说吧，缺钱了？"

小田说："不。主要是结婚前，我得见见我的岳父岳母。我，头一次……没经过这样的事情，希望你能帮着周旋一下。"

周世中愣了愣说："这我怎么帮你？"

这时，小田才说："我准备跟世慧结婚，你得帮我。"

周世中的目光盯着他看了很久，而后说："你知道，我就这么一个妹妹……"

小田认真地点了点头，说："知道。"

周世中又问："你跟世慧……？"

小田说："我们已经谈过了，准备马上结婚。结婚后，我要到一个乡镇企业去当厂长，世慧说，她跟我去……"

周世中重重地拍了拍小田，激动地说："小田，话我就不多说了……你放心吧。"

小田说："谢谢了。"

周世中说："还有什么困难吗?"

小田摇摇头说:"别的就没什么了。"

周世中望着他,感叹说:"还是年轻好啊!"

小田望着他说:"周师傅,我也说一句,我觉得,你身上的包袱太重了。"

周世中不吭了。

夕阳西下,秋风凉凉,上中班的工人下班了。

在小田曾经被人揍过的那个小桥上,周世中独自一人在桥头上蹲着,他从兜里摸出烟来,点上,默默地吸着。

这时,那三个揍过小田的年轻人有说有笑地骑车过来了。

周世中看见他们过来了,把烟往地上一拧,站起身来,拦住他们说:"下来,我有话跟你们说。"

三个年轻人停住车子,愣了一下,互相看了看,那个高个儿的年轻人嬉皮笑脸地说:"主任,周主任,刚上任可做起思想工作来了?"

周世中淡淡地说:"不错。下来吧。"

那个胖胖的年轻人说:"头儿,周头儿,这可是下班时间。"

周世中说:"不错,我知道是下班时间。我就是想趁下班时间会会你们。"

三个人又互相看了看,那高个儿的年轻人说:"好,好。给周头儿个面子。"说着,三个人下了车子,把各自的车子往桥边上一扎。那个胖胖的年轻人说:"周头儿,有话你就说吧。"

不料,周世中突然说:"这河里的水凉不凉?"

那个矮个儿的年轻人说:"秋天了,还能不凉?"

那个高个儿的年轻人有点警惕了,看看周世中,说:"周头儿,你啥意思吧？"

周世中说："也没啥意思。就是想会会你们。来吧，三个人一块儿上，还是一个一个来？我看还是你们三个人一块儿上吧。"

三个年轻人一下子呆住了，他们又互相看了看，一个随口说："我操，这……"一个说："嗨，成天玩鹰呢，还还……"一个弯下腰系了系鞋带，而后说："周头儿，你来这手，是想干啥呢？"

周世中说："我听说你们三个很厉害，没人敢惹，我想惹惹你们，就是这个意思。"

那个高个儿年轻人说："周头儿，你你欺负我们呢？"

周世中说："不错。我今天就是欺负你们呢。我也能把你们扔河里，三个人一块儿，不知你们信不信？"周世中说着，两手攥在一起握了一下，握出了"啪啪"的响声。

听他这么一说，那个胖胖的年轻人先慌了，说："周头儿，我知道你学过武术。我们可没惹你呀。"

周世中说："你们是没惹我，可我害怕呀。我这点功夫，也就是能对付七八个小伙，人一多我就没辙了。我现在当了车间主任了，害怕有一天，你们也把我扔河里……"

那个矮个儿年轻人忙说："周头儿，不会，绝对不会。你跟那家伙不一样。你当主任，我们保证听你的，我们绝不跟你捣蛋。"

周世中说："真听我的？"

三个人马上一块儿说："真听。周头儿，真听。"

周世中说："别，你们别。我很多年没跟人打过架了，我真想跟人打一架！我心里难受，我想找人打一架。你们放心，你们要把我打躺下了，我爬着回去，也绝不找你们的麻烦！来吧！"

三个人又一块儿说："周师傅，周师傅，你这是干啥呢？你就是想练练，也别找我们哪。我们这两下子你还不知道？再说，你平时对我们都不错，你是老师辈的，你要想打我们，你说一声，我们站着不动让你打就是了。"

周世中说："真不打？"

那个高个子年轻人说："周师傅，你随便吧，我们保证不还手。"

周世中笑了笑说："这些年，我总是跟人讲理，我也太讲理了。本来，今天我也想不讲理一回，装一回二杆子，装一回欺负人的大爷，可你们不让，不让就算了。我再问一句，真听我的？"

三人同时说："真听！"

周世中说："那好。我有个要求，你们可以答应，也可以不答应。我不勉强你们，就看你们的了。"

那个高个儿年轻人说："你说吧，周师傅，你赔说了。"

周世中脸一沉，说："去给小田赔礼道歉。我就这一个要求。"

三个人互相看了看，都不吭声了。过了一会儿，那个高个儿年轻人不好意思地说："周师傅，别的事都好说。这个事，你看，事确实是我们做的，我们也确实不对。可这……"

周世中说："看看，我就知道你们不是汉子，知道你们说话不算数。那好，你们走吧。"

三个人仍站着，谁也没敢动。那个胖胖的年轻人说："周师傅，你看，我们不是不听你的。这事已经过去了，你让我们去道歉，他要是不依不饶的，再到派出所告我们一家伙……"

周世中用手点着他们说："你们三个，哼！不像男人。我不是说你们，你们比小田差远了！告诉你们，厂长一直追问这件事，要开除你们呢！是小田把这事拦下了，他一直不说是谁。要不是他，你们早就……"

三人一听，都慢慢把头低下了。过了一会儿，那高个儿年轻人说："周师傅，真有这事?"

周世中说:"我骗你们干啥?"

那高个儿年轻人说:"那好，周师傅，我们听你的，我们把这事办了。我们一定帮他把面子找回来。"

周世中说:"你们走吧，这事你们自己考虑。我已经说了，我不勉强。"

晚上，数天来一直萎靡不振的周世慧，脸上终于有了笑模样。她从自己房间里走出来时，已梳洗打扮过了。母亲余秀英看女儿的神色好了，疑疑惑惑地望着她，想说什么，却没有说出口。

周世中看了看妹妹，也装着什么都不知道的样子，只说:"世慧要出去呀?"

余秀英慌了，忙说:"出去干什么? 上哪儿去?"

周世慧说:"妈，我哪儿也不去。"说着，又羞羞地低下头说:"待会儿，待会儿有个人要来。哥，你把咱爸扶出来，他，他要见见咱爸咱妈……"

周世中明知故问地说:"谁要来呀? 谁要见咱爸咱妈呀?"

周世慧扭捏地说:"反正有个人呗。"

周世中说:"好好，我不问。"说着，走进父亲的房间，搀老父亲去了。

周世慧在外边把父亲要坐的椅子摆好，又对母亲说:"妈，待会儿他来了，你就坐这儿。"

余秀英望着女儿，问:"谁要来呀，还正儿八经的?"

周世慧说:"来了你就知道了。"

待周世中把父亲从里边的房间里搀出来，刚刚坐定，小田就到了。他穿着一身崭新的西装，手里提着四色礼品，走进门来，先是郑重其事地对着老人鞠了一躬，说:"大伯，大妈，周师傅，你们好!"

周世中看见小田来了，忙招呼说："小田来了，快坐，快坐。"

周世慧忙从小田手里接过礼品，有点害羞地偷眼看了看他，把礼品放在了桌上。

余秀英愣愣地望着小田，见他还带着礼品，便疑惑地问："这不是……？这是这是……"

周世中忙给父母介绍说："爸，妈，你们还不知道吧，小田跟世慧谈着呢，都好长时间了。今天小田正式上门……"

小田忙又站起来，头上冒着汗说："大伯大妈，我是来求婚的，我们准备结婚……"

余秀英一听，眼里竟然湿了，激动地说："这丫头，你看这丫头，也不早些言一声……快坐吧，快坐快坐。世中，你倒水呀！"

周世慧偎在母亲身边，小声说："妈，你又不是不认识，他有啥稀罕的？"

坐在一旁的老周师傅也明白了，他知道这就是未来的女婿，也激动地说："呀呀，啊，哒哒（来了，噢好好）……"

余秀英埋怨地看了丈夫一眼，说："老东西，不会说别说，哒哒啥哒哒。毛主席教导我们说……"

楼下，传来了小汽车的刹车声。

王大兰朝下边看了看，撇撇嘴，小声对在灶间忙活的班永顺说："哎哎，那一家的，又坐卧车回来了。"

班永顺随口说："管人家干啥？人家坐啥是人家有本事。"

王大兰没好气地说："我就说说，你不让我说说？"

班永顺一见王大兰发火，头又缩进去了，说："你说吧，你说吧。"

就在他们两人斗嘴的时候，外边由远而近传来了高跟鞋的声音，紧接着，崔玉娟进门了。

崔玉娟一进门，王大兰忙笑着说："玉娟回来了？"

崔玉娟笑笑说："回来了。"

王大兰说："当科长了，就是忙，天天都这么晚。"

崔玉娟有点得意地掩饰说："没办法，事儿多。"说着，便推门进屋去了。

崔玉娟进门后，刚把挎包从肩上取下来挂在墙上，脚上的高跟鞋才脱了一半（一只甩在了地上，一只还拿在手里），就见梁全山两眼瞪着她，气呼呼地在迎面坐着，女儿小芬也瞪着两只小眼睛在圆桌前坐着，面前还放着一张纸、一支笔。

崔玉娟一时没明白过来，有点好笑地望着他们，问："你爷儿俩这是干啥呢？"

不料，梁全山却又摆出了往日"审问"的架势，厉声质问说："说吧，上哪儿去了？"

小芬在一旁的圆桌前坐着，这时也拿起笔说："爸，我记不记？"

梁全山说："等会儿！说吧，你上哪儿去了？老老实实地说，别想糊弄我！"

崔玉娟笑了笑说："嘿，嘿嘿，你们，你们这是演的哪一出呀？一唱一和的……"

梁全山黑着脸说："还笑呢？行啊，你真行啊！真是不要脸啦！"说着，猛地一拍桌子，说，"你到底上哪儿去了？"

崔玉娟见他说话间变脸了，愣了一下，说："你说我上哪儿去了？我还能上哪儿去？上班去了！"

梁全山冷冷一笑，说："好，好。不说实话是不是？小芬，把你妈的话记下来！哼……"

　　崔玉娟马上说:"好啊,我说这几天你都是阴阳怪气的,一会儿这,一会儿那,你是想找事的吧?看我比你拿钱多,你心里不平衡是不是?"

　　梁全山也发火说:"你比我拿钱多怎么了?我还不稀罕哪!你那是啥钱?来路不明的钱!"

　　崔玉娟瞪大眼睛:"你说啥?你说啥?你再说一遍!"

　　梁全山说:"你别转移大方向。你老实说,你上哪儿去了?"

　　崔玉娟嚷嚷说:"你说上哪儿去了?上班去了!"

　　梁全山说:"还是不说实话?我不怕你嘴硬,我给你提示一下,告诉你,我调查得一清二楚的。"

　　崔玉娟手里握着那只高跟鞋,用鞋一指说:"你说,你说我上哪儿去了?"

　　梁全山连声说:"我不怕你嘴硬,我不怕你嘴硬!上班去了?你去高级大酒店上班去了?多少号房间我都知道。哼,我不说出来,就是看你老实不老实!"

　　听梁全山这么一说,崔玉娟一下子变脸了,她两眼圆睁,牙咬得"咯咯"响,手里拿的高跟鞋点着梁全山鼻子,恨恨地好半天才喘上来一口气,说:"好啊,姓梁的,你不是人!你跟踪我?你竟然又去跟踪我?你,你不要脸!"说着,她扬起手来,只听"啪"地一下,她把手里的那只高跟鞋扔了出去,那只鞋正砸在梁全山的脸上!

　　立时,梁全山脸上便有了一道血痕!梁全山一下子被砸愣了,他没有想到崔玉娟竟然敢反抗他,他顺手朝额头上摸了一下,冷冷一笑说:"好,好,你当科长了,长本事了!敢打你男人了!"说着,便要站起身来。

　　就在梁全山要起身还未起身的时候,崔玉娟却又扑上来了,她上前一把揪住梁全山的衣领:"走,到外边去评评理!哪有这样的男人,天天跟踪他老婆……"

　　紧接着，两人便撕打着滚在了一起，他们一边撕打，一边吵闹着。梁全山骂道："操！骑到我头上来了！老子当过侦察兵！"崔玉娟哭闹着说："不过了！不过了！这日子没法过了！……"

　　小芬也吓愣了。她呆了一会儿，看两人仍然在撕打着，便哭喊着说："爸，妈，别打了！别打了……"

　　然而，两人却越打越气，只听"砰"的一声炸响，桌上的热水瓶被撞倒在地上，一地水迹，可两人仍是你揪着我，我拽着你，谁也不松手。

　　就在这时，邻居们全都拥来了。首先进来的王大兰上前拉住说："你看看，两口子，咋跟敌人样？这是干啥呢？"

　　周世中、周世慧、小田等人也都跑过来了。周世中上前把他们强行拽开，说："老梁，你这是干啥呢？也不怕吓着孩子？"

　　梁全山气喘吁吁地说："你不知道，你不知道……"

　　崔玉娟流着泪说："不过了，不过了……"

　　王大兰说："玉娟刚才回来时还好好的，咋一会儿可打起来了？"

　　崔玉娟哭着说："周师傅，你们大家给评评理，哪有这样的男人？谁见过这样的男人？天天偷偷去跟踪他老婆，盯他老婆的梢儿？你说这是人干的事吗？"

　　梁全山当着众人的面，一下子发狠说："干什么呀？都干些什么呀？想我不知道？当我是瞎子？骑到我头上来了！赶明儿还敢骑着我头发梢儿尿尿哪！离婚！我非离婚不行！"

　　崔玉娟说："你说，你说，你说我都干什么了？你要不说出来你不是人！离就离！走，找你们厂领导！"

　　梁全山说："你，你，你……你当我不知道，你跑到大酒店里，跟跟跟人胡混！"

　　崔玉娟疯了一样哭喊着说："姓梁的，你不是人！你就这么污辱我？你给我找出来，我跟谁胡混了？"说着又要上前跟梁全山撕打，被众人拉住了。

众人都劝道："这是干啥？孩子都那么大了，咋说离就离呢？算了，算了……"

梁全山也气呼呼地抃着腰说："你必须给我说清楚！不说清楚别想再进这个家门！……"

崔玉娟指着梁全山说："好，姓梁的，我算认识你了！你等着吧！"说着，便四下瞅着，找着鞋穿上，拿上挎包就走。

众人忙拉住她，王大兰说："玉娟，吵几句就吵几句，你也不能走啊……"

崔玉娟哭着说："嫂子，你不知道。这一段，我挣钱比他多了一点，他天天给我脸看。我都一直忍着呢。就这，还不行，他还怀疑我跟踪我，这日子我一天也过不下去了……"

梁全山当着众人说："别拉她，谁也别拉她，让她走！我非离婚不可……"

听梁全山这么一说，崔玉娟挣脱众人，气恨恨地跑下楼去了。

小芬哭喊着说："妈妈，妈妈……"

夜里，在小田的房间里，周世慧和小田相偎而坐。

周世慧说："小田，你看见了吗？"

小田说："看见什么？"

周世慧说："刚才，梁师傅两口子，又打又吵的。我们也会吗？"

小田说："不会，永远不会。"

周世慧说："你怎么能这么肯定呢？要是我烦你的时候呢？"

小田笑着说："要是我烦你的时候呢？"

周世慧说："要是你烦我了，我就走，我就远远地离开你，这样，咱们就不会吵架了。"

小田说："要是你烦我了，我哪儿也不去，我让你烦个够，让你气个够，行了吧？"

周世慧笑着说："那你是想气死我呀？"说着，便佯装要打他。

小田一下子抱住她，在她的脸上亲了一口。

周世慧红着脸说："咱们永远别吵架。我要吵了，你别理我；你要吵了，我也不理你，过一会儿就好了。"

小田说："对，过一会儿就好了。"

周世慧说："我是说，永远别为钱吵架。"

小田想了一下，说："在现代社会里，首先，人得有钱，只有钱到了一定的基数之后，人才能不为钱去吵架。"

周世慧说："我不同意，我不同意。多少才是够呢？你只要一心在钱上，多少也不够。"

小田说："你说得也对。人不能一心为钱，但钱是为人服务的，也不能没有钱。必须有钱。多少是够呢？我想，只要钱不压迫你，你不为钱所累，这就是够了。世慧，你知道我为什么要辞职吗？"

周世慧说："你想说什么？是为我，对不对？"

小田说："也对也不对。为你，也为钱。为你，是我欠你太多太多。可我说心里话，我也为钱。我们不可能再像你哥那样生活了。他们是有理想的一代人。他们的大部分心血都抛在这个厂里了，他们已经跟厂铸在一起了。在厂里，白师傅、你哥他们在精神上是主人，他们永远会有主人意识。而我没有。我仅仅是一个劳动者，是受雇用的劳动者。这就是咱们和他们的差别。所以我决定离开这里。我愿意到乡镇企业去，那里更活泛，更能发挥我的能力，再说……"小田说到这里，笑了，"他们给的钱多。"

周世慧听了，担忧地说："不知为什么，我有点怕。我也不知道怕什么，就是有点怕……"

小田说："我知道你是怕什么。不会的，永远不会。"

小田说："其实，有时候，我也怕。有你陪着，我就什么都不怕了。"

小田说："世慧，目前，我没有很多钱，我也不想向老人们要钱。可结婚只有一次，我不能让你像别的姑娘那样……"

周世慧拦住话头说："咱们不是说过了吗？有你，我就很满足了。"

小田充满信心地说："我们会有钱的，我们会有很多钱。到那时候……"

周世慧说："别说钱，我怕你说钱……"

小田说："明天我们就去登记，好吗？"

周世慧低下头，小声说："依你吧，就依你。"过了一会儿，她又喃喃地说："咱们一走，就苦了我哥了……"

门外的窗户上，清晰地印着两个互相偎着的头影。

早晨，棉织厂的小车司机小苗来了。他把车停在楼下的空地上，走上楼来，进了"多家灶"。他站在梁全山家门前，敲敲门喊道："梁师傅，梁师傅。"

梁全山开了门，一看是司机小苗，便上下打量着他，用审问的语气说："你怎么来了？你来干什么？"

小苗说："梁师傅，你别这样看我。我今年才二十五岁，刚结婚不到一年……我可是跟崔科长毫无关系，是厂长派我来的。"

梁全山沉着脸说："你什么意思？你怎么这么说话？"

小苗说："没啥意思。我是怕你有意思，乱怀疑。"

梁全山仍警惕地问："厂长为啥要派你来？厂长派你来干什么？"

　　小苗摆摆手说："梁师傅，你别，你别跟审犯人一样。厂长派我来，是给崔科长拿衣服的。"

　　梁全山质问说："她自己为什么不回来拿？一个屁大的小科长，架子大了，还派人来拿。"

　　小苗说："梁师傅，你们两口子的事，我不管不问。厂长派我来我就来……"

　　这时，梁全山突然转变态度说："小苗师傅，来，来，屋里坐。"说着，便把小苗拉进屋去。

　　进了屋，梁全山又把门关上，小声问："小苗师傅，你给我说实话，玉娟跟你们厂长到底啥关系？"

　　小苗说："梁师傅，你让我说实话，还是说瞎话？"

　　梁全山说："老弟，当然是说实话了，你成天跟着厂长，你说实话。"

　　小苗说："说实话，厂长跟崔大姐一点关系也没有。我们厂积压的产品大部分是崔大姐给推销出去的，厂里原来发不下来工资，现在有奖金了，这都是崔大姐的功劳。崔大姐是厂里的功臣，你说厂长会对她咋样？"

　　梁全山说："你说他们没有关系，那厂长为啥经常派车来接她？她算个啥？"

　　小苗说："梁师傅，这就是你的不是了。每次都是我来接崔大姐的，这我最清楚。接她就是有急事，都是些业务上的事，耽误不得，耽误一会儿，事就黄了！现在是商品经济，时间就是金钱，这还不知道？实话说，你别看崔大姐有时候车来车去，其实也苦着呢，每次出差都是我送她去的车站，提一大包，你猜包里装的啥？净方便面！……"

　　梁全山说："那，在大酒店里开房间是咋回事？你们厂还专门在酒店里包有房间？"

　　小苗说："是不是昨天？"

梁全山说："是呀。这你咋解释？"

小苗说："是 325 房间，对不对？"

梁全山说："对，就是这个 325，我亲眼看见她从里边出来，还四下瞅瞅，你说这……"

小苗说："嗨！那是我们厂刚包的一个房间，我们厂准备在酒店里开订货会哪。你去房间里看了吗？"

梁全山说："没看。"

小苗说："房间里七八个人呢，正在研究开订货会的事呢。当时我也在场。厂长，分管销售的副厂长，都在呢。"

梁全山说："那，那她还跟小偷样的，这个门前看看，那个门前看看……"

小苗说："那是看房间号呢。当时，本来是让我去的，崔大姐说她去，她就去了。"

梁全山挠挠头说："这么说，我弄错了？"

小苗说："梁师傅，错不错，是你的事。我是来拿衣服的……反正，我看崔大姐是气坏了。她说要住办公室呢。"

梁全山说："你等等，我再问你，还有呢，还有呢……"说着，他从枕头下翻出一个小本本，忙翻了几页，刚要念……

小苗看了看他，说："梁师傅，有句话我不该说。咱男子汉大丈夫的，天天盯老婆的梢儿，你说这这这……叫人笑话呀！"

梁全山一下子十分尴尬，他不好意思了，红着脸说："我我也就是顺便顺便……那个那个……"

他们说话时，女儿小芬一直在悄没声地忙活着。这时，她把一个装衣服的小包递上来说："叔叔，这是我妈妈的衣服……"

　　上午，小田和周世慧双双到街道上的民政局婚姻登记处去登记。

　　两人穿戴一新，先到街上的照相馆里照了一张合影，而后又一块儿去登记。走在大街上，秋阳和煦，秋风爽爽，两人你看看我，我看看你，心里有许多爱意溢在脸上。

　　两人正走着，没注意，两三辆自行车骑到了他们跟前。等小田抬头看时，只见又是那三个年轻人虎气气地在面前立着。

　　小田把周世慧揽在身后，厉声说："你们想干什么？"

　　只听那个高个儿年轻人叫道："田头儿，祝贺你呀。"

　　小田说："到底想干什么，说吧。我告诉你们，今天可不比往常，谁敢上来，我这一罐热血就摔上了！"

　　那个胖胖的年轻人说："田头儿，我们知道你要结婚了，在你的大喜日子里，我们想送你一份礼物。"

　　那个矮个儿年轻人说："田头儿，那天是我们不对，我们今天打算补回来。"

　　周世慧又一下子站在了小田面前，说："你们谁敢动我丈夫一指头，我跟你们拼了！"

　　那个高个儿年轻人鼓了几下掌说："田头儿，够意思了！你真够意思了！你能娶上周头儿的妹妹，真是有福啊！有福得让人眼红……好了，好了。"

　　说着，三个人下了车子，郑重地对小田说："田哥，对不住了。我们三个是专门来向你赔礼道歉的。"

　　小田盯着他们看了一会儿。

　　那个胖胖的年轻人也说："田哥，我们真是来赔礼道歉的。那天，真是对不起了！"

　　小田看他们真有诚意，就说："算了。事过去了，就算了。"

那个高个儿年轻人说："田哥很够意思，没去告我们，没敲我们的饭碗，我们非常感谢！田哥要办事了，我们本来想送份厚礼。冲着周师傅，我们也该送份厚礼。可说句心里话：少了，拿不出手，面子上不好看；多了，罗锅上树，钱缺。我们哥仁想了个办法，四下里找找朋友帮忙，总算凑齐了十二辆摩托，到田哥办喜事时，开来给田哥的婚礼开道，让田哥也风光风光！怎么样？要是田哥看得起我们，就用；要是觉得不像样，就算了。"

小田看看他们，又看看世慧，说："世慧，你说呢？"

周世慧有点不好意思地说："是不是太张扬了？"

那高个儿年轻人说："办喜事，就是要热闹！就怕你们看不上。"

小田说："好！就这样吧。谢谢了！"

三人都笑了，说："一言为定！到时候，我们得讨一杯喜酒喝。"

十八

在 10 号职工家属楼上，一挂长长的鞭炮炸响了！

这时，楼下的空地上，一下子开来了十二辆红色的摩托车！十二辆摩托一字摆开后，贴了喜字的 10 号楼的喜庆气氛就更浓了。

正在楼下贴喜字的周世中，看见开摩托的小伙们都来了，忙迎上前去，掏出烟来，四下让着，说："各位都到了？上楼吧，上楼上楼，上楼歇会儿。"

那领头的高个儿年轻人说："周师傅，我们哥们儿说话算数吧？"

周世中点点头，在他的肩上拍了一下："不错，够意思！"

那高个儿年轻人又说："周师傅，你也别客气。这都是自己人，都是朋友，帮个小忙，不算啥。让新人下来吧。"

周世中看看他们，说："那好，那好。有劳各位了！中午多喝两杯……"说着，便回身上楼去了。

片刻，一对新人（小田和周世慧）在众人的簇拥下从楼上走下来，他们两人穿着结婚礼服，胸前戴着红花。王大兰一边追着往人身上拴红布条，她见人就给人挂一个，还一边急急地嘱咐说："记住，千万记住，不能走回头路！绕着走……"

他们下楼之后，又一挂鞭炮炸响了！紧接着，那领头的高个儿年轻人高声问："新人坐哪辆？新人坐哪辆？"

此刻，小田说话了，小田说："这样吧，哪辆也不坐，我们俩骑车。"

有人建议说："一辈子就这一回，不坐摩托，找辆出租车算了。"

王大兰也说："对，一辈子一回，要辆出租！让老班去叫。"

小田看了看周世慧，固执地说："不要出租，就骑自行车。你说呢，世慧？"

周世慧说："我听你的。"

众人一下子愣了，你看我我看你。周世中看了看小田，说："骑车就骑车吧。"

那高个儿年轻人马上高声说："哥们儿，都听好，给我压住速度。咱摩托给田哥的自行车开道！慢行，不能快。咱来个国宾级的，让田哥和嫂子好好风光风光！"

众小伙齐声叫道："好哩！"

于是，十二辆摩托一起发动，呈扇形徐徐开出……后边是两辆挂了红花的自行车，小田和周世慧并肩骑在自行车上，脸上带着幸福的微笑。

新人被接走了。楼前的地上，鞭炮的硝烟还未散尽，地上散着一片炸出来的红色碎屑。

周世中坐在楼前的一个水泥台上，他有点累了，他为妹妹婚事忙活了一天一夜。他坐在那里，点上烟，默默地吸着。

就在这时，楼上的一扇窗户开了，窗前站着一个人，那人在默默地望着他。

周世中感觉到了什么，他抬头往楼上望去。瞬间，他的目光被定住了，像是有一根无形的线把他的目光扯住了。他看见了站在窗前的李素云，李素云也正看着他。两人一个楼上，一个楼下，就这么看着……看着看着，周世中把头低下去了。

远处的大街上，十二辆摩托威风风虎生生地在前边慢速开着。

后边是两辆并肩而行的自行车。

骑在车上的小田对周世慧说："世慧，将来，我会让你坐上咱们自己的车。你信不信？"

周世慧幸福地说："我信。"

梁全山很烦躁地在屋里走来走去。

他一边走着，一边在心里说："你不能投降，不能投降。你要投降了，以后她可就逮住理了。好家伙，不能投降……"

梁全山在屋子里扭了一会儿，又来到正写作业的女儿面前，突然问："小芬，你说爸爸投降不投降？"

小芬不解地望着他，说："爸，啥投降不投降？坏人才投降哪。"

梁全山说："对，对，坏人才投降。我要一投降，不就证明我是……"

女儿小芬睁着两只眼睛望着他说："爸，你是不是想向妈妈投降？向妈妈投降可不是坏人。"

梁全山说："我怎么会向她投降？该她向我投降！你说是不是，小芬？你妈妈这一段管过你没有？她成天不着家，饭都是爸爸做的！"

女儿小芬说："爸，妈妈拿回来好多钱呢。"

梁全山说："这孩子，小小年纪，也变得只有钱心了！爸爸也上着班呢，爸爸一月也开三百多块呢！"

小芬歪着小脑袋说："那次，妈妈拿回来的是五百。"

梁全山发脾气说："五百，五百怎么了？拿五百就该骑到我头上？真是的！"

小芬见梁全山变脸了，立刻吓得不敢吭声了。

梁全山背着手，自言自语说："说来说去不就多拿俩钱吗？烧啥烧！哼，你看看那个样子，竟然敢还手了……操！"

小芬抬起头，偷眼望着梁全山，小声说："爸……"

梁全山转过身来，望着女儿："嗯？"

小芬说："爸，你可以跟妈妈谈判。"

梁全山说："什么什么？你说什么……"

小芬用大人的口气说："谈判，你跟妈妈谈判，谈判就不算投降了。"

梁全山在屋里扭了一圈，嘴里说："噢，噢，这丫头，这丫头，知道的还不少哪……"而后他站住了，说："对对。可以谈判，谈判不是低头，可以有理有利有节地……嗯，谈判！"

接着，梁全山又问女儿："小芬，你说，你站在哪一边？是站在爸爸这一边，还是站在你妈妈那一边？"

小芬看了看爸爸的脸色说："我，我站在爸爸这一边。"

梁全山说："好。到时候，你可不能变卦。你不要怕，到时候你就说，是妈妈不对，妈妈一天到晚不着家……爸爸给你做主！"

梁全山说着，穿上外衣，就要出门去。

小芬说:"爸,你上哪儿去呀?"

梁全山雄赳赳地说:"你好好在家待着,我现在就去找你妈妈谈判。"

在棉织二厂的大门口,梁全山骑着车子转了一圈又一圈。

末了,他停住车子,一只脚点着地,一只脚踏在自行车的脚踏上,望着棉织二厂的大门,自言自语地说:"她是我老婆,再怎么也是我老婆!我怕什么?我怕她个鸟!"说着,便蹬上车朝厂里冲去。

在棉织二厂供销科里,崔玉娟正在忙着打电话。她对着话筒说:"……是,我就是。嗯,嗯嗯。可以,可以签。多少?嗯,行,就这样吧。"说完,她把话筒放下来,把桌上放的名片(都是来联系业务的人送的)整理了一下,还没等她整理完,电话铃"丁零零……"又响了,她再次拿起电话,说:"哪里,驻马店?噢,噢,你好你好……对,必须货到付款。这是我们厂里的规定。什么?先付三分之一,那不行,真不行。我知道,我知道你们是老客户。可厂里制度很严,谁也不行。这样行不行?你们分期付款,我们分期发货,不耽误你们就是了……是啊是啊,我们是被骗怕了,到现在还有好多账没要回来呢……"

崔玉娟正打着电话,梁全山进来了。他往门里一站,故作气壮地望着崔玉娟,可崔玉娟就是不看他,一直在打电话。梁全山又四下瞅去,只见办公室的屋角处放着一张小折叠床,被子叠得整整齐齐地在床上放着。

崔玉娟打完了电话,却还是不理他,看见就像没看见一样。梁全山刚要上前说什么,又有一个人匆匆走过来,对崔玉娟请示说:"崔科长,邯郸那边又催呢,发货不发?"

崔玉娟问:"多少?"

那人说:"三十万。"

崔玉娟想了想说:"发吧。这是老关系户,他们的情况我知道,不会骗咱。不过，先不要发那么多，先发二十万，等货款一到紧接着再发十万……"

那人说："优惠不优惠？"

崔玉娟说："人家在咱困难时候支援过咱们，优惠百分之一吧。"

那人说："好。我让他们马上发货。"说完，便匆匆走出去了。

这时，梁全山朝前跨了一步，说："我就问你一句话，你回去不回去？"

崔玉娟瞥了他一眼，说："我回去干什么？我回去让你欺负我哪？"

梁全山说："谁欺负你了？你不欺负别人就行了，谁还敢欺负你？小芬今天还说呢，你这一段啥时候管过她？"

崔玉娟说："回去也行，你必须给我说清楚，为啥跟踪我？再一条是，你得给我恢复名誉。你在楼上到处吆喝我，说我这说我那……我到底干啥见不得人的事了？"

梁全山看看她，一时没词了，就说："你说你回去不回去吧？"

崔玉娟说："你不说清楚，我就不回去。"

梁全山说："你要不回去，咱就离婚，马上离婚！"

崔玉娟看了他一眼，说："你别在这儿嚷，我不跟你嚷，这是上班时间。下了班再说。你想离咱就离！"

梁全山气呼呼地说："好，你铁你铁！我看你是有头项了……"

崔玉娟说："你说啥是啥，我就是有头项了。"

梁全山说："你，你现在敢说这话了……"

崔玉娟说："我就是敢说这话了。你随便说，你想怎么说怎么说。"

梁全山摇着头说："可怕呀，可怕呀，跟上人家花天酒地的，家都不要了！让大家都来听听……"

崔玉娟站起来说："我也没见过这样的男人，啥本事没有，就敢往自己老婆身上乱泼脏水！你说这话亏心不亏心哪！"

梁全山跳起来说："我啥本事也没有，我就是啥本事也没有！你有本事，有本事得一天到晚不着家……"

崔玉娟流着泪说："我不跟你吵，你别在这儿吵。"说着，快步走出去了。

梁全山在屋子里高声嚷道："你走啥走？有理不怕说，让大家都来评评理！你走啥走？有种别走！你给我回来！"

外边，有人探头在看。

晚上，一对刚结婚的新人来到了医院，他们是来看白占元的。

他们提着礼物走进病房，白占元看见他们，愣了一下，马上明白了，说："哎呀，怎么不说一声呢？怎么不给我说一声呢？说啥我也该送点什么呀！"

周世慧说："大伯，我们，也很仓促……想你有病，就没有让你……"

白占元说："世中天天来，也不跟我说一声。是怕我花钱吧？这是大喜事，我怎么能……"

小田说："白师傅，酒给你留着哪，等你出院了，咱爷儿俩再……"

白占元摇摇头说："世慧呀，你是看不起你大伯呀。"

周世慧忙坐到老人身旁，安慰说："都怪他，仓仓促促的，还不让给你说。大伯，你打他！"

小田说："该打，该打。白师傅，从今往后，世慧是你的女儿，我就是你的女婿。你老有啥赔说了，我绝无二话。"

这时，白占元眼里落泪了，他擦了擦眼，连声说："好，好。你们年轻，好好过日子吧。"说着，他从身后的枕头下拿出一沓钱说："这是厂里奖励我的一千块钱，其实我没脸要这钱，可他们非要放下。我……我老了，也没啥用项，你们刚办事，安个家不容易，就……"

小田马上截住话头说："大伯，别，千万别。你老留着用吧。"

白占元抖着手说："你们要是看得起我这个孤老头子，就把钱收下。"

周世慧也赶忙说："大伯，本该我们孝敬你的。怎么能……"

白占元说："世慧，你不是说是我的女儿吗？要是我的女儿，你就把钱收下。要是不收，你们也就别再来看我了。"

周世慧看了看小田，小田示意她不要收，可周世慧却说："大伯，我把钱收下，我收下了。"说着，她把钱接了过来。

小田说："世慧，你……大伯他不容易……"

周世慧故意笑着说："你当女婿的，你别管。"

白占元说："对，对。到底是世慧亲我呀！小田，你可要对我女儿好，你要是做半点对不起她的事，我可不依你。"

周世慧笑着说："听见了吗？"

小田忙说："不敢，不敢。"

当两人离开医院走在路上的时候，小田埋怨说："你看你，不让你收，你非收。拿人家这一千块钱，心里像压块砖似的。"

周世慧看了看他说："不是说不为钱吵架吗？头一天你就为钱……"

小田说："这能是为钱吗？"

周世慧说："不为钱为什么？不就是这一千块惹你不高兴吗？"

小田说："哪能是为钱？白师傅这钱……"

周世慧说："我说要花老人的钱了吗？我是不想伤了老人的心。他要给，咱硬不要，他心里多难受呀！"

小田说："那你接下这钱，打算咋办？"

周世慧说："我把这钱交给我哥，让他给老人存起来。等将来……"

小田马上说："明白了，夫人。我错了，我错了。"

周世慧撒娇说："你还知道错？说不为钱吵嘴，你头一天就犯规。看来以后还会……"

小田说："是呀，这是个谈钱的时代，怎么也离不开钱，想绕都绕不过去。好，好，你罚我吧。"

周世慧说："叫我想想怎么罚你……"说着，她四下看了看，见周围的林荫道上没有人，就小声说："我罚你背我，背我走五十步！"

小田说："好。"说着，身子弯下来，手往后一揽，背起周世慧就跑，一边跑一边唱着："米道道道发米来，老头背着老太太……"

跑了没几步，周世慧忙说："有人，有人！你快让我下来。"

小田说："你不是罚我五十步吗？我就非不让你下来。"

周世慧笑着说："好啊，你报复我哪？"说着，伸出两只拳头，在小田的背上轻轻擂起来。

晚上，梁全山气呼呼地在床上躺着，嘴里自言自语地说："嗨，长脾气了！还钱涨脾气长！离就离，我还怕你离？"

正在这时，他突然听见了敲门声，他疑惑地坐起身来，想了想，身子又忽一下倒下来了。他重新躺下后，才漫不经心地对写作业的女儿说："小芬，去看看是谁。"

女儿小芬去开了门，只见门前站着一个五十岁左右的小老头，他手里还提着礼物，笑眯眯地在门口站着，他身后跟着的是司机小苗。笑眯眯的小老头摸了摸小芬的脑袋，和蔼地问："是小芬吧，你爸爸在家吗？"

小芬眨着小眼睛说："我爸在家。"说着，又朝屋里喊道："爸爸，找你呢。"

到了这会儿，梁全山才趿拉着鞋，走过来说："谁呀？进来吧。"

司机抢一步走进来介绍说："梁师傅，这是我们厂长。"

梁全山一看，忙说："噢，噢噢，请坐，请坐。"

　　厂长坐下来后，笑着说："梁师傅，早就想来看你，一直忙，抽不出空来……"

　　梁全山知道是崔玉娟厂里的厂长，有点故意拿大堂，说："看我？我有啥看的？小工人一个，你弄错了吧？"

　　厂长又笑了笑，说："梁师傅，我今天来，头一个任务就是感谢你呀。感谢你对我们厂的支持。听说，很多家务活，像送孩子上学呀，做饭哪，等等吧，都是你主动承担的，免去了玉娟的后顾之忧。玉娟可以说是我们厂的有功之臣。她调销售科以后，工作非常出色！这都与你的支持是分不开的。所以我今天来，就是代表我们全厂职工，专程向你致谢的。"

　　梁全山一听，便很不高兴地说："厂长，你也别给我戴高帽子。啥支持不支持的，她咋不支持支持我呀？哼，成天不着家，我一个大男人，倒成了她雇的男保姆了！你说这像话吗？她要再这样，我非跟她离婚不可！"

　　厂长又笑笑说："梁师傅，不要这样说嘛。玉娟是个非常好的同志，也可以说是个非常正派、非常能干的好女人。要是真离婚了，对你可是个损失呀！"

　　梁全山说："损失？啥损失？哼！我看她问题大着呢。"

　　厂长说："梁师傅，因为工作上的原因，玉娟有时候回来得晚一点，这情况是有的。我今天来，也说说这件事情，顺便跟你解释一下，希望你不要误会，不要因为工作影响了夫妻关系，这样就不好了。听说，你最近跟玉娟有些小摩擦，夫妻之间嘛，这是常有的事。有些误会，说开了，就没事了。首先，作为玉娟的厂长，我可以保证一点，玉娟同志是非常正派的。你所说的那些事，小苗同志给我讲了，这由小苗做证，那都是些谣言，希望你不要相信那些谣传。"

　　小苗马上说："梁师傅，这我可以做证，崔大姐真没有那些歪歪斜斜的事！真的没有。"

梁全山说："啥谣言？我看是无风不起浪！你看看她那个态度！还反了她啦！不就是比我多拿几个钱吗？有啥了不起！看把她烧的！厂长，这话我说给你，你可以把话捎给她，我看她是不可挽救了！早晚也是离婚！"

厂长掏出烟来，递给梁全山一支，自己也点上吸着。他吸了两口，看看梁全山，又说："老梁，我希望你慎重考虑一下。那边呢，玉娟也提出来了，说你整天跟踪她。没有这回事吧？"

梁全山一愣，有点口吃地说："谁、谁、谁跟踪她了？胡说！她，她要是光明正大的，我跟踪她干什么？"

厂长说："没有就好，没有就好。我也不相信，一个老爷儿们，当然不会干这事。你说是不是？"说着，他看了看梁全山，又说："玉娟呢，也很委屈。她一心一意为厂里工作，家里还不理解她，一个女同志，她也难哪！可她一直说你跟踪她……这里边，怕是有误会吧？我看，你是不是跟她解释一下，道个歉什么的，把她接回来。"

梁全山马上说："我向她道歉？我凭什么向她道歉？她怎么不向我道歉？她该向我道歉，她必须向我道歉！"

厂长说："老梁，你先不要激动嘛。这个事呢，我们作为厂领导，当然不希望你们闹起来。你要非闹，我可就没有办法了。"

梁全山说："你看你看，怎么是我非闹？是她要闹嘛，怎么成了我非闹了？"

厂长说："我的意思是，老梁，你大度些，两人好好谈谈，把人接回来算了。"

梁全山却故意摆架子说："不行，这不行。我不能去接她，不能让她蹬着鼻子上脸！她要回来就自己回来，不回来就离婚！"

厂长说："老梁，你再考虑考虑，话我只能说到这儿了。我是衷心希望你们和好。你要是非要闹着离，我也把话说在这儿，玉娟同志是我们厂的有功之臣，我们不会看着不管的。真要是离了……"说到这儿，厂长半开玩笑半认真地说："我会发动全厂职工给她找一个好的，到时候你可别后悔呀！好了，老梁同志，我告辞了。"说着，他站起身来，又摸了摸小芬的头，说："多好的孩子呀！"

厂长走后，门开着，梁全山愣愣地站在那里，好半天不吭声。

这时，王大兰往门前探探头，说："梁师傅，是玉娟厂里的领导来了？还提着礼物呢。是来劝你的吧？去把玉娟接回来吧。"

梁全山仍是虎死不倒架，说："哼，让她厂里领导来，谁来也不行！这婚我是离定了！谁说也不行。"

王大兰说："哎，可不能离。孩子那么大了，吵两句有啥呢？玉娟多能干呢……"

梁全山说："能干个屁！没脸回来了，让我去接她，我凭啥接她？"

王大兰说："哎哎，她让人捎信来，就是她服软了，你也得给她个台阶呀，她知道错了，让她回来算了。男子大汉，别鸡肠小肚的。她叫接，你就去接，这又不丢人。去吧去吧，快去吧。"

梁全山大声说："我是坚决不去。她不回来算了！"说着，"咚"地把门一关，却又小声对女儿说："小芬小芬，作业写完了没有？"

小芬说："快了。"

梁全山说："快点写。"又接着说："算了，别写了，回来再写。走，快走。"

小芬一边收拾作业本，一边问："干啥呀，爸？"

梁全山小声说："别吭声，走，跟我走。你妈投降了，接你妈去。别跟人说呀……"说着，他"啪"一下，拉灭了灯，拉着女儿在屋里站了一会儿，听见外边没有动静了，才轻轻地开了门。

夜里，李素云又来到了周世中家门前，她站在门旁，叫道："世中，你出来一下，有人找。"

周世中闻声从屋里走出来，刚看见是李素云，可李素云已经扭头走了。周世中只好跟在李素云后边，也默默地跟着走。

两人走进门来，李素云看了看他，说："世中，世慧的事已经办了。你打算咋办呢？"

周世中说："我，也想把事办了。可世慧刚办了，家里……你看是不是再等等？"

李素云说："我说让你花钱了吗？咱不花钱，咱啥钱也不花，先去登个记不行吗？"

周世中说："行是行，就是太委屈你了。"

李素云说："我说委屈了吗？我看根本不是钱的问题。我说多少次了，我这儿有钱，不让你花钱，你就是不听。"

周世中马上说："你有钱是你有钱。我也说过多少次了，办好办坏都不能花你那些钱。我一个大男人……"

李素云说："世中，你是不是还跟秋霞扯着呢？你要扯着，就早点告诉我，省得人家……"说着，眼里湿湿的了。

周世中说："你怎么还不相信我？到现在了你还不相信我？"

李素云说："我不是不相信你。你老这么噫噫唉唉的，谁知道……再说，秋霞那边也扯扯绕绕的，我这心里老是慌慌不定……要不，你再见见她，把该说的，给她说清楚，省得……"

周世中说："你要是不放心，我就再见见她，跟她说清楚。"

李素云问："这一段，你没见过她吗？"

周世中说："从她喝药抢救过来以后，我就再没见过她了。"

李素云说："真没见过她？"

周世中看了她一眼，不再吭声了。

李素云幽怨地说："我也不是不让你见她，你看你……"

李素云又说："你没见她，也没见小虎吗？我的意思是说，有孩子这么扯着，总是不大好。要不就让小虎过来吧，我也喜欢小虎。一个女人带着个孩子总不是事。你说呢？"

周世中说："秋霞也愿意让孩子过来，可小虎不愿……"

李素云埋怨说："孩子小，孩子懂什么？你也不能光听孩子的呀！"

周世中又不吭了。

李素云说："前天，老魏来了封信，我看都没看，把信带封儿撕了！撕得碎碎的……"

周世中说："你该看看。"

李素云说："你这话啥意思？"

周世中说："没啥意思。我说让你看看也没啥呀……"

李素云说："没啥？还没啥？来个人都给我赶走……你还说没啥？"

周世中又不说话了。

李素云偎过来说："世中，你烦我了？你是不是有点烦我了？"接着，她又说："我没有别的意思，我是看你太累了，想帮帮你。我是想早点过去，好帮帮你……"

周世中抚摩着她的头发，没有再说什么。

李素云又说："你要是真和秋霞和好，我也不埋怨你。只是别让我再这样等了。"

周世中沉默了一会儿，说："素云，我跟秋霞再谈一次，如果小虎愿意过来，就让他过来。你说呢？"

李素云像猫一样偎着他，小声说："好。"

夜里，在棉纺厂的供销科办公室里，崔玉娟正在铺那张临时借来的折叠床。

这时候，女儿小芬走进来了。小芬站在那儿，朝身后看了一眼，叫道："妈妈，回家吧。"

听见女儿的声音，崔玉娟转过身来，忙走过来搂住孩子说："小芬，你怎么来了？"

此刻，梁全山也在门口出现了，他故意咳了一声，说："回去吧！有功之人……"

崔玉娟看了他一眼，没有理他，只牵着女儿的手，让女儿在一张椅子上坐下来，然后又问："小芬，吃饭了吗？"

女儿小芬说："吃了。爸爸做的方便面，可咸了。"

崔玉娟说："我给你倒水喝。"说着，就拿杯子给女儿倒水。

梁全山讪讪地说："先说，可不是我要来接你，是你们厂长非让我来……"

一语未了，崔玉娟"哗"一下拉开抽屉，从里边拿出一张纸来，又"啪"一声拍在桌上，说："签字吧！"

梁全山一愣，说："签、签、签什么字？"

崔玉娟说："你不是要离婚吗？厂长亲自去了，你还一口一个离婚，一口一个离婚……你不是非要离吗？你不是很铁吗？签字吧。"

梁全山愣了愣，说："操啊！真，真，还真整……连连女儿都不要了……"

崔玉娟说："谁说不要了，女儿跟着我，我一个人带着她，也死不了我！"

梁全山往门口的地上一蹲，说："那事，说没有就没有呗，你还想怎么着？"

崔玉娟说："我怎么着？我还能怎么着？你打也打了，骂也骂了，还往我身上泼一身屎。是你把我逼到这一步的！你签字吧，你签了字，咱明天就去离婚。我是一天也不跟你过了！"

梁全山蹲在那里想了一会儿，站起身来，故意皮着脸说："扯什么扯？没有就算了嘛，有则改之，无则加勉嘛。还不能说了？走，走，回家，回家！"说着，又高声叫女儿："小芬，帮你妈收拾衣服，回家！"

崔玉娟说："回家？姓梁的，这一次你别想！我不能再像往常那样，让你随便欺负我了！想想，你有多狠心！那会儿把我绑在椅子上，让一楼的人看我的笑话！……"说着，崔玉娟掉泪了。

梁全山说："嘿嘿，还扯起筲箕乱动弹了？咱打盆说盆，打罐说罐，你扯那么多陈年旧账干什么？还是那一句话，你说你回去不回去吧。"

崔玉娟说："你不是要离婚吗？签字吧。你怎么不签哪？你不是当着厂长的面，一句一个离婚吗？"

梁全山说："谁说的？谁说的？我想离就离，也用不着跟他汇报！"

崔玉娟说："你还嘴硬？人家小苗在一旁听着呢，人家早看不下去了……人家说，从来没见过这样的男人，竟然去跟踪自己的老婆！厂长亲自登门，还一点面子都不给。"

梁全山一拍桌子说："他胡扯淡！"

崔玉娟说："你嚷什么嚷？深更半夜，你吓唬谁呢？"

梁全山说："你走不走？你回去不回去？"

崔玉娟说："我不回去！你签字吧。"

梁全山说："你不回去？你不回去……"一边说着，一边四下里看，看见小芬，就说："不回去？小芬，你说呢？她不回去，咱也不回去！"说着，往办公桌前的椅子上一坐，大腿往二腿上一跷，不吭了。

崔玉娟说："你，你不要脸！"

梁全山说："老婆孩子，一家三口，有啥要脸不要脸的。"

崔玉娟恨恨地看了他一眼，说："你！……"说着，也气呼呼地坐下了。

这时，小芬说："妈妈，回去吧。我明天还要上课呢。"

梁全山马上说："看看，看看，孩子是怎么说的？"

崔玉娟扭着脸，不理，也不吭。过了一会儿，崔玉娟才说："让我回去也行，你必须给我说清楚，你为啥跟踪我，跟踪了我几次？你干的事也得让孩子听听。"

梁全山说："谁跟踪你了？我是关心你。"

崔玉娟说："关心我？有这样关心的吗？偷偷地跟在后边，跟贼一样！你说吧，你跟了我几次？"

梁全山说："也没几次。我主要是怕你被染坏了。现在社会上啥人没有？那些大款，手里掂着'大哥大'，把女人骗得晕头转向的，我是不放心才……"

崔玉娟说："噢，你就这么不相信你的老婆？你老婆就那么容易上人家的当？你老婆没见过钱是不是？"

梁全山说："你也别这么说，现在这社会，花花哨哨的，谁也呛不住，那世中的老婆黄秋霞，不就滑进去了吗？"

崔玉娟说："你拿我和她比啥比？你还怪会比呢！你发现我什么了？我是靠自己干出来的，我从来不靠人家！"

梁全山说："你看，话不说不透嘛。你这么一说，我不就放心了？"

崔玉娟说："放心了，哼！是你自己心不正。你说吧，到底跟了我几次？"

梁全山说："没有几次，也就有个三四次。"

崔玉娟说："三四次？光我看见的就不止四次！"

梁全山只好说:"有五六次,七次!行了吧?"

崔玉娟说:"听听,让孩子听听,成天下班就是跟踪老婆,你这也叫人干的事吗?"

梁全山说:"孩子懂什么?你给孩子说什么说?"

崔玉娟说:"我这是还报你呢!回回当着孩子的面审问我,就跟审贼一样!你都忘了?"

梁全山没话说了,只好说:"好好,你问吧,问吧。"

崔玉娟说:"小芬,你也拿笔记着,看你爸成天都干些啥事!"说着,也煞有介事地从抽屉里拿出一张纸、一支笔,放在女儿的面前。

这时候,梁全山突然说:"玉娟,说句心里话,我也不知道是咋整的,这社会,我就是怕呀。我也不知道为啥怕,可我就是怕,我怕有一天,一出门你就不回来了……"说着,他双手掩住脸,竟然掉泪了。

崔玉娟看他掉泪了,心一软,也哭着说:"你呀,还成天防我呢。你想我是容易的吗?一天到晚,腿都跑细了,家里男人还不相信,挣钱比你多了,你也嫉妒……你说,让我咋活呢?"

梁全山流着泪说:"是我错了,都是我不对。"

这时,女儿小芬扑过来,三口人抱成了一团。

早晨,梁全山端着一个小塑料筐走回来,筐里装着他上街买来的五根油条。

他上楼时,正好碰上王大兰提着一桶胡辣汤下楼。看见他,王大兰说:"买这么多油条,玉娟回来了?"

梁全山说:"回来了。厂长来了,她也做了检查,我想想,孩子这么大了,就算了。"

王大兰说:"你也是的,早该去接她了。一家三口,玉娟又能挣钱,和和美美的，多好哪。"

梁全山"噢噢"了两声，便进门去了。他进了屋，对还没起床的崔玉娟说："起来吧，粥熬好了，油条也买回来了，快起来吃吧。"

崔玉娟睁了睁眼，嗔道："还说呢，昨晚上，你闹了半夜，回来又缠我……"

梁全山说："快起来吧。我这不是将功赎罪吗？饭都做好了。"

崔玉娟说："回来是回来，你可得给我恢复名誉。不然，让我咋见人呢？这话可是你说的。"

梁全山说："好好，给你恢复名誉。快起来吧。"

上午，那家聘小田去当厂长的乡镇企业，派车接他来了。

小田和周世慧一同走下楼来，周世中也捯着东西下楼送他们。

下楼后，周世慧说："哥，家里……"说着，头低下来了。

周世中笑笑说："你放心去吧，家里没事，有我呢。"

周世慧说："哥，这一摊子，我一走……"

周世中说："没事，说没事就没事。"

小田赶忙说："等那边安排住，我就让世慧回来。"

周世中却把小田拽到一旁，说："小田，我有话给你说。"

小田走了几步，说："周师傅，你放心，我会对世慧好的。"

周世中说："我不是那意思。我是问你是不是拿定主意了？"

小田说："我拿定主意了。"

周世中说："你知道不知道，马上就要分房了。我听说，咱们这栋是要拆的，所以，你要不走，就可以分到一套新房了。"

小田说："你是说，要我为这套房子留下来？"

周世中说："主意由你自己拿，我只是给你提供一个信息。"

小田说："周哥，我知道你是好意。在城市里，一套新房是很有吸引力的。可我主意已定，我不会为一套房子改变主意的。不管到那里的前景如何，我都不会为一套房子改变主意。"

周世中望着他，没再说什么。

小田又说："周师傅，我心里清楚，你不一定同意我的做法。我跟你们不一样。你们在厂里干的年数多，你们已经跟厂分不开了。可我不行，我想走自己的路，我想出去闯一闯。说实话，我也没有你这样的牺牲精神……"

周世中望着他，说："你既然想好了，就去吧。世慧，就交给你了。"

小田说："这你放心。我会一辈子对她好。"

周世中说："那好，你们走吧。"

这时，周世慧又说："哥，我也顾不上去看小虎了，你替我去看看他吧。你告诉他，我回来会去看他。"

周世中说："行。走吧。"

可是，临上车前，周世慧又说："哥，你跟素云姐的事到底……抓紧吧，你也好有个帮手啊。"

周世中却打断说："你别管了。"

车开走了。周世中在楼下站着，心里说不清是什么滋味。

在电器厂的家属楼前，下夜班的黄秋霞正在往楼上搬蜂窝煤。

儿子小虎也在帮她搬。两人一趟一趟地从楼下往楼上搬。一边搬着，黄秋霞一边说："小虎，你慢点。"

小虎却满头是汗地搬着煤说："没事。"可他话刚落音，因为走得太急，一下子栽倒在楼梯的台阶上，煤球轱轱辘辘地碎了一地。

黄秋霞放下手里搬的煤，忙上前去扶起他，关切地问："摔疼了吗?"

小虎疼得龇着牙，却说："没事，没事。"

黄秋霞说："你别搬了，你玩去吧。"

可小虎执意要搬，一直到煤搬完了，母子两人刚坐下来喘口气，却见又有人上门来了。这是一个五十来岁的老人。老人来到门前，问："这是黄秋霞家吗？"

黄秋霞忙迎出来说："是啊。老师傅，您是……？"

老人说："我是厂后勤科的。我已经来了两次了，都没找到你。"

黄秋霞说："有事吗？老师傅，上屋坐吧。"

老人说："我不多坐了。你就是黄秋霞？"

黄秋霞说："我就是。"

老人看了看她，"噢"了一声，说："我是来通知你的。厂里最近要搞房改，你住这套房子是你父母的，对不对？"

黄秋霞说："是呀。"

老人说："按规定，你父母要在的话，你还可以住。现在你的父母都不在了，厂里房子紧，按规定，你得把房子交出来……"

黄秋霞一下子怔住了，木呆呆地说："叫我搬？那让我往哪儿搬呢？我又没地方住……"

老人说："这事我也做不了主。我只是来通知你一声，厂里让你三天之内搬家。要是不搬的话……"

黄秋霞慌了，忙说："老师傅，现在让我往哪儿搬呢？能不能再缓一缓，你总得让我找个地方吧？"

老人说："你不是有单位吗？你找找你们厂，让你们厂想法解决嘛。"

黄秋霞说："厂里也没房子。再说，我，我……"

老人说："我也没有办法，你给我说也没有用，这事是厂里定的，不过是让我来通知你一声。就这样吧，三天时间，你必须得搬出去。"老人说完，扭头下楼去了。

黄秋霞愣愣地站在楼道里。

儿子小虎走上来拉住她说："妈妈，不让咱住了？那咱回家吧。"

黄秋霞喃喃地说："家，哪里还有家……"说着，泪无声地淌了下来。

十九

晨光里，正是工人们上班的时候，小虎背着书包在柴油机厂门口转来转去，他是在等爸爸。

这时候，周世中骑车过来了，他一眼就瞅见了儿子小虎。看见儿子，他忙从车上跳下来，问："小虎，你不去上学，站在这儿干什么？"

小虎抬头看了看他，却又把头低下去了。他用一只脚踢着地面，不说话。

周世中看了看儿子，关切地问："怎么了？谁欺负你了？"

小虎还是不吭，只用脚反反复复地踢着地面。

周世中急了，问："到底怎么了，你说话呀！"一边说，一边焦急地看了看手腕上的表。

到了这时，小虎才嘟着嘴说："我和妈妈被赶出来了。"

周世中一怔，忙问："被谁赶出来了？"

小虎说："我们没地方住了。"

周世中说："怎么没地方住了？不是在电器厂家属院吗？"

小虎说："人家不让住了。姥姥死了，就不让住了。那位老伯伯说三天必须搬家。今天是第二天了，妈妈找不来房子……"说到这里，小虎突然抬起头来，说："爸，让妈妈搬回家吧。我求求你了，让妈妈回家吧。"

周世中沉默了一会儿，摸了摸儿子的脑袋，然后，手伸在衣兜里，摸了摸，却没有摸出烟来。他又把手伸了出来，又去摸儿子的头，可小虎把头扭到一边去了。

周世中问："是你妈妈让你来的吗？"

小虎摇摇头说："不，不是。妈妈不知道我来。"

就在这时，李素云骑车从远处过来了。她看见周世中和小虎在厂门口的路边上站着，也下了车子，走过来说："小虎怎么在这儿呢？"

小虎低着头不吭。

周世中看了看李素云，又看了看儿子，愣了一会儿，对小虎说："小虎，你在这儿等一下，我跟你李阿姨说几句话。"说着，看了李素云一眼，便走到一边去了。

李素云也跟着他走过去，问："怎么了？"

周世中沉吟了片刻，说："素云，我……"

李素云看着他："到底怎么了？是不是……"

周世中说："素云，我想把秋霞他们接回来住。"

李素云听了这话，好一会儿没有说话，就那么定定地望着周世中。

周世中说："素云，秋霞她……"

李素云立刻打断了他的话："你别说了。我，我祝贺你们破镜重圆。"说着，扭过头去，推上车就走。

周世中又喊道："素云，你听我说……"

李素云一边走一边说："你不用说，我也不听了。"

周世中很尴尬地站在那儿，过了好一会儿，才走到儿子面前，说："你在这儿等着我。我回车间里安排一下，马上就出来。"

小虎问："是去接妈妈？"

周世中不吭。

小虎仍然固执地问："是不是去接妈妈？"

周世中看了儿子一眼，说："是。"

在棉纺厂的一个车间门口，推纱班的一个男工班长正在批评黄秋霞。他有点不怀好意地说："你怎么又请假？昨天你请了半天，今天又来请假，你是不想干了吧？"

黄秋霞忙解释说："班长，我也不想请假。可我没有办法，电器厂的房子人家不让住了，叫我三天之内搬出去。"

这个男工班长说："房子的事好办。我昨天不是给你说了吗？我那儿还有间房子，你先去住着。又不收你的房钱，还怎么着？"

黄秋霞吞吞吐吐地说："这，这不大合适吧？"

男工班长说："怎么不合适？住在一块儿，你有啥困难，我也可以帮助你嘛。怎么，还看不上我？"

黄秋霞不吭声了。

周围正坐着休息的一些男临时工，也在一旁煽风点火，取笑黄秋霞。

一个男工说："就是她吧？听说大款都傍了，还装啥装？"

另一个男工说："跟了班头儿算了，还捏啥捏。跟谁睡不是睡呀……"

还有一个男工说："你是单身，班头儿离了婚了，也是单身。一个茶壶一个茶碗，正美儿！"

听了这些话，黄秋霞眼里含着泪，仍是一声不吭。

那些临时工一看黄秋霞掉泪了，又说起风凉话来了。一个说："都破成筐了，还装得跟大姑娘样！"另一个说："谁不知道呀？全厂都知道，跟大款睡了一年多……"

那个男工班长却装出一副认真负责的样子说："你现在还不是正式工，

还没转正呢。要想转正，可就看你的表现了。你这个假我不批！"

这时，黄秋霞实在是忍无可忍，说："你这不是欺负人吗？"

那个男工班长说："谁欺负你了？我这是帮助你呢。雷锋也不过如此吧？明明有房子，好心好意让你住……"

黄秋霞看着这个不怀好意的男工班长说："我就是再堕落也不会跟你！"说完，扭头就走。

那个男工班长一时恼羞成怒，厉声说："站住！没看看你是什么东西！破鞋！……我不准假，谁说让你走了？"

就在这时，车间主任芳姐从车间里走出来了，她赶到门前，问："吵什么呢？"

那个男工班长马上说："冯主任，她这人天天请假。说她还不听！也不看看自己是什么东西！"

芳姐说："你是个男同志，怎么能这样说话？太不像话了！谁说她天天请假了？她给我反映过情况。电器厂那边让她腾房子，咱厂一时也不能解决。你不让她去找房子，让她住在大街上呀？"

那个男工班长马上又装出十分委屈的样子，说："冯主任，你看，我就是问问，也没说别的呀。"

芳姐说："还没说？我都听见了。你这班长是怎么当的？班里同志有困难，不想法帮助解决，还故意刁难。"

那个男工班长说："冯主任，这你才是冤枉我呢。我都说把我那间房子让给她住，她不住……"

芳姐说："为啥要住你那儿？她想住哪儿住哪儿。"说着，又对站在远处的黄秋霞说："秋霞，你去吧。房子的事，我也帮你打听打听。"

黄秋霞站在那儿，两眼淌着泪，好半天一句话也不说。这会儿，见芳姐跟她说话，才说："芳姐，我谢谢你，也谢谢车间里的姐妹们。请你代我转告一声，我……不在这儿干了。"说完，扭过头，哭着跑去了。

芳姐一愣，赶忙追着喊道："秋霞，秋霞……"

周世中带着儿子小虎匆匆来到了棉纺厂。可是，他晚了一步，当他找到车间主任芳姐的时候，得知黄秋霞已经赌气走了。

芳姐对周世中说："秋霞因为不是正式工，所以没有回原来的机台上班，她在推纱班受了些委屈……你劝劝她，还是回来上班吧。到时候，我可以给她调调班。"接着，芳姐看了看周世中，又叹口气说："秋霞也太难了，一个孤身女人，还带着个孩子……"

周世中听了车间主任的话，沉默了一会儿，说："谢谢芳姐了。"说完，他又匆匆地领着小虎找黄秋霞去了。

周世中又带着小虎来到了电器厂家属院，可门是锁着的，黄秋霞仍然不在。

周世中焦急地看了看手表，无奈地和儿子一起在楼前的台阶上坐下来。坐了一会儿，还没有见黄秋霞影子，周世中对小虎说："小虎，你上学去吧。"

小虎说："不。等妈妈回家了，我再去上学。"

周世中说："你放心，我一定把你妈妈接回去。听话，你好好去上学，我还要上班呢。中午，我再来。"说着，他一把把小虎拽起来，说："走，我带你去上学。"

车间里，机器轰鸣着。周世中匆匆走进车间。

他刚一进车间的门，便被几个工人截住了。几个工人闹嚷嚷地围住他说："周头儿，有事找你呢。"

周世中说："来吧。"

几个人便跟着他往车间办公室走去。

正在车间里检验工件的李素云见周世中从身边走过，连头都没抬。

周世中走到李素云身前，略略迟疑了一下，还是快步走过去了。

中午下班的时候，在厂大门口，周世中快步从里边走出来，他看见李素云推车在前边走，就喊道："素云，你等等。"

可李素云却骑上车走了。

周世中站在那儿愣了一会儿，闷闷地骑上车，跟着走了一段，突然又折回头，向另一个方向走去。

午时，在电器厂家属院里，周世中终于找到黄秋霞。

周世中走进门时，儿子小虎还没有回来，黄秋霞正在做饭。看见周世中进门，她只淡淡地说："来了。"

周世中进了屋，默默地坐下来，说："小虎早上到厂里去了。"

黄秋霞"噢"了一声，却没有再说什么。

周世中抬起头，望着黄秋霞说："秋霞，搬回去吧，我是来接你的。"

黄秋霞正忙活着，听了周世中的话，她站在厨房门口，静静地立了一会儿，说："我也说要去见见你呢。"

周世中说："你不用说了，我都知道了。回去吧。"

黄秋霞走进厨房，掀开锅盖看了看，又把锅盖盖上。然后，她解下围裙，走出来，坐在了周世中的对面，仍然是很平静地说："中午就在这儿吃吧。没有什么好的，简单吃点吧。"

周世中有点发愣地望着黄秋霞，他不知道黄秋霞是什么意思。

黄秋霞淡淡地说："你别看我，请你吃顿便饭，也没别的。"

周世中马上说："我已经跟小虎说好了，今天就搬回去。你……"

黄秋霞说："世中，你对我好，我知道，我心领了。可我欠你太多，我不能再欠你了。"

周世中说："这么说，你……不想回去？"

黄秋霞说："不是不想回，是做梦都想回。可我回不去了，也不能再回去了。"说到这里，黄秋霞掉了泪，她赶忙用手擦去了。

周世中说："那就回去吧。你要是怕人说，咱下午就去办个手续。"

黄秋霞淡淡地笑了笑，说："世中，你看我还有脸再回去吗？"

周世中怔了一下，说："怎么，怎么了……"

黄秋霞说："那次给你下跪的时候，我是一心一意想回去的，我走投无路了。我当时的想法是痛改前非，回去好好跟你过日子，一生一世对你好，给你当牛做马来弥补我的过失。当时，我还想，不管你打我骂我，我都不站起来；你不答应，我跪死那儿都不站起来。那时候，我是横下心厚下脸皮要跟你的。我不怕在你面前丢脸，我也没有脸了。可是，你还是让我站起来了……"说到这儿，黄秋霞不说了，她沉默了一会儿，又说："现在，再让我给你下跪，我实在是没有这个勇气了。"

周世中说："秋霞，你……我说让你下跪了吗？"

黄秋霞苦笑了一下，说："回去就是下跪……回去，我何尝不想呢？只要我回去，人虽说是站着的，可心呢？心永远是跪着的，跪着……"

周世中望着她，说："这么说，你是怨我……"

黄秋霞惨然地说："我怎么会怨你呢？要怨，也只能怨我自己。再说，世中，我要是回去了，素云怎么办呢？我早就看出来了，素云一直对你好，她已经等你这么久了……"

周世中不吭声了，他把手伸进兜里，掏了掏，却没有掏出烟来。这时，黄秋霞默默地站起身来，走进里屋去了。片刻，她从里屋拿出一包烟一盒火柴，放在了周世中面前。

周世中从盒里抽出一支烟点上，吸了两口，想了想说："回去吧。还是回去吧。素云那儿，我会给她解释的。"

黄秋霞凄然地说："世中，别让我再当第三者了。我已经当过一次了，我不想再当了。"

周世中沉默了一会儿，问："那你打算……"

黄秋霞说："上午，我跟在海口的一个亲戚挂了电话，我准备到他那儿去。"

周世中关切地问："那儿……行吗?"

黄秋霞摇摇头说："不知道。"

周世中说："那你还去?"

黄秋霞坚定地说："去，我必须去。也不能不去。"

周世中沉默了。

黄秋霞又说："世中，你帮过我很多，就再帮我一次吧。暂时，我只能是一个人去。小虎，也只能托付给你了。唉，我最最对不起的，就是孩子……有一天，我要是能站着回来，我一定好好地补偿咱们的孩子!"说到这里，黄秋霞终于控制不住，一下子泪流满面。

周世中说："你再想想，你再好好想想吧。我还是希望你回去，孩子也希望你回去。"

黄秋霞擦了擦眼里的泪，喃喃地说："也许吧，我也许还会回来。等我能重新像个人的时候，等我能坦坦然然地站在人前的时候，我会回来。"

周世中问："你，需要钱吗?"

黄秋霞说："不需要。这一次，我不想再欠谁什么了。这些年来，我吃亏就在于老想靠住点什么，我现在才明白，什么也靠不住，人只有靠自己。谁也救不了你，只有自己救自己……我上午还去了一趟寄卖店。他们下午就来人了。屋里这些东西，能卖的，我要全卖掉。我要干干净净地离开这里。孩子托给你，就已经让你费心了，这也是没有办法。世中，我会寄钱来的。"

周世中再次看了看黄秋霞，终于站起身来，说："那，我走了。"

黄秋霞也站起身说："不在这儿吃饭了？我蒸了米，便饭。"

周世中闷闷地说："不了。"

黄秋霞也不勉强，说："那好吧。"

当周世中走出门时，黄秋霞又追出来叫道："世中……"

周世中站住了，他扭过头来，望着黄秋霞。

黄秋霞说："跟素云结婚吧，好好待她。"

周世中看了黄秋霞一眼，扭过头，一步一步地走下楼去。

走下楼后，周世中在院里碰上了放学回来的儿子小虎。小虎看见他，便叫道："爸，你见妈妈了吗？"

周世中望着儿子，严厉地说："怎么现在才回来？"

小虎看了周世中一眼，头慢慢地低下去了。

周世中问："是不是老师把你留下了？"

小虎苦着脸，嘟哝着说："是。"

周世中走上前去，摸着儿子的头说："以后可别再迟到了。"

小虎答应说："爸爸，我保证以后再不迟到了。"说着，他又抬起头来，问："爸，你什么时候接妈妈回去呀？"

周世中说："你快回去吧，好好陪陪你妈妈。"

小虎一摆头，说："你还是不愿接妈妈回去？"

周世中说："我愿，可你妈妈……你回去问她吧。"

小虎头一梗说："我不信！"

周世中说："去吧，好好陪陪你妈妈。只要她愿意，我随时都会来接她。"

小虎看了周世中一眼，说："你等着，我去问问。"说着，便飞快地往楼上跑去。

周世中愣愣地站了一会儿，推上车子，快快地去了。

傍晚，梁全山和崔玉娟两口子穿得整整齐齐的，来到班永顺家门前。梁全山敲了敲门，门开了，王大兰探头一看，说："哟，你们两口子这是干啥哪？"

崔玉娟看了看梁全山，梁全山说："嫂子，这个，这个，玉娟……"

崔玉娟说："别这个那个了，有话赔说了。"

梁全山说："玉娟，玉娟来承认错误呢。"

崔玉娟马上说："打住，打住吧。你说谁承认错误呢？看你这人……"

梁全山不好意思地说："玉娟让我来承认错误呢。那天，我说玉娟那些事，纯是、是捕风捉影、信口开河啊，是我不对。就这，就这啦。"

崔玉娟说："就这就完了？嫂子，你看，他说他要当众给我恢复名誉，就这两句可完了。"

王大兰看着两人，笑着说："恁这两口子呀，好一会儿歹一会儿，我不管，不管。"

梁全山也委屈地说："嫂子，你给评评理，她抓住了一点理，你看看她气粗的？"

崔玉娟说："看看，转转脸就变了，哼！"

梁全山赶忙说："是我不对，我承认是我不对，行了吧？"

王大兰笑着说："玉娟，梁师傅真是变多了，人和气了，还天天一早就起来做饭，你别再难为他了。"

崔玉娟笑着说："嫂子，你别夸他了，你不知道，他把我欺负成啥了？"

梁全山说："走吧，走吧，你也别说了。"

崔玉娟说："上哪儿？"

梁全山说："你不是说要一家一家去给人说吗？反正就这点事，说就说呗。"

崔玉娟看看梁全山说："算啦，算啦，有个态度就行了，这回饶你了……走吧，上街去吧。"说着，两人一块儿走出去了。

王大兰看两人走了，才撇撇嘴说："啥人，猫一会儿狗一会儿的！"

晚上，李素云在饭桌前坐着。饭已经做好了，她拿了拿筷子，却又放下了。

就在这时，她听见了敲门声。那声音怯怯的。李素云迟疑了片刻，还是走过去把门开了。

门一开，首先愣住的是李素云，她一下子就呆住了，她万万没有想到，站在门前的竟是魏书田！

魏书田在门前站着，望着李素云，十分尴尬地说："素云，没想到吧？"

李素云望着他，一时百感交集，好半天竟然没有说出话来。过了好一会儿，她才说："你来干什么？"

魏书田说："我、我出差路过，顺便、顺便来看看你。"

李素云盯着他看了一会儿，冷冷一笑说："哼，看看我？"说着，扭过身去，走了两步，说："好哇，看吧。"

魏书田小心翼翼地走进来，竟然没有敢坐，只是站着。

李素云双手抱着膀子，望着他，淡淡地说："坐吧。"

魏书田看看李素云，愧疚地说："素云，我，真是没脸坐呀。"嘴里这样说着，却还是厚着脸坐下了。

李素云也很不客气地说："既然没脸坐，你还来干什么？"

魏书田低下头去，好一会儿才说："想、想看看你。我写的信……"

李素云冷冷地说："我没看，撕了。在垃圾箱里呢。"

魏书田说："我就知道，你不会看……"

李素云用嘲讽的口气说："咋没把新娘子带来呀？领着年轻貌美的新人，来笑笑旧人，那多威风啊！"

魏书田抬头看了李素云一眼，又惶惶地低下头去，沉默了一会儿，说："她不在。"

李素云笑笑说："噢，没带回来？那么年轻那么漂亮，没舍得带回来？"

魏书田伤心地说："已经离了。"

李素云突然发作起来，大声嚷道："离了你跑我这里干什么？离了你再找啊！大街上年轻漂亮的有的是，你是科长，你有钱有势，你再去找啊！你给我出去！出去！！……"

魏书田很狼狈地坐在那里，勾着头一声不吭，只是头上冒汗了，头上的汗一滴一滴往下掉。

片刻，李素云沉默下来，两人就那么一个坐着，一个站着。魏书田也不说什么，只是不时地偷眼看李素云。

就在这时，门外传来了脚步声。李素云听见脚步声迅速朝门外看了一眼，没等她有所反应，周世中已经推门进来了。

周世中走进门来，看见李素云，马上说："素云，你听我说……"可是，他的话刚出口，突然发现沙发上竟然还坐着一个人！他扭了一下脸，顿时也怔住了，他怎么也想不到，沙发上坐着的竟是魏书田！

魏书田一见周世中，人一下子像突然活了似的，只见他极快地站起身来，笑着打招呼说："是周师傅啊。坐，坐，快坐。哎呀，好久不见了……"

周世中一时竟然不知说什么好了，只好说："噢，是、是书田回、回来了？"

魏书田笑着说："回来了……周师傅，抽烟抽烟。"说着，赶忙掏烟。

周世中一边往后退着身子，一边看李素云，嘴里却说着："不吸，不吸。"

李素云仍是两手抱膀在那儿站着，一声也不吭。

片刻，李素云却突然对魏书田说："你还没吃饭吧？"

魏书田愣了一下，有点受宠若惊地说："吃，吃，没，没呢。"

周世中觉得这个场面实在是太让人尴尬了，就急急地往门口退去，一边退着，一边说："我没啥事，没事。你们说，你们说。"说着，再次看了看李素云，见李素云根本不看他，就十分狼狈地退出去了。

周世中刚走，李素云就冷冷地对魏书田说："你走吧。"

魏书田见李素云脸又变了，就结结巴巴地说："素云，我，我……"

李素云沉着脸说："走啊！"

魏书田很勉强地站起身来，说："素云，能不能让我说几句？我就说……"

李素云说："我不听！你出去。"

魏书田却呜呜地哭起来了，一边哭一边说："我不是人，我知道我不是人。我是活该呀！我现在是一贫如洗，无家可归……"

夜里，周世中突然骑车来到了厂里。他一进车间，夜里带班的一个班长便走上来说："周头儿，你怎么又来了？"

周世中沉着脸，说："我来看看。"

那班长马上汇报说："生产上没啥，就是老马请了一天病假。"

周世中问："老马怎么了？"

班长说："拉肚子，说是痢疾，站不起来了，是他老婆来请的假。"

周世中说："我顶上吧。"说着，便往一台没开的机床前走去。

带班的跟在他屁股后说："算了吧，头儿，你刚带了白班。"

周世中说："没事。"

班长笑着说："头儿，就是想以身作则，也不能连轴转哪！"

周世中忽地转过身，沉着脸说："你哪儿那么多废话？"

周世中来到机床前，弯腰从架上放的零件堆里拿出一个半加工件，迅速地卡在机床的卡盘上，一按电钮，机床轰地一下，高速旋转起来。

班长站在周世中的身后看了一会儿，忍不住又说："周头儿，要是心里有啥不痛快，说……"

周世中"啪"地一关车床，厉声说："你有完没完？该忙忙你的去吧！"

那班长一看不对劲，转过身，慌忙走了。

周世中呆立了片刻，重新开了机床，卡盘飞速旋转着，他两眼全神贯注地盯着卡盘、车刀，只见亮白色的铁屑一缕缕地从车刀下游出来……

车间另一头，带班的对一个工人说："注意点，别找不自在。周头儿肯定是有啥不高兴事了，脸铁青！"

李素云家里，魏书田仍赖着不走。

魏书田说："素云，你别撵我。我混到这一步，也是自作自受，也不指望你收留我。我会走的，我已经在旅馆里订好房间了……我就是想给你说说。"

李素云仍是冷冷地说："我也不听你说。没啥可说。话早就说尽了。你还是走吧。"

魏书田说："是，是。唉，当初你是怎么劝我呀，我心里愧呀，愧不该不听你的话呀！这人哪，是三昏三迷呀！"

李素云说："走，你走。我不听，不听不听。"

魏书田说："你要不听，我现在是连个说的地方都没有啊！"

李素云说："你活该！"

魏书田马上说："是啊，是啊，我是活该。当初，我是想，咱已经跟人家那个了，不能对不起人家。人家年轻，咱呢，岁数大，还想啥呢？啥都让着她。谁知道，一结婚，根本就过不成……人家是穿要好的、吃要好的，玩也要玩出个花花样，咱咋也跟不上人家呀！为双鞋，吵；为一件衣服，也吵；为一顿饭，还吵。你都不知道我过的是啥日子……后来，吵是不吵了，成天往外跑。天天去跟人家跳舞，去卡拉 OK，就那些钱，花干花净，人也不回来了……唉，我原来怎么就没发现哪？原先那会儿，是看哪儿哪儿好，净优点，就是看不见一点缺点。谁知道，其实狠着呢，临到离婚时，还要把我榨干榨净，房子归她，家里置买的一切都归她，我是扫地出门哪！素云，你说我不出门有啥办法呢？她大白天敢把人领到家里来……"

李素云看了看他，哼了一声。

魏书田说："我现在这样，也不、希图你能……俗话说，一日夫妻百日恩。素云，你能让我常来看看你，我就知足了。唉，我在那边，她给我闹成那样，也没法再待了。实话说，我是想调回来。我这次回来，就是看看有没有合适的单位……"

李素云看看他说："说完了吧？该走了吧？"

魏书田还是不动，说："素云，这些年，想来想去，我最对不起的，就是你呀！看起来，这辈子是不说了，下辈子，我当牛做马也要还报你。"

李素云说："你也别说那么多好听的，说也白说。我不会再上你的当了。你还是走吧。"

魏书田说："是呀，人沦落到这一步，说啥也没用了。我现在一无所有，只有话了。虽然说也白说，你也让我说说。说说我心里好受些。"

李素云虽然说不听不听，可听了之后，心里还是有点不忍，就说："你是不是想要你留下的那些钱？你要，我给你取出来。"

魏书田马上表白说："别，千万别，那钱是你的，我不能要。我就是再无赖，再不是人，也不至于无耻到这种地步！你这一说，叫我……"说着，扬起巴掌，"啪啪啪"左右开弓，扇自己的脸，一边扇一边说："你真是不要脸了，你是来要钱的？你是不是来要钱的？……"

这一下子，李素云坐不住了，忙说："你这是干啥呢？你这是干啥呢？"

魏书田说："素云，你别管。夫妻多年，不知道金贵。让他挨几下，也好记住啥是好啥是坏……"

李素云看了看表，说话的态度也明显地缓和了，但还是说："天晚了，你还是……走吧。"

到了这时候，魏书田才站起身说："我走，我走。"

等魏书田走到门口时，李素云又叫住他说："你等等。"说着，她走进里屋去了。片刻，她手里拿着一沓钱走出来，来到门口处，对魏书田说："这是三百块钱，你先拿去用吧。"

魏书田说："你别可怜我。我这种人不值得可怜。"

李素云说："谁可怜你了？叫你拿着就拿着吧。不管咋说，也算……"

魏书田想了想，把钱接过来，说："那算我借的。我还，我一定还。"

星期天上午，周世中又背着父亲一台阶一台阶地从楼上走下来。

去街上买完菜的王大兰挎着篮子从外边走回来，问："世中，你这是去……？"

周世中说："给老头儿洗洗。"

王大兰说："噢，今儿浴池开门。"

王大兰看看周围，神秘地说："世中，听说老魏又回来了呀。"

周世中不吭，背着父亲默默地往前走着。

周世中刚走没多久，李素云拉着一车蜂窝煤回来了。她把煤车停在楼下，正要往楼上搬煤的时候，魏书田又来了。

魏书田悄没声地走到煤车前，二话不说，挽起袖子就去搬煤。

李素云抬头一看，是魏书田，立刻沉下脸说："干什么？你又来干什么？放下，放下吧，别脏了你的衣裳！"

魏书田却只管勾着头搬煤，他把高高一摞煤放在煤板上，搬起就走。

不料，李素云却拽住他说："放下，你给我放下！"

魏书田却说："素云，你别往别处想，我是来还你钱的。我昨天晚上回去想了想，这钱我不能要。"他一边说着，一边搬着煤就走。

李素云没好气地看着他搬煤上楼去了，说："你，你……怎么死皮赖脸的？"

魏书田也不吭，只是搬着煤走。

搬完一趟，当魏书田又要搬第二趟的时候，李素云拦住说："你别，你别了，我可使不起你！你要还就还，还了就赶快走。"

魏书田说："你看你看，我是赶上了。不管怎么说，也算是夫妻一场……我一手的黑，也不好掏。搬完吧，搬完吧，也没多少。"说着，又搬上一摞煤抢着上楼去了。

往下，李素云也不再搭理他了，只是一声不吭地搬煤。

这样一来，魏书田就干得更有劲了。一边忙活着，一边还见人就打招呼说："歇哪……"

邻居们看他热情，也都招呼说："老魏回来了？"

魏书田就笑着含含糊糊地应道："噢，噢噢。回来，回来，出、出差……"

一直到煤全部搬完，魏书田站在屋子里，抟挲着两手，望着李素云说："我，我能不能在这儿洗洗？"

李素云望着他，又可气又想笑，说："你洗呗。"

魏书田去厨房里洗了洗手，走出来，刚要坐，又似乎是突然想起了什么，做出要掏钱的样子，掏了一会儿，说："你看我这个人，衣服换了，我去拿，我马上去拿。"

李素云说："老魏，你别有那心思，你别想……"

魏书田回过头来，望了望李素云，仍然说："我去拿钱，我没敢多想。"

中午时分，周世中来到了"多家灶"。他先给在厨房做饭的王大兰打了个招呼，他说："正做呢？"

王大兰探探头说："做呢。在这儿吃吧？"

周世中说："不了，我找全山有点事。"说着，就推门进了梁全山的家。

梁全山正对着镜子试穿一件新买的衣服，看见周世中进来了，有点不好意思地赶忙往下脱，一边脱一边说："世中来了，坐坐。嗨，玉娟给买了件衣服，非说让试试。"

周世中开门见山地说："全山，我找你想借点钱，你这儿有没有？没有就算。"

梁全山马上说："有，有。多少吧？你还不知道，现在玉娟比我拿钱多。这钱一拿得多了，出气儿都不一样。"

周世中说："给我拿五百吧。有没有？"

梁全山说："钱是有，存着呢。家里不知够不够？我给你看看。"说着，梁全山拉开抽屉，从里边拿出一沓钱来，数了数，说："够，刚够，都给你吧。"

周世中接过钱，看了看，说："我借三百吧，给你留点。"说着，又从钱里抽出二百还给了梁全山。

梁全山说："都拿去吧。"

周世中说："不定有啥用项呢。我借三百吧，下月还你。"

梁全山问："有啥事？"

周世中含含糊糊地说：“有点急用……”

下午，在火车站，周世中牵着儿子小虎，来给黄秋霞送行。

三人在月台上站着，黄秋霞说：“世中，孩子就托付给你了，让你受累了。你还是早点跟素云……”

周世中望着她，再次挽留说：“不能不走吗？”

黄秋霞摇摇头说：“不能。”

周世中沉默了一会儿，说：“要是不行，就回来。我……”

黄秋霞说：“照顾好孩子。”

周世中说：“小虎你就放心吧。”

小虎站在一旁，一声也不吭。黄秋霞走过来，叫了声：“小虎。”

小虎看了看她，突然说：“我恨你们！”

黄秋霞眼里即刻有了泪，她说：“小虎，妈妈对不起你。妈妈会回来看你的。等妈妈像个人的时候，一定回来看你……”

这时，火车来了。

乘客们乱纷纷地向停下的火车跑去。黄秋霞最后看了看周世中，含着泪说：“我走了。”说完，扭过头，匆匆地往车厢那头跑去。

周世中站在那里，一动也不动，他的心却在说：“别走，你别走……”过了一会儿，他才赶过去，找到黄秋霞上车的那节车厢，从车窗口递上去一个纸包，说了声：“别嫌少。”说完，他扭头就走。

黄秋霞在窗口处，看见周世中扔上来一个纸包，用手摸了一下，知道是钱，便叫道：“世中……”可周世中已经走了。

片刻，开车的铃声响了，这时，小虎才突然醒悟过来，他拼命地向车厢跟前跑去，高喊着：“妈妈，别走！你别走……”

可是，列车已经开动了，而且越来越快。

　　傍晚，在车间办公室里，周世中正在一架台钳旁，锯一个改装机器用的三角钢。

　　这时，魏书田突然走进来。他一进门就赶忙给周世中敬烟，一边敬烟一边说："周师傅，忙着呢？"

　　周世中扭头看了看他，没好气地说："正忙呢，不吸。"

　　魏书田把烟给周世中夹在耳朵上，说："周师傅，你得帮我个忙呀！"

　　周世中说："奇怪了，魏科长，我还能帮你啥忙？"

　　魏书田说："周师傅，不瞒你说呀，自从跟素云分开后，我这心里老跟缺点啥一样，想来想去，还是不能亏这个心哪。俗话说，一日夫妻百日恩哩，我觉着撇下她，于心不忍。你不知道，我走时她哭成那样，哭得我心里不是个味，走后呢，老觉着对不住她。想来想去，还是合了吧……我这次回来就是办这事的。你老弟给说合说合吧？"

　　周世中没有说话，只有"刺啦刺啦"的锯声。

　　过了一会儿，魏书田叹口气，又改口说："唉，我跟素云……我也不瞒你了。都是怨我呀。我是后悔晚矣！那会儿，你诚心诚意地劝过我，你真是个好心人哪！那会儿我要是听你的，也不会有今天了。都是钱把人烧的了！我是千错万错一步走错……周师傅，你帮帮我吧，你是车间主任，平时跟素云关系也不错。你帮我说说，让我们俩复婚吧。我感激你一辈子……"

　　周世中仍然没有吭声，只是更用力地去锯那三角钢，还是一片"刺刺啦啦"的锯声。

　　魏书田看看周世中，咬咬牙，说："我都说出来吧，也不怕你笑话了。我现在是走投无路了。明说吧，我被那小娘儿们甩了，房子给她占了，家也给她……你要不帮我，我只有……"

仍然是尖锐的锯声。

尾声

王大兰又要去给人送礼了。

听到马上就要分房的消息后，王大兰怕这一次再分不上房子，就买了很重的礼物，硬拉着班永顺去给人送礼。

班永顺不去，说："你去吧，要去你去。"

王大兰一手提着礼物，一手拽着他说："没见过你这号眼子！走！"两个人在楼道里拉拉扯扯的，班永顺怕人看见，忙说："你拽我干啥？走……走就走吧。"

两人刚下了楼，迎面碰上了周世中。王大兰有点不好意思地对周世中笑笑说："世中回来了？嘿嘿，有点事，有点小事。"说着，又暗暗地捅了一下身后的班永顺，说："走，快走吧。让你办点事总是血难。"

周世中看了看他们俩，往上走了两步，折回头说："是不是为房子的事？"

班永顺马上说："是呀。"

王大兰却说："不是，不是。"

周世中说："我多说一句话。要是为房子，就别去了。别花那旷钱。分房方案已经定下来了，咱这栋楼要扒，家家都有份……"

王大兰忙问："真有？"

周世中说："我也是分房小组的人，我骗你们干什么？这话也别乱说，还没公布。不过，马上就公布了。"

班永顺埋怨说："我早说不去吧，你还非让去。世中啥时候说过瞎话？"

王大兰拽拽他，又笑着对周世中说："去看个亲戚。"说着，只管拉着班永顺走。

班永顺一甩，说："拉啥拉？日哄别人吧，你还能哄了世中？净是做生意做的……"

周世中也不再看他们，径直上楼去了。

王大兰觉得在人前丢了面子，就嚷道："做生意怎么了？还不是为恁一鳖窝！我做生意骗谁了？你今天非得给我说说，我骗谁了？"说着，"啪"地把手里提的礼物往地上一摔："不去就不去，你以为我老想去？"

班永顺也沉着脸说："你以后别干这号事了。咱是工人，正正当当地靠劳动吃饭。挣多是多，挣少是少，咱以后谁也不去巴结他。穷是穷点，也不会穷死。"

王大兰说："你，你还说这话？你还说这话？人家把你挤成那样，你连个屁也不放。这会儿又说这话……"

班永顺说："挤成啥样了？那是我不跟他计较。你看看人家世中，负担多重，人家从来就没吭过声。"

王大兰说："说了半天，还是我的不是？我为谁哪！"

班永顺说："算了，算了，咱回去吧。不管咋说，世中这一句话，让咱省了二百多块，人家又不图个啥。"

王大兰想了想，说："咱还是去吧，找找那个副厂长，那不兴让人给咱分个朝阳面的？"

班永顺火了，说："他骗你骗得还轻！真是做生意做的，干啥都挑挑拣拣的！要去你去，我不去。"说着，扭身上楼去了。

王大兰忙从地上捡起礼物，追着说："不去就不去吧。当个破工人，口气大的！看觉悟多高，说话跟省长一样。"一边说，一边提着兜子上楼去了。

下午，在全厂职工大会上，厂长讲话说："……同志们，今天，我讲两件喜事。第一件，可以说是咱们工人的大喜事！经过上级领导部门的正式批准，经过全体工人的共同努力，从今天起，咱们柴油机厂，正式成为东方企业集团公司！明天正式挂牌！也就是说，从今天起，在座的每一位同志，都是东方企业的一分子，每位员工都将拥有本企业的股份。所以说，你们就是国有东方企业的真正的主人！……"

顿时，下边响起了热烈的掌声。

紧接着，厂长又说："我要说的第二件喜事是，咱们厂新建的三栋职工宿舍楼，已经竣工。分房方案也已经正式公布。这一次分房，可以说是敲得明、亮得响的。当然，我知道，这新建的三栋楼不可能一下子满足大家的要求。这次主要解决那些旧房改造的搬迁户，目的是腾出地皮来建新楼。所以，还会有不少同志有意见。我们是老企业，问题不可能一下子解决，也请大家谅解。但是，我要说明一点，作为厂长，我曾经当众发过誓言，要五年内解决全厂职工的住房问题，我这个保证，现在仍然有效。所以，请同志们不要着急，再耐心等上一段时间。改革年代嘛，会很快得到解决的……好了，我就说这么多。有什么问题，可以向车间反映，由车间汇总上报。好，给分到房的同志发钥匙吧！"

厂长讲完话后，又是一片热烈的掌声。掌声过后，会场上一下子嚷嚷起来。

台上，厂办公室主任拿着一份名单走到麦克风前，高声念道："现在公布分房名单，我喊到名字的，到台上来领钥匙：班永顺，黄六成，宁国栋，梁全山，白占元……"

台下，几个工人推着老班说："好家伙，头一名，快去快去。"

班永顺高兴地咧着嘴，在众人的推拥下，跑上去了。

下午四点的时候，在车间办公室里，一群没有分上房子的工人闹嚷嚷地围着周世中。

有的工人把指头点到周世中的脸上，有的唾沫星子喷到他的脸上，有的坐到了他的办公桌上，可他仍是在那儿坐着，不管人们说什么，他都一声不吭。

一个工人说："你当车间主任的，一点不为工人说话，你的心眼偏到哪儿去了？"

一个工人说："说我有房子，我那能算房子吗？六口人住一间半破房，那房还是我老岳父家的，说扒就扒。离厂那么远……"

一个说："为啥不分给我？为啥不分给我？我的年限够了，我也是七级……"

一个说："我的申请早就递上去了，我老婆要生孩子，就那一间房，你又不是不知道……"

一个说："情况你该反映不反映，该说的话你不说……"

后来，屋子里有哭的，有骂的，吵成了一锅粥，也分不清谁在说什么了。

五点钟的时候，李素云走过来，站在门口看了看，又退回去了。

六点钟的时候，屋里仍然有人在闹，不过，声音已没那么高了。

有的说："主任，你说咋办吧？反正我是不能再等了。"

有的说："主任，你是分上房子了，所以你不急。你得为我们想想……"

有的说："主任，我是上有老下有小，啥时候有房，你得给我说句话……"

有的说："我孩子今年就该上学了，厂在这边，家在那边，不一个学区，人家不让报名，你说咋办吧？"

这时，李素云又走过来探头看了看，她实在是看不下去了，闯进来说："你们怎么这样？几个小时了，一直围着他，他又不是厂长！"

众人一下子都愣了，谁也不吭了。

这时候，周世中说："大伙没分上房子，在我这儿出出气，出出气就出出气吧。不过，厂长已经说了，都会有房子的。要是骂完了，说完了，我把大家的意见带上去。都回家吧，明天还要上班哪。"

众人你看我，我看你，一时不知说什么才好了。终于，有人说："周师傅，我们知道不怪你，心里不痛快，给你说说。"

周世中说："知道，知道。"

有人说："周师傅，也不纯是为房子，这日子过的，不知怎么就一肚子火……说了就好了，你放心，上班还照常，不会耽误啥。"

周世中又说："知道，知道。"

有人说："说起来也不在乎等一年两年，就是心里……"

周世中还是说："我清楚，清楚。"

有的说："周师傅，刚才言语上胡咧咧，说重了，你别见怪。"

周世中笑笑说："你们只要把肚子里的火都泻出来，别回去跟老婆吵架就行。"

有人说："活儿你放心，该加班还加班。"

周世中站起来说："有这话，我就放心了，大家都回去吧。"

周世中走出厂门时，天已经黑下来了。

他推着车子，十分疲惫地跟李素云一块儿默默地走着。

两人默默地走了一段，李素云终于忍不住说："世中，你怎么能这样呢？"

周世中沉默了一会儿，问："怎么了？"

李素云说："你想跟秋霞和好，我没有埋怨你。你好就好吧，你们有孩子，我不拦你。你凭什么让老魏死缠着我？你凭什么给老魏说那样的话？你还是人吗？"说完，猛地一推车子，骑上就走。

周世中想喊住她，张了张嘴，却没有喊出声来。

第二天上午，在三栋高高矗立着的、粉刷一新的楼房前面，分到新房的工人们，有的在高高兴兴地搬家，有的来看新房。

在一套两居室的单元房里，梁全山一家三口正在看房子。他们推开一扇一扇门，一间一间挨着看……女儿小芬从卫生间跑出来，说："妈妈，妈妈，我数了，一共有八个门！"

梁全山说："胡说。哪有那么多门？"

小芬说："就是，就是。我数了两遍。你看吧，厨房一个，厕所一个，壁橱一个，阳台……"

梁全山笑着说："嗨，好好。壁橱、厕所都算上了。"

崔玉娟四处看了看，说："我算了一下，简单装修一下，有几千块钱就够了。"

梁全山说："还装修啥？新房子，干干净净的，咱又不是大款。"

崔玉娟说："你这观念也真该变变了！都啥年月了，还是老一套！"

梁全山说："好，好。你观念新，你观念新。不就出去跑了两天嘛。"

崔玉娟说："你咋又说这话？我出去跑怎么了？"

梁全山说："不怎么呀，我没说怎么呀，连句话都不让说？"

女儿小芬往中间一站说："又吵，又吵！"

两人忍不住都笑了。

班永顺一家四口在一套三居室里看房子。

班永顺一会儿跑到这间，一会儿又跑到那间，一边看一边许愿说："小水，这一间是你的。"一会儿又说："振明，这一间是你的。"一会儿又说："小水，给你这间吧，别看这间小，安静。"

王大兰在厨房里，这儿摸摸，那儿摸摸，一会儿拧一下水管龙头，见水流出来了，又忙关上。又看着新装的煤气灶，刚想拧，手又缩回来了，一边看一边说："人真能啊！"

小水和振明一起跑过来说："妈，床呢，床还不够哪！"

班永顺赶忙走过来说："买买，马上买！"

王大兰说："看慌的！要添的多了，你都买去吧！"

班永顺说："床是得买，其余的缓缓再说。"

王大兰突然往地上一出溜，大哭起来。

班永顺说："你看你，盼了多少年，房到手了，你是哭啥哩？"

两兄妹也马上围上来，蹲在她面前叫道："妈，妈……"

慢慢，王大兰不哭了，她擦了擦眼里的泪说："不知怎么了，就是心里难受……"接着，她望望两个孩子，说："听好了，别学你爸。好好上学，都给我扛个博士回来！"

新楼前边，李素云在前边走，魏书田在后边跟着。

李素云扭头看看他，说："你怎么像个尾巴似的，老跟着我干什么？"

魏书田说："素云，我这心里有愧呀。你搬家呢，我来帮帮忙。周师傅也说了，叫我来给你……"

李素云马上一变脸说："你提他干什么？"说着，咚咚地上楼去了。

魏书田也慌忙跟着走上楼去。

李素云用钥匙开了一套两居室的房门，走进去，随手又把门关了。

魏书田上楼后，没有找到地方，推了两个门都走错了。他忙点头说："对不起，对不起"说着忙又退出来，再往上走。

魏书田找了一会儿，终于找到了李素云分的单元房。他刚进了门，就听见里边传出了李素云的声音："老魏，你是不是想复婚？"

魏书田在厅里站着，没有看到李素云，却能听到李素云的话。他说："是，我是想复婚。也希望你给我最后一次机会。不知道你愿不愿？"

李素云说："你说呢？"

在一栋新建的宿舍楼前，周世中正在领着几个年轻工人搬东西。那些东西都是白占元家的。

周世中一边指挥人搬，一边说："小心啊，别碰坏了。"

夕阳西下，白占元穿着病号服在医院林荫道上的一张长条木椅上坐着，他的目光迟滞地望着从树上飘落的黄叶。

深秋了，一地落叶。远处，树梢挑着一轮橘红的落日。

片刻，林荫道上响起了脚踏落叶的嚓嚓声。

白占元抬起头来，见周世中站在他的面前。

周世中说："师傅，好点了吗？"

白占元马上急不可待地说："世中，出院吧，叫我出院吧。我想出院。"

周世中问："你别急呀，师傅。医生怎么说？"

白占元说："花厂里这么多钱了。这病，一时半会儿的，也没啥了。在这儿……"

周世中又问："医生怎么说的？"

白占元抬起头，朝远处望了望，说："世中，你知道人最怕什么？"

周世中望着白占元，久久才说："师傅，你想出院就出院吧。"

白占元喃喃地说："这人是最怕闲着。一闲下来，这浑身的骨头都松了，这儿也疼，那儿也疼，几十年的毛病都游出来了。老了，越住毛病越多。人不能闲哪，世中。"

周世中说："那就出院吧，师傅。"说着，他把一串钥匙递给白占元："房子分了，这是新房的钥匙。"

白占元看了看手里的钥匙，又抬头望望周世中，突然站起来说："我想回去看看。"

周世中说："家已经给你搬过了。那栋旧楼很快要扒。"

白占元愣了愣说："搬过了？我还是得回去看看。"

傍晚，白占元站在他那已经搬空了的旧房里。

他慢慢地走进自己曾住过的房间，又慢慢地走出来，在白小国曾经住过的房间里，他也站了很久，看着墙上那些影星，影星们在笑，他觉得那些影星在笑他呢，影星们像是一个个都活生生的，他们在哈哈大笑。

白占元喃喃地说："你们别笑，你们笑什么？都会老的，你们也会老……"

白占元从儿子的房间里退出来，在厅里，他看到了满墙的奖状，那就是他生命的记录。那些奖状旧了，那些奖状被儿子撕得豁豁牙牙的。他手伸在墙上，轻轻地抚摩着那些奖状，在一张张奖状上追寻着时间。那些奖状上的年份夹着风雨向他走来，显现出昔日的一幕幕情景……

他慢慢地出溜到地上，靠墙坐在那儿，从兜里掏出烟来，默默地吸着。

片刻，周世中在门口出现了，他一步步走进来，看着坐在地上的师傅。

白占元说："真快呀！"

周世中不吭。

白占元说："变了。"

周世中也说："变了。"

白占元说："人心也变了。"

周世中说："人心也变了。"

白日里，周世中背着病瘫的父亲往新楼上走，儿子小虎跟在他后边。

一个一个的台阶在他眼前晃着，上了一个台阶又是一个台阶，他的喘气声越来越粗，越来越响。周世中停下来，透过楼窗往远处看去，可他看到的是一栋一栋的楼房。

他又背着父亲往上走，一个台阶一个台阶地走。

儿子小虎说："爸，给爷爷买个轮椅吧？"

周世中说："想买。"

儿子说："是没钱？是不是没钱？"

周世中不吭，只有呼呼的喘气声。

在那栋要拆的旧房旁，拆楼的建筑工人来了，巨大的推土机也隆隆地开过来了。

突然，人们都愣住了，只见旧楼的窗口处，扭动着一个身影，那个身影在边扭边唱："抬头望见北斗星，心中想念毛泽东，想念毛泽东，黑夜时想你有方向……"这人就是余秀英。

很多建筑工人指指点点的，在往楼上看。

有的说："这人是神经病吧？"

有的年轻工人说："唱的啥歌？咋没听过呀？"

这时，周世中从远处跑来，一边跑一边喊："有人，楼上还有人！"

巨大的推土机仍然向旧楼开去，机器的隆隆声很快淹没了歌声。

又是一个新的早晨，漫天大雾的早晨。

在厂区大道上，工人们上班的时间到了。千万辆自行车在雾里走着，铃声一片。虽然雾很大，千万双腿仍然用力地往前蹬着。生活是不可阻挡的……

雾里飘着两个人的声音——

一个声音说："世中，我要结婚了。"

一个声音说："是跟老魏吗?"

一个声音说："你说呢?"

一个声音说："我不知道。"

一个声音说："我也不知道。"

一个声音说："上班吧。"

一个声音说："上班。"

在一片震耳的车铃声中，新的一天又开始了。

1995 年